Heinrich Böll

ex libris
Volk und Welt

Heinrich
Böll

Haus ohne Hüter

Roman

ISBN 3-353-00092-5

2. Auflage (1. Auflage ex libris Volk und Welt)
Lizenzausgabe des Verlages Volk und Welt, Berlin 1987
für die Deutsche Demokratische Republik
L. N. 302, 410/176/87

Printed in the German Democratic Republic
Einbandentwurf: Horst Hussel
Gesamtherstellung: Offizin Andersen Nexö
LSV 7301
Bestell-Nr. 648 714 1

01600

I

Wenn die Mutter in der Nacht den Ventilator laufen ließ, wurde er wach, obwohl die Gummiflügel dieser Luftmühle nur ein weiches Geräusch erzeugten: fluppendes Surren und manchmal ein Stocken, wenn die Gardine zwischen die Flügel geriet. Dann stand die Mutter auf, zog leise fluchend die Gardine aus dem Getriebe und klemmte sie zwischen die Türen des Bücherschranks. Aus grüner Seide war der Schirm von Mutters Stehlampe: wasserhelles Grün, gelb unterstrahlt, und das Glas roten Weins, das auf dem Nachttisch stand, erschien ihm fast wie Tinte: dunkles, träge aussehendes Gift, das die Mutter in kleinen Schlucken nahm. Sie las und rauchte und nahm nur selten einen Schluck Wein.

Er beobachtete sie durch die halbgeöffneten Lider hindurch, rührte sich nicht, damit sie nicht aufmerksam auf ihn werde, und verfolgte den Zigarettenqualm, der sich zum Ventilator hinzog: weiße und graue Rauchschichten, die vom Sog erfaßt, zerkleinert und von den weichen grünen Gummiflügeln hinausbefördert wurden. Der Ventilator war groß wie die Ventilatoren in den Warenhäusern, friedlicher Surrer, der die Luft im Zimmer in wenigen Minuten reinigte. Dann drückte die Mutter auf den Knopf, der neben ihrem Bett an der Wand war, dort, wo das Bild des Vaters hing: lächelnder junger Mann mit Pfeife im Mund, viel zu jung, um der Vater eines elfjährigen Jungen zu sein. Der Vater war so jung wie Luigi im Eissalon, so jung wie der ängstliche kleine neue Lehrer; viel jünger als die Mutter war er, die so alt war wie die Mütter anderer Jungen. Der Vater war ein lächelnder Jüngling, der seit einigen Wochen auch in seine Träume kam, anders als er auf dem Bild war: traurig zusammengesackte Gestalt, die auf tintigem Klecks wie auf einer Wolke saß, ohne Gesicht und doch weinend wie einer, der schon Millionen Jahre wartet, in Uniform ohne Rangabzeichen, ohne Orden, plötzlich in seine Träume eingebrochener Fremdling, der anders war, als er ihn sich gewünscht hatte.

Wichtig war, still zu halten, kaum zu atmen, die Augen nicht zu öffnen, denn dann konnte er an den Geräuschen im Hause erkennen, wie spät es war: war von Glum nichts mehr zu hören, dann war es halb elf, war von Albert nichts mehr zu hören, war es elf. Meistens aber hörte er Glum noch im Zimmer darüber: den schweren ruhigen Schritt, oder Albert, der im Zimmer nebenan bei der Arbeit leise pfiff, und oft kam Bolda noch spät die Treppe herunter, um sich unten in der Küche etwas zu brutzeln: schlürfende Schritte, zaghaft angeknipstes Licht, und doch begegnete sie meistens der Großmutter, und deren dunkle Stimme sagte dann in der Diele: „Na, du gierige Schlunze, machst dir mitten in der Nacht noch was zurecht – brätst du, fummelst du, kochst du dir noch irgendeinen Dreck?" Dann lachte Bolda mit ihrer schrillen Stimme: „Ja, du verfressenes Aas, ich hab noch

Hunger, magst du was mit?" – Wieder schrilles Lachen bei Bolda und ein dumpfes, viel Ekel ausdrückendes Bäh der Großmutter. Oft auch tuschelten die beiden nur, und er hörte nur hin und wieder ein Lachen: grell von Bolda, dunkel von der Großmutter.

Glum aber, der oben auf und ab ging, las in seinen merkwürdigen Büchern: DOGMATIK und MORALTHEOLOGIE. Punkt zehn löschte er das Licht, ging ins Badezimmer oben, wusch sich – Rauschen des Wassers und der Puff, wenn die Stichflamme die vielen Flämmchen des Gasboilers entzündete, dann kehrte Glum in sein Zimmer zurück, löschte das Licht und kniete im Dunkeln vor seinem Bett nieder, um zu beten. Er hörte genau, wenn Glum die schweren Knie auf den Boden setzte, und wenn es in den anderen Räumen still war, hörte er ihn oben murmeln: lange murmelte Glum dort oben im Dunkeln. Und wenn Glum dann aufstand und die Stahlfedern der Matratze quietschten, dann war es genau halb elf. Alle im Hause – außer Glum und Albert – waren unregelmäßig in ihren Gewohnheiten: Bolda konnte noch nach Mitternacht herunterkommen, um sich in der Küche Schlaftee zu kochen. Hopfenblätter, die sie in einer braunen Papiertüte bereithielt; und die Großmutter ging manchmal noch nachts, wenn die Uhr schon lange eins geschlagen hatte, in die Küche, machte sich einen ganzen Teller voller Fleischbrote und ging mit einer Flasche Rotwein unter dem Arm in ihr Zimmer zurück. Mitten in der Nacht auch konnte ihr plötzlich auffallen, daß ihre Zigarettendose leer war – eine hübsche hellblaue Porzellandose, in die sie zwei Zwanzigerpackungen entleeren konnte. Dann ging sie – leise vor sich hin fluchend – im Hause herum und suchte Zigaretten: schlurfende Riesengroßmutter mit ganz hellem, blondem Haar und rosigem Gesicht, die zuerst zu Albert ging: nur Albert rauchte Zigaretten, die ihrem Geschmack entsprachen. Glum rauchte nur Pfeife, und Mutters Marke mochte die Großmutter nicht – „schwacher Weiberdreck – oh, mir wird schon schlecht, wenn ich die Strohdinger sehe –", und Bolda hatte immer nur ein paar halbzerdrückte, fleckige Zigaretten im Schrank, mit denen sie den Briefträger beglückte und den Mann vom Elektrizitätswerk, Zigaretten, die Großmutters Spott herausforderten. „Sehen aus, als hättest du sie aus Weihwasser gefischt und getrocknet, alte Schlunze – Nonnenzigaretten, bäh", und manchmal waren gar keine Zigaretten im Haus, und Onkel Albert mußte sich mitten in der Nacht ankleiden, mit seinem Auto in die Stadt fahren, um Zigaretten zu holen, oder Albert und die Großmutter suchten Fünfzigpfennig- und Markstücke zusammen, und Albert mußte am Automaten welche ziehen. Dann beruhigte sich die Großmutter nicht, wenn sie zehn oder zwanzig Stück bekam – fünfzig mußten es sein, knallrote Packungen, auf denen TOMAHAWK stand, REIN VIRGINIA, sehr lange, ganz schneeweiße, sehr starke Zigaretten. – „Oh, sie müssen aber frisch sein, lieber Junge", – und sie umarmte Albert im Flur, wenn er zurückkam, küßte ihn und murmelte: „Wenn du nicht wärst, mein Junge – wenn du nicht wärst – ein Sohn könnte nicht besser sein."

Dann endlich ging sie in ihr Zimmer, aß ihre Brote, dick mit Butter und Fleisch belegte große Weißbrotschnitten, trank ihren Wein und rauchte.

Albert war fast so regelmäßig wie Glum: ab elf

war bei Onkel Albert Ruhe – alles, was nach elf im Hause geschah, ging aufs Konto der Weiber: Großmutter, Bolda und Mutter. Die Mutter stand nur selten auf, aber sie las lange und rauchte leichte, ganz flache Zigaretten, die sie aus einer gelben Packung nahm. MOSCHEE – REIN ORIENT stand darauf, und sie trank ganz selten einen Schluck Wein und stellte alle Stunden den Ventilator an, um den Rauch aus dem Zimmer zu pumpen. Oft aber war die Mutter weg, oder sie brachte abends Besuch mit, und er wurde dann in Onkel Alberts Zimmer hinübergetragen und stellte sich schlafend. Er haßte Besuch, obwohl er gern in Onkel Alberts Zimmer schlief. Es wurde so spät, wenn Besuch da war: zwei Uhr, drei Uhr, vier Uhr nachts, oft wurde es fünf, und Onkel Albert verschlief sich dann morgens, und es war niemand da, der mit ihm frühstückte, bevor er zur Schule mußte: Glum und Bolda waren dann schon weg, die Mutter schlief immer bis zehn, und die Großmutter stand nie vor elf Uhr auf.

Obwohl er sich immer vornahm, wach zu bleiben, schlief er meistens wieder ein, kurz nachdem der Ventilator ausgeschaltet worden war. Aber wenn die Mutter lange las, wurde er ein zweites, ein drittes Mal wach, besonders, wenn Glum vergessen hatte, den Ventilator zu ölen: dann kreischte er bei den ersten Umdrehungen, krakeelte sich mit langsamen Bewegungen in Geschwindigkeiten hinauf, wo er glatter und ohne Geräusch lief, aber von den ersten kreischenden Umdrehungen wurde er sofort wach und sah die Mutter so liegen, wie er sie beim ersten Male gesehen hatte: mit aufgestütztem Arm lag sie da und las, die Zigarette in der linken Hand, und der Wein im Glas war nicht weniger geworden. Manchmal las die Mutter auch in der Bibel, oder er sah das kleine, in braunes Leder gebundene Gebetbuch in ihrer Hand, und aus Gründen, die ihm nicht klar wurden, schämte er sich dann, versuchte einzuschlafen oder hustete, um sich bemerkbar zu machen. Dann war es spät, und alle im Hause schliefen. Die Mutter sprang sofort auf, wenn er hustete, und kam an sein Bett. Sie legte die Hand auf seine Stirn, küßte ihn auf die Wange und fragte leise: „Dir fehlt doch nichts, mein Kleiner?"

„Nein, nein", sagte er dann, ohne die Augen aufzumachen.

„Ich mach sofort das Licht aus."

„Nein, lies nur weiter."

„Dir fehlt wirklich nichts? Fieber scheinst du nicht zu haben."

„Nein, mir fehlt nichts. Wirklich nicht."

Dann zog sie ihm die Decke hoch bis an den Hals, und er wunderte sich, wie leicht ihre Hand war – ging an ihr Bett zurück, knipste das Licht aus und ließ im Dunkeln den Ventilator laufen, bis die Luft frisch war, und während der Ventilator lief, sprach sie mit ihm.

„Willst du nicht doch das Zimmer oben neben Glum haben?"

„Nein, laß mich hier."

„Oder das Wohnzimmer hier neben, wir könnten es räumen?"

„Nein, wirklich nicht."

„Vielleicht Alberts Zimmer? Albert würde ein anderes nehmen."

„Nein."

Bis sich plötzlich die Geschwindigkeit des Ventilators verminderte, er wußte dann, daß die Mutter im Dunkeln auf den Knopf gedrückt hatte. Noch ein paar kreischende Umdrehungen, und es war ganz still, und er hörte im Dunkeln sehr ferne die Züge und ein hartes, knallendes Geräusch, wenn die einzelnen Güterwagen rangiert wurden, und sah vor sich das Schild: GÜTERBAHNHOF OST – dort war er mit Welzkam einmal gewesen. Welzkams Onkel war dort Heizer auf der Lokomotive, die die einzelnen Waggons auf den Rangierhügel zu schieben hatte.

„Wir müssen Glum sagen, daß er den Ventilator ölt."

„Ich sag's ihm."

„Ja, sag's ihm, aber jetzt mußt du schlafen. Gute Nacht."

„Gute Nacht."

Aber er konnte dann nicht schlafen und wußte, daß auch die Mutter nicht schlief, obwohl sie ganz ruhig dalag. Finsternis und Stille, aus der sehr fern und fast unwirklich hin und wieder das Bumsen vom Güterbahnhof Ost kam, und aus der Stille tauchten Worte auf, fielen in ihn hinein, Worte, die ihn beunruhigten: das Wort, das Brielachs Mutter zum Bäcker gesagt hatte, dasselbe Wort, das im Flur des Hauses, wo Brielach wohnte, immer an der Wand stand, und das neue Wort, das Brielach aufgeschnappt hatte und jetzt immer sagte: UNMORALISCH. Oft dachte er auch an Gäseler, aber der war so fern, und er spürte weder Angst noch Haß, wenn er an ihn dachte, nur eine Art Belästigung, und er hatte viel mehr Angst vor der Großmutter, die diesen Namen immer wieder in ihn hineinwarf, aus ihm herausholte, in ihn hineinwarf, obwohl Glum so heftig den Kopf darüber schüttelte.

Später spürte er dann, daß die Mutter eingeschlafen war, er aber konnte immer noch nicht schlafen: er versuchte, das Bild des Vaters aus der Dunkelheit herauszuholen, aber er fand das Bild nicht. Tausende dummer Bilder kamen auf ihn zu, aus Filmen, aus Illustrierten, aus den Leseheften kamen sie: Blondi, Hoppalong Chassidy – und Donald Duck – aber der Vater kam nicht. Brielachs Onkel Leo kam, der Bäcker kam, Grebhake und Wolters kamen, die beiden, die im Gebüsch Unschamhaftes getan hatten: dunkelrote Gesichter, offene Hosenlätze und der bittere Geruch frischen Grüns. War unmoralisch dasselbe wie unschamhaft? Aber nie kam der Vater, ein Mann, der auf den Bildern viel zu leicht, viel zu heiter, viel zu jung aussah, um ein richtiger Vater zu sein. Das Kennzeichen der Väter war das FRÜHSTÜCKSEI, und sein Vater sah nicht nach FRÜHSTÜCKSEI aus. Das Kennzeichen der Väter war REGELMÄSSIGKEIT, ein Kennzeichen, das Onkel Albert bis zu einem gewissen Grade besaß, aber sein Vater sah nicht nach REGELMÄSSIGKEIT aus. REGELMÄSSIGKEIT war: Aufstehen, Frühstücksei, Arbeit, Zeitung, Heimkehr, Schlaf. All das paßte nicht zu seinem Vater, der sehr fern am Rande eines russischen Dorfes begraben lag. Sah er jetzt, nach zehn Jahren, schon wie das Skelett im Gesundheitsmuseum aus? Beinernes, grinsendes Gestell, Obersoldat und Dichter, verwirrende Kombination von Eigenschaften. Brielachs Vater war Feldwebel gewesen, Feldwebel und Autoschlosser. Anderer Jungen Väter waren Major und Direktor, Unteroffizier und Buchhalter. Obergefreiter und Redakteur – keines einzigen Jungen Vater war Obersoldat gewesen und keines einzigen Jungen

Vater Dichter. Brielachs Onkel Leo war Wachtmeister gewesen, Wachtmeister und Straßenbahnschaffner, Buntfoto auf dem Küchenschrank zwischen SAGO und GRIESS. Was war SAGO? Geheimnisvolles Wort, das nach Südamerika klang.

Später kamen Katechismusfragen hoch: taumelnde Ziffern, mit denen eine Frage und eine Antwort zusammenhing.

Frage II: Wie behandelt Gott den Sünder, der sich bessern will?

Antwort: Gott verzeiht gern jedem Sünder, der sich bessern will.

Und der verwirrende Vers: WENN DU DER SÜNDEN WILLST GEDENKEN, HERR, WER WIRD VOR DIR BESTEHEN?

Niemand würde bestehen. Nach Brielachs sicherer Überzeugung waren alle Erwachsenen UNMORALISCH und alle Kinder unschamhaft. Brielachs Mutter war UNMORALISCH, Onkel Leo war es, der Bäcker wahrscheinlich, und die Mutter, die geflüsterte Vorwürfe in der Diele zu hören bekam: „Wo treibst du dich eigentlich immer herum?“

Es gab Ausnahmen, die auch Brielach gelten ließ: Onkel Albert, der Tischler, der unten wohnte, Frau Borussiak und Herr Borussiak, Glum und Bolda, über allen aber stand Frau Borussiak: dunkle, so volle Stimme, die über Brielachs Zimmer so wunderschöne Lieder in den Hof hinaussang.

Im Dunkeln an Frau Borussiak zu denken war gut, war tröstlich und gefahrlos: GRÜN WAR DAS LAND MEINER KINDHEIT sang sie oft, und wenn sie es sang, sah er nur noch grün; wie ein Filter schob es sich ihm vor die Augen, alles wurde grün, auch jetzt im Bett, im Dunkeln, wenn er an

Frau Borussiak dachte, sie singen hörte, sah er hinter den geschlossenen Lidern. GRÜN WAR DAS LAND MEINER KINDHEIT.

Und das Lied mit dem Jammertal war schön: Meerstern, ich dich grüße – und auch bei „grüße“ wurde alles grün. An irgendeinem Punkt schlief er später ein, irgendwo zwischen Frau Borussiaks Stimme und dem Wort, das Brielachs Mutter zum Bäcker gesagt hatte: ein Onkel-Leo-Wort, im dunklen, süßduftenden, warmen Keller des Bäckers hingezischtes Wort: ein Wort, dessen Bedeutung mit Brielachs Hilfe ihm klargeworden war: es hatte mit der Vereinigung der Männer mit den Frauen zu tun, hing sehr eng mit dem sechsten Gebot zusammen, war unmoralisch und gab Anlaß, an den Vers zu denken, der ihn sehr beschäftigte:

Wenn du der Sünden willst gedenken, Herr, wer wird vor dir bestehen?

Vielleicht schlief er auch bei Hoppalong Chassidy ein, zünftiger Reiter mit zünftigen Abenteuern, ein ganz klein wenig albern, so wie die Gäste, die Mutter immer mitbrachte, albern waren. Jedenfalls war es gut, die Mutter atmen zu hören: oft war ihr Bett leer, manchmal tagelang hintereinander, und vorwurfsvoll wurde es hingeflüstert in der Diele von der Großmutter zur Mutter: „Wo treibst du dich bloß immer herum?“ Keine Antwort von der Mutter.

Es war ein Risiko, am Morgen wach zu werden. Hatte Albert ein sauberes Hemd und einen Schlips an, wenn er ihn weckte, dann war alles gut: dann gab es ein richtiges Frühstück in Alberts Zimmer mit viel Zeit, und er brauchte nicht zu hetzen und konnte mit Albert die Schulaufgaben noch einmal durchgehen. War aber Albert noch ungekämmt, im

Schlafanzug, mit Falten im Gesicht, dann mußte schnell der heiße Kaffee hineingeschlürft werden, und schnell wurde eine Entschuldigung hingeschrieben: Sehr geehrter Herr Wiemer, bitte verzeihen Sie, daß der Junge heute wieder zu spät kommt. Seine Mutter mußte verreisen, und ich vergaß, ihn pünktlich zu wecken. Verzeihen Sie bitte. Mit vorzüglicher Hochachtung.

Es war schlimm, wenn Mutter Besuch mitbrachte: Albernes Gelächter, das er in Alberts Zimmer hörte, unruhiger Schlaf in Alberts riesigem Bett, und manchmal ging Albert dann gar nicht ins Bett, sondern nahm morgens zwischen fünf und sechs ein Bad: rauschendes Wasser, Geplatsche nebenan – er schlief noch einmal ein und war todmüde, wenn Albert ihn dann weckte. Verdöster Vormittag in der Schule, und nachmittags als Entgelt ins Kino und in den Eissalon oder zu Alberts Mutter hinaus: BIETENHAHN, der Schlüssel zum Biegerwald. Der Weiher, in dem Glum mit der bloßen Hand Fische fing, die er wieder freigab, das Zimmer über dem Kuhstall oder stundenlang mit Albert und Brielach Fußball spielen auf dem harten, kurzgeschnittenen Rasen. STUNDENLANG, bis man müde war und Hunger hatte auf das Brot, das Alberts Mutter selbst buk, und Onkel Willi, der immer sagte: „Tut euch doch mehr Butter drauf" – Kopfschütteln – „mehr Butter drauf" – wieder Kopfschütteln – „noch mehr Butter". Und dort draußen tat Brielach manchmal, was er selten tat: lachen. Es gab viele Stationen, zwischen denen er einschlafen konnte: Bietenhahn und der Vater, Blondi und unmoralisch. Das fluppende Surren des Ventilators war ein gutes Geräusch, weil es bedeutete: die Mutter ist da. Umblättern der Buchseiten, der Atem der Mutter, das Anstreichen des Zündholzes und das winzige, kurze Glucksen, wenn sie einen Schluck Wein aus dem Glas nahm – und der geheimnisvoll nachwirkende Sog, wenn der Ventilator längst ausgestellt war: der Rauch, der sich auf den Ventilator hinbewegte, und irgendwo schaltete das Bewußtsein aus zwischen Gäseler und „Wenn du der Sünden willst gedenken".

II

Am schönsten war es in Bietenhahn, wo Alberts Mutter ein Ausflugslokal betrieb. Alberts Mutter buk alles selbst, auch das Brot. Sie tat es, weil sie es gern tat – und sie konnten in Bietenhahn tun, was ihnen Spaß machte: er mit Brielach; sie konnten angeln gehen oder in das Brertal hinauswandern, konnten Kahn fahren oder STUNDENLANG hinter dem Haus Fußball spielen. Der Weiher ging bis tief in den Wald hinein, und meistens begleitete sie Alberts Onkel Will, ein Bruder von Alberts Mutter. Will litt – schon seit frühester Jugend – an einer Krankheit, die unter dem Namen Nachtschweiß lief, merkwürdige Bezeichnung, über die die Großmutter und Glum lachten; auch Bolda kicherte, wenn das Wort Nachtschweiß fiel. Will war bald sechzig Jahre alt, und als er zehn Jahre alt gewesen war, hatte seine Mutter ihn einmal schweißgebadet im Bett gefunden. Sie fand den Jungen auch an den nächsten Tagen schweißnaß, lief beunruhigt mit ihm zum Arzt, denn dunklen Überlieferungen zufolge war Nachtschweiß das sicherste Zeichen für Lungenkrankheit. Doch die Lunge des jungen Will war vollkommen gesund, nur war er – wie der Arzt sagte – ein bißchen schwach, ein bißchen nervös, und der Arzt – dieser Arzt, der schon vierzig Jahre auf einem Vorstadtfriedhof begraben lag, hatte vor fünfzig Jahren gesagt: Schonen Sie das Kind ein wenig.

Diese Schonung genoß Will sein Leben lang. „Ein bißchen schwach, ein bißchen nervös" – und der Nachtschweiß, das wurde für ihn zu einer Rente, die seine Familie ihm auszuzahlen hatte.

Martin und Brielach gewöhnten sich eine Zeitlang daran, morgens ihre Stirnen zu betasten, sich auf dem Schulweg das Ergebnis mitzuteilen, und sie stellten fest, daß auch ihre Stirnen manchmal etwas feucht waren. Besonders Brielach schwitzte nachts häufig und heftig, aber Brielach war von der Stunde seiner Geburt an nicht einen Tag lang geschont worden.

Seine Mutter hatte ihn geboren, während Bomben auf die Stadt fielen, in die Straße, zuletzt auf das Haus, in dessen Keller sie in den Wehen schrie. Sie lag auf einem schmutzigen Luftschutzbett, das von jener Stiefelschmiere verdreckt war, wie sie die Armee an ihre Soldaten ausgab. Sie hatte mit dem Kopf auf der Stelle gelegen, wo ein Soldat seine Stiefel hingelegt hatte: der Trangeruch hatte sie mehr zum Erbrechen gereizt als ihr Zustand, und als ihr jemand ein benutztes Handtuch unter den Kopf legte, empfand sie den Geruch der Kriegsseife, diese Spur eines Ersatzaromas empfand sie als eine Erleichterung, die sie weinen machte: die winzige Spur schmutziger Süße des Parfüms in diesem Handtuch erschien ihr als etwas ungemein Kostbares.

Als die Wehen einsetzten, half man ihr: sie erbrach sich über die Schuhe der Umstehenden, und die beste und kaltblütigste Helferin war ein vierzehnjähriges Mädchen, das auf einem Spirituskocher Wasser zum Sieden brachte, eine Schere darin sterilisierte und die Nabelschnur durchschnitt. Sie machte es genauso, wie sie es in einem Buch gelesen hatte, das sie nicht hätte lesen dürfen – kaltblütig und doch liebenswürdig und mit einem bewundernswerten Mut wandte dieses junge Mädchen an, was sie nachts, wenn die Eltern längst schliefen, in dem Buch mit den rötlich-weißlichen, gelblichen Bildern gelesen hatte: sie durchschnitt die Nabelschnur mit der sterilisierten Nähschere ihrer Mutter, die mißtrauisch und doch bewundernd die Kenntnisse ihrer Tochter feststellte.

Als die Entwarnung kam, hörten sie die Sirenen aus sehr weiter Ferne, so wie tief im Wald versteckte Tiere das Halali vernehmen: die Trümmer des Hauses, die sich über ihnen türmten, verursachten jene unheimlich sanfte Akustik, und Brielachs Mutter, die allein mit der vierzehnjährigen Helferin im Keller zurückblieb, hörte die Schreie der anderen, denen es nicht gelang, durch den verschütteten Flur nach oben zu dringen.

„Wie heißt du?“ fragte sie das Mädchen, das sie noch nie gesehen hatte.

„Henriette Schadel“, sagte das Mädchen – und es zog ein Stück nagelneuer grüner Seife aus der Tasche, und Frau Brielach sagte: „Laß mich mal riechen“, und sie roch an der Seife und weinte vor Glück, während das Mädchen das Kind in eine Decke gewickelt hielt.

Sie besaß nichts mehr als ihre Handtasche mit dem Geld, den Lebensmittelkarten, das schmutzige Handtuch, das der Spender unter ihrem Kopf hatte liegenlassen, und ein paar Fotografien ihres Mannes: eine zeigte ihn als Zivilisten im Autoschlosserdreß, sehr jung war er darauf, und er lachte; eine als Panzergefreiten, auch lachend, und eine dritte als Panzerunteroffizier mit dem EK 2 und einem Kampfabzeichen, auch lachend, und die neueste – sie hatte sie vor acht Tagen bekommen – zeigte ihn als Panzerfeldwebel mit beiden EKs, wiederum lachend.

Zehn Tage nach ihrer Entbindung befand sie sich, ohne daß sie gefragt worden war, in einem Zug, der sie ostwärts brachte, und in einem Dorf in Sachsen erfuhr sie zwei Monate später, daß ihr Mann gefallen war.

Mit achtzehn Jahren hatte sie einen schmucken Panzergefreiten geheiratet, dessen Körper jetzt irgendwo zwischen Saporoshje und Dnepropetrowsk vermoderte. Jetzt war sie einundzwanzig Jahre alt, Witwe eines schmucken Feldwebels, besaß ein zwölf Wochen altes Kind, zwei Handtücher, zwei Kochtöpfe und etwas Geld, und sie war hübsch.

Der kleine Junge, den sie auf den Vornamen seines Vaters Heinrich hatte taufen lassen, wuchs in dem Bewußtsein auf, daß Onkel zu Müttern gehören.

Seine ersten Lebensjahre standen unter dem Zeichen eines Onkels, der Erich hieß und eine braune Uniform trug: er gehörte sowohl der geheimnisvollen Kategorie der Onkel an als auch einer zweiten, nicht weniger geheimnisvollen Kategorie, der der Nazis. – Mit beiden Kategorien stimmte etwas nicht. Das bekam er als Vierjähriger mehr oder weniger zu spüren, vermochte sich aber nicht darüber klarzuwerden.

Onkel Erich jedenfalls vergaß er nie. Onkel Erich litt unter einer Krankheit, die ASSMA hieß: nächtliches Stöhnen und Ächzen, der klägliche Ruf

„Ich ersticke“, mit Essig getränkte Tücher, merkwürdig riechende Tees und der Geruch von Kampfer blieben in der Erinnerung des Kindes zurück, und ein Gegenstand, der Onkel Erich gehört hatte, ging aus Sachsen mit in die alte Heimat: ein Feuerzeug. Erich blieb in Sachsen, aber das Feuerzeug ging mit, und die Gerüche blieben in Heinrichs Erinnerung.

Ein neuer Onkel tauchte auf, der mit zwei Gerüchen in die Erinnerung einging: AMIS – das war der Geruch von Virginiazigaretten – und nasser Gips. Nebengerüche dieses Onkels waren: der Geruch in der Pfanne zerlassener Margarine, der Geruch von Bratkartoffeln – und dieser Onkel, der Gert hieß, war in weniger mystischer Ferne als der, der Erich geheißen hatte und in Sachsen geblieben war. Gert ging dem Beruf eines Plattenlegers nach, und dieses Wort beschwor den Geruch nassen Gipses, nassen Zements ganz nah heran, und mit Gert verband sich das häufig ausgesprochene, ständig wiederholte Wort, das nach Gerts Weggang im Sprachgebrauch der Mutter erhalten blieb, das Wort SCHEISSE. Ein Wort, das merkwürdigerweise die Mutter sagen, das er aber nie aussprechen durfte. Auch Gert ließ außer den Gerüchen und dem Wort einen Gegenstand als Erinnerung zurück: eine Armbanduhr, die er der Mutter schenkte, eine Heeresarmbanduhr, die auf achtzehn Steinen lief – geheimnisvolle Qualitätsbezeichnung.

Um diese Zeit war Heinrich Brielach fünfeinhalb, und er trug zu seiner und seiner Mutter Ernährung bei, indem er für die zahlreichen Hausbewohner gegen Umsatzprovision auf dem Schwarzmarkt Besorgungen machte. Mit Geld und einem guten Gedächtnis bewaffnet, ging der hübsche kleine Junge, der seinem Vater glich, mittags gegen zwölf los und besorgte, was immer zu besorgen war – Brot, Tabak, Zigaretten, Kaffee, Süßstoff und manchmal ausgefallene, kostbare Dinge: Margarine, Butter und Glühbirnen. Bei sehr kostbaren und umfangreicheren Besorgungen diente er den Hausbewohnern als Führer, denn er kannte jedermann auf dem Schwarzmarkt und wußte von jedem, womit er Handel trieb. Er galt unter den Schwarzhändlern als tabu, und wer den Jungen betrog und dabei ertappt wurde, wurde rücksichtslos boykottiert und mußte an einer anderen Stelle der Stadt seinen Handel eröffnen.

Seine Intelligenz und Wachsamkeit trugen dem Jungen nicht nur tägliche Prozente im Gegenwert eines Brotes ein, sondern auch eine Rechenfertigkeit, von der er noch jahrelang in der Schule zehrte: im dritten Schuljahr erst waren Rechenaufgaben fällig, die er schon in der Praxis geübt hatte, bevor er in die Schule kam.

Was kosten zwei Achtelpfund Kaffee, wenn ein Kilo zweiunddreißig Mark kostet?

Die Lösung solcher Aufgaben war damals für ihn an der Tagesordnung gewesen, denn es gab sehr schlechte Monate, in denen er das Brot fünfzig- und hundertgrammweise, den Tabak in noch geringeren Portionen, den Kaffee per Lot kaufte, winzige Quantitäten, die Vollkommenheit in der Bruchrechnung voraussetzten, wenn man nicht betrogen werden wollte.

Gert verschwand sehr plötzlich. Seine Gerüche blieben in der Erinnerung: nasser Gips, Amis, Bratkartoffeln, mit Zwiebeln und Margarine gebraten – seine Erbschaft war das Wort SCHEISSE, das unausrottbar in den Wortschatz der Mutter geraten war, und der Gegenstand, der von ihm blieb, war die Heeresarmbanduhr. – Nach Gerts sehr plötzlichem Verschwinden weinte die Mutter, was sie beim Abschied von Erich nicht getan hatte – und nicht sehr viel später tauchte ein neuer Onkel auf, der Karl hieß. Karl beanspruchte nach kurzer Zeit schon den Titel eines Vaters, obwohl er diesen Titel nicht beanspruchen konnte. Karl war Angestellter eines städtischen Amtes, trug nicht – wie Gert es getan hatte – eine alte Uniformbluse, sondern einen richtigen Anzug und kündigte mit heller Stimme den Beginn eines „neuen Lebens" an.

Heinrich nannte ihn in seiner Erinnerung nur „Neues-Leben-Karl", denn dieses Wort sprach Karl täglich mehrmals aus.

Der Geruch, der zu Karl gehörte, war der Geruch von Suppen, die den städtischen Angestellten zu günstigen Bedingungen verabreicht wurden: die Suppen – wie sie auch im einzelnen genannt werden mochten, ob sie fett oder süß waren –, alle Suppen rochen nach Thermophor und nach Viel. Karl brachte täglich in einem alten Heereskochgeschirr die Hälfte seiner Portion mit, manchmal mehr, wenn er an der Reihe gewesen war, den Nachschlag zu bekommen, eine Vergünstigung, deren Charakter Heinrich nie ganz genau herausbekam. Ob die Suppe nach süßem Biskuitmehl schmeckte oder künstlichem Ochsenschwanzaroma, sie roch auf jeden Fall nach Thermophor, und doch: die Suppe war herrlich. Karl trug das Kochgeschirr meist in der Hand. Eine Segeltuchhülle war dafür genäht und der Griff mit grauem Strumpfgarn umwickelt worden, denn Karl konnte die Suppe nicht in seiner Aktentasche transportieren, weil in den Straßenbahnen ständig Gedränge herrschte, die Suppe überschwappte und Karls Aktentasche beschmutzte. Karl war freundlich und genügsam, aber sein Auftauchen hatte auch schmerzliche Folgen, denn Karl war ebenso streng wie genügsam und untersagte jegliche Verbindung zum Schwarzmarkt. „Kann ich mir als Behördenangestellter nicht leisten ... außerdem werden Moral und Volkswirtschaft untergraben." Karls Strenge wirkte in ein böses Jahr hinein: das Jahr 1947. Knappe Rationen, wenn es überhaupt welche gab – und Karls Suppendeputat machte nicht das Brot wett, das Heinrich jeden Tag an Provisionen verdient hatte. Heinrich, der mit seiner Mutter und Karl in einem Zimmer schlief – wie er mit Mutter und Onkel Gert, mit Mutter und Onkel Erich in einem Zimmer geschlafen hatte –, Heinrich mußte sich herumdrehen, wenn Karl mit seiner Mutter bei gedämpftem Licht am Radioapparat saß.

Er drehte sich herum und konnte dann genau auf das Bild seines Vaters sehen, der in der Uniform eines Panzerfeldwebels fotografiert worden war, kurz bevor er starb. Während der Herrschaft sämtlicher Onkel hatte das Bild des Vaters an der Wand gehangen. Aber auch wenn er sich herumgedreht hatte, hörte er noch Karls Geflüster, ohne die einzelnen Worte zu verstehen; er hörte das Gekicher seiner Mutter. Und dieses Kicherns wegen haßte er sie für Augenblicke.

Später gab es Streit zwischen seiner Mutter und Karl wegen eines nie klar ausgesprochenen Dinges, das „es" hieß. „Ich mach es weg", war das, was die Mutter immer wieder sagte. „Und du machst es nicht weg!" war das, was Onkel Karl immer wieder sagte. Erst später verstand Heinrich, was „es“ war. Zunächst kam die Mutter ins Krankenhaus, und Karl war gereizt und verstört und beschränkte sich darauf, zu ihm zu sagen: „Du kannst ja nichts dazu.“

Nach Suppe riechende Gänge im Krankenhaus, viele, viele Frauen in einem großen Saal, und die Mutter gelblichweiß im Gesicht, aber lächelnd, obwohl sie „so Schmerzen hatte“. Karl stand finster neben ihrem Bett. „Es ist aus zwischen uns, du hast ‚es‘ ...“

Geheimnisvolles „Es“, und Karl ging weg, noch bevor die Mutter aus dem Krankenhaus zurück war. Heinrich blieb fünf Tage in der Obhut der Nachbarin, die ihn sofort wieder zum Schwarzmarktboten ernannte. Dort gab es neue Gesichter, neue Preise, und niemand kümmerte sich mehr darum, ob er betrogen wurde oder nicht. Bilkhager, bei dem er immer Brot gekauft hatte, saß im Gefängnis, und Opa, der Weißhaarige, der für Tabak und Süßstoff zuständig war, saß ebenfalls im Gefängnis, weil er bei dem abenteuerlichen Versuch überrascht worden war, in seiner Wohnung ein Pferd zu schlachten. Alles war anders dort, teurer und bitterer. Und er war froh, als die Mutter wieder aus dem Krankenhaus kam, denn die Nachbarin klagte den ganzen Tag über ihre dahingegangene Körperfülle und erzählte ihm von Dingen, die man essen konnte: märchenhafte Geschichten von Schokolade, Fleisch und Pudding und Sahne, die ihn verwirrten, weil er mit solchen Worten keine klaren Vorstellungen verband.

Die Mutter war still und nachdenklich, freundlicher als früher, und sie nahm eine Stelle an in der Küche, wo die Suppen für die städtischen Angestellten gekocht wurden. Nun gab es täglich einen Dreiliterkessel voll Suppe, und was davon übrigblieb, wurde getauscht, gegen Brot, gegen Tabak, und die Mutter saß abends mit ihm allein am Radio, rauchte, war still und nachdenklich, und wenn sie etwas sagte, sagte sie: „Alle Männer sind Feiglinge."

Die Nachbarin starb – dürres Überbleibsel, hageres dunkles, freßgieriges Gestell, das zehnmal am Tage zu erwähnen sich veranlaßt fühlte, daß es früher mehr als zwei Zentner gewogen habe. „Schau mich an, schau mich richtig an, ich, ich habe früher mehr als zwei Zentner gewogen, ich habe genau meine zweihundertvierunddreißig Pfund gehabt – und nun schau mich an mit meinen hundertvierundvierzig." Aber was waren zwei Zentner: eine Gewichtsangabe, die nur die Vorstellung von Kartoffel-, Mehl- und Brikettsäcken erweckte: Zwei Zentner Briketts gingen genau in den kleinen Leiterwagen, mit dem er so oft an die Kohlenzüge gefahren war, um Briketts zu klauen – kalte Nächte, und der Pfiff des Schmierestehers, der an dem Signalmast hinaufkletterte, um Zeichen zu geben, wenn die Polizei kam. Der Wagen war schwer, wenn er zwei Zentner geladen hatte – und die Nachbarin hatte mehr gewogen.

Nun war sie tot: Astern auf einen Grabhügel gelegt. – Dies irae, dies illa, und als die Möbel von Verwandten abgeholt wurden, blieb ein Foto auf der Treppe liegen: ein großes bräunliches Bild, auf dem die Nachbarin vor einem Haus zu sehen war, das „Villa Elisabeth" hieß. Weinberge im Hintergrund, eine Grotte aus Lavagestein, in der Steingutzwerge mit Schubkarren spielten, und davor die Nachbarin, blond und dick – und oben ein Mann im Fenster, der die Pfeife rauchte, und quer über den Giebel des Hauses „Villa Elisabeth". Natürlich, sie hatte ja Elisabeth geheißen.

In das leergeräumte Zimmer zog ein Mann, der Leo hieß und die Uniform eines Straßenbahnschaffners trug: blaue Mütze mit rotem Band. Und das, was Leo „sein Halfter" nannte: Geldtasche und ein Holzetui für die Fahrscheinblocks, ein Schwämmchen im Aluminiumhalter und die Knipszange; viele Riemen, viel Leder und Leos unsympathisches Gesicht: ganz rot, ganz sauber, Lieder, die Leo pfiff, und das Radio, das immer spielte. Frauen in Straßenbahneruniform, die in Leos Zimmer lachten und tanzten. „Prost!" wurde gerufen.

Die Frau, die früher mehr als zwei Zentner gewogen hatte und von der das Bild „Villa Elisabeth" übrigblieb, diese Frau war ruhig gewesen. Leo war laut. Leo wurde Hauptabnehmer für Suppe, die er mit Zigaretten bezahlte und deren Preis er genau aushandelte: süße Suppe stand bei Leo hoch im Kurs.

Eines Abends, als Leo Tabak brachte, Suppe dafür holte, stellte er plötzlich den Topf wieder hin, sah die Mutter lachend an und sagte: „Passen Sie mal auf, was man jetzt tanzt. Sind Sie eigentlich in den letzten Jahren mal tanzen gewesen?"

Leo tanzte etwas ganz Verrücktes – er warf die Beine hoch, schlenkerte mit den Armen und jaulte seltsam dazu. Die Mutter lachte und sagte: „Nein, ich habe lange nicht mehr getanzt."

„Das sollten Sie aber", sagte Leo, „kommen Sie mal her." Er summte eine Melodie, nahm die Mutter bei der Hand, zog sie vom Stuhl hoch und tanzte mit ihr – und das Gesicht der Mutter veränderte sich sehr: sie lächelte plötzlich, lächelte sehr freundlich und sah viel jünger aus: „Ach früher", sagte sie, „früher bin ich oft tanzen gegangen."

„Dann kommen Sie doch mal mit mir, ich bin in einem Tanzklub", sagte Leo. „Sie tanzen wunderbar."

Die Mutter ging tatsächlich in den Tanzklub, und Leo wurde Onkel Leo, und wieder kam ein „es". Heinrich hörte scharf hin und erkannte bald, daß diesmal die Parteien gewechselt hatten. Denn diesmal sagte die Mutter, was damals Karl gesagt hatte. „Ich halte ‚es'." Und Leo sagte das, was damals die Mutter gesagt hatte: „Du machst ‚es' weg."

Zu dieser Zeit war Heinrich schon im zweiten Schuljahr, und er wußte längst, was „es" war, denn er hatte von Martin erfahren, was dieser wiederum von seinem Onkel Albert erfahren hatte: daß durch die Vereinigung der Frauen mit den Männern die Kinder entstanden, und es war klar, daß „es" ein Kind war, und er brauchte nur für „es" Kind einzusetzen. „Ich halte das Kind", sagte die Mutter. „Du machst das Kind weg", sagte Onkel Leo. „Ich mache das Kind weg", hatte die Mutter zu Karl gesagt. – „Du machst das Kind nicht weg", hatte Karl gesagt.

Daß die Mutter sich mit Karl vereinigt hatte, war ihm damals schon klar gewesen, obwohl er damals nicht „vereinigt" dachte, sondern etwas anderes, was nicht so vornehm klang. Man konnte also Kinder wegmachen. Weggemacht worden war das Kind, um dessentwillen Karl damals gegangen war. Karl war nicht der übelste Onkel gewesen.

„Es" kam, das Kind, und Leo drohte: „Ich bring es in die Anstalt, wenn du deine Stelle aufgibst." Aber die Mutter mußte die Stelle doch aufgeben, denn die Suppe, die zu vergünstigten Bedingungen an die städtischen Angestellten ausgegeben wurde, fiel weg – und es gab bald keinen Schwarzmarkt mehr. Niemand mehr war wild auf die Suppe, es gab neues Geld, knappes Geld, und in den Geschäften gab es Dinge, die es früher nicht einmal auf dem Schwarzmarkt gegeben hatte.

Die Mutter weinte, und „es“ war klein und hieß Wilma, wie die Mutter hieß; Leo war böse, bis die Mutter wieder bei einem Bäcker Arbeit fand.

Onkel Albert kam und bot der Mutter Geld an, die Mutter nahm es nicht, und Onkel Leo schrie sie an, und Martins Onkel Albert schrie Leo an.

Onkel Leos Spezialgeruch war der von Rasierwasser. Rot war Leo im Gesicht, rot vor Sauberkeit, und er hatte pechschwarze Haare; Leo verwandte viel Zeit auf die Pflege seiner Fingernägel und trug in der Uniformbluse immer einen gelben Schal. Und Leo war geizig: für Kinder gab er überhaupt kein Geld aus, und darin unterschied er sich von Martins Onkel Will und Martins Onkel Albert, die sehr viel verschenkten. Will war auf eine andere Art Onkel als Leo, und Leo wiederum auf eine andere Art als Albert. Langsam bildeten sich Onkelkategorien: Will war ein richtiger Onkel, Leo war ein Onkel, wie Erich, Gert und Karl Onkel gewesen waren: Onkel, die sich mit der Mutter vereinigten. Albert aber wiederum war ein anderer Onkel als Will und Leo: kein richtiger Onkel wie Will, der im Range eines Großvaters stand, doch auch kein Vereinigungsonkel.

Der Vater, das war das Bild an der Wand: ein lachender Feldwebel, der vor zehn Jahren fotografiert worden war. Hatte er den Vater anfangs für alt gehalten, so hielt er ihn jetzt für jung, immer näher kommend: langsam wuchs er auf den Vater zu, der nur noch ein wenig mehr als doppelt so alt war wie er. Am Anfang war der Vater viermal, fünfmal so alt gewesen wie er. Und auf einem anderen Foto, das daneben hing, war die Mutter achtzehn: sah sie nicht fast aus wie die Mädchen, die zur Erstkommunion gingen?

Onkel Will war fast sechsmal so alt wie er, und doch kam er sich gegen Will alt und erfahren vor, weise und müde – und er genoß Wills Freundlichkeit, wie er die Freundlichkeit eines Babys genoß, die Zärtlichkeiten seiner kleinen Schwester, die so schnell wuchs. Er betreute sie, er gab ihr die Flasche, wärmte den Brei, denn nachmittags war die Mutter weg, und Leo weigerte sich, etwas für das Kind zu tun. „Ich bin doch keine Amme." Später badete Heinrich Wilma sogar, setzte sie aufs Töpfchen und nahm sie mit, wenn er einkaufen ging und abends die Mutter von der Bäckerei abholte.

Ganz anders als Will war Martins Onkel Albert: das war ein Mann, der wußte, wie es mit dem GELD war. Ein Mann, der, obwohl er GELD hatte, wußte, wie schrecklich es ist, wenn das Brot teurer wird und die Margarine aufschlägt, ein Onkel, den er sich gewünscht hätte: kein Vereinigungsonkel und kein Onkel Will, der ja höchstens zum Spielen, zum Spazierengehen gut war. Will war gut, aber mit Will konnte man nicht REDEN, während man mit Onkel Albert reden konnte, OBWOHL er GELD hatte.

Er ging aus verschiedenen Gründen gern DORTHIN; hauptsächlich wegen Onkel Albert, erst an zweiter Stelle kam Martin, der, was das Geld anbetraf, wie Onkel Will war. Auch die Oma hatte er gern, obwohl sie verrückt war. Auch wegen des Fußballs ging er hin und wegen der Sachen im Eisschrank, und es war so praktisch, Wilma im Kinderwagen in den Garten zu stellen, Fußball zu spielen und stundenlang von Onkel Leo befreit zu sein.

Schrecklich war nur, zu sehen, wie DORT mit dem GELD umgegangen wurde: er bekam alles dort, und sie waren nett zu ihm, und es lag nicht nur am Geld, daß er das dunkle Gefühl hatte, es würde eines Tages schlimm kommen. Es gab Dinge, die nicht mit dem GELD zusammenhingen: etwa den Unterschied zwischen Onkel Leo und Onkel Albert, und es war der Unterschied zwischen Martins Schock über das Wort, das die Mutter zum Bäcker gesagt hatte – und seinem nicht sehr heftigen Schrecken, von seiner Mutter zum ersten Male ein Wort zu hören, das er bisher nur von Onkel Leo und einer Schaffnerin gehört hatte. Er fand das Wort häßlich, und er hörte es nicht gern, aber so erschrocken war er nicht darüber, wie Martin gewesen war. Da waren die Unterschiede, die nur zum Teil mit GELD zusammenhingen, Unterschiede, von denen nur Onkel Albert wußte, der genau begriff, daß er nicht ZU GUT zu ihm sein durfte.

III

Sie spürte schon seit einigen Minuten, daß jemand sie von hinten anstarrte mit der Beharrlichkeit des sieghaften Typs, der sicher war, erhört zu werden. Es gab Unterschiede; sie konnte sogar spüren, wenn jemand sie von hinten mit den schmerzlichen Augen des schüchternen Verehrers ansah. Aber dieser hier war seiner selbst sicher, ein Blick ohne Melancholie, und sie beschäftigte sich eine halbe Minute lang damit, ihn sich vorzustellen: dunkel, elegant, ein wenig angesnobt; vielleicht hatte er eine Wette abgeschlossen: 10:1, daß ich in drei Wochen mit ihr gepennt habe.

Sie war müde, und es kostete sie keine Überwindung, den unbekannten Anbeter völlig zu ignorieren, denn sie freute sich auf das Wochenende mit Albert und dem Jungen draußen bei Alberts Mutter. Es war schon herbstlich, und es würden wenig Gäste dasein. Allein Albert zuzuhören, wenn Glum, Will und Albert sich über Köder unterhielten, war wunderbar, und sie würde Bücher mitnehmen und lesen, während die Kinder Fußball spielten, Martin und sein Schulfreund, und vielleicht würde sie sich überreden lassen, mit Glum angeln zu gehen, sich alles erklären zu lassen, Köder und Techniken, die verschiedenen Angeln und die große, übergroße Geduld. Sie spürte den Blick weiterhin und erfuhr zugleich wieder einmal die einschläfernde Wirkung von Schurbigels Stimme: wo immer ein Referat über irgend etwas Kulturelles gehalten werden mußte, Schurbigel hielt es. Sie haßte ihn und bereute die flaue Höflichkeit, die sie veranlaßt hatte, die Einladung anzunehmen. Es wäre schöner gewesen, mit Martin ins Kino zu gehen, später Eis zu essen, dann beim Kaffee die Abendzeitung zu lesen, während Martin sich damit amüsierte, Schallplatten auszuwählen, die das Mädchen in der Eisdiele bereitwillig für ihn auflegte. Jetzt aber hatten schon ein paar Bekannte sie entdeckt, und es würde unweigerlich wieder ein verkorkster Abend werden, schnell zurechtgemachte Schnittchen, entkorkte Flaschen, Kaffee – „Oder mögen Sie lieber Tee" –, Zigaretten und Alberts büffeliges Gesicht, wenn er sich mit ihren Besuchern unterhalten und über ihren Mann Auskunft geben mußte.

Es war zu spät. Jetzt sprach Schurbigel, dann würde Pater Willibrord ihr Leute vorstellen, und es würde jener noch unbekannte Verehrer auftauchen, dessen Blick beharrlich wie das Licht einer Lampe auf ihrem Nacken lag. Das beste war, dahinzudösen und auf diese Weise wenigstens ein wenig Schlaf zu speichern.

Immer tat sie das, was sie nicht tun wollte, und es war nicht Eitelkeit, die sie dazu trieb, nicht Eitelkeit auf den Ruhm ihres Mannes, der gefallen war, und nicht der Wunsch, so schrecklich interessierte Leute kennenzulernen. Es war das Gefühl zu schwimmen, das sie reizte, dahinzutrudeln, sich absacken zu lassen, wo doch fast alles mehr oder weniger sinnlos war: Stücke aus schlechten Filmen zu sehen und zu träumen, vom Cutter hinausgeworfenes Zeug, unzusammenhängende, schlecht fotografierte Partien mit mittelmäßigen Schauspielern und schlechter Beleuchtung. Verzweifelt kämpfte sie gegen die Müdigkeit, raffte sich auf und hörte Schurbigel zu, was sie seit langem nicht mehr getan hatte. Auch der Blick, der beharrlich auf ihrem Nacken lag, ermüdete sie, weil der Vorsatz, sich nicht umzuwenden, nur mit Anstrengung durchzuhalten war, und sie wollte sich nicht umdrehen, weil sie den Typ kannte, ohne ihn gesehen zu haben. Intellektuelle Schürzenjäger waren ihr ein Greuel. Deren von Reflexen und Ressentiments bestimmtes Leben ging meistens nach Leitbildern vor sich, die sie der Literatur entnommen hatten, wobei sie zwischen Sartre und Claudel schwankten. Sie träumten von Hotelzimmern, die Hotelzimmern aus Filmen glichen, wie sie in Spätvorstellungen in besonderen Kinos liefen: Filme mit dämmerigen Lichtern, raffiniertem Dialog, „handlungsarm, aber spannend", von existentiellem Orgelgetön erfüllt; bleicher Mann über bleiche Frau gebeugt, während die Zigarette – o wirkungsvolle Optik – mit wilden Rauchstreifen auf der Nachttischkante verqualmt. „Es ist böse, was wir tun, aber wir müssen es tun." Licht aus, und im gesteigerten Dämmer nur noch die wild qualmende Zigarette auf der Nachttischkante, dann wurde abgeblendet, während das Unabänderliche sich vollzog.

Je mehr solcher Kavaliere sie kennenlernte, um so mehr liebte sie ihren Mann, und sie hatte, obwohl sie im Rufe einer halben Kokotte stand, in zehn Jahren nicht einmal wirklich mit einem anderen Mann geschlafen. Rai war anders gewesen, seine Komplexe waren so echt gewesen wie seine Naivität.

Nun ließ sie sich langsam von Schurbigel einlullen und vergaß für eine Weile den beharrlichen, ihren Nacken bestrahlenden Blick des Unbekannten.

Schurbigel war groß und schwer, und der Grad der Melancholie in seinem Gesicht steigerte sich von Referat zu Referat, und er hielt viele Referate. Mit jedem Referat steigerte sich auch seine Prominenz, steigerte sich sein Körperumfang. Nella hatte immer den Eindruck eines ungeheuer intelligenten, ungeheuer traurigen und sich immer mehr aufblähenden Luftballons, der platzen würde, und nichts würde übrigbleiben als eine Handvoll konzentrierter übelriechender Trauer.

Sein Thema war ein Schurbigel-Thema: Das Verhältnis des geistig Schaffenden zur Kirche und zum Staat in einem technisierten Zeitalter. Seine Stimme war angenehm: ölig-intelligent, schwingend von einer geheimen Sensibilität, voll von unendlicher Trauer. Er war dreiundvierzig Jahre alt, hatte viele Anhänger, nur wenige Feinde, aber diese Feinde hatten es fertiggebracht, Schurbigels Doktorarbeit aus den Tiefen einer obskuren mitteldeutschen Universitätsbibliothek an Land zu ziehen, und diese Dissertation war 1934 geschrieben worden und hatte den Titel: Unser Führer in der modernen Lyrik. Deshalb begann Schurbigel jedes Referat mit einigen Bemerkungen über publizistische Perfidie, ausgeübt von jugendlichen Schreihälsen, sektiererischen Schwarzsehern, flagellantischen Häretikern, unfähig, die Konversion eines geistig gereiften Menschen zu begreifen. Doch auch seinen Feinden gegenüber blieb er im Tonfall freundlich, und er wandte eine Waffe gegen sie an, die sie zur Raserei brachte, weil sie machtlos dagegen waren: Schurbigel übte Verzeihung; er verzieh allen alles. Seine Gesten während der Reden entsprachen denen eines freundlichen, nur auf das Wohl des Kunden bedachten Friseurs: während er sprach, schien Schurbigel imaginären Freunden und Feinden heiße Kompressen aufzulegen, sie mit wohlriechenden, beruhigenden Essenzen zu besprengen, er massierte ihre Kopfhaut, er fächelte ihnen Luft zu, kühlte sie ausgiebig, dann seifte er sie lange und gründlich ein mit einer ungemein wohlriechenden, ungemein kostbaren Seife, während seine ölige Stimme ungemein intelligente Dinge aussprach. Schurbigel sah schwarz, aber doch nicht allzusehr. Vokabeln wie Elite – Katakombe – Desperation schwammen wie Leuchtbojen im gleichmäßig intelligenten Strom seiner Rede, während er den imaginären Kunden seines Friseursalons geheimnisvolle Genüsse angedeihen ließ, sanfte Behandlungen, heiße, kalte, mittelwarme Umschläge, Friktionen; es war, als segne er seine Zuhörer mit allen Wohltaten, die den Katalog eines Meisterfriseurs geziert hätten.

Er war in einem Friseursalon der Vorstadt aufgewachsen. Das „ungemein begabte Kind“ war früh entdeckt und gefördert worden, aber der dicke kleine Junge vergaß nie die berauschende Melancholie des schmutzigen kleinen Salons, den sein Vater betrieben hatte: das Schnippen der Schere – blitzender Nickel im grauen Dämmer –, das milde Surren der elektrischen Haarschneidemaschine, ruhiges Geplauder, den Geruch verschiedener Seifen, wohltätig warm ineinander gemischt, zerstäubte Parfüms, das Klirren der Groschen in der Kasse, diskret überreichte Päckchen, Papierstreifen, auf denen abgekratzter Rasierschaum langsam eintrocknete, so daß blondes, schwarzes, rötliches Haar in trockenem Zuckerschaum gefangen schien – und die beiden warmen und dunklen Holzkabinen, in denen seine Mutter wirkte: künstliches Licht, Zigarettenqualm und das klagende, an einem bestimmten Punkt schrill ausbrechende Gespräch über Unterleibsgeschichten. Der freundliche, sehr melancholische Vater kam, wenn kein Kunde im Laden war, nach hinten, rauchte eine Zigarette und hörte ihm die Vokabeln ab: Hier wurde Schurbigels Ohr empfindlich, sein Geist traurig. Sein Vater erlernte nie die richtige Betonung der lateinischen Wörter, sagte beharrlich genús statt genus, sagte áncilla statt ancilla, und wenn sein Sohn titämi extemporierte, kam ein albernes Grinsen auf sein Gesicht, denn seine Assoziationen vollzogen sich auf niedriger Ebene.

Jetzt brachte Schurbigel seine Zuhörer in den Genuß einer geheimnisvollen Salbe, mit der er dezent ihre Ohren, ihre Stirnen, ihre Gesichter betupfte, dann nahm er ihnen mit einem heftigen Ruck den Frisiermantel ab, verbeugte sich kurz, raffte seine Manuskriptblätter zusammen und verließ mit schüchtern verzweifeltem Lächeln das Podium. Der Beifall war einmütig und anhaltend, aber gedämpft, so wie Schurbigel es liebte: lautes Geklatsche mochte er nicht. Er steckte die rechte Hand in seine Hosentasche und spielte mit einer Blechschachtel voller Glutamindragees: das helle, doch dezente Klingeln der Perlen beruhigte ihn, und lächelnd nahm er Pater Willibrords Hand, der ihm zuflüsterte: „Großartig, einfach großartig." Schurbigel verabschiedete sich, er mußte dringend fort, zur Eröffnung der „Oberländischen Sezession", er war Spezialist für moderne Malerei, moderne Musik, moderne Lyrik. Gerade die schwierigsten Themen liebte er, weil hier kühne Begriffe gebildet, gewagte Interpretationen erprobt werden konnten. Schurbigels Kühnheit war so groß wie sein Wohlwollen: am liebsten lobte er öffentlich alle, von denen er wußte, daß sie seine Feinde waren, und am liebsten fand er Mängel bei seinen Freunden. Selten nur lobte er einen Freund, und so kam er in den Ruf der Unbestechlichkeit. Schurbigel war unbestechlich, er hatte zwar Feinde, war aber selbst niemandes Feind.

Schurbigel hatte nach dem Krieg (Saulus wurde hier häufig als Beispiel zitiert) die ungeheuren Reize der Religion entdeckt. Zur Überraschung seiner Freunde wurde er Christ und Entdecker christlicher Künstler: sein großer Vorteil war, daß er ein Verdienst aufweisen konnte, das schon mehr als ein Jahrzehnt zurücklag: die Entdeckung Raimund Bachs, den er damals schon den größten Lyriker seiner Generation genannt hatte. Er hatte ihn als Redakteur einer großen Nazizeitung entdeckt, hatte ihn gedruckt, und so konnte er – und hier mußten selbst seine Feinde schweigen – jedes Referat über moderne Lyrik mit dem Satz beginnen: „Als ich im Jahre 1935 als erster ein Gedicht unseres verstorbenen, in Rußland gefallenen Dichters Bach druckte, wußte ich, daß eine neue Ära lyrischer Aussage begonnen hatte."

Mit dieser Veröffentlichung hatte er sich das Recht erworben, Nella „meine liebe Nella" zu nennen, und sie konnte nichts dagegen tun, obwohl sie wußte, daß Rai ihn gehaßt hatte, so wie sie ihn jetzt haßte. Er hatte sich das Recht erworben, alle drei Monate abends bei ihr Wein und Tee zu trinken, wozu er stets ein halbes Dutzend lässig angezogener Jünglinge mitbrachte – und das Foto „Die Witwe des Dichters mit dem Entdecker ihres Mannes“ ließ sich mindestens alle sechs Monate irgendwo unterbringen.

Nella war erleichtert, ihn verschwinden zu sehen; sie haßte ihn, amüsierte sich aber auch über ihn, und als der Applaus jetzt aufhörte und sie vollends erwachte, spürte sie, daß jener Blick nicht mehr auf ihrem Nacken ruhte, sondern nun ihr Gesicht traf. Sie blickte auf und sah den, der sie beharrlich zu erobern versucht hatte, mit Pater Willibrord auf sie zukommen: er war noch jung und war – entgegen der Mode – sehr diskret angezogen: dunkelgrauer Anzug, sauber geschlungene Krawatte, und sein Gesicht sah von vorn ganz sympathisch aus – eine gewisse ironische Intelligenz, wie sie Redakteuren eigen ist, die von der Politik ins Feuilleton gekommen sind. Es war typisch für Pater Willibrords Naivität, daß er Leute wie Schurbigel vollkommen ernst nahm und Leute wie jenen Unbekannten, der nun langsam auf sie zukam, mit ihr bekannt machte.

Der junge Mann war dunkel, wie sie ihn sich vorgestellt hatte, entsprach aber nicht dem Typ des intellektuellen Schürzenjägers, an den sie eben hatte denken müssen. Um ihn noch mehr zu verwirren, lächelte sie noch einmal; fiel auch er auf dieses Spiel winziger Muskeln herein? Er fiel darauf herein, und als er sich verbeugte, sah sie das dichte schwarze, sauber gescheitelte Haar.

„Herr Gäseler“, sagte Pater Willibrord lächelnd, „arbeitet an einer Lyrikanthologie und würde gern mit dir beraten, welche Gedichte von Rai er aufnehmen soll, liebe Nella.“

„Wie", sagte sie, „wie heißen Sie?", und sie sah an seinem Gesicht, daß er ihr Erschrecken für Ergriffenheit nahm.

Sommer in Rußland, ein Erdloch, ein kleiner Leutnant, der Rai in den Tod schickte. Hatte auf dieser dunklen, tadellos rasierten Wange vor zehn Jahren Alberts Ohrfeige geklebt?

... „Ich schlug ihn ins Gesicht, so fest, daß ich für einen Augenblick meine fünf Finger auf seiner dunklen Wange sah, und ich bezahlte die Ohrfeige mit sechs Monaten Haft im Militärgefängnis von Odessa." Wachsame, ein wenig ängstliche Augen mit witterndem Blick. Abgeschnitten das Leben, Rais Leben, meins und des Jungen Leben dazu durch deinen eitlen Eigensinn, schwarzhaariger Leutnant, der darauf bestand, seinen Befehl ausgeführt zu sehen, drei Viertel des schönen Films, der schon gedreht war, nur noch abzulaufen brauchte, abgeschnitten und in die Rumpelkammer geworfen, aus der sie ihn stückweise zusammensuchen mußte, Träume, die dazu bestimmt gewesen waren, keine Träume zu sein. Den Hauptdarsteller rausgeschmissen und alle anderen, sie, den Jungen und Albert gezwungen, einen zurechtgestümperten Film neu zu drehen. Der Producer hat für zwei Stunden einen kleinen Befehlserteiler reingelassen, der über den Rest des Films anders entschieden hat. Hauptdarsteller raus! Kam ihres, kam Alberts, des Jungen und der Großmutter verkorkstes Leben auf das Konto dieses kleinen Stümpers, der beharrlich darauf bestand, ihre Verwirrung für Verliebtheit anzusehen? ... O kleiner hübscher und intelligenter Stümper mit dem witternden Blick, Anthologieherausgeber, wenn du's bist – du scheinst mir zu jung zu sein, aber wenn du's bist, wirst du der Hauptdarsteller im dritten Viertel sein und ein melodramatisches Ende haben: mythische Gestalt in den Gedanken meines Jungen, schwarzer Mann im Gedächtnis der Großmutter, mit zehn Jahre altem, zäh erhaltenem Haß beladen; dir wird so schwindlig werden, wie jetzt mir wird.

„Gäseler", sagte er lächelnd.

„Herr Gäseler macht seit zwei Wochen das Feuilleton beim ‚Boten' – ist dir nicht wohl, liebe Nella?"

„Nein, mir ist nicht wohl."

„Nehmen wir eine kleine Erfrischung, einen Kaffee – darf ich Sie einladen?"

„Ja", sagte sie.

„Gehn Sie mit uns, Pater?"

„Ja."

Aber sie mußte noch Trimborn die Hand schütteln, Frau Mesewitz begrüßen, hörte jemand murmeln: die gute Nella wird alt und überlegte, ob sie Albert anrufen und herbitten sollte. Albert würde ihn erkennen und ihr das schwierige Verhör ersparen. Obwohl alles dagegen sprach, daß er es sein könnte, war sie fast sicher, daß er es sei. Er sah wie fünfundzwanzig aus, mochte aber achtundzwanzig sein und wäre also damals höchstens achtzehn gewesen.

„Ich wollte Ihnen schon schreiben", sagte er, als sie die Treppe hinuntergingen.

„Es hätte wenig Zweck gehabt", sagte sie.

Er blickte zu ihr auf, und seine alberne Gekränktheit reizte sie noch mehr.

„Seit zehn Jahren lese ich keinen Brief mehr, sie fliegen alle ungeöffnet in den Müllkasten."

An der Tür ließ sie ihn stehen, gab nur dem Pater die Hand und sagte: „Nein, ich muß nach

Hause, mir ist nicht wohl ... rufen Sie mich an, wenn Sie wollen, aber nennen Sie Ihren Namen nicht am Telefon. Hören Sie: nicht Ihren Namen nennen."

„Was ist denn los, liebe Nella?"

„Nichts", sagte sie, „ich kann nicht mehr, ich bin so müde."

„Sonntag in acht Tagen hätten wir dich gerne in Brernich gehabt, wo Herr Gäseler ein Referat hält ..."

„Rufen Sie mich an, wenn Sie wollen", sagte sie, ließ die beiden Männer stehen und lief schnell weg.

Endlich war sie aus dem Bereich der hellen Lichter heraus und konnte in die dunkle Straße einbiegen, wo Luigis Eissalon lag.

Hier hatte sie Hunderte Male mit Rai gesessen, und es war der am besten geeignete Ort, den Film zurechtzuflicken, die Streifen, die Träume geworden waren, einzuhängen in die Zähne der Kurbelwelle. Licht aus und auf den Knopf gedrückt, und der Traum, der dazu bestimmt gewesen war, Wirklichkeit zu werden, flimmerte über das Hirn hin.

Luigi lächelte ihr zu und griff sofort zu der Schallplatte, die er immer auflegte, wenn sie hereinkam: wilde und sentimentale Primitivität, hektisch und ergreifend, und lauernd wartete sie auf die Stelle, wo die Melodie ausklinkte und ratternd in unabsehbar tiefe Abgründe sank, während sie beharrlich das erste Viertel des Films, das kein Traum gewesen war, ablaufen ließ.

Hier hatte er begonnen, hier, wo sich wenig verändert hatte: immer noch war in der Straßenfront über dem Schaufenster das Mauerwerk in Form eines Hahns ausgespart und in grellen Farben verglast: grün wie die Heide und rot wie Granatäpfel, gelb wie die Flaggen an Munitionszügen, schwarz wie Kohle – und der Zettel, den der Hahn im Schnabel hielt: so groß wie vier Ziegelsteine, schneeweiß verglast und rot beschriftet: Hähnels 144 Sorten Eis. Längst wieder war der Hahn wie früher und warf sein buntes Licht über die Gesichter der Sitzenden, über die Bar, bis weit in die hinterste Ecke auch auf sie, die ihre Hände – tödlich gelb gefärbt – wie damals auf dem Tisch liegen sah, und Szene I war fällig.

Ein junger Mann kam an ihren Tisch, dunkelgrau fiel sein Schatten über ihre Hand, und er sagte, noch bevor sie zu ihm hatte aufsehen können: Ziehen Sie das braune Jäckchen aus, es paßt nicht zu Ihnen. Da stand er schon hinter ihr, hob ruhig ihre Arme und streifte ihr die braune Hitlerjugendjacke ab. Er warf die Jacke auf die Erde, schob sie mit dem Fuß in die Ecke des Eissalons und setzte sich neben sie. Natürlich bin ich Ihnen eine Erklärung schuldig – und noch immer konnte sie ihn nicht ansehen, denn ein zweiter grauer Schatten fiel über ihre Hand, die von der Brust des Hahns her knallig gelb gefärbt war. Ziehen Sie nie mehr das Ding an, es paßt nicht zu Ihnen. Später tanzte sie mit dem, der zuerst gekommen war, vorne, wo vor der Theke ein wenig Platz war, und sie konnte ihn genau ansehen: merkwürdig in dem lachenden Gesicht die blauen Augen, die ernst blieben, über ihre Schulter hinweg auf etwas sehr Entferntes zu blicken schienen. Er tanzte mit ihr, fast als tanze er allein, nur leicht berührten seine Hände sie, leichte Hände, die sie später, wenn er neben ihr schlief, oft nahm und auf ihr Gesicht legte. Hellgraue Nächte, in denen sein Haar nicht mehr schwarz, sondern hellgrau erschien wie das Licht, das von draußen kam, und sie lauschte ängstlich auf seinen Atem, der nie zu hören war, kaum zu spüren auch, wenn sie die Hand vor seinen Mund hielt.

Ein Leben ohne Ballast hatte begonnen in dem Augenblick, da der dunkelgraue Schatten auf ihre gelbgefärbte Hand fiel. Die braune Hitlerjugendjacke blieb in der Ecke des Eissalons liegen.

Gelber Fleck auf der Hand, so wie sie auch vor zwanzig Jahren gelb gewesen war.

Sie fand die Gedichte schön, weil er es war, der sie schrieb; viel wichtiger aber als diese Gedichte war er, der sie so gleichgültig vorlas. Alles war so leicht für ihn, so selbstverständlich; sogar die Einberufung, vor der er sich fürchtete, konnte hinausgeschoben werden, aber es blieb die Erinnerung an die beiden Tage, wo er draußen in der Kasematte geschlagen worden war.

Düstere feuchte Gewölbe aus dem Jahre 1876, in denen jetzt ein findiger kleiner Franzose eine Champignonzucht betrieb: Blutflecken auf dem schwärzlichen, feuchten Beton, Bier und das Rülpsen der SA-Leute, dumpfer Gesang wie aus einem Grab, das Erbrochene an den Wänden, auf den Fluren, wo jetzt auf Pferdedung weißliche, krank aussehende Pilze gediehen, und oben auf dem Dach der Kasematte jetzt die herrlich grüne Rasenschicht, das Rosenbeet, wo Kinder spielten und strickende Mütter „Gib acht“ riefen und „Sei nicht so wild“ – wo Rentner verdrießlich ihren Tabak in der Pfeife zerkrümelten, zwei Meter über dem dumpfen Grab, wo Rai mit Albert zwei Tage lang Todesangst ausgestanden hatte. Hoppe-hoppe-Reiter spielende Väter mit Feierabendgesichtern, Bonbons spendende Opas, der Springbrunnen und die Rufe „Geh nicht zu nah ran" und der alte Wärter, der morgens rundging, um die Spuren nächtlicher Ausschweifungen der Vorstadtjugend zu beseitigen: mit Lippenstift bekleckerte Papiertaschentücher und die im Mondschein mit Ästen auf den Boden geschriebenen Synonyme für Liebe. Frühaufsteher unter den Rentnern, zappelige Greise, die im Sommer früh kamen, um die Ausbeute des Wärters zu sehen, bevor sie im Kehrichteimer verschwand: Kichern über bunten Papiertüchern und die wilde rote Farbe abgewischten Lippenstifts. WIR WAREN JA AUCH EINMAL JUNG.

Und darunter das Grab, in dem jetzt Champignons wuchsen, wimmelnd weißlich über bräunlichem Mist und gelbem Stroh, wo Absalom Billig als erster Jude der Stadt ermordet wurde: schwarzer lächelnder Junge, dessen Hände so leicht waren wie Rais Hände; zeichnen konnte er, wie kein zweiter hatte zeichnen können. Blockwarte und SA-Leute konnte er zeichnen: „DEUTSCH BIS INS MARK" – und die SA-Leute DEUTSCH BIS INS MARK zertrampelten ihn dort unten in der Gruft.

Eine neue Schallplatte, Huldigung des kleinen schwarzen Barmanns an ihre blonde Schönheit. Sie schob die Hand auf dem Tisch ein wenig hinüber, wo sie im Licht des roten Halsgefieders lag: zwei Jahre später hatte ihre Hand dort gelegen an dem Tag, als Rai ihr erzählte, daß Absalom Billig ermordet worden war: eine hagere kleine Jüdin, Absaloms Mutter, die aus Alberts Wohnung nach Lissabon telefonierte, nach Mexiko City, alle Schiffahrtslinien anrief – und immer an der Hand den kleinen Wilhelm Billig, der in Verehrung für den Kaiser Wilhelm so benannt worden war. Die Überraschung: Argentinien, weit hinten in Argentinien hatte jemand den Hörer in der Hand und sprach mit Frau Billig: Visum, Devisen ...

Als Drucksache zwei Nummern des „Völkischen Beobachters“, die mit zwanzig Tausendmarkscheinen nach Argentinien gingen. Rai und Albert wurden Zeichner in Papas Marmeladenfabrik.

Champignons gediehen jetzt dort. Kinder spielten, Mütter riefen „Gib acht“ und „Sei nicht so wild“ und „Geh nicht so nah ran“, wenn der Springbrunnen lief, und die Rosen blühten so rot, wie ihre Hand jetzt blühte, die im Licht des roten Halsgefieders lag, des Halsgefieders von Hähnels Wappenhahn. Weiter lief der Film, und Rais Hand wurde schwerer, hörbar sein Atem, er lachte nicht mehr, und es kam eine Karte von Frau Billig: „Vielen Dank für die Grüße aus der teuren Heimat.“ Und eine zweite Drucksache ging weg, zwei Nummern des „Stürmer“, mit zehn Tausendmarkscheinen. Albert ging nach London, und aus London kam bald die Nachricht, daß er geheiratet hatte, ein verrücktes und bildschönes Mädchen, wild und fromm, und Rai blieb Zeichner und Statistiker in Papas Fabrik. Was können wir für unsere neue Sorte tun? HOLSTEGES BILLIGES ERDBEERGELEE.

Tintenblaues Bauchgefieder des Hahns, während der Film weiterlief: grau und ruhig, müde Dramaturgie – bis in London das verrückte und bildschöne Mädchen starb und monatelang von Albert keine Nachricht kam, und sie schrieb Briefe, die er ihr jetzt manchmal vorwarf: Komm zurück, Rai lacht nicht mehr, seit du weg bist ...

Grau und dunkel wurde der Film, raffiniertes Licht, das Spannung verhieß. Albert kam zurück,

Krieg kam: Geruch der Kasernenkantinen, ausverkaufte Hotels, in den Kirchen wurde inbrünstig fürs Vaterland gebetet. Kein Quartier zu finden, und die acht Stunden Urlaub waren bald herum, noch bevor die Umarmung vollzogen war: Umarmungen auf Plüschsofas, auf dunkelbrauner Couch und in den dreckigen Betten billiger Absteigequartiere, deren Zeit gekommen war: Stiefelschmiere auf Bettüchern.

Schepperndes Klingeln und ein schlechtes Frühstück im Morgengrauen, während die hagere Matrone das Schild wieder ins Fenster stellte: ZIMMER FREI. Pappschild zwischen Gardine und Fenster eingezwängt und die grinsend geäußerte Weisheit der Kupplerin, als Rai über den hohen Preis erstaunt war: ES IST KRIEG, UND DIE BETTEN WERDEN RAR UND TEUER – schüchtern im Wohnzimmer sich einfindende Frauen, die erstmals das Unabänderliche außerhalb des Ehebetts vollzogen hatten, der halben Hurigkeit dieses Erlebnisses sich schämten, es zugleich genossen; hier wurden die Abc-Schützen des Jahres 1946 gezeugt, magere rachitische Kriegskinder, die den Lehrer fragen würden: „Ist der Himmel der Schwarzmarkt, wo es alles gibt?“ Scheppernde Klingel, Bettgestell aus Eisen und ausgebeulte Seegrasmatratze, die noch zweitausend Kriegsnächte lang begehrtes Objekt sein würde, bis die Abc-Schützen des Jahres 1951 gezeugt sein würden.

Krieg ist immer gut für die Dramaturgie, weil das ungeheure Ereignis dahinter steht: der Tod, der die Handlung zu sich hinzieht, sie spannt wie das Fell auf der Trommel, das unter der leisesten Berührung des Fingers zu tönen beginnt.

Noch eine Limonade, Luigi, und ganz, ganz kalt,

und sehr viel aus der kleinen grünen Flasche hinein, die das Bittere enthält: kalt und bitter wie die Abschiede an den Straßenbahnstationen oder vor den Kasernentoren. Bitter wie der Staub, der aus den Matratzen der Absteigequartiere steigt: feiner Puder, sublimer Dreck, der aus den Ritzen der Tapeten rieselt und in den Schienen der Linie 10, der Linie 8, der Linie 5 knirscht, wenn sie abfahren zu den Kasernen hin, wo die Trostlosigkeit schmort. Kalt wie das Zimmer, aus dem ich den Koffer holen mußte, das Zimmer, wo schon die nächste sich einzurichten beginnt: blonde und gute, biedere Reservefeldwebelsfrau, westfälischer Dialekt und die ausgepackte Wurst und das ängstliche Gesicht, das meinen bunten Schlafanzug für den einer Hure hält, die ich doch genauso ehelich wie sie das Unabänderliche genieße: ich bin getraut worden von einem schwärmerisch blickenden Franziskaner an einem sonnigen Frühlingstag, denn Rai wollte das Unabänderliche nicht genießen, bevor wir getraut waren. Keine Angst, gute Reservefeldwebelsfrau. Der gelbe Butterklumpen in Pergament, das vor Scham knallrote Gesicht, das bald weinen wird. Eier, die über den dreckigen Tisch rollen. O Feldwebel, der du sonntags so schön den Baß im Hochamt sangst, was hast du deiner Frau angetan? Klempnermeister mit Schwein und Kuh und Hühnern, Dies-irae-Sänger in Totenmessen, für den Verdun nach zehn Jahren gerade noch für eine Frühschoppengeschichte reichte, du biederer Zeuger von vier schulpflichtigen Kindern, der du der Baß, die dunkle Orgel des Kirchenchors bist, was hast du deiner Frau angetan, die diese Nacht den bitteren Staub aus der Matratze schlucken und in dem Gefühl nach Hause fahren wird, eine Hure zu sein, im Schoße davontragend den Abc-Schützen des Jahres 1946, der ein Halbwaise sein wird, denn du, fröhlicher Sänger und fröhlicher Verdunerzähler, wirst mit einer Pakgranate in der Brust im Sand der Sahara liegen, denn du bist nicht nur ein guter Baß, sondern auch tropentauglich. Ein weinendes rotes Gesicht und das Ei, das über die Tischkante rollt und auf den Boden fällt: klebriges Eiweiß, dunkelgelber Dotter darin, die zerbrochene Schale, und so kalt und dreckig das Zimmer, so leer mein Koffer, der nur den viel zu bunten Schlafanzug enthält und ein wenig Toilettenzeug, viel zu wenig Inhalt, um die gute Frau zu überzeugen, daß ich keine Hure bin. Dazu noch das Buch, auf dem deutlich zu lesen ist: ROMAN, und sie hält meinen Trauring erst recht für eine Täuschung, die mir nicht gelungen ist. Der Abc-Schütze des Jahres 1946 wird bei dir von einem Klempner, der von 1947 bei mir von einem Dichter gezeugt werden, aber das macht keinen großen Unterschied.

Danke, Luigi, leg noch einmal die eine Platte auf, die eine, du weißt. Luigi weiß. Wilde Primitivität, die im richtigen Augenblick ausklingt. Melodie, die wimmernd in den Abgrund sinkt, sich auflöst, aber wieder hochkommt. So kalt ist die Limonade, wie die Zimmer waren, so bitter wie der Staub, und der blaue Lichtstrahl vom Schwanzgefieder des Hahns liegt jetzt auf meiner Hand.

Weiter arbeitete die Dramaturgie mit diesem dunklen Licht, das für die Stimmung so günstig ist. „Das gibt Atmosphäre." Wieder der bittere Geruch am Rande des Truppenübungsplatzes, schon sind viele Soldaten dekoriert, das Geld fließt, und die Zimmer werden immer rarer: zehntausend Soldaten, von denen fünftausend Besuch bekommen, und im ganzen Dorf nur zweihundert Zimmer, wobei schon die Küchen mitgezählt sind, wo auf Holzbänken die Abc-Schützen des Jahres 1947 gezeugt werden, von dekorierten Vätern gezeugt, wo immer ein Platz zum Zeugen sich fand: im Heidekraut oder auf Fichtennadelboden, wo man sich trotz der Kälte schnell hinwirft, denn es ist Januar, und die Quartiere sind knapper als die Soldaten: zweitausend Mütter und dreitausend Ehefrauen sind angekommen, dreitausendmal muß sich irgendwo das Unabänderliche vollziehen, denn „die Natur verlangt ihr Recht“, und die Schulmeister des Jahres 1947 wollen nicht vor leeren Klassenbänken stehen. Ratlosigkeit und Verzweiflung in den Blicken der Frauen, der Soldaten, bis der Standortälteste die rettende Idee hat: sechs Baracken stehen leer mit zweihundertvierzig Betten und der ganze siebte Flügel des Kasernements, wo die Infanteriegeschützkompanie liegt, die gerade zum Schießplatz ist, und in den Kellern ist noch Platz, die Pferdeställe sind frei, „gutes, sauberes Stroh, das natürlich bezahlt werden muß“, Scheunen werden beschlagnahmt, Omnibusse requiriert, die ins zwanzig Kilometer entfernte Städtchen fahren. Der Standortälteste überschritt alle Gesetze und Konventionen, denn die Division lag zum Abtransport in unbekannte Weiten bereit, und das Unabänderliche mußte noch einmal vollzogen werden, sonst würden die Kasernen des Jahres 1961 leer stehen; und die Abc-Schützen des Jahres 1947 konnten gezeugt werden: schmale kleine Bürschchen, deren erste staatsbürgerliche Handlung der Kohlendiebstahl sein würde: sie eigneten sich gut dazu, waren flink und mager, und sie froren und wußten den Wert der Dinge schon zu schätzen:

hinauf auf die Kohlenwaggons und hinuntergeworfen, was eben hinunterging. Oh, ihr kleinen Diebe werdet auch wieder brav werden, seid schon brav geworden, ihr auf Sofas, auf hölzernen Küchenbänken, in Kasernenluftschutzbetten oder auf Stube 56 der Infanteriegeschützkompanie Gezeugten, ihr im Pferdestall auf frischem Stroh, auf kaltem Waldboden Gezeugten, in Fluren und Kantinenhinterräumen, wo der biedere Pächter stundenweise sein Wohnzimmer zu einem Bordell für Eheleute machte: keine Scham, wir sind doch alle Menschen. Zigaretten, Luigi, und noch eine Limonade, noch kälter, wenn's geht, und mehr von der Bitternis hinein, die in der grünen Flasche ist.

Mein Abc-Schütze des Jahres 1947 wurde auch in diesem kalten Januar gezeugt, nicht in einem Wohnzimmer, nicht einmal in einem Absteigequartier, wir hatten Glück, wir fanden ein reizendes kleines Privatbordell, Wochenendhaus eines Industriellen, der gerade an diesem Wochenende keine Zeit hatte, seine Freundinnen zu besuchen: er ließ die beiden Mädchen sich langweilen, während er Kanonen verscheuerte. Kleiner Puff zwischen Tannenbäumen auf der grünen Wiese und ihr zwei verständnisvollen Mädchen, die ihr zusammen in einem Zimmer schlieft und uns das andere überließt: honigfarbene Läufer, honigfarbene Tapete, honigfarben überzogene Polstermöbel – ein Courbet an der Wand. „Ist er echt?" ... „Aber was denken Sie!" – honigfarbener Telefonapparat und das Frühstück mit den beiden bildschönen Mädchen, die so nett zu servieren verstanden: Toast und Ei, Tee und Fruchtsaft und alles – auch die Servietten – so honigfarben, daß es fast nach Honig zu riechen schien.

Und plötzlich flimmerte es – knacks, der Film brach ab, dunkelgraues Geflimmer, ein heller gelber Fleck, noch ertönte das sanfte Gemurmel der Kurbel aus dem Vorführraum, da ging das Licht an, Pfeifen im Zuschauerraum, aber das Pfeifen war zwecklos; nach dem ersten Viertel war der Film zu Ende, der doch schon fertiggedreht gewesen war. Sie blickte um sich, seufzte und rauchte, wie sie immer rauchte, wenn sie aus dem Kino kam: lau war Luigis Limonade geworden, und die alkoholische Bitternis hatte sich verflüchtigt, und es schmeckte fade wie sehr stark verdünnter Wermut: und da war also der Film, der an Stelle des anderen auf die Kurbel gelegt worden war: der bunte Hahn dort oben, in dessen grünem Rücken jetzt ihre Hand lag: fast derselbe Hahn, nur um ein wenig greller die Farben, ein anderer Mann hinter der Bar, aber wieder 144 Sorten Eis, und der Held ein anderer, jener, der in dem honigfarbenen Haus gezeugt worden war. Und hatte sie eben den kennengelernt, der den Knacks verursacht hatte?

Bist du nicht zu jung, um der zu sein, der in die Racheliturgie meiner Mutter eingegangen ist? Sie schob das Glas beiseite, stand auf und ging an Luigi vorbei, bis ihr einfiel, daß sie noch zahlen und Luigi zulächeln mußte: er nahm Geld und Lächeln in dankbarer Trauer hin, und sie verließ den Eissalon. Sehr plötzlich befiel sie oft die Sehnsucht nach dem Kind, das sie für Tage ganz vergaß: es war gut, seine Stimme zu hören, seine Wange zu fühlen, zu wissen, daß er da war, seine leichte Hand zu spüren und den leichten Atem zu beobachten, sich seines Daseins zu vergewissern.

Das Taxi fuhr sie schnell durch dunkle Straßen. Sie betrachtete verstohlen von der Seite das Gesicht des Fahrers, ein ruhiges ernstes Gesicht, das vom Schatten der Schirmmütze halb verdeckt war.

„Haben Sie eine Frau?" fragte sie plötzlich, und der dunkle Kopf nickte, wandte sich dann für einen Augenblick ihr zu, und sie sah ein überraschtes Lächeln auf dem ernsten Gesicht.

„Und Kinder?" fragte sie.

„Ja", sagte der Mann, und sie beneidete ihn.

Sie weinte plötzlich, feucht wurde das von Lichtern durchblitzte Bild vor der Glasscheibe.

„Mein Gott", sagte der Chauffeur, „warum weinen Sie?"

„Ich denke an meinen Mann", sagte sie, „der vor zehn Jahren gefallen ist."

Der Chauffeur wandte sich überrascht zu ihr, drehte schnell sein Gesicht wieder nach vorne, löste aber die rechte Hand vom Steuerrad und legte sie für einen Augenblick leicht auf ihren Arm. Er sagte nichts, und sie war froh darüber und sagte: „Gleich müssen Sie rechts einbiegen und dann die ganze Hodlerstraße durch bis zum Ende." Feucht war das Bild draußen vor der Scheibe, und der Taxameter tickte und warf die Zahlen mit einem leichten Knack hoch: Groschen um Groschen stapelte die unermüdliche Gelduhr nach oben. Sie wischte die Tränen aus ihrem Gesicht und sah im Licht des Scheinwerfers hinten schon die Kirche, während sie daran dachte, daß ihre Kavaliere immer weniger Ähnlichkeit mit Rai hatten: Büffel mit gutgeschnittenen Gesichtern, die Wörter wie Wirtschaft mit vollem Ernst aussprachen und ohne Ironie sogar Sachen sagten wie Volk und Aufbau und Zukunft; Sektflaschenhälse umfassende Männerhände mit und ohne Zukunft, die hart waren und stümperisch, mit Gepäck belastete Ernstnehmer, gegen die jeder kleine Hochstapler fast ein Dichter war, bevor er im Gefängnis kapitulierte.

Leise berührte der Taxichauffeur ihren Arm, und mit einem letzten Ruck sprang der Taxameter noch um einen Groschen höher. Sie gab dem Mann Geld, viel Geld, und er lächelte ihr zu, sprang von außen um das Auto herum, um ihr den Schlag zu öffnen, aber sie war schon draußen und sah, wie dunkel das Haus war: nicht einmal bei Glum war Licht, und es fehlte selbst der gelbe Lichtstrahl, der immer aus Mutters Zimmer in den Garten fiel. Den Zettel an der Haustür konnte sie erst entziffern, als sie aufgeschlossen und in der Diele Licht gemacht hatte: „Wir sind alle ins Kino gegangen." Alle war viermal unterstrichen.

Sie blieb im Dunkeln in der Diele unter Rais Porträt sitzen. Es war vor zwanzig Jahren gemalt worden, zeigte ihn als lachenden Jüngling, der ein Gedicht auf eine Nudelpackung schrieb: deutlich hatte Absalom Billig auf die Nudelpackung gemalt: Bambergers Eiernudeln. Rai lachte auf diesem Bild, er sah so leicht aus, wie er gewesen war, und das Gedicht auf der Nudelpackung existierte noch in Pater Willibrords Archiv: verblichen war das Blau, verblichen die eierfarbenen Antiquabuchstaben: Bambergers Eiernudeln – vergast worden war Bamberger, der nicht mehr hatte fliehen können, und Rai lächelte, wie er vor zwanzig Jahren gelächelt hatte. Im Dunkeln sah es fast lebend aus, und sie erkannte den strengen, fast pedantischen Zug um seinen Mund, jenen Zug, der ihn hin und wieder – dreimal am Tage mindestens – „Ordnung" hatte sagen lassen, „Ordnung", die Ordnung, die er meinte, als er sich mit ihr trauen ließ, bevor er mit ihr schlief: erpreßt die Heiratserlaubnis vom Vater und hingemurmelt die Trauungsliturgie über ihre vereinten Hände im Dämmer der mit Kitsch angefüllten Franziskanerkirche und im Hintergrund die beiden Trauzeugen, Albert und Absalom.

Das Telefon klingelte und rief sie in die dritte Ebene zurück, die sie am wenigsten gern betrat: die sogenannte Wirklichkeit. Es schrillte dreimal, viermal, bis sie langsam aufstand und in Alberts Zimmer ging. Und sie hörte Gäselers Stimme, der nur schüchtern fragte: „Wer ist am Apparat?"

Sie nannte ihren Namen, und er sagte: „Ich wollte nur hören, wie es Ihnen geht, es tat mir leid, daß Ihnen nicht wohl war."

„Besser", sagte sie, „mir geht es besser. Und ich komme zur Tagung."

„Oh, fein", sagte er, „fahren Sie mit mir im Wagen. Ich lade Sie ein."

„Schön", sagte sie.

„Soll ich Sie abholen?"

„Nein, nein, am besten treffen wir uns in der Stadt. Wo?"

„Freitag um zwölf", sagte er, „am Platz der Vertrauensbank, wo die Hauptkasse ist, um zwölf, Sie kommen wirklich?"

„Ich komme", sagte sie, und sie dachte: ich werde dich töten, werde dich zerschneiden, zersägen mit meiner Waffe, die schrecklich ist: mit meinem Lächeln, das mich nichts kostet, nur eine winzige Muskelbewegung im Unterkiefer, ein Mechanismus, der leicht zu bedienen ist: ich habe mehr Munition, als du für deine Maschinengewehre hattest, und es kostet mich sowenig, wie dich die Gewehrmunition gekostet hat.

„Ja, ich komme", sagte sie, hing ein und ging in die Diele zurück.

IV

Der Zahnarzt öffnete die Tür zu seinem Wohnzimmer und sagte: „Setzen Sie sich bitte, Frau Brielach." Ein Junge, der so alt war wie ihrer, saß am Klavier und klimperte lustlos. „Geh für ein paar Minuten hinaus", sagte der Zahnarzt. Der Junge verschwand sehr schnell und ließ das aufgeschlagene Notenheft über den gelblichen Tasten zurück. Sie blickte auf den Titel und las müde ETUDES 54. Der Zahnarzt seufzte hinter seinem schwarzgebeizten Schreibtisch, suchte mit langen Fingern ihre Karteikarte, nahm einige an die Karte geheftete weiße Zettel weg und sagte: „Nun erschrecken Sie nicht. Hier habe ich den Kostenanschlag." Er sah sie seufzend an, und sie blickte auf das Bild, das hinter ihm an der Wand hing: Unkel im Sonnenschein. Viel grelles Gelb hatte der Maler verschwendet, um den Rhein, die Weinberge und die hübsche Fassade des Städtchens sonnig erscheinen zu lassen, aber der Maler hatte das viele Gelb umsonst verschwendet: Unkel sah nicht sonnig aus.

Der Zahnarzt nahm ein Päckchen Tabak aus der Schublade, öffnete die Silberpapierklappe und drehte, immer noch seufzend, langsam eine dicke Zigarette. Er schob ihr Tabak und Papier zu, aber sie schüttelte den Kopf und sagte leise: „Danke." Sie hätte gern geraucht, aber der Mund tat ihr weh: der Zahnarzt hatte ihr Zahnfleisch mit beißendem Zeug bepinselt und mit einem Nickelhämmerchen an ihren Zähnen herumgeklopft, kopfschüttelnd hatte er mit seinen langen schönen Fingern ihr Zahnfleisch hart und heftig massiert – immer kopfschüttelnd. Er legte den Zettel vor sich hin, rauchte und sagte ganz plötzlich: „Erschrecken Sie nicht: es wird zwölfhundert Mark kosten."

Sie starrte auf Unkel im Sonnenschein und war zu müde, um zu erschrecken: sie hatte mit fünfhundert, sechshundert Mark gerechnet, aber wenn er jetzt gesagt hätte „Zweitausend", wäre es so schlimm gewesen wie „Zwölfhundert". Fünfzig Mark waren viel, sehr viel Geld, aber jede Summe über hundertfünfzig war gleich unerreichbar: von zweihundert bis zweitausend und darüber hinaus war es fast gleichgültig, wie hoch die Summe war. Der Arzt zog den Rauch tief ein: würzigen frischen Tabak hatte er. „Ich könnte es für acht-, vielleicht für siebenhundert machen, aber dann kann ich nicht garantieren. So garantiere ich, daß es tadellos aussieht. Sie kennen sicher den billigeren Zahnersatz: er sieht so bläulich aus."

Ja, sie kannte ihn und fand ihn entsetzlich: Luda hatte solchen Zahnersatz, die Frau aus dem Süßwarengeschäft, und wenn sie lächelte, schimmerte es bläulich-weiß und so offenbar künstlich.

„Machen Sie einen Antrag bei der Fürsorge, vielleicht einen bei der Wohlfahrt. Wenn Sie Glück haben, gibt die Wohlfahrt was dazu. Ich habe Ihnen zwei andere Kostenanschläge gemacht: über achthundert, denn wenn Sie den teuren einreichen, kriegen Sie gar nichts. Wenn Sie viel Glück haben, kriegen Sie insgesamt fünfhundert Mark: es fallen zu vielen Leuten die Zähne aus. Wieviel könnten Sie denn monatlich zahlen?"

Sie zahlte immer noch an den Kosten für Heinrichs Erstkommunion ab: acht Mark in der Woche, über die Leo sowieso schon fluchte. Hinzu kam, daß sie eine Zeitlang nicht würde arbeiten können – sie würde das Haus nicht ohne Zähne verlassen, sie würde sich einschließen, sich das Gesicht umwickeln, abends mit verbundenem Kopf zum Zahnarzt schleichen. Eine Frau ohne Zähne sah zu schrecklich aus. Kein Fremder dürfte ins Zimmer kommen, und nicht einmal Heinrich würde sie sich zeigen. Leo schon gar nicht. Dreizehn Zähne weg! Luda hatte damals nur sechs gezogen bekommen und sah aus wie eine uralte Frau.

„Und außerdem", sagte der Arzt, „müßte ich mindestens dreihundert Mark Anzahlung haben, ehe ich anfangen kann, und dann das Geld von der Wohlfahrt und der Kasse, sobald Sie's genehmigt bekommen. Dann wäre schon fast die Hälfte erledigt – und haben Sie sich überlegt, was Sie monatlich zahlen könnten?"

„Zwanzig Mark vielleicht", sagte sie müde.

„Mein Gott, das würde ja mehr als ein Jahr dauern, ehe Sie den Rest gezahlt haben."

„Es hat keinen Zweck", sagte sie, „ich kann auch die Anzahlung nicht beschaffen."

„Sie müssen's machen lassen", sagte er, „bald müssen Sie's machen lassen, Sie sind doch eine junge, eine hübsche Frau, und wenn Sie warten, wird es schlimmer und teurer."

Er war sicher nicht sehr viel älter als sie, und er sah aus, wie Männer aussehen, die als junge Männer mal hübsch gewesen sind: dunkle Augen und helles, gelbes Haar, aber sein Gesicht war müde und aufgedunsen, und auf dem Kopf war sein Haar schon spärlich. Er spielte träge mit dem Kostenanschlag herum. „Ich kann nicht“, sagte er leise. „Ich kann es nicht anders machen. Ich muß ja alles im voraus bezahlen: das Material und den Techniker, die ganzen Unkosten. Ich kann nicht. Ich würde es Ihnen gern sofort machen, denn ich weiß, wie schrecklich es für Sie ist.“

Sie glaubte es ihm: er hatte ihr ein paar Injektionen ins Zahnfleisch gemacht und Musterampullen dazu genommen, ihr gar nichts berechnet, und er hatte eine leichte, ruhige und sichere Hand. Schmerzhaft war der Stich in das beängstigend weit zurückgewichene Zahnfleisch, und die Flüssigkeit aus der Ampulle bildete einen harten Beutel, der sich nur langsam abflachte, aber eine halbe Stunde später hatte sie sich wunderbar wohl gefühlt: heiter und jung und schmerzlos. „Natürlich“, hatte er ihr gesagt, als sie es ihm erzählte, „es sind Hormone und Stoffe, die Ihrem Organismus fehlen – ein wunderbares Mittel, ganz harmlos, aber teuer, wenn Sie's kaufen müssen.“

Sie stand auf, knöpfte den Mantel zu und sprach leise, weil sie fürchtete, in Tränen auszubrechen. Der Mund tat noch so weh, und die hoffnungslos hohe Summe hatte in ihrer Endgültigkeit etwas von einem Todesurteil: in spätestens zwei Monaten würden ihr dreizehn Zähne ausgefallen sein, und damit war ihr Leben zu Ende. Leo haßte nichts mehr als schlechte Zähne: er selbst hatte tadellos weiße, ganz gesunde Zähne, die er mit großem Eifer pflegte. Sie murmelte, während sie den Mantel zuknöpfte, den Namen der Krankheit vor sich hin, der schrecklich klang wie die Todesdiagnose eines Arztes: PARADENTOSE.

„Ich geb Ihnen Bescheid", sagte sie.

„Nehmen Sie den Kostenanschlag mit. Das ist der richtige – und das ist der andere, in drei Ausfertigungen. Sie brauchen für jeden Antrag einen, und der dritte ist für Sie, damit Sie die Summe wissen."

Der Arzt drehte sich eine neue Zigarette; die Sprechstundenhilfe kam, und er sagte zu ihr: „Bernhard kann weiterüben."

Sie steckte die Papiere in die Manteltasche. „Lassen Sie den Mut nicht sinken", rief der Arzt, und er lächelte kläglich dabei, sein Lächeln war so kläglich wie der Sonnenschein, der über Unkel lag.

Zu Haus war Leo, und sie wollte Leo jetzt nicht sehen. Er hatte so strahlend gesunde Zähne, und schon seit Monaten bemängelte er die ihren und ihren Mundgeruch, gegen den sie vergeblich ankämpfte. Seine harten, sauberen Hände prüften ihren Körper von Tag zu Tag, und seine Augen waren so hart und unbestechlich wie seine Hände. Er würde lachen, wenn sie ihn um Geld bat. Er schenkte ihr selten etwas, nur dann, wenn er in einem sentimentalen Augenblick gerade auch Geld hatte.

Das Treppenhaus war dunkel, leer und still, und sie blieb auf dem Treppenabsatz stehen und versuchte, sich die Zähne des Bäckers vorzustellen: sie waren bestimmt nicht gut; sie hatte nicht genau darauf geachtet, aber vage eine dumpfgraue Farbe in Erinnerung.

Durch die matte Scheibe blickte sie in den Hof, wo ein fliegender Händler seinen Karren mit Orangen bepackte: er sortierte die dicken aus den Kisten nach rechts, die kleinen nach links, dann verteilte er die kleinen auf den Boden des Wagens, legte die dicken darüber und türmte die allerdicksten zu kleinen Pyramiden, die den Aufbau zierten. Ein kleiner dicker Junge stapelte die Kisten neben den Abfalleimer. Dort verfaulte im Schatten der Mauer ein Haufen von Zitronen: grünlich durchmischtes Gelb, weißlich durchmischtes Grün in dem bläulichen Schatten, der die roten Wangen des Jungen violett erscheinen ließ. Die Schmerzen in ihrem Mund ließen nach, und sie sehnte sich nach einer Zigarette, einer Tasse Kaffee und nahm das Portemonnaie heraus: abgewetztes graues Wildleder, das schwärzlich geglättet war; es war noch ein Geschenk ihres Mannes, der zwischen Saporoshje und Dnepropetrowsk längst vermodert war. Er hatte es ihr vor dreizehn Jahren geschenkt, es war aus Paris: Geschenk des lachenden Feldwebels auf dem Buntfoto, des lachenden Autoschlossers, lachenden Bräutigams, der nicht viel hinterließ: ein zerschlissenes Portemonnaie, ein Andenken an seine erste heilige Kommunion und eine gelbliche, verschlissene Broschüre „Was der Autoschlosser bei der Gehilfenprüfung wissen muß". Ein Kind hinterließ er, eine Witwe und das ehemals graue, nun schwärzlich geglättete Portemonnaie aus Wildleder, ein Geschenk aus Paris, von dem sie sich nie trennte.

Seltsam war der Brief des Kompanieführers gewesen – „fuhr mit seinem Panzer als Verstärkung einer gewaltsamen Erkundung und kehrte von diesem Einsatz nicht zurück. Wir wissen jedoch sicher, daß Ihr Gatte, einer der ältesten und treuesten Soldaten der Kompanie, nicht in russische Gefangenschaft geraten ist. Ihr Gatte ist den Heldentod gestorben." Keine Uhr, kein Soldbuch, kein

Trauring und nicht in Gefangenschaft. Was war er? – Verbrannt in seinem Panzer, zusammengeschrumpft.

Briefe, die sie an den Kompanieführer schrieb, kamen nach einem halben Jahr zurück: Gefallen für Großdeutschland. Ein anderer Offizier schrieb: „Tut mir leid, Ihnen mitteilen zu müssen, daß kein Augenzeuge vom Einsatz Ihres Mannes mehr in der Einheit ist.“ Zusammengeschmorte Mumie zwischen Saporoshje und Dnepropetrowsk.

Der dicke Junge unten im Hof schrieb mit einem Kreidepinsel auf die Tafel: 6 Riesenorangen für 1 Mark – der Vater, der so rote Wangen hatte wie sein Sohn, wischte die 6 aus und malte eine 5 hin.

Sie zählte das Geld in ihrem Portemonnaie: die beiden Zwanzigmarkscheine, die unantastbar waren, Hausgeld für zehn Tage für den Jungen. Darüber hinaus hatte sie eine Mark achtzig. Am schönsten wäre es gewesen, ins Kino zu gehen: dort war es dunkel und warm, und die Zeit schmolz so lau und schmerzlos dahin, die Zeit, die sonst hart war: Stunden wie Mühlräder, die sich langsam drehten, langsam und beharrlich zerkleinerten sie die Zeit: zerschlagene Knochen blieben ihr und ein bleiernes Hirn und die abendliche Wollust, die ihr lästig war. Die Angst vor dem Mundgeruch, den wackeligen Zähnen; das mürbe werdende Haar und der Teint, der sich unerbittlich vergröberte. Das Kino war gut und ruhig, so wie sie als Kind die Kirche empfunden hatte: wohltuender Rhythmus von Liedern, von Worten, von Aufstehen, Hinknien; wohltuend nach der stinkenden Härte des Elternhauses, wo ein fleischfressender Vater eine frömmelnde Mutter tyrannisierte; die Mutter hatte

Krampfadern unter den Strümpfen zu verbergen versucht, als sie so alt war wie sie jetzt: einunddreißig. Wohltuend war fast alles, was nicht zu Hause war: wohltuende Eintönigkeit in Bambergers Nudelfabrik, wo sie Nudeln abwog und in Schachteln füllte, Nudeln abwog und in Schachteln füllte, wog, wog, packte – faszinierender Stumpfsinn und Sauberkeit: tiefblaue Kartons – blau wie die tiefen Stellen der Meere auf Atlanten – gelbe Nudeln und die knallroten Gutscheine für „Bambergers bunte Bilderreihe", grell bedruckte Kärtchen, auf denen „altes deutsches Sagengut" abgebildet war: Oh, Siegfried mit Haaren wie frische Butter, Wangen wie Pfirsicheis und Kriemhild mit der Haut wie leicht rosige Zahnpasta, Haaren wie Margarine und dem kirschroten Mund. Gelbe Nudeln, tiefblaue Kartons und die knallroten Gutscheine für „Bambergers bunte Bilderreihe". Sauberkeit ringsum, helles Kichern in der Kantine von Bambergers Nudelfabrik und abends der Eissalon mit rosigem Licht.

Oder Tanzen mit Heinrich, der alle vierzehn Tage Sonntagsurlaub bekam: lachender Panzergefreiter, dessen Dienstzeit bald herum sein sollte.

Eine Mark achtzig waren ausreichend fürs Kino, aber es war zu spät: die Morgenvorstellung fing um elf an, hatte längst begonnen, und um eins mußte sie in der Bäckerei sein. Der Junge unten im Hof stieß das grüne Blechtor auf, und der Vater schob den Karren an. Durchs offene Tor konnte sie die Straße sehen: Autoreifen und die Beine strampelnder Radfahrer. Sie ging langsam die Treppe hinunter und versuchte sich vorzustellen, wieviel der Bäcker sich seine melancholische Wollust kosten lassen würde; er war mager am Körper, hatte aber ein dickes, gedunsenes Gesicht und traurige Augen. Wenn er mit ihr allein war, pries er mit stammelnden Worten die Freuden der Liebe: ein mit dunkler Stimme vorgetragener Hymnus auf die Schönheit der körperlichen Liebe. Er haßte seine Frau, seine Frau haßte ihn, haßte alle Männer – er aber, der Bäcker, liebte die Frauen, pries ihren Körper, ihr Herz, ihren Mund, manchmal seine Melancholie ins Wilde steigernd – und sie hörte ihm zu, während sie Margarine abwog, Schokolade schmolz, Kreme zurechtrührte und mit einem Löffel Fondants und Pralinen formte aus Massen, die er zurechtgemacht hatte. Während sie mit dem Pinsel Schokolade auf Törtchen strich, winzige Muster bildend, die er bezaubernd fand, und Marzipanschweinen eine Schokoladenphysiognomie gab – die ganze Zeit über pries er stammelnd ihr Gesicht, ihre Hände, ihren zarten Körper.

In der Bäckerei war alles grau und weiß, alle Abstufungen zwischen dem Schwarz des Kuchenblechs, dem Schwarz der Kohlen und der Weiße des Mehls gab es: Hunderte von durcheinanderschimmernden Graus, nur selten einmal Rot oder Gelb; das Rot von Kirschen, das wilde Gelb einer Zitrone oder das sanfte der Ananas. Fast alles war zwischen Weiß und Grau, unzählige Graus, zu denen auch das Gesicht des Bäckers gehörte: ein kindlicher, farbloser, runder Mund, graue Augen und graue Zähne, zwischen denen eine blaßrote Zunge sichtbar wurde, wenn er sprach, und er sprach immer, wenn er mit ihr allein war.

Der Bäcker sehnte sich nach einer Frau, die keine Hure war. Seitdem seine Frau ihn und alle Männer haßte, genoß er nur noch die Freuden, die in Bordellen gespendet werden, Freuden, die ihm offenbar zu wenig poetisch erschienen und bei denen ein Wunsch unerfüllt blieb: der Wunsch, Kinder zu haben.

Wenn sie ihn abwies, indem sie harte Worte für die Liebe gebrauchte – Leo-Worte –, erschrak er, und sie sah daran, wie zart sein Gemüt war.

Diese Worte kamen halb gegen, halb mit ihrem Willen aus einem heftigen Trotz gegen seine Sanftmut: es waren Leo-Worte, die in sie hineingeflüstert und hineingeschrien worden waren, täglich seit Jahren, Worte, die über sie hingesprochen wurden wie Flüche. Worte, die in ihr ruhten, dann ausbrachen, die sie in das traurige Gesicht des Bäkkers hineinsprach, Verheerungen anrichtend.

„Nein, nein“, sagte der Bäcker, „sag das doch nicht.“

Leo würde sagen: „Na, was ist denn mit deiner Fresse?“, und sie wollte jetzt nicht nach Hause gehen, um das nicht zu hören, seine tadellos weißen, gesunden Zähne nicht zu sehen. Sie wollte erst nach Hause kommen, wenn Leo zur Schicht war. Vorsichtshalber hatte sie die Kleine zu Frau Borussiak gegeben; es war nicht gut, Leo mit seiner Tochter allein zu lassen. Frau Borussiak war eine hübsche Frau, vier Jahre älter als sie, mit wunderbaren, schneeweißen Zähnen, eine Frau, die zwei Eigenschaften miteinander verband: fromm war sie und freundlich. Sie ging in das Café, das dem Hause des Zahnarztes gegenüberlag, setzte sich ans Fenster und nahm die Zigaretten aus der Manteltasche: TOMAHAWK, sehr lang und sehr weiß und sehr stark. „Die Sonne Virginias reifte diesen Tabak.“ Sie hatte keine Lust, in der Illustrierten zu lesen, und während sie im Kaffee rührte, fiel ihr ein, daß sie den Bäcker würde um Vorschuß fragen können: vielleicht würde er ihr hundert Mark Vorschuß geben, und sie beschloß, die Leo-Worte nicht mehr zu gebrauchen, um den Bäcker nicht zu kränken. Vielleicht würde sie den Bäcker erhören: rührende, gierige Zärtlichkeit, die sie entgegennehmen mußte, würde der Preis sein – zwischen Kuchenplatten und halb fertig bemalten Schweinen würde er ihr Hymnen ins Ohr flüstern: zwischen kleinen Hügeln von Kokosmehl, über mit Puder lasierte Rumtörtchen hinweg würde er ihr zulächeln, voll des Glückes, und sie würde die feuchten glücklichen Küsse eines Mannes spüren, der die käufliche Liebe verabscheute und der ehelichen nicht mehr teilhaftig wurde, seitdem seine Frau die Männer haßte: magere, kurzhaarige Schönheit mit brennendem, hartem Blick, stets die Hand am Kassenschwengel, wie ein Kapitän seine Hand am Steuerrad hat: sie hatte eine harte kleine Hand mit „herbem" Schmuck, mit kühlen grünen Steinen, ganz hell, aber kostbar, Hände, die Leos Händen glichen. Schlanke knabenhafte Göttin, die vor zehn Jahren noch – schlank und herrisch – vor den Mädchen in braunen Jacken einhergeschritten war, singend mit einer hellen, schönen, so stolzen Stimme: Am Barette schwankt die Feder – und voran der Trommelbube: Tochter des Wirts vom „Roten Hut", wo ihr Vater freitags den halben Lohn vertrank. Jetzt sah sie wie eine Reiterin aus, mit den Beinen einer Sechzehnjährigen und dem Gesicht einer Vierzigerin, die es darauf anlegt, wie vierunddreißig auszusehen, kühle und freundliche Verweigerin nächtlicher Pflichten, die den dunklen, traurigen Mann im Keller in hymnische Verzweiflung trieb.

Sie nahm die Tasse an den Mund und blickte hinaus: über die Straße hinweg konnte sie den Zahnarzt am Bohrer hantieren sehen; oberhalb der Halbgardine schwenkte er die Arme des gelblichen, zerkratzten Bohrers herum: sie sah sein helles Haar vor dem dunklen Schatten der Wand und den müden Nacken eines Mannes, der Schulden hat. Der Kaffee tat wohl, und die TOMAHAWK war herrlich.

Sie wußte, daß der Bäcker besser war als Leo: er war gut und tüchtig, hatte sogar mehr Geld, aber mit Leo brechen und neben ihm wohnen würde entsetzlich sein, vor allem auch für die Kinder, und es würde einen Prozeß mit Leo geben wegen der Alimente für Wilma, die er jetzt ans Jugendamt zahlte, die sie vom Jugendamt bekam, aber heimlich Leo wieder zusteckte. „Hab ich's denn gewollt? Nein, das mußt du zugeben." Der Bäcker hatte ein Zimmer frei, oben, wo der Gehilfe gewohnt hatte, der durchgebrannt war, und der Bäkker wollte keinen Gehilfen mehr nehmen: „Du ersetzt mir einen Gehilfen."

Sie hatte Angst um den Jungen, der seit drei Wochen anders zu ihr war: plötzlich hatte sein Blick sich geändert, er sah sie nicht mehr so offen an. Sie wußte, daß es seit dem Tag war, an dem Leo ihn der Unterschlagung bezichtigt hatte: hübscher kleiner Bengel, der Leo haßte und von Leo gehaßt wurde. Allein mit den Kindern zu sein, das wäre das beste: sie war der nächtlichen Verpflichtungen gegen Leo leid und beneidete insgeheim die Bäckerin, die es sich leisten konnte, die Männer konsequent zu hassen. Mit dem Jungen allein würde sie durchkommen. Sie erschrak oft, wenn ihr klar wurde, wie vernünftig er war: genauer

Rechner, scharfer Kalkulator, der viel besser zu wirtschaften verstand, als sie es je gekonnt hatte: kühles Hirn, scheues Gesicht und der Blick, der seit einer Woche ganz an ihrem vorbeiging … Der Bäcker hatte ein Zimmer frei …

Am besten wäre es gewesen, zurückzufallen in Bambergers Nudelfabrik: gelbe, so saubere Nudeln, tiefblaue Kartons und die knallroten Gutscheine: Siegfrieds Butter-, Kriemhilds Margarinehaar und Hagens Augen so schwarz wie Etzels Mongolenbart, schwarz wie Wimperntusche; Etzels rundes grinsendes Gesicht, gelb wie ganz milder Senf, und dann der Rosenhäutige: Giselher und der Mann mit der Leier, in rostbraunem Wams, so hübsch, viel hübscher als Siegfried hatte sie ihn gefunden: Volker. Und die Flammen um den brennenden Palast, rot und gelb durcheinander wie Butter und Blut gemischt.

Abends das rosige grelle Licht im Eissalon. Gelbliches Bananeneis für fünfzehn Pfennige, oder mit Heinrich in Panzeruniform in die „Wespe“, wo die helle, grelle Trompete das Feld beherrschte: lachender Gefreiter, lachender Unteroffizier, lachender Feldwebel, zusammengeschmort in einem Panzer zwischen Saporoshje und Dnepropetrowsk, Mumie ohne Soldbuch, ohne Armbanduhr, ohne Trauring – nicht zurückgekehrt, doch nicht in Gefangenschaft.

Gelacht hatte nur Gert: zärtlicher kleiner Plattenleger, der auch, wenn das Notwendige sich in der Nacht vollzog, noch lachen konnte: siebzehn Armbanduhren brachte er als Beute aus dem Krieg mit, und alles, was er tat, tat er lachend: Gipsabwiegen und Plattenlegen, und wenn er sie umarmte, sie im Dunkeln sein Gesicht über sich sah, lachte er, traurig manchmal, aber er lachte. Dann war er abgehauen nach München. –

„Ich kann nicht so lange Zeit an einem Ort leben –" Heinrichs bester Freund und der einzige, mit dem sie manchmal über ihren Mann sprechen konnte, ohne daß es peinlich war …

Der Zahnarzt drüben öffnete das Fenster und lehnte sich für ein paar Augenblicke hinaus, rauchte eine von seinen dicken selbstgedrehten Zigaretten. Dreihundert Mark Anzahlung und monatlich wieviel? Sie würde mit dem Jungen darüber reden, er konnte rechnen, konnte kalkulieren: er hatte die Idee gehabt, einen Warenkredit zu nehmen: hundertfünfzig Mark, die er vom Haushaltsgeld abstotterte, sparte, ohne daß sie viel davon spürte: Schuhe und Socken, Tasche und Schal: abgesparte Kartoffeln, nicht gegessene Margarine, nicht getrunkener Kaffee, vom Speisezettel verschwundenes Fleisch. Sie war erleichtert, als ihr der Junge einfiel: er würde einen Weg finden. Aber zwölfhundert Mark würden auch ihn erdrücken. Hättest deine Zähne pflegen sollen, würde Leo sagen, jeden Tag eine Zitrone trinken wie ich und ordentlich pflegen, so, er machte dann vor, wie man die Zähne bürsten muß. „Mein Körper, das ist alles, was ich habe – und deshalb tue ich was für meinen Körper." Bambergers Nudelfabrik gab es nicht mehr: zwölf Jahre waren vergangen; Bamberger war vergast worden, zusammengeschrumpfte, zusammengeschmorte Mumie auch er; Mumie ohne Fabrik, ohne Bankkonto – tiefblaue Kartons, gelbe, so helle Nudeln und die knallroten Bilderschecks. Wie hieß doch der würdige, so sympathische Braunbärtige mit rötlichbraunem Gesicht, Gesicht wie heller Kandiszucker? Dietrich von Bern.

Um Wilma, die seit zehn Uhr bei Frau Borussiak war, brauchte sie keine Angst zu haben.

An Erich dachte sie selten; es war so lange her: acht Jahre. Angstvoll verzerrtes Gesicht in der Nacht, die Hand, die sich um ihren Arm klammerte: rotunterlaufene Augen – und die SA-Uniform, die an der Garderobe hing: zaghaft ausgesprochene und empfangene Zärtlichkeiten und der Gegenwert: Kakao, Schokolade und der Schrecken, als er nachts in ihr Zimmer kam; im Nachthemd, die Hose drübergezogen und barfuß, damit seine Mutter es nicht hörte; der halbirre Blick, und sie wußte, daß es geschehen würde, was sie nicht wollte, nachdem Heinrich gerade ein Jahr tot war. Sie wollte nicht, aber sie sagte nichts, und Erich, der vielleicht gegangen wäre, wenn sie etwas gesagt hätte, Erich ging nicht: erstaunt nahm er ihre Widerstandslosigkeit hin, und sie hatte die lähmende Gewißheit, daß es unvermeidlich war: das nahm er für das, was er – ohne jeden Grund – erwartete –, er nahm es für Liebe. Sein rasselnder Atem in der Dunkelheit, als er das Licht gelöscht hatte. Und sie sah, obwohl es dunkel war, gegen das hellere Blau des Nachthimmels seine unbeholfene Silhouette, als er, vor dem Bett stehend, die Hose auszog – und noch wäre es Zeit gewesen, zu sagen: Geh – und er wäre gegangen, denn Erich war nicht wie Leo. Aber sie sagte es nicht, weil sie das lähmende Gefühl hatte, es müßte sein, und warum nicht mit Erich, der so gut zu ihr war.

Erich war gut, wie der Bäcker gut war, und Erich sagte es in dieser hellen Nacht, während in seiner Brust der Atem brodelte, er sagte: „Du bist so schön."

Niemand hatte das zu ihr gesagt, außer dem Bäkker, der noch nicht einmal dafür entlohnt worden war.

Sie steckte die letzte TOMAHAWK an. Der Kaffee war ausgetrunken, und der Zahnarzt hatte das Fenster wieder geschlossen und schwenkte den Galgen seiner Bohrmaschine: dreihundert Mark Anzahlung, und die wunderbaren, so teuren Spritzen, nach denen sie sich so wohl, so jung gefühlt hatte. HORMONE, ein Wort, das auf Leos Gesicht ein häßliches Grinsen hervorrufen würde.

Das Café war noch leer: ein Großvater fütterte sein Enkelkind mit Sahne, las die Zeitung dabei, hielt dem Kind, weiter in der Zeitung lesend, den Sahnelöffel hin, und das Kind schnappte mit dem Munde danach.

Sie zahlte den Kaffee, ging hinaus und kaufte drei Orangen von ihrem Taschengeld, das Heinrich ihr auszahlte: die Hälfte des Geldes für das Brot, das er nicht zu kaufen brauchte, weil der Bäkker es schenkte. Aber warum kam er seit einer Woche nicht mehr in die Bäckerei und ließ sie das schwere Brot schleppen?

Sie ließ die Straßenbahn fahren und ging zu Fuß: noch war es nicht halb eins, und Leo war noch nicht weg. Besser vielleicht, Leo zu sagen, was los war. Er würde es doch erfahren, vielleicht auch würde er einen Vorschuß nehmen – aber gab es nicht junge hübsche Frauen mit blendendweißen, gesunden Zähnen genug, mit Zähnen, die nicht ersetzt zu werden brauchten, mit billigen, gut gepflegten, von der Natur kostenlos gelieferten Zähnen?

Sie kam an dem Haus vorbei, in dem Willi gewohnt hatte, ein ernster, hübscher Bursche, der erste, der sie geküßt hatte: die Bläue des Himmels und sehr, sehr weit die Musik aus dem Gartenrestaurant, Feuerwerk hinten über der Stadt, Goldregen von den Balustraden der Kirchtürme herab und der ungeschickt küssende Willi, der später sagte: „Ich weiß nicht, ob es Sünde ist – nein, nein, ich glaube nicht –, küssen nicht, das andere ist Sünde.“

Das andere geschah später mit Heinrich: nasses Gebüsch, dessen Zweige ihm ins Gesicht hingen: hellgrün umranktes, blasses, todernstes Gesicht – und im Hintergrund die Silhouette der Stadt, Kirchtürme, an denen Regenwolken vorbeizogen, und das ängstliche, verzweifelte Warten auf die vielgepriesene Lust, die nicht kam: Enttäuschung auch in dem nassen, von grünen Zweigen umrankten, ernsten Gesicht von Heinrich; abgeworfene Panzerjacke, an der die rosa Paspelierung schmutzig geworden war.

Heinrich, zusammengeschmort zwischen Saporoshje und Dnepropetrowsk, und Willi, ernster, nie lachender, nie sündigender Plakatkleber, der im Schwarzen Meer ertrank zwischen Odessa und Sewastopol, schwimmend im Schwarzen Meer, versunkenes, zernagtes Skelett, auf dem Grunde des Schwarzen Meeres zwischen Algen und Schlick ruhendes Gebein. Bamberger: zusammengeschrumpft im Verbrennungsofen, zu Asche geworden: Asche ohne Goldzähne, und Bamberger hatte so breite, leuchtende Goldzähne gehabt.

Berna lebte noch: sie hatte Glück gehabt, den Metzger geheiratet, der dieselbe Krankheit hatte, wie Erich sie gehabt hatte. Allen Frauen sollte man raten, kranke Männer zu heiraten, die nicht Soldat werden müssen. Standen Essigflasche, Kampferpulver, Bronchialtees auch immer auf Bernas

Nachttisch bereit, lagen Leinenlappen herum und rasselte der Atem des Metzgers so heftig, Gemisch aus Leidenschaft und Asthma? Berna hatte es verstanden, nicht dick zu werden: dort stand sie hinter der Theke, schnitt kaltblütig und sicher eine Kalbslende in Scheiben. Bernas rote Wangen waren ein wenig bläulich durchzogen, doch ihre festen kleinen Hände bedienten sich geschickt des dünnen Messers: sanftes Braun der Leberwurst und das zarte Rosa saftiger Schinken. Berna hatte ihr früher, als alles noch knapp war, manchmal ein Stück Rindertalg geschenkt von der Größe einer Zigarettenschachtel, ein winziges hartes Fettpaket, zu der Zeit, als Karl regierte und der Weg zum Schwarzmarkt verboten war. Aber seit langem grüßte Berna nicht mehr, und Willis Mutter ging immer stumm und blind an ihr vorüber, und wenn ihre Schwiegermutter kam, hörte sie es ausgesprochen, was die anderen nicht aussprachen: „Dein Lebenswandel – alles hat seine Grenzen."

Leo war schon weg. Sie war erleichtert, seine Mütze und sein Halfter nicht an der Garderobe zu sehen. Frau Borussiak stand in der Tür und hielt lächelnd den Finger auf den Mund: die Kleine schlief auf Borussiaks Sofa. Wenn sie schlief, sah sie so hübsch aus: braunes, golden schimmerndes Haar, und der sonst so weinerliche Mund im Schlaf lächelnd. Das Honigglas stand auf Frau Borussiaks Tisch, der Löffel lag daneben. Nur Leos merkwürdig eckige Stirn hatte die Kleine. Frau Borussiak war freundlich und gut, nur selten warf sie leise hin, daß es besser sei, Ordnung ins Leben zu bringen. „Einen guten Mann müßten Sie finden, Sie hätten ihn halten müssen" – und sie meinte Karl, aber sie selbst hatte Karl am wenigsten gemocht: seine heisere, pathetische Stimme, sein „Neues-Leben"-Geschwätz, der ängstlich nach außen gehütete Schein, Pedanterie und Frömmigkeit, das alles widersprach, so schien ihr, der dunklen Gier seiner Hände, den leise geflüsterten Zärtlichkeiten, in denen Widerwärtiges mitschwang: etwas, was ihr Angst einflößte. Heuchlerstimme, die jetzt in der Kirche vorbetete: an Heinrichs Erstkommunionstag hatte sie die „Neues-Leben"-Stimme oben von der Orgelempore herab gehört. Frau Borussiak gab ihr vorsichtig das in eine Decke gewickelte Kind. Die Nachbarin seufzte dabei, und plötzlich gab sie sich einen Ruck und sagte: „Machen Sie doch Schluß mit dem Kerl." Ihr hübsches, rosiges Gesicht füllte sich mit Mut, wurde dunkler, fast bräunlich vor Mut: „Es ist doch keine Liebe dabei" – aber weiter sprach sie nicht. Sie wurde wieder ängstlich und schüchtern, und sie flüsterte: „Nehmen Sie's mir nicht übel – aber die Kinder ..." Sie nahm ihr nichts übel, sie dankte, lächelte, trug das Kind in ihr Zimmer hinunter.

Lachender Panzerfeldwebel, der zwischen Tür und Spiegel hing, zwölf Jahre jünger als sie. Die Vorstellung, mit ihm geschlafen zu haben, löste die merkwürdige Vorstellung von etwas Ungehörigem aus: als habe sie ein Kind verführt. So wie er auf dem Bild aussah, so alt war der Gehilfe des Bäckers gewesen, ein Bürschchen, schien ihr, ein Schnösel, mit dem etwas zu haben sie sich geschämt hätte. Fern war er und tot, und die Urlaube waren zu kurz gewesen: lange genug nur, um das Kind zu zeugen, zu kurz aber, um die Erinnerung ehelicher Regelmäßigkeit zu hinterlassen. Briefe, die Nummern von Urlauberzügen, hastige Umarmungen am Rande von Truppenübungsplätzen: Heide, Sand, mit Tarnfarbe bestrichene Baracken, Teergeruch und das Unbestimmte, Unbestimmbare, das Schreckliche, das „in der Luft lag“, in der Luft und in Heinrichs Gesicht, das immer noch blaß, immer noch ernst über ihr lag. Merkwürdig, daß er in Wirklichkeit gar nicht so viel gelacht hatte, auf allen Fotos aber lächelte, so daß er lächelnd in ihrer Erinnerung blieb – und aus dem großen Tingeltangel hinten kam Tanzmusik – und weiter entfernt noch marschierte eine Kompanie Soldaten: – am Rhein marschieren – schieren – schieren –, und später sagte Heinrich, was auch Gert immer gesagt hatte: Scheiße.

Und abends die zweite Umarmung in dem Zimmer, wo das große schöne und bunte Bild hing: die liebliche Muttergottes, auf einer Wolke in den Himmel schwebend, mit dem hübschen Jesuskind auf dem Arm, rechts Petrus, so wie Petrus zu sein hatte: bärtig und freundlich, ernst und demütig, die Papstmütze neben sich – und das Unbestimmte, das Unbeschreibliche, daß eben jeder wußte, daß es Petrus war. Niedliche Engelchen unten, mit aufgestützten Armen, mit Flügeln, wie Fledermäuse sie haben, und so dicke, rundliche Arme – und später hatte sie sich dasselbe Bild gekauft, nur kleiner. „Raffael pinx“ stand darunter, aber das Bild war verweht, zu Staub geworden in der Nacht, als sie unten im Keller auf dem Stiefelschmierfleck das Kind gebar, das unter dem Muttergottesbild gezeugt worden war. An Heinrichs Gesicht vorbei hatte sie das Bild gesehen – ernstes Unteroffiziersgesicht, Gesicht, das längst um das Kommen der Lust nicht mehr bangte; sehr weit hinten wurde über der Heide der Zapfenstreich geblasen: Urlaub bis zum Wecken – und das, was „in der Luft“ lag, auch in Heinrichs Gesicht, der voller Haß auf die Panzer horchte, die während der Nacht vorüberrollten. Zur Mumie zusammengeschmort zwischen Saporoshje und Dnepropetrowsk: siegreicher Panzer, siegreicher Verbrennungsofen für Herrn Bamberger – kein Soldbuch, kein Trauring, kein Geld, und nicht die Uhr, in die die fromme Mutter hatte hineingravieren lassen: Zur Erinnerung an meine erste hl. Kommunion. Auf Fotos lachender Gefreiter, lachender Unteroffizier, lachender Feldwebel – aber in Wirklichkeit so ernst. Der Katafalk, der Tumba hieß, Kerzen in der kleinen sächsischen Diasporakapelle: das trokken säuerliche Gesicht der Schwiegermutter: „Halt das Andenken meines Jungen in Ehren!“

Sie als einundzwanzigjährige Witwe, der Erich ein Jahr später Asthma, Herz und Kakao bot: ein ängstlicher, gutmütiger kleiner Nazi mit verkrampften Bronchien: Kampfer, Essigflasche, Leinenlappen – von Hemden abgerissen, und das geduldige dumpfe Stöhnen in der Nacht. Es half nichts, sie mußte in den Spiegel sehen, der neben dem Bild von Heinrich hing: noch waren die Zähne weiß und sahen fest aus: sie faßte sie an; unheimliche Beweglichkeit. Die Lippen waren noch voll, nicht geschmälert und säuerlich verdünnt wie Bernas Lippen; sie war noch hübsch, die zierliche Frau des auf Fotos lachenden Feldwebels – eine Puppe mit schlankem und straffem Hals, die über jüngere Schaffnerinnen triumphierte: zwölfhundert Mark für dreizehn Zähne – und das spärlicher gewordene, immer mehr zurückweichende Zahnfleisch war nicht wiederzugewinnen.

Schon war sie entschlossen, den Bäcker zu erhören und Leo jungen Schaffnerinnen zu überlassen. Sein Rasiergesicht mit eckiger Stirn, rotgebürstete Hände und polierte Nägel und in den Augen die Zuhältersicherheit. Noch ein wenig warten lassen, noch ein wenig zappeln lassen das melancholisch gedunsene Gesicht: vielleicht würde ein Zimmer, vielleicht würde Geld dabei herauskommen und eine Lehrstelle für den Jungen, wenn er in drei Jahren aus der Schule kam.

Sie wusch sorgfältig ihre Haut mit Gesichtswasser ab, geheimnisvoller Dreck blieb auf dem Wattebausch. Sie puderte sich leicht, zog die Lippen nach und prüfte das Haar, das mürbe zu werden begann. Daß sie schöne Hände hatte, hatten bisher nur zwei von den Männern zu würdigen gewußt: Heinrich und der Bäcker. Selbst Gert hatte davon nichts gewußt, obwohl er sich oft halbe Stunden lang von ihr das Gesicht streicheln ließ wie ein Kind. Des Bäckers Leidenschaft entzündete sich schon beim Anblick ihrer Hände – hymnisch verliebter Narr, der in den unzähligen Graus seiner Werkstatt Torheit über Torheit aussprach.

Sie erschrak, als der Junge in die Tür trat. Er hatte das Gesicht seines Vaters, des lachenden Gefreiten, des lachenden Unteroffiziers, des lachenden Feldwebels, ein hübsches Gesicht, so ernst, wie das des Vaters gewesen war.

„Mutter", sagte er, „du bist noch nicht weg?"

„Ich geh gleich", sagte sie, „es ist nicht so schlimm, wenn ich mal zu spät komme. Holst du mich heute wieder ab?"

Sie beobachtete ihn genau, aber es war kein Schatten auf seinem Gesicht, als er, ohne zu zögern, „Ja" sagte.

„Wärm dir die Suppe", sagte sie, „und hier sind

Orangen – für dich eine und für Wilma eine, laß sie schlafen."

„Ja", sagte er, „danke. Und der Zahnarzt?"

„Das erzähl ich dir später, ich muß jetzt gehen. Du holst mich also ab?"

„Ja", sagte er. Sie küßte ihn und öffnete die Tür, und er rief ihr nach: „Ich komme, ich komme bestimmt."

V

Martin blieb stehen, öffnete das Hemd und suchte nach der Schnur, an der der Hausschlüssel befestigt war: morgens, wenn er ihn umgehängt bekam, war der Schlüssel kühl, lag unten in der Nähe des Nabels, scheuerte leicht, begann dann, sich zu erwärmen, und wenn er warm war, spürte er ihn nicht mehr. Schon hatte er im Dämmerlicht den weißen Zettel erkannt, der an die Tür geheftet war, aber er zögerte noch, den Knopf des Lichtautomaten zu drücken und zu erfahren, welche Mitteilung der Zettel enthielt. Er beugte den Oberkörper und brachte den Schlüssel an der Schnur so heftig zum Pendeln, daß er links am linken Ohr vorbei um den Kopf herum auf die rechte Wange schlug: dort ließ er ihn einen Augenblick liegen und beförderte ihn mit einem Ruck wieder nach vorn. Mit der linken Hand tastete er nach dem Knopf des Lichtautomaten, mit der rechten nach dem Schlüsselloch und lauschte angestrengt nach drinnen: er glaubte zu spüren, daß niemand da war. Der Zettel enthielt sicher die Mitteilung, daß auch Albert hatte wegfahren müssen. Wenn er „niemand" dachte, schloß er die Großmutter aus, die bestimmt da war. Sie war immer da. Zu denken „niemand ist da", hieß zu denken „die Großmutter ist da, SONST niemand". Das „SONST" war entscheidend, ein Wort, das der Lehrer haßte, der auch „EIGENTLICH" haßte, „ÜBERHAUPT" und „SOWIESO", Wörter, die wichtiger waren, als die Erwachsenen wahrhaben wollten. Er hörte die Großmutter sogar, sie ging murmelnd in ihrem Zimmer auf und ab, die Schritte ihres schweren Körpers brachten die Gläser in der Vitrine zum Klirren. Indem er die Großmutter hörte, sah er sie auch, sie und die riesige schwarzgebeizte altmodische Vitrine, die alt war, was gleichbedeutend war mit kostbar. Alles, was alt war, war auch kostbar, ALTE KIRCHEN, ALTE VASEN. Durch ein paar lose Bretter, die unter dem Parkettboden lagen, wurde die Vitrine, wenn die Großmutter auf und ab ging, in ständiger leiser Bewegung gehalten, und die Gläser klirrten mit einer sanften Stetigkeit. Die Großmutter durfte keinesfalls hören, wenn er nach Hause kam. Sie würde ihn hereinrufen, würde ihn mit Dingen füttern, die er nicht mochte, mit rosigen Fleischstücken, würde ihm den Katechismus abfragen und die alten feststehenden GÄSELER-FRAGEN stellen. Er drückte auf den Lichtknopf, las den Zettel, den Onkel Albert geschrieben hatte: „Ich mußte doch weg." Das „doch" war dreimal unterstrichen. – „Komme um sieben zurück, warte mit dem Essen auf mich." Daß Albert das „doch" dreimal unterstrichen hatte, bewies die Wichtigkeit dieser Wörter, die der Lehrer haßte und deren Anwendung verboten war. Er war froh, als das Licht wieder ausging, denn es war zu befürchten, daß die Großmutter herausstürzen, es sehen, ihn zu sich hereinzerren, ihn examinieren, füttern würde; rosiges Fleisch, Süßigkeiten, Zärtlichkeiten, das Katechismusspiel, das Gäseler-Fragespiel. – Das mindeste aber, was sie tun würde: in die Diele stürzen und brüllen: Ich habe wieder Blut im Urin. Dabei schwenkte sie dann ihr gläsernes Nachtgeschirr, weinte dicke Tränen. Er ekelte sich vor ihrem Urin, hatte Angst vor der Großmutter und war froh, als das Licht wieder ausging.

Draußen waren die Gaslaternen schon angezündet, gelblichgrün schimmerte es durch die dicke Verglasung des Vorbaus über seinen Rücken herauf zur Wand hin und warf seinen Schatten – einen schmalen grauen Schatten – gegen die dunkle Tür. Der Finger ruhte immer noch auf dem Lichtschalter, und gegen seinen Willen drückte er darauf, und da war es, was er immer mit Spannung erwartete: sein Schatten sprang aus dem Licht heraus wie ein dunkles, sehr schnelles Tier, schwarz und streng, sprang über das Treppengeländer, und der Schatten seines Kopfes fiel auf die Füllung der Kellertür, und er setzte den Schlüssel an der Schnur wieder in Bewegung und sah den grauen schmalen Schatten der Schnur sich bewegen: leise tickte es im Lichtautomaten, das Licht ging aus, und er ließ zweimal, dreimal -- weil es so schön war – das schmale, schwarze, so schnelle Tier, seinen Schatten, aus dem hellgrünen Licht hinter sich herausspringen, ließ seinen Kopf immer auf dieselbe Stelle der Kellertür fallen, und das sanfte graue Schaukeln der Schnur an seinem Hals. Bis er oben Boldas Schritte hörte: sie schlurfte durch die Diele, im Badezimmer rauschte Wasser, ihm fiel ein, daß jetzt die Zeit war, da Bolda herunterkommen und sich in der Küche Bouillon kochen würde.

Wichtig war nur, so leise ins Haus zu kommen, daß die Großmutter ihn nicht hörte, und er führte vorsichtig den Hausschlüssel ein, drehte ihn ebenso vorsichtig, nahm dann auch die Linke hinzu, um mit einem Ruck die Tür zu öffnen, machte einen großen Schritt, um die knarrende Stelle im Parkettboden zu meiden, und stand endlich auf dem dicken rostfarbenen Läufer, sich vorbeugend, um die Tür ganz vorsichtig wieder ins Schloß zu drücken.

Er hielt den Atem an und lauschte gespannt auf die Geräusche aus dem Zimmer der Großmutter: sie hatte nichts gehört, ging immer noch auf und ab, immer noch klirrten die Gläser in der Vitrine, und ihr Murmeln klang wie der wilde Monolog eines Gefangenen. Noch war die Stunde des BLUT IM URIN nicht gekommen, schreckliche, periodisch wiederkehrende Gewohnheit, wo sie das gelbe Zeug triumphierend durch die Diele trug, von Zimmer zu Zimmer, rücksichtslos es vertropfend, so wie sie rücksichtslos dicke Tränen vertropfte, und Mutter sagte dann: „Ist ja nicht so schlimm, Mutter, ich rufe Hurweber an."

Und Onkel Albert sagte: „Ist ja nicht so schlimm, Oma, wir rufen Hurweber an."

Und Bolda sagte: „Ist ja nicht so schlimm, liebe Betty, ruf doch den Arzt und stell dich nicht so an."

Und Glum, der morgens, wenn er aus der Kirche oder von der Arbeit kam, mit geschwenktem Uringlas empfangen wurde, Glum sagte: „Ist ja nicht so schlimm, gute Oma, der Doktor wird kommen."

Und er selbst, er war verpflichtet zu sagen: „Ist ja nicht so schlimm, liebe Großmutter, wir lassen den Arzt kommen."

Alle drei Monate wurde für eine Woche dieses Spiel gespielt, und es war schon lange her, daß es zuletzt aufgeführt worden war, lange genug, daß er ahnte, es sei fällig, an diesem Abend, zu dieser Stunde.

Er hielt immer noch den Atem an und war glücklich, als die Großmutter ihr Murmeln, ihren Rundgang fortsetzte, als das gläserne Konzert der Vitrine weiterhin ertönte.

Er schlich sich in die Küche, nahm im Dunkeln den Zettel weg, der – von der Mutter geschrieben – immer auf der Tischkante lag zwischen den bläulichen Mustern der Wachstuchdecke. Er war froh, als er Boldas Schritte hörte. Bolda bedeutete nicht die Gefahr, daß die Großmutter herausstürzen und „Blut im Urin" schreien würde. Bolda und die Großmutter kannten sich schon zu lange, und Bolda allein als Publikum war reizlos für die Großmutter.

Bolda kam in ihren Latschen die Treppe herunter, knipste Licht an in der Diele – sie war die einzige, die sich nicht vor der Großmutter fürchtete –, und als sie in die Küche kam, auch dort Licht anknipste und ihn entdeckte, legte er rasch den Finger auf den Mund, um sie zu warnen. So kam nur ein rasches Glucksen aus Boldas Mund, sie kam auf ihn zu, kraulte ihn im Nacken und murmelte, das R rollend, in ihrem breiten Dialekt: „Guter Junge, armer Junge, du hast sicher Hunger."

„Ja", sagte er leise.

„Magst du Bouillon?"

„Ja", sagte er, und er bewunderte Boldas langes pechschwarzes, ganz glattes Haar, betrachtete ihr papierweißes, völlig zerknittertes Gesicht, hörte das Puffen der Gasflammen und blieb neben Bolda stehen, die drei, vier Bouillonwürfel aus der Dose nahm.

„Und ein Brötchen mit Butter, was, ganz frisch?"
„O ja", sagte er.

Sie nahm ihm den Schulranzen ab, zog ihm die Mütze ab und steckte den Schlüssel wieder hinters Hemd an seine Brust zurück: kühl rutschte er wieder bis in die Nähe des Nabels, ruhte dort, ein wenig scheuernd. Er nahm Mutters Zettel aus der Tasche und las ihn: Ich mußte wieder weg. „Mußte" war viermal unterstrichen. Bolda nahm ihm den Zettel aus der Hand, studierte ihn stirnrunzelnd und warf ihn in den Abfalleimer, der unter dem Spülbecken stand.

Langsam verbreitete sich der Geruch der Bouillon, ein Geruch, den Onkel Albert „ordinär", den Mutter „scheußlich", den Großmutter „geradezu gemein" fand, ein Geruch aber, bei dem sich Glums Nase entzückt kräuselte – und der ihm selbst wohlgefällig war: er mochte Boldas Bouillon aus einem ganz besonderen Grund, den noch keiner erraten hatte: es war dieselbe Bouillon, nach der es auch bei Brielachs roch: nach Zwiebeln, nach Talg, Lauch und jenem Unbestimmbaren, das Onkel Albert „Kaserne" nannte.

Hinten, wo das Heizungsrohr am Gasherd entlanglief, stand immer die henkellose grüne Tasse, in der Bolda ihren Spezialtrunk grün und dick werden, zu einem fast schlammigen Konzentrat zusammendampfen ließ: Wermuttee, lauwarme Bitternis, die im Mund den Speichel zusammentrieb, im Hals an Bitternis, unendlicher Bitternis zunahm, im Magen dann wohlige Wärme hervorrief. Nachher blieb unendliche Bitternis im Mund, die sich tropfenweise in die Speisen mischte, die man später aß: Brot, mit Wermut durchknetet, Suppe, von Wermut gewürzt, und immer noch – wenn man längst im Bett lag – wohltuende Bitternis, die aus geheimen Ecken des Mundes, aus verborgenen Reserven zum Gaumen strömte und sich auf der Zunge mit Speichel mischte.

„Jede Woche einen Schluck Wermuttee", war Boldas Parole, und jeder, dem übel war, der Magenschmerzen verspürte, durfte sich aus ihrer grünen, henkellosen Tasse bedienen. Sogar die Großmutter, der alles, was Bolda aß und trank, ein Greuel war, sogar die Großmutter genoß heimlich Schlucke dieser unendlich konzentrierten Bitternis. Jede Woche nahm Bolda trockene, grünlichgraue Blätter aus einer zerschlissenen braunen Papiertüte und kochte eine neue Tasse voll. „Besser als Kognak", murmelte sie, „besser als Doktoren, besser als die ganze dumme säuische Zuvielfresserei, Zuvielsauferei, Zuvielraucherei, besser als alles ist Wermuttee und ein guter Choral." Sie sang oft, obwohl sie eine schreckliche Stimme hatte: krächzendes Tasten nach Rhythmen und Melodien, die sie zu treffen glaubte, aber nie traf. Ihr Ohr schien so unmusikalisch wie ihre Stimme, denn ihr schrecklicher Gesang kam in ihren eigenen Ohren offenbar als Wohlklang an, und sie quittierte sich selbst jeden Vers, den sie sang, mit einem triumphierenden Grinsen. Sogar Glum, der nur selten die Ruhe verlor, unendliche Geduld gegen alles und alle bewies und eine Woche, ohne zu murren, bei Blut im Urin aushielt, sogar Glum konnte werden, was er sonst nie wurde: „Nervözz – oh, Bolda, du machst mich ganz nervözz ..."

Nun aber war Boldas Bouillon heiß, die Brötchen waren geschmiert, und die große gelbe Henkeltasse in der Hand, schlich er leise auf Strümpfen neben Bolda die Treppe hinauf in Boldas Zimmer, vorbei an dem riesigen Ölgemälde, das den Großvater zeigte: einen traurigen, hageren Mann mit auffallend rotem Gesicht, der die Hand mit der brennenden Zigarre auf einen grünen Tisch stützte. Darunter das Messingtäfelchen: Unserem verehrten Chef zum 25jährigen Geschäftsjubiläum 1938 – die dankbare Gefolgschaft.

Immer sah es aus, als würde die weißgraue, wunderbar gemalte lange Asche im nächsten Augenblick auf den spiegelblanken Tisch fallen, und manchmal träumte er davon, sie sei heruntergefallen, er erwachte morgens aus leisem Alpdruck und lief zur Treppe, um nachzusehen: sie hing noch da. Sie hing immer noch da: viel zu lang, weißgraue, wunderbar richtig gemalt, und die Tatsache, daß sie immer noch da hing, verursachte sowohl Erleichterung wie neuen Alpdruck, denn wäre sie endgültig gefallen, wäre alles gut gewesen. Auch die Uhrkette war zum Greifen deutlich und die feine silbergraue Krawatte mit der hellblauen Perle, und jedesmal sagte Bolda: „Das war ein guter Mensch, Holsteges Karl“ – womit sie wohl andeuten wollte, daß die Großmutter kein so guter Mensch sei, wie der Großvater gewesen war.

Boldas blauer Rock roch immer nach Seifenlauge, immer auch war er, bis weit über den Saum hinauf, mit Seifenspritzern bedeckt, denn Boldas Hauptbeschäftigung bestand darin, ehrenamtlich verschiedene Kirchen zu schrubben. Ehrenamtlich – „nicht für Geld“ – schrubbte sie drei Kirchen: die Pfarrkirche, wo sie in besonders großen, schaumbedeckten Laugenlachen zweimal wöchentlich sich triumphierend vom Eingang bis zur Kommunionbank durchpaddelte, dann ehrfürchtig die Teppiche vor dem Altar aufrollte und in einer kleineren, mit mehr Schaum bedeckten Lache – weißgekrönt war diese Lache – um den Altar herumschwebte wie ein dunkler Engel auf einer Wolke. Außerdem reinigte sie die Notkirche draußen im Park und die Kapelle der Nonnen, zu denen auch Onkel Albert oft ging: dunkle Kapelle, wo rechts hinter der Kommunionbank ein großes schwarzlakkiertes Gitter – über das auf der Rückseite ein ganz blauer Vorhang fiel – die Kirche absperrte, und wo hinter dieser doppelten düsteren Absperrung immer – immer, immer – die Nonnen mit angenehmeren Stimmen als Bolda jene Choräle sangen, die Bolda zu singen glaubte. Vier Putztage hatte Bolda in der Woche, vier Tage lang schwebte sie – ein hagerer, dunkler Engel mit schneeweißem, völlig zerknittertem Gesicht – in schaumbedecktem, auf die Erde herabgelassenen Wolken in Kirchen herum. Manchmal, wenn er sie besuchte, schien es ihm, ihr Schrubber sei wie ein Ruder, ihr blauer Rock wie ein Segel, mit denen sie die auf die Erde herabgefallene Wolke wieder in den Himmel hinaufzusteuern gedachte: aber immer klebte die Wolke am Boden, bewegte sich nur langsam auf irdischer Ebene vom Eingang zur Kommunionbank – und dann – ehrfürchtig langsam und mit weißerem Schaum bedeckt – um den Altar herum.

In Boldas Zimmer war es gemütlich, obwohl alles nach Seifenschaum, zerkochten Steckrüben und nach der gemeinen Bouillon roch. Ihr Sofa – so sagte die Mutter – roch nach Nonnenwartezimmer, und in diesem Wort war eine Anspielung enthalten, die er wohl begriff, eine Anspielung auf Boldas Vergangenheit, die eine Nonnenperiode enthielt. Ihr Bett – so sagte ebenfalls die Mutter –

sah aus wie Tarzans Lager im Walde, aber das Licht der Gaslaternen draußen fiel in Boldas Zimmer und strahlte alles grünlichgelb an, und wenn er die Bouillon getrunken und die beiden Brötchen gegessen hatte, öffnete sie eine Schublade und holte das Unvermeidliche, das er nur ihretwegen mit einem Lächeln annahm: klumpig zusammengeklebte Malzbonbons.

Er legte sich auf Boldas Sofa, als er mit Essen fertig war, steckte ein Malzbonbon in den Mund, schloß die Augen halb und beobachtete das grüngelbliche Gaslicht. Bolda machte kein Licht, wenn er bei ihr war. Sie saß am Fenster über ihrem winzigen Bücherbord, das nur zwei Arten von Lesestoff enthielt: Gebetbücher und Kinoprogramme. Sooft sie ins Kino ging, ließ sie sich für einen Groschen das Programm geben, nahm es dann später vor, betrachtete die Bilder eingehend und rekonstruierte, indem sie ihm davon erzählte, den Film genau. Sie schloß dann, um sich zu sammeln, die Augen, öffnete sie nur gelegentlich, um an den Bildern ihre Erinnerung zu wecken, und erzählte ihm ganze Filme, Szene für Szene, unter leichter Abänderung der Realität. Auf die Hauptfiguren tippte sie dann mit den Fingern, wenn sie in ihrer Erzählung auftauchten, und alles war dunkel, grell und schaurig wie eine Moritat, Gemeinheit – Ruchlosigkeit – Hurerei – aber auch Edelmut, Unschuld. Wunderschöne Männer, die von wunderschönen Frauen – wunderschöne Frauen, die von wunderschönen Männern „hintergangen" wurden – und der heilige Paulus, auf dem Wege nach Damaskus vom Blitzstrahl Gottes getroffen. Da war er, der heilige Paulus, bärtig und feurig auf dem Programmheft. Und die heilige Maria Goretti, von einem sinnlichen Schwein – was war bloß ein sinnliches Schwein? Gewiß hatte es mit UNMORALISCH und UNSCHAMHAFT zu tun – von einem sinnlichen Schwein heimtückisch ermordet. Meistens aber waren es Filme mit wunderschönen Frauen, die Nonnen wurden, es schien viele Nonnenfilme zu geben, die er alle nicht zu sehen bekam, denn quer über das Plakat war, wenn eine Nonne darauf war, nie der weiße Streifen geklebt: JUGENDFREI.

Heute aber schien Bolda keine Lust zu haben, einen Film zu erzählen: im grüngelben Licht der Gaslaternen hockte sie am Fenster und kramte in ihrem Gebetbuchstapel, bis sie das richtige gefunden zu haben schien. Zum Glück war es keins mit Noten, denn sonst hätte sie eine Stunde lang gesungen: es war eins ohne Noten, und ihr ruhiges gemurmeltes Gebet war angenehm: von hinten, so schmal und mit dem pechschwarzen Haar, sah sie fast wie Brielachs Mutter aus. Dunkler wurde es, grüner das Licht, das Boldas dunkle Möbel fast wie die Panzer schillernder Käfer erglühen ließ, und viel früher, als er erwartet hatte, hörte er die Mutter unten, hörte Autos draußen halten, das Lachen der Mutter, umgeben vom Lachen anderer, Fremder, und er haßte die fremden Lacher, haßte ihre Gesichter, noch bevor er sie gesehen hatte; haßte die Schokolade, die sie mitbringen, die Geschenke, die sie auspacken, die Worte, die sie sagen, die Fragen, die sie stellen würden.

Und er sagte leise zu Bolda: „Sag, daß ich noch nicht da bin, und mach kein Licht."

Bolda unterbrach ihr Gebet: „Deine Mutter wird einen Schreck kriegen, wenn du nicht da bist."

„Wir brauchen ja nicht zu hören, daß sie gekommen ist."

„Nicht lügen, mein Söhnchen."

„Aber eine Viertelstunde kann ich noch bleiben?"

„Gut, aber keine Minute länger."

Wäre die Mutter allein gekommen, er wäre hinuntergelaufen, auf die Gefahr hin, daß Blut im Urin sofort ausbrechen würde. Aber er haßte alle Leute, die zur Mutter kamen, besonders den Dikken, der immer von Vater sprach. Weiche Hände und „exquisites Zuckerzeug".

Noch grüner wurde das Licht, schwärzer wurde Bolda, und ihr Haar noch schwärzer als sie selbst: dicke tintige Finsternis ihr Haar, auf das nur ein Tupfer, ein winziger Hauch des grünen Lichts fiel: trockenes langes, ganz glattes Haar und Boldas Gemurmel, und im Dunkeln, was immer im Dunkeln auftauchte: GÄSELER – und UNMORALISCH und UNSCHAMHAFT und das Wort, das Brielachs Mutter zu dem Bäcker gesagt hatte – und Katechismusnummern, die aus dem Dunkeln rappelten: WOZU SIND WIR AUF ERDEN?

Unmoralisch war alles, und vieles war unschamhaft, und Brielach hatte kein Geld und rechnete stundenlang herum, wie er sparen könnte.

Boldas Gemurmel am Fenster, die dunkle Indianerin, und das Zimmer erfüllt von dem Spiel des grünlichgelben Lichts, und der Wecker auf dem Bord über Boldas Bett, der leise und langsam tikkende Wecker, während unten sich Lärm ausbreitete, unerbittlich alles zerstörender Lärm; kichernde Frauen, lachende Männer, und die Schritte der Mutter, die schlecht geölte Kaffeemühle – „oder mögen Sie lieber Tee?" –, bis plötzlich das wilde Gebrüll in der Diele ertönte: „Ich habe Blut im Urin – Blut im Urin."

Atemlose Stille dort unten, und er empfand fast

Genugtuung über Großmutters Gewaltakt. Bolda klappte ihr Gebetbuch zu, wandte sich zu ihm und schubste die Schultern, freundlich und innig und sehr ausgiebig kichernd, und sie flüsterte leise: „Was – das hat sie doch mal gut gemacht – oh, du hättest sie früher kennen müssen, so schlimm ist sie nicht." BLUT IM URIN.

Das schien Mutters Gästen nicht die gewohnte Musik, hielt sie für Augenblicke im Bann, dann machte wieder gedämpftes Gemurmel sich unten breit. Er hörte die Stimme der Mutter aus Alberts Zimmer, wo sie mit dem Arzt telefonierte, und die Großmutter schwieg, denn nun, nachdem man den Arzt angerufen hatte, war ihr sicher, was zunächst genügte: DIE SPRITZE. Seltsames, geheimnisvolles Instrument aus Nickel und Glas, winzig und sauber, viel zu sauber, libellenhaftes Tier mit dem Schnabel eines Kolibri – durchsichtiger Kolibri, der sich den Bauch vollsaugte aus dem Glasröhrchen und seine spitze Schnauze dann in Großmutters Arm bohrte. Die Stimme der Großmutter, die dunkel und reich wie eine Orgel aufbrüllen konnte, erklang jetzt aus Mutters Zimmer. Sie sprach mit den Gästen.

Bolda knipste das Licht an, und vorbei war der grüne Zauber, der schwarze Zauber, vorbei das Glück, auf Boldas Nonnenwartezimmersofa zu hocken und ihr Gemurmel zu hören.

„Nichts mehr zu machen, mein Söhnchen, jetzt mußt du runter, kannst gleich ins Bett gehen, hab keine Angst, du darfst sicher bei Onkel Albert schlafen."

Bolda lächelte, denn sie hatte das richtige Zauberwort gefunden: bei Onkel Albert schlafen.

Er lächelte Bolda zu, sie lächelte ihm zu, und er

stieg langsam allein die Treppe hinunter – wie der Schatten eines riesigen wilden Tiers stand die Großmutter in der offenen Tür zu Mutters Zimmer, und er hörte sie sagen, ganz sanft sagte sie es mit ihrer dunklen Orgelstimme: „Meine Herrschaften, bedenken Sie bitte, ich habe Blut im Urin." Ein Alberner sagte drinnen: „Gnädige Frau, der Arzt ist schon verständigt."

Nun aber hatte sie ihn gehört, schwenkte heftig herum, stürzte in ihr Zimmer und brachte die Urinflasche wie einen kostbaren Tribut, den er – auf der dritten Treppenstufe stehend – entgegennehmen mußte: „Denke, mein Herzchen, ich habe es wieder."

Und er sagte, was zu sagen er verpflichtet war in dieser weihevollen Stunde: „Ist ja nicht so schlimm, liebe Großmutter, der Doktor wird kommen."

Und sie sagte, was zu sagen sie gewohnt war in dieser weihevollen Stunde, das Uringlas langsam zurücknehmend, nachdem sie annehmen konnte, er habe die dunkelgelbe Brühe gebührend gewürdigt. Sie sagte: „Du bist gut, mein Herzchen, denkst an die Oma", und er schämte sich, weil er gar nicht gut von der Oma dachte.

Wie eine Königin schritt sie in ihr Zimmer zurück. Die Mutter kam aus der Küche gestürzt, küßte ihn, und er sah an ihren Augen, daß sie im Laufe des Abends irgendwann weinen würde. Er hatte die Mutter gern, und ihr Haar roch so gut, und er mochte sie, obwohl sie albern werden konnte wie die Leute, die sie immer mitbrachte.

„Dumm, daß auch Albert wegmußte, er wollte mit dir essen."

„Bolda hat mich versorgt."

Kopfschütteln und Lachen, wie es üblich war, wenn er Boldas Küche genossen hatte, und eine zweite Frau, blond wie die Mutter, Boldas schmutzige braune Schürze vorgebunden, diese fremde Frau, die hartgekochte Eier auf dem Küchentisch in Scheiben schnitt, lächelte ihn blöde an, und die Mutter sagte, was sie bei dieser Gelegenheit zu sagen pflegte, etwas, um dessentwillen er sie haßte: „Denken Sie, er mag ordinäre Sachen so gern, Margarine und so."

Und die Frau sagte das Wort, das sie sagen mußte, die Frau sagte: „Süß!"

„Süß", riefen jetzt auch andere alberne Weiber, die aus Mutters Zimmer kamen, „Süß", und zwei Männer fanden es nicht zu blöde, auch „Süß" zu rufen. Er fand alle Leute, die abends die Mutter besuchten, albern – und diese albernen Kerle hatten die männliche Variante zu „Süß" entdeckt, sie riefen „Entzückend" – und er mußte, mußte mit ihnen gehen, Schokolade in Empfang nehmen, aufdrehbare Autos, und als er sich endlich wieder wegschleichen durfte, mußte er anhören, was sie sich zuflüsterten: „Ein phantastisches Kind."

Oh, grüne Dunkelheit oben in Boldas Zimmer, auf Boldas Nonnenwartezimmercouch oder Glums Zimmer mit der großen Karte an der Wand.

Er ging in die Küche zurück, wo das blöde Weib jetzt Tomaten in Scheiben schnitt, und er hörte sie sagen: „Ich mag improvisierte Mahlzeiten so gern." Die Mutter entkorkte Flaschen, Teewasser brodelte, rosige Schinkenscheiben lagen auf dem Tisch, ein gekochtes Huhn lag da: weißliches Fleisch, leicht grünlich schimmernd, und die fremde blonde Frau sagte: „Salat aus Hühnerfleisch, einfach phantastisch, liebe Nella."

Er erschrak: Leute, die zur Mutter „liebe Nella“ sagten, kamen öfter als die, die nur „Frau Bach“ sagten.

„Kann ich jetzt in Onkel Alberts Zimmer gehen?“

„Ja“, sagte die Mutter, „geh nur, ich bring dir was zu essen.“

„Ich möchte nichts mehr essen.“

„Wirklich nichts?“

„Nein“, sagte er, und plötzlich tat ihm die Mutter leid, die nicht sehr glücklich aussah, und er fügte leise hinzu: „Danke, wirklich nicht.“

„Oh“, sagte die fremde Frau, die jetzt die Knochen des Huhns mit einem Messer abschabte, „ich hörte schon, daß Albert Muchow bei Ihnen lebt, liebe Nella, ich bin ja so neugierig, den ganzen Kreis kennenzulernen, der Ihren Gatten gekannt hat. Es ist himmlisch, ins Zentrum des geistigen Lebens einzudringen.“

In Alberts Zimmer war es schön, es roch nach Tabak und nach frischer Wäsche, die Albert in Stapeln immer im Schrank liegen hatte. Schneeweiße, grüngestreifte, rostbraungestreifte frisch gewaschene Hemden, die wunderbar rochen. Sie rochen so gut wie das Mädchen aus der Wäscherei, das sie brachte, sie war so hellhaarig, daß ihr Haar fast die Farbe ihrer Haut hatte. In vollem Licht sah sie schön aus, und er mochte sie, weil sie immer freundlich, nie albern war. Und meistens brachte sie ihm Reklameluftballons mit, die er aufblasen und mit denen er – zusammen mit Brielach – stundenlang im Zimmer Faustball spielen konnte, ohne fürchten zu müssen, daß etwas kaputtging: riesige und stramme, sehr zarte Blasen, auf die mit flüssiger Kreide geschrieben war: Buffo wäscht dir alles. Auf Alberts Tisch lagen immer Stapel von

Zeichenpapier herum, und der Malkasten stand in der Ecke neben Alberts Tabaksdose.

Aber drüben in Mutters Zimmer wurde gelacht, und er ärgerte sich und wünschte, er hätte auch ein Uringlas schwenken und durchs ganze Haus schreien können: Ich habe Blut im Urin. – Schon wieder war ein Abend verdorben, denn auch Albert würde hinübergehen müssen. Sonst, wenn Mutter zu Hause war und kein Besuch kam, saßen sie abends immer in Mutters Zimmer, und manchmal kam Glum dazu für eine halbe Stunde, erzählte was, oder Albert setzte sich ans Klavier und spielte, und die Mutter las, und noch schöner war es, wenn Albert ihn abends spät noch mit dem Auto rundfuhr oder mit ihm Eis essen ging. Er liebte das grelle bunte Licht der Eisdiele, das von dem großen Hahn in den Raum strahlte, er mochte die scharfe Schallplattenmusik und das kalte Eis, die wilde, grellgrüne Limonade, in der Eisklümpchen schwammen, und er haßte die albernen Männer und Weiber, die ihn süß und entzückend fanden und die Abende verdarben.

Er warf die Lippen auf, klappte den Deckel des Malkastens hoch, nahm den langen dicken Pinsel, tunkte ihn ins Wasser und wälzte ihn lange und ausgiebig in Schwarz. Draußen hielt ein Auto, und er hörte sofort, daß es nicht Alberts Wagen war, sondern der Wagen des Arztes; er legte den Pinsel aus der Hand, wartete, bis es klingelte, und lief in die Diele, denn nun kam, was immer kam und ihn immer wieder erregte. Die Großmutter stürzte aus ihrem Zimmer, brüllte: „Doktor, guter Doktor, schon wieder Blut im Urin", und der schüchterne kleine, schwarzhaarige Doktor lächelte, schob die Großmutter mit sanftem Nachdruck in ihr Zimmer, nahm das Ledertäschchen aus dem Rock, das so groß war wie das Zigarrenetui des Tischlermeisters in Brielachs Haus. Vorsichtig knöpfte er der Großmutter, die sich auf den Sessel gesetzt hatte, die Bluse am Handgelenk auf, schob sie hoch, und jedesmal bewunderte er kopfschüttelnd ihren schneeweißen fleischigen Arm, der wirklich so weiß war wie Onkel Alberts Hemden, und jedesmal murmelte der Arzt: „Wie ein junges Mädchen, wie ein junges Mädchen" – und die Großmutter lächelte und starrte triumphierend auf ihre Urinflasche, die entweder mitten auf dem Tisch oder auf dem Teewagen stand.

Martin durfte immer die Ampulle halten, was die Mutter nie fertigbrachte. „Ich werd schon krank, wenn ich es sehe", und wenn der Arzt den Hals der Ampulle durchgesägt hatte, hielt Martin die Ampulle ganz ruhig, so daß der Doktor sagen konnte, was er bei dieser Gelegenheit sagen mußte: „Tapferer, kleiner Kerl" – und Martin beobachtete genau, wie der schmale kleine Kolibrischnabel sich in die blasse Flüssigkeit schob, wie der Arzt den Kolben nach hinten zog, die Spritze sich füllte, sich vollsog mit weißlichem Nichts, dessen Wirkung so ungeheuerlich war. Unendliches Glück, Sanftmut und Schönheit auf Großmutters Gesicht.

Und noch immer wurde ihm weder schlecht, noch spürte er die geringste Angst, wenn der Arzt den Kolibrischnabel ganz plötzlich in den Arm der Großmutter stieß – es war fast wie ein Biß –, und die weiße zarte Haut schob sich ein wenig vor dabei, wie wenn ein Vogel in eine Pelle pickt, und die Großmutter blickte unverwandt seitlich auf die untere Etage des Teewagens, wo Blut im Urin stand, während der Arzt den Kolben sachte nach unten drückte und das unendliche Glück in die Großmutter hineinspritzte – wieder ein Ruck, wenn er den Schnabel aus Großmutters Arm zog, und der seltsame, so gespenstische, so unheimliche Glücksseufzer der Großmutter. Er blieb dann bei ihr, wenn der Arzt gegangen war, obwohl er Angst hatte; die Neugierde war stärker als die Angst; hier geschah etwas, was so schrecklich war, so schrecklich wie das, was Grebhake und Wolters im Gebüsch getan hatten, und so schrecklich wie das Wort, das Brielachs Mutter im Keller zum Bäcker gesagt hatte – schrecklich, aber auch schön und geheimnisvoll. Nie sonst wäre er freiwillig bei der Großmutter geblieben, aber wenn sie die Spritze bekam, blieb er: sie lag dann auf ihrem Bett, und es strömte von innen heraus plötzlich über sie, helle Welle, die sie jung machte, glücklich und unglücklich, denn sie seufzte tief und weinte zugleich, blühend wurde ihr Gesicht, fast so glatt und schön wie das Gesicht der Mutter, es glättete sich, die Augen leuchteten, Glück breitete sich aus und Friede, während die Tränen weiterströmten, und er liebte die Großmutter plötzlich, liebte ihr großes breites, so blühendes Gesicht, das ihm sonst Schrecken einflößte – und er wußte, was er tun würde, wenn er einmal groß war und unglücklich war: sich in den Arm picken lassen von dem kleinen Kolibri, der Glück in die Großmutter hineinschob, winzige Menge farblosen Nichts. Er ekelte sich vor nichts mehr, nicht einmal vor der Flasche, die auf der untersten Etage des Teewagens stand.

Dann legte er die Hand auf das Gesicht der Großmutter, er ließ sie erst auf der linken Wange ruhen, legte sie auf die rechte, auf die Stirn, und hielt sie lange über den Mund der Großmutter, um den warmen und ruhigen Atem zu spüren, aber zuletzt ließ er seine Hand lange auf Großmutters Wange ruhen, und er haßte sie nicht mehr; wunderschönes Gesicht, von einem halben Fingerhut voll blassen Nichts so verändert. Manchmal schlief die Großmutter noch gar nicht, und sie sagte mit geschlossenen Augen sanft: „Guter Junge", und er schämte sich, weil er sie SONST haßte. Wenn sie eingeschlafen war, konnte er in Ruhe ihr Zimmer betrachten, wozu er sonst vor lauter Angst und Ekel keine Zeit fand – die große dunkle Vitrine – kostbar und alt, vollgepackt mit Gläsern jeder Größe, jeder Dicke: Kristallschalen und winzige dünne Schnapsgläschen, gläserne Figuren: das milchig gemusterte blauäugige Glasreh, Bierhumpen –, und später, immer noch die Hand auf Großmutters Gesicht, sah er zu dem Foto seines Vaters hin, es war größer als das, das die Mutter über dem Bett hängen hatte, und auf diesem hier war der Vater noch jünger; sehr jung und lachend, er hatte die Pfeife im Mund, und das sehr dunkle Haar stand hart und dicht vor einem hellen Himmel: weiße Wölkchen auf dem Himmel, gerollte Watteklümpchen, und das Bild war so scharf, daß er das erhabene Muster auf den Metallknöpfen von Vaters Strickweste erkennen konnte: es waren Blumen, und die schmalen dunklen Augen des Vaters blickten ihn an, als stände er wirklich dort, wo im dämmerigen Winkel zwischen Vitrine und Teewagen das Bild hing, und niemals, niemals wußte er, ob der Vater auf diesem Bild traurig oder froh war. Sehr jung sah der Vater aus, fast so wie die Jungen, die in der obersten Schulklasse waren. Wie ein *Vater* sah er jedenfalls nicht aus. Väter sahen älter aus, mächtiger und ernster, Väter sahen nach FRÜHSTÜCKSEI aus, nach Zeitung und mit einem bestimmten Griff ausgezogenem Rock. – So-wenig wie Onkel Albert den Onkels anderer Jungen glich, so wenig glich der Vater den Vätern anderer Jungen. Daß der Vater so jung war, machte ihn stolz, war ihm aber auch peinlich, er sah fast so aus, als sei er kein richtiger Vater – so wie die Mutter ihm nicht wie eine richtige Mutter erschien: sie roch nicht wie die Mütter anderer Jungen, war leichter und jünger und sprach nie von dem, was anderer Leute Leben, was anderer Jungen Mütter entscheidend zu formen schien, niemals sprach die Mutter von GELD.

Der Vater sah nicht glücklich aus – das entschied er immer zum Schluß hin, aber er sah auch nicht nach dem Wort aus, was bei anderen Vätern meist vorherrscht: der Vater sah nicht nach SORGEN aus. Alle Väter hatten es: SORGEN, alle Väter waren älter, sie sahen auf eine andere Weise nicht glücklicher aus als der Vater ...

Auf Glums Landkarte oben, die die ganze Wand bedeckte, gab es drei dicke schwarze Punkte; der erste war der Ort, wo Glum geboren war, der zweite war der Ort, wo sie wohnten, und der dritte der, wo der Vater gefallen war: Kalinowka.

Er vergaß die Großmutter, obwohl seine Hand noch auf ihrem schlafenden Gesicht lag, er vergaß die Mutter und die albernen Gäste, Glum und Bolda vergaß er, sogar Onkel Albert, und er betrachtete in Ruhe das Bild des Vaters in der dämmerigen Ecke zwischen Vitrine und Teewagen.

Er saß noch da, als die Mutter ihn holte, Albert längst gekommen war. Er ging mit, ohne ein Wort zu sagen, zog sich aus, legte sich in Alberts Bett, sprach das Nachtgebet: WENN DU DER SÜNDEN WILLST GEDENKEN, HERR, und als Albert ihn fragte, ob er müde sei, sagte er ja, weil er gern allein sein wollte. Wenn das Licht dann ausgeknipst war, störte ihn nicht einmal mehr das alberne Lachen von nebenan – er schloß die Augen, sah das Bild des Vaters vor sich und hoffte, er würde in den Traum kommen, so wie er dort war, jung und ohne Sorgen, vielleicht lachend, so jung, wie er auf dem Bild war, viel jünger noch als Onkel Albert. Mit diesem Vater ging er spazieren, in den Zoo – er fuhr lange Strecken mit ihm über die Autobahn, zündete ihm die Zigaretten, die Pfeife an, half ihm das Auto waschen und nachgucken, wenn etwas kaputt war, er ritt neben dem Vater weite Strecken in endlose Ebenen hinein – und er genoß es, zu sagen, leise vor sich hin zu murmeln: WIR REITEN GEGEN DEN HORIZONT – Horizont wiederholte er langsam und feierlich, und er hoffte und betete, der Vater möge so in die Träume kommen, reitend, autofahrend – Horizont.

Das Bild verließ ihn nicht, solange er wach lag, und alle die Gegenstände sah er, die seinem Vater gehört hatten, die Armbanduhr und die Strickweste und das Notizbuch, in dem angefangene Gedichte standen. Verzweifelt aber und vergeblich kämpfte er um den Traum vom Vater. Nie kam er. Das Zimmer war dunkel, und er lag dort allein, und wenn Onkel Albert herüberkam, um nach ihm zu sehen, stellte er sich schlafend, um allein und ungestört zu bleiben, und hielt, solange Albert im Zimmer war, hinter geschlossenen Augen das Bild fest: einen lachenden Jüngling mit der Pfeife im Mund, der nicht wie ein Vater aussah.

Er durchwanderte die Länder, indem er ihre Namen leise vor sich hin murmelte: Frankreich, Deutschland, Polen, Rußland, Ukraine, Kalinowka, und er weinte später im Dunkeln und flehte um den Traum, der ihm nie gewährt wurde. Onkel Albert war dabeigewesen, als der Vater fiel, und er erzählte es manchmal, von GÄSELER und dem Dorf und dem Krieg, den er SCHEISSKRIEG nannte, aber alles nützte nichts – auch dadurch kam der Vater nicht so in den Traum, wie er es wünschte.

Die Erde, in der der Vater ruhte, stellte er sich vor wie Boldas Haar. Tintige Finsternis, die Vaters Gestalt verschluckte, ihn festhielt wie klebriger frischer Asphalt, ihn so festhielt, daß er nicht in die Träume kommen konnte. Das Äußerste, was er erreichen konnte, war, daß das Gesicht des Vaters weinte, aber auch weinend kam es nicht in den Traum.

Und er konnte das Gesicht des Vaters im Dunkeln nur bei sich haben, wenn er das Bild in Großmutters Zimmer in Ruhe hatte betrachten können, und das geschah nur, wenn Blut im Urin gespielt, der Arzt angerufen und die Großmutter mit Glück bespritzt wurde.

Er sagte alle Gebete, die er kannte, und hing an jedes Gebet die Bitte: Schicke mir den Vater in den Traum …

Aber als der Vater wirklich kam, war er anders, als er ihn sich gewünscht hatte, er saß unter einem großen Baum, die Hände vors Gesicht geschlagen, und obwohl die Hände vor dem Gesicht lagen, wußte er, daß es der Vater war. Der Vater schien zu warten auf etwas, worauf er schon unendlich lange wartete, er sah aus wie jemand, der seit MILLIONEN Jahren dort saß und sein Gesicht bedeckte, weil es so traurig war, und wenn der Vater die Hände vom Gesicht nahm, erschrak er jedesmal, obwohl er wußte, was dann kam. Der Vater hatte kein Gesicht, und es schien, als wollte er sagen: Jetzt weißt du's. – Vielleicht wartete der Vater unter diesem Baum auf sein Gesicht. Schwarz war die Erde wie Boldas Haar, und der Vater war allein und ohne Gesicht, und obwohl er kein Gesicht hatte, sah er unendlich traurig und müde aus, und wenn er anfing zu sprechen, erwartete er immer, daß der Vater Gäseler sagen würde, aber der Vater sagte nie den Namen, nie ein Wort von Gäseler.

Der heftige Lachanfall eines albernen Weibes nebenan weckte ihn, und er weinte seine Wut, seinen Haß und seine Enttäuschung ins Kissen hinein, weil der Traum vom Vater nun plötzlich abgeschnitten war: vielleicht hätte er plötzlich ein Gesicht bekommen und gesprochen.

Er weinte heftig und lange, bis das Lachen nebenan ferner klang, immer ferner, und im nächsten Traum sah er nun die blonde Frau in der Küche anstatt Eier und Tomaten riesige Ampullen zersägen, Glasballons, deren Inhalt der lächelnde Doktor in riesige Spritzen hineinsog.

Bolda rutschte langsam heran, mit schneeweißem Gesicht und kohlefarbenem Haar, auf einer Seifenwolke rudernd, ganz glatt im Gesicht, so glatt wie die Großmutter nach der Spritze, und Bolda sang schön, wunderschön, schöner noch, als Frau Borussiak sang; so ruderte Bolda in den Himmel hinauf, mit den Zähnen festhaltend, was wie eine Eintrittskarte in den Himmel aussah: das Kinoprogramm mit dem Bild der heiligen Maria Goretti.

Aber der Vater, auf den er auch im Traum noch wartete, kam nicht wieder zurück, endgültig war er verdrängt durch albernes Lachen aus dem Nebenzimmer – und die Eierzerschneiderin verdrängte Bolda, schwamm durch die Luft wie durch Wasser und rief: süß, süß, süß, bis die dunkle Orgelstimme der Großmutter aus dem Hintergrund kam, wildes dunkles Gebrüll: Blut im Urin.

VI

Langsam wurde Heinrich klar, wie es war: es war das Gefühl, auf Eis zu gehen, auf dünnem Eis über eine Wasserfläche, deren Tiefe unbekannt ist. Das Eis war noch nie eingebrochen, und es gab Hilfe, alle standen lächelnd an den Seiten, bereit, hinzuzuspringen, wenn es einbrach: aber diese Tatsache änderte nichts daran, daß es einbrechen würde und die Tiefe des Wassers unbekannt blieb. Der erste Riß in diesem Eis hatte sich gezeigt, ein ungefährlicher Knacks noch, als er Martins Schrecken über das Wort sah, das seine Mutter zum Bäcker gesagt hatte, es war ein häßliches Wort für die Vereinigung der Männer mit den Frauen, aber er fand ÜBERHAUPT Vereinigung ein viel zu schönes Wort für einen Vorgang, den er nicht sehr schön fand: knallrote Gesichter, Gestöhn: als Leo noch nicht sein Onkel war, hatte er ihn mit der Schaffnerin gesehen: als er die Suppe hinüberbringen wollte und nicht anklopfte: der wilde, entsetzliche Schrei der Schaffnerin und Leo mit seinem Affengesicht. Verfluchter Bengel – Tür zu, und Tage später schlug ihn Leo mit der Knipszange ganz kurz und hart auf den Kopf und sagte: „Freundchen, ich werde dir beibringen, was ANSTAND ist. Kannst du nicht anklopfen?" Später war die Tür immer abgeschlossen, aber wahrscheinlich vollzog sich nichts anderes, wenn die Mutter zu Leo hinüberging. Vereinigung war ein schönes Wort für etwas, was er häßlich fand – aber vielleicht ging es bei den Leuten, die Geld hatten, wirklich anders zu. Vielleicht. Das Wort, das von Onkel Leo stammte, war häßlich, aber es paßte besser.

Martins Erschrecken zeigte an, wie tief das Wasser unter der Eisschicht stand. Unendlich tief schien es zu sein und kalt, und niemand konnte einen vor dem Einsturz bewahren. Es war nicht nur das Geld und der Unterschied zwischen dem, was bei Martin immer im Eisschrank bereitstand, und dem, was er täglich einkaufen mußte, auf die Pfennige achtend: Brot, Margarine, Kartoffeln und für den dreckigen Leo ein Ei, selten einmal eins für Wilma, ihn oder die Mutter. Es war der Unterschied zwischen Onkel Albert und Leo, der Unterschied zwischen Martins Erschrecken über das Wort und seinem leichten Zusammenzucken, das Ekel darüber bedeutete, daß das Wort schon in die Mutter eingedrungen war. Der Unterschied zwischen Martins Mutter und seiner Mutter war eigentlich nicht so groß, er war bereit, anzunehmen, daß nur das Geld sie unterschied. Und vielleicht, vielleicht würde das Eis nie einbrechen.

Auch in der Schule bewegte er sich auf diesem Eis: der Kaplan zum Beispiel war fast aus dem Beichtstuhl gefallen, als Martin in der Beichte von dem Wort gesprochen hatte, das seine Mutter zum Bäcker gesagt hatte, und Martin hatte fünf Vaterunser und fünf Ave-Maria extra beten müssen wegen dieses Wortes, das er doch nur gehört hatte, sanfte und freundliche Stimme des Kaplans, der von der unbefleckten Jungfrau sprach, Onkel-Will-

Stimme, die von der heiligmachenden Gnade sprach, von Reinheit des Herzens und einer keuschen Seele: wunderschöne Stimme, und das gute Gesicht des Kaplans, der durchgesetzt hatte, daß seine Mutter Geld für die Erstkommunion bekam, obwohl sie UNMORALISCH war. Aber kannte der Kaplan das saubere, rote, nach Rasierwasser duftende Affengesicht von Onkel Leo, kein Gesicht einer keuschen Seele?

Er ging auf Eis über eine Wasserfläche, deren Tiefe sich erst herausstellen würde, wenn das Eis einbrach. Auch die Mutter war anders geworden, sie hatte das Wort ausgesprochen, aber vorher schon war sie anders geworden, hart: er hatte sie sanft in Erinnerung, freundlich und still, wie sie Onkel Erichs Brust in der Nacht geduldig mit Essigtüchern behandelt, wie sie Gert zugelächelt und wie sie mit Karl gesprochen hatte, bevor „es" weggemacht worden war. Hart war ihr Gesicht im Krankenhaus geworden.

Das Eis war stellenweise am Rand schon eingebrochen, an ungefährlichen seichten Stellen, wo es leicht wieder zufrieren konnte. Wills Nachtschweißgeschichte zum Beispiel brachte ihn nur zum Lachen. Er lächelte darüber, wie er über Wills Buch- und Filmgespräche lachte: traumhaftes Gemurmel, Wasserbläschen aus dem Munde eines verwunschenen Geistes, die vom Grunde des Wassers her zu ihm aufstiegen und bis an die Eisdecke drangen, spielerische Effekte ergaben, ähnlich denen, die der Springbrunnen im Eissalon zustande brachte.

Nah war der Preis der Margarine, der gerade wieder anstieg, nah war die Kalkulation, die er für die Mutter machen mußte. Mutter konnte nicht rechnen, konnte nicht sparen, und die gesamte Haushaltskalkulation war seine Sache. Nah war das nackte Gesicht von Onkel Leo, der Onkel-Leo-Worte gebrauchte, gegen die Gerts Erbschaft „Scheiße“ ein mildes und sanftes Wort war. Nah war die Fotografie des Vaters, auf den er sich zuwachsen fühlte, nah war das Gesicht der Mutter, das härter, deren Mund dünner wurde und sich immer häufiger der Onkel-Leo-Worte bediente, die immer häufiger mit Leo tanzen ging, Onkel-Leo-Lieder sang, was in den Filmen ganz bestimmte Frauen taten, Frauen auf Plakaten, die den roten Querstreifen JUGENDVERBOT trugen.

Schön war das Kino, gut war es dort, warm. Niemand sah einen, niemand konnte mit einem sprechen, und man konnte, was man sonst nicht konnte: VERGESSEN.

Was der Lehrer sagte, war wie das, was der Kaplan sagte: es perlte fremd und spielerisch an die Eisdecke heran, auf der er einherging, aber es drang nicht bis zu ihm durch. Die Eier wurden teurer, das Brot schlug um fünf Pfennig pro Kilo auf, und Leo, das Schwein, beklagte sich über das schlechter werdende Frühstück, über die Kleinheit des Eis und beschuldigte ihn der UNTERSCHLAGUNG. Das war nah. HASS auf diesen Affen, der außerdem DUMM war und sich durch die vorgelegte Kalkulation überzeugen lassen mußte, aber das Wort blieb: UNTERSCHLAGUNG – und die Mutter, er hatte sie genau beobachtet, hatte FÜR EINEN AUGENBLICK Leo geglaubt, nur für einen AUGENBLICK, aber ein Augenblick war viel. Er mußte sparen, weil sie dauernd ausgingen – und für Wilma wurde kein Kleid gekauft. UNTERSCHLAGUNG. Er konnte es niemand sagen, Martin würde es gar nicht verstehen, und er scheute sich noch, mit Onkel Albert darüber zu sprechen. Später würde er es tun, denn Onkel Albert war der einzige, der begreifen würde, was es hieß, ihn der Unterschlagung zu bezichtigen. Seine Rache war hart gewesen. Er hatte für vierzehn Tage die Besorgungen, die Einkäufe niedergelegt: sollte die Mutter es tun, sollte Leo sich drum kümmern, und siehe da: schon nach einer Woche war nichts zu fressen mehr da, heillose Mißwirtschaft; Heulen bei der Mutter und Zähneknirschen bei Leo, bis sie ihn anflehten, anflehten, es doch wieder zu machen – und er tat es, aber er vergaß den AUGENBLICK nicht, in dem die Mutter ihn verdächtigt hatte.

Über solche Dinge konnte er in Martins Haus nur mit Albert sprechen, und später, wenn er mit Albert zu seiner Mutter in die Ferien fuhr, wo Will die Betreuung von Wilma übernahm: dort würde sich eine Gelegenheit ergeben, mit Albert über das ungeheuerliche Wort Unterschlagung zu sprechen. Die verrückte Bolda war gut, aber auch mit ihr konnte man nicht über Geld sprechen, und Martins Mutter unterschied sich zwar von seiner Mutter nur durch das Geld, aber es kam noch etwas hinzu: sie war schön, auf ihre Art schöner als die Mutter, sie war wie die Frauen im Film, und von Geld verstand sie nichts. Mit der Großmutter über Geld zu sprechen war peinlich: sie zückte gleich das Scheckbuch. Sie alle schenkten ihm Geld, Albert, die Großmutter, Will und Martins Mutter, aber auch das Geld machte die Eisschicht nicht stabiler und nahm der Tiefe des Wassers nichts von ihrer Ungewißheit. Gewiß, er konnte der Mutter was kaufen, Handtasche aus rotem Leder und rote

Lederhandschuhe dazu, wie er es bei einer Frau im Film gesehen hatte, er konnte Wilma was kaufen, er konnte ins Kino gehen, Eis essen, die Haushaltkasse mit Reserven versehen, und er konnte Leo ostentativ *nichts* kaufen und ihn ostentativ *nicht* an der Verbesserung teilnehmen lassen, die der Haushalt erfuhr – aber soviel Geld war es wiederum nicht, daß er das Haus kaufen konnte, alles, was damit zusammenhing, die Gewißheit, nicht mehr auf Eis zu gehen, und vor allem würde er nie den Unterschied zwischen Onkel Albert und Leo kaufen können.

Was in der Schule gesagt wurde vom Lehrer und vom Kaplan, entsprach dem, was Karl gesagt hatte, „neues Leben", ein schönes Wort, mit dem er sogar eine Vorstellung verband, eine Vorstellung, von der er aber wußte, daß sie nicht zu verwirklichen war. Fetter und doch härter war das Gesicht der Mutter geworden: sie wuchs vom Vater weg, wurde älter als der Vater, viel älter, während er auf den Vater zuwuchs: sie war jetzt alt, uralt erschien sie ihm, und doch war sie ihm noch jung erschienen, als „es" im Krankenhaus weggemacht worden war und als Leo zum erstenmal mit ihr tanzte. Und ihre Hand war schwerer geworden, die Hand, die sie ihm abends flüchtig auf die Stirn legte, bevor sie zu Leo hinüberging, um sich mit ihm zu vereinigen.

Ihm blieb dann das Kind, das nicht weggemacht worden war. Wilma war jetzt bald zwei Jahre alt, und aus einem geheimnisvollen Grund war Wilma immer schmutzig. Leo haßte Schmutz: Leo war immer sauber, gemäß seinen Wappengerüchen, dem Geruch des Rasierwassers und des Bohnerwachses. Rotgebürstete Hände hatte er, polierte Fingernägel, und seine Waffe war – neben der Knipszange – die Nagelfeile, ein albern langes Stück geriffelten, gerauhten Blechs, mit dem er die kleine Wilma auf die Finger schlug. Jeden Morgen machte Heinrich Wasser warm, um Wilma zu waschen, er wechselte ihre Wäsche, sooft es ging, aber aus einem geheimnisvollen Grund sah Wilma immer schmutzig, immer schmierig aus, obwohl sie so hübsch und so klug war. Es war zum Verzweifeln.

Wenn Leo Spätschicht hatte, war dieser mittags für eine Stunde mit Wilma allein, weil die Mutter jetzt schon um halb eins in die Bäckerei ging, und von dem Tage an, da Wilma zum ersten Male mit Leo allein gewesen war, schrie sie, wenn sie ihn nur sah. Entsetzliches Gebrüll aber stieß sie aus, wenn er drohend seine schwere Nickelknipszange in die Höhe hob, um sie einzuschüchtern, dann brüllte sie und kroch auf Heinrich zu, klammerte sich an ihn und war erst zu beruhigen, wenn Leo weggegangen war und er ihr oft, oft zugeflüstert hatte: Leo weg, Leo weg, Leo weg. Aber auch dann weinte sie noch, und Heinrichs Hände wurden naß von ihren Tränen. Nachmittags war er meistens mit ihr allein, und dann war sie ruhig und weinte nie, und schön war es an den Abenden, wenn die Mutter mit Leo tanzen ging: dann sagte er Martin Bescheid, der nur kommen wollte, wenn Leo weg war – er hatte solche Angst vor Leo wie Wilma –, und sie badeten das Kind, gaben ihm zu essen und spielten mit ihm. Oder er konnte Wilma in Martins Garten abstellen, und sie konnten Fußball spielen. Abends lag er dann allein mit Wilma im Bett, murmelte die Abendgebete vor sich hin und dachte an die Onkel. Wilma, den Daumen im Mund, ganz sauber, schlief dann neben ihm, und er brachte sie erst in ihr Bettchen, wenn er selbst einschlafen wollte. Nebenan vereinigte sich die Mutter mit Leo; er hörte nichts, wußte aber, was geschah.

Wenn er überlegte, welcher Onkel ihm der liebste gewesen war, schwankte er immer zwischen Karl und Gert. Karl war freundlich und pedantisch gewesen, er war der „Neues-Leben"-Karl, der „Nachschlag-Karl", der Karl, dessen Wappengeruch der Geruch der Suppe für städtische Angestellte war. Karl, von dem die Segeltuchhülle für sein Kochgeschirr übriggeblieben war, die Wilma jetzt als Spielzeugtasche benutzte.

Karl hatte aber auch schenken können wie Gert, der abends lachend nach Hause kam und sein ganzes Handwerkszeug in einem Marmeladeneimer mit sich trug, Kellen und Spachteln und die Fugenmesser, eine Wasserwaage, und seinen Tagesverdienst, den er sich in Naturalien auszahlen ließ, hatte er großzügig auf den Tisch gelegt: Margarine und Brot, Tabak, Fleisch und Mehl und einige Male das, was damals so kostbar, so selten gewesen war, etwas kleines Weißes, wunderbar Schmeckendes: ein Ei. Gelacht hatte die Mutter am meisten in der Gert-Zeit. Gert war jung gewesen, dunkelhaarig, und hatte das Mensch-ärgere-dich-nicht- und das Fang-den-Hut-Spiel nicht verachtet. Manchmal hatte er im Dunkeln noch gehört, wie die Mutter im Bett lachte, wo sie mit Gert schlief, und dieses Lachen hatte ihm die Mutter nicht unsympathisch gemacht wie das Kichern, das sie bei Karl ausstieß. Gert war in der Erinnerung so gut, daß selbst die Vorstellung, daß er sich mit der Mutter vereinigt hatte, ihn nicht abstoßend machte. Gert trug noch eine dunkelgrüne Stelle am Ärmel seines Waffenrockes, wo der Obergefreitenwinkel gesessen hatte, und abends hatte Gert noch einen Handel in Gips und Zement betrieben, die er pfundweise verkaufte; er schöpfte Gips und Zement aus Papiersäcken, wie man jetzt Mehl aus Säcken schöpfte, pfundweise mit Kellen.

Karl war ganz anders gewesen, aber auch nett. Karl war der einzige Onkel, der in die Kirche gegangen war. Karl hatte ihn mitgenommen, ihm die Liturgie erklärt, die Gebete, und Karl rückte abends nach dem Essen seine Brille zurecht und fing von seinem „neuen Leben“ an. Karl ging zwar nie beichten, ging nie kommunizieren, aber Karl ging in die Kirche und wußte über alles Bescheid. Karl war nachdenklich, pedantisch, aber freundlich und konnte schenken. Bonbons und Spielzeug; und wenn er sagte, „wir werden ein neues Leben anfangen“, sagte er hinterher, „ich will wieder Ordnung in unser Leben bringen, Wilma, Ordnung“, und zu dieser Ordnung gehörte, daß Heinrich nicht Onkel, sondern Vater zu ihm sagen sollte. Erich – merkwürdig riechende Tees, in Essig getränkte lauwarme Tücher und das Feuerzeug, das immer noch funktionierte. Erich war in Sachsen geblieben. Gert war eines Tages nicht wiedergekommen, und sie erfuhren lange nichts von ihm, bis er nach Monaten aus München schrieb: „Ich mußte weg, ich komme nicht wieder. Es war schön da, ich schenke dir die Armbanduhr.“ Der Geruch nassen Gipses blieb in der Erinnerung, und das Wort Scheiße blieb in Mutters Wortschatz von Gert zurück. Und Karl war weggegangen, weil „es“ weggemacht worden war. Kein „neues Leben“ hatte angefangen, und manchmal sah er jetzt Karl in der Kirche. Karl hatte eine Frau und ein Kind;

sonntags ging er mit dem kleinen Jungen an der Hand spazieren, der so alt war wie Wilma. Aber Karl schien sich seiner, schien sich auch der Mutter nicht mehr zu erinnern, denn Karl grüßte nicht. Karl ging jetzt kommunizieren, und seit einiger Zeit betete Karl in der Kirche vor; oben von der Orgelempore herab hörte er die Stimme, die von „neuem Leben", von „Nachschlag" und von „Ordnung" gesprochen hatte, und er konnte es nicht begreifen, warum die Mutter „es" weggemacht hatte, Karl wäre sonst sein Vater geworden.

Jemand, der im Hause wohnte, schrieb immer unten im Hausflur an die Wand mit Bleistift das Wort, das die Mutter zum Bäcker gesagt hatte. Aber niemand wußte genau, wer es war. Das Wort stand manchmal einen ganzen Tag lang da an der Wand, nie länger, dann kam der Tischlermeister, der unten die kleine Werkstatt betrieb, und kratzte das Wort mit einem Nagel aus, und unten auf dem Fliesenboden blieb die weiße Spur abgekratzten Gipses, weißlicher Staub, und an der Wand eine zerkratzte Stelle. Immer wieder schrieb der Unbekannte es hin, und der Tischlermeister kratzte es immer wieder aus; zwanzig abgekratzte Stellen waren schon in der Flurwand. Es war ein stummer Kampf, der auf beiden Seiten mit Hartnäckigkeit geführt wurde, immer stand auf einmal wieder das Wort da, und der Tischlermeister, der nach Kampfer roch, wie Erich gerochen hatte, kam mit seinem vierzölligen Nagel aus der Werkstatt und kratzte das Wort aus. Der Tischlermeister war nett. Besonders nett war er zu Wilma; samstags, wenn der Lehrling die Werkstatt auskehrte, mußte er alle Holzklötze aus dem Dreck heraussuchen, sie abwaschen und sie Wilma heraufbringen, auch besonders lange, besonders lockige Hobelspäne, und der Tischlermeister selbst brachte Wilma Bonbons mit, wenn er die Miete kassierte.

War Leo gerade da, wenn der Tischlermeister kam, sagte der Tischlermeister: „Sie krieg ich noch klein" – und Leo sagte: „Ich Sie auch." Mehr sagten sie nicht.

Erst später – und er wunderte sich selbst, daß er nicht daran gedacht hatte – fiel ihm ein, daß Leo es sein könnte, der das Wort an die Wand schrieb; es hätte zu Leo gepaßt, und es war ja ein Leo-Wort. Er beobachtete Leo, wenn er zur Schicht ging oder von der Schicht heimkam: Leo schrieb nichts an die Wand. Allerdings stand an den Tagen, wo er Leo beobachtete, auch das Wort nicht da. Das Wort stand nur da, wenn er Leo nicht hatte beobachten können. Es dauerte lange – schon war die halbe Wand zerkritzelt und zerkratzt. Eines Tages, als er aus der Schule gekommen war und das Wort unten im Flur entdeckt hatte, blickte er während des Essens auf Leos Bleistift. Leo hatte den Bleistift hinterm Ohr steckenlassen, und an diesem Bleistift war die Spitze platt, rauh, und ein winziger weißer Kranz war um die platte Spitze herum; so sahen Bleistifte aus, mit denen man an die Wand schrieb. Leo also war es, der das Wort an die Wand schrieb.

Auch die Mutter schimpfte über den, der es an die Wand schrieb und sagte: „Das brauchen die Kinder nicht gerade zu lesen", und sie pflegte mit dunklerer Stimme hinzuzufügen: „Was Dreck ist, erfahren sie noch früh genug."

Und doch hatte die Mutter selbst es zum Bäcker gesagt, im dunklen, warmen, nach süßlichem Teig riechenden Keller der Bäckerei.

Und Leo schrieb es weiter an die Wand, der Tischlermeister kratzte es mit dem Nagel aus, und Heinrich fand nicht den Mut, dem Tischlermeister zu sagen, was er herausbekommen hatte.

Später würde er es sagen, mit Onkel Albert über Verschiedenes reden.

Im Dunkeln noch, wenn er abends im Bett lag, konnte er das Bild des Vaters betrachten, das von der Straßenlaterne beleuchtet wurde, leise, ganz leise zitternde Fotografie, die von den Erschütterungen der vorbeifahrenden Autos so schwankte, und besonders heftig schwankte, wenn der Omnibus 34 oder ein Lastzug vorbeifuhr.

Vom Vater existierte nicht mehr viel; das Foto an der Wand und ein Heft, das die Mutter hartnäkkig aufbewahrt zwischen Romanheften und Illustrierten, eine verschmutzte dünne, gelbliche Broschüre: „Was der Autoschlosser bei der Gehilfenprüfung wissen muß." Zwischen den Blättern der Broschüre, zusammengefaltet, verschlissen, aber noch gut zu erkennen, lag ein Farbendruck, der Christus und die Jünger beim Abendmahl zeigte – der gleiche Druck, den auch er bekommen hatte und der fast genau die gleiche Beschriftung trug: Heinrich Brielach empfing das Sakrament der heiligen Kommunion zum ersten Male in der Pfarrkirche St. Anna am Weißen Sonntag 1930. Nur stand bei ihm Pfarrkirche St. Paul und Weißer Sonntag 1952.

Mutters Vater war in Sachsen geblieben. Er schrieb von einer schmalen Rente und immer wieder auf Postkarten den Satz: „Habt ihr denn kein Zimmer für mich, daß ich in die alte Heimat zurück kann?" Und die Mutter schickte ihm Tabak und Margarine und schrieb: „Es ist wirklich schlecht mit den Zimmern, es ist so teuer." Mutters Mutter war in Sachsen gestorben, und der Vater des Vaters lag hier auf dem Friedhof, angefaultes Holzkreuz, vor dem sie am Allerseelentag Blumen niederlegten und ein buntes Licht anzündeten. Vaters Mutter – die Oma – hatte Streit mit der Mutter, sie kam nur am zweiten Weihnachtstag, brachte ihm Geschenke und Wilma ostentativ *nichts*, und sie sprach fast so, wie Karl gesprochen hatte: Ordnung – neues Leben – es nimmt kein gutes Ende. Und einer ihrer Sätze hieß: „Wenn mein armer Junge das hätte erleben müssen."

Aber sie kam selten, und sie war nicht gut, weil sie Wilma weder ansah, noch Wilma etwas mitbrachte. Sie sagte immer zu ihm: „Besuch mich doch mal." Aber er war nur einmal bei ihr gewesen, sauber war es bei ihr, so sauber, wie Leo war: es roch nach Bohnerwachs, er bekam Kuchen und Kakao und Geld für die Straßenbahn, aber dann fing sie an, ihn auszufragen, und er sagte nichts und fuhr nie mehr zu ihr, denn auch sie sprach, wie die Leute sprachen, die unter der Eisdecke sprachen: Keusche Seele und reines Herz – und zwischendurch fragte sie nach Leo, nach Karl und Gert und murmelte kopfschüttelnd: „Keine Ordnung – wenn mein armer Junge, dein Vater, es noch hätte erleben müssen", und sie zeigte ihm Bilder, wo der Vater so alt war wie er selbst, von der Erstkommunion und Bilder vom Vater im Schlosseranzug. Aber er fuhr nie mehr zu ihr, weil er Wilma nicht mitbringen durfte.

VII

Wenn Nella Besuch mitbrachte, rief sie Albert, weil er ihr helfen mußte, den schlafenden Jungen aus ihrem Zimmer in seins zu tragen. Das Kind war schwer im Schlaf, murmelte im Traum vor sich hin, und sie fürchteten immer, er könne wach werden, aber meistens wühlte er sich schnell in Alberts Bett zurecht und schlief weiter. Nella hatte oft Besuch, und meistens mußte Albert zweimal in der Woche den Jungen in sein Zimmer bringen. Er mußte dann seine Arbeit liegenlassen, weil er, wenn der Junge im Zimmer schlief, nicht arbeiten und rauchen wollte, und es ergab sich von selbst, daß er mit zu Nella hinüberging und sich zu ihren Besuchern setzte. Er hatte ein paarmal versucht, mit seiner Arbeit in das leerstehende Zimmer oben neben Glum zu gehen, aber das Zimmer war ihm fremd, und er hatte tausend Kleinigkeiten bei der Arbeit nötig, die er ohne lange Überlegung mit einem Handgriff aus den Schubladen seines Arbeitstisches zog: Scheren und verschiedene Klebstoffe, Stifte und Pinsel, und es schien ihm, als lohne es sich nicht, oben in den leerstehenden Zimmern ein Atelier einzurichten. Auch das Wohnzimmer unten, das nie benutzt wurde, eignete sich nicht zum Arbeiten, eine orangefarbene

Couch, orangefarbene Sessel und ein Teppich von gleicher Farbe, an den Wänden die Bilder eines Malers, den Nellas Vater gefördert hatte, reizlose Präzisionsarbeit, und der ganze traurige Mief eines Raumes, der seit Jahren nicht mehr benutzt, aber regelmäßig gesäubert wurde.

Der Junge weigerte sich beharrlich, eins der leerstehenden Zimmer zu beziehen, und so blieb Albert nichts anderes übrig, als zu Nella zu gehen und sich zu ihren Leuten zu setzen. Er war immer ärgerlich und langweilte sich dabei. Manchmal ging er weg, um irgendwo zu saufen, dann tat ihm Nella leid, wenn er zurückkam und sie allein zwischen vollen Aschenbechern und leeren Flaschen und Tellern mit Butterbrotresten sitzen sah.

Meistens waren es irgendwelche Snobs, die Nella auf Reisen oder Tagungen kennengelernt oder die sich ihr bei Vorträgen vorgestellt hatten, und es widerte ihn an, dem stundenlangen Geschwätz über Kunst zuzuhören. Er nahm nie am Gespräch teil, trank Wein und Tee, und es wurde ihm meist ein wenig übel, wenn man anfing, Rais Gedichte zu zitieren, und von Nella durch ein Lächeln ermuntert, gab er später widerwillig Auskünfte über Rai.

Um seine Trauer über den Zeitverlust zu vergessen, trank er viel Wein, und meistens waren auch ein paar hübsche Mädchen dabei, und er sah hübsche Mädchen gern, auch wenn sie versnobt waren. Er beobachtete alles genau, stand hin und wieder auf, um eine Flasche zu entkorken, oder fuhr, wenn es spät wurde, mit seinem Auto weg, um neuen Wein, neues Gebäck und Zigaretten zu holen. Was ihn dort hielt, war der Junge, der in seinem Bett schlief – das Kind wurde manchmal mitten in der Nacht wach, erschrak dann, wenn fremde Gesichter sich über sein Bett beugten, und es kam vor, daß Nellas Mutter spät noch eine Szene machte. Wenn Blut im Urin nicht fällig war, ersann sie anderes, das aus der Reihe ihrer Gewohnheiten fiel. Sie konnte wochenlang ruhig in ihrem Zimmer hocken, mit ihrer Flasche Rotwein, dem Teller voll Fleischbroten und ihren knallroten Tomahawk-Packungen, in alten Briefen wühlen oder den Stand ihres Vermögens prüfen, oder sie blätterte in ihren alten Schulbüchern, Lesebüchern aus den Jahren 1896–1900, und der alten Schulbibel, die noch Spuren von Kolorierungen zeigte, die sie als zehnjähriges Bauernmädchen angebracht hatte, das blutige Gewand des ägyptischen Josef, mit einem Karmesinstift vor mehr als fünfzig Jahren wild angemalt – oder die senffarbenen Löwen, die Daniel verschonten und schlafend um ihn herumlagen.

Wochenlang war sie ruhig, aber sie konnte plötzlich nach einer Szene verlangen. Nachts um ein Uhr hatte sie plötzlich Lust, sich einen Salat zu machen, und dann kam sie, mit dem schwarzen, blaugeblümten Morgenrock bekleidet, in Nellas Zimmer, die leere Essigflasche in der Hand, und brüllte in der Tür: „Sauerei – die Flasche ist wieder leer, und ich muß, ich *muß* einen Salat haben.“ Es war nicht ganz einfach, mitten in der Nacht Essig aufzutreiben, aber Albert hatte für alle Fälle mit der Büfettdame des Bahnhofsrestaurants ein freundschaftliches Abkommen getroffen, und im Notfall konnte er dort selbst die ausgefallensten Sachen bekommen. Wenn Bolda nachts noch herunterkam und Nellas Mutter noch wach war und in der Stimmung, eine Szene zu machen, dann brach sie Streit vom Zaun, brüllte Bolda an: „Du ausgebüchste Nonne – du zweifache Witwe“ und zählte die Untaten von Boldas Vater auf, der offenbar ein Wilderer und Schmuggler gewesen war, aber schon seit fünfundfünfzig Jahren auf dem Friedhof eines winzigen Eifeldorfes ruhte. Wenn sie nicht in Stimmung war, eine Szene zu machen, ließ sie Bolda ungehindert passieren oder fing einen friedlichen Plausch mit ihr an. Genauso konnte sie plötzlich in Nellas Zimmer kommen und brüllen: „Ist die Hurerei wieder im Gange? Dein armer Mann, der in Rußlands Erde schläft.“

Sie ließ sich dann nur von ihm oder von Glum beruhigen, und es war besser, wenn er im Hause blieb, denn Nella hatte Angst vor ihrer Mutter.

So hockte Albert an zwei von sieben Tagen der Woche mit Nellas Besuch zusammen, bewachte den Schlaf des Jungen, hielt sich als eine Art Feuerwehr bereit, um im Notfall Nellas Mutter zu beruhigen.

Er machte sich nichts daraus, später, wenn alle gingen, als Taxi mißbraucht zu werden; er fuhr Nellas Gäste an die Straßenbahnhaltestelle oder, wenn es sehr spät wurde, ans Depot, wo auch während der Nacht stündlich eine Bahn abfuhr. Wenn er Lust dazu hatte, brachte er sie alle einzeln nach Hause. Es lag ihm viel daran, lange auszubleiben, denn er hoffte immer, Nella würde im Bett sein, wenn er zurückkam.

Es war schön, allein durch die Nacht zu fahren, die Straßen waren leer, die Gärten lagen in tiefem Dunkel, und er beobachtete den Zauber, den sein Scheinwerfer beschwor, wilde, harte und sehr schwarze Schatten, und das gelblichgrüne Gaslicht der Straßenlaternen; eisig kühles Licht, das er liebte und das auch im Sommer den Eindruck großer Kälte hervorrief. Gärten und Parks waren mit diesem grünlichgelben Licht überstreut und standen, auch wenn die Bäume blühten, in starrer, kalter Leblosigkeit. Oft fuhr er auch ein paar Kilometer aus der Stadt hinaus, durch schlafende Dörfer bis an die Einfahrt zur Autobahn, fuhr dann ein kurzes Stück in sehr hoher Geschwindigkeit und benutzte die nächste Abzweigung, um in die Stadt zurückzukehren, und jedesmal spürte er wieder die tiefe Erregung, wenn ein Mensch im Licht seines Scheinwerfers auftauchte, meistens waren es Huren, die sich genau an die Stelle postiert hatten, wo das Licht der Scheinwerfer hinfiel, wenn die Autofahrer nach den Kurven das Fernlicht einschalteten: einsame, leblose, buntbekleidete Puppen, die nicht einmal lächelten, wenn jemand nahe bei ihnen vorbeikam: helle Beine vor dunklem Hintergrund, von scharfem Licht bestrahlt. Sie erinnerten Albert immer an Galionsfiguren, es schien, als stünden sie auf dem Bug versunkener Schiffe; immer wieder stach sein Scheinwerfer sie aus dem Dunkel heraus, sobald er das Licht aufdrehte, und er bewunderte die genau richtige Wahl ihres Standortes, aber noch nie hatte er gesehen, daß ein Auto hielt und eins der Mädchen einstieg.

Wo die Brücke aufhörte, war in die Rampe hinein eine kleine Kneipe gebaut, die die ganze Nacht über offenhielt. Dort trank er ein Glas Bier und einen Schnaps, um seine Heimkehr hinauszuzögern. Die Wirtin kannte ihn schon, denn Nella hatte oft Besuch, und jedesmal brachte er ihre Gäste weg, um nicht mit Nella allein zu sein.

In dieser Kneipe blieb er oft lange sitzen und

dachte an die Dinge, an die er durch Nellas Gäste, ohne es zu wollen, erinnert worden war. An den Tischen saßen meistens ein paar knobelnde Matrosen von den Rheinschiffen, aus dem Radio kamen leise fremde Stimmen, und die kleine dunkelhaarige Wirtin saß strickend neben dem Ofen. Sie erzählte ihm immer, für wen sie gerade strickte: einen hellgrünen Pullover für ihren Schwiegersohn, rostbraune Handschuhe für ihre Tochter; aber meistens strickte sie für ihre Enkel hübsche kleine Höschen, für die sie selbst die Muster erfand, und oft fragte sie ihn um Rat, und er hatte ihr manchen Tip gegeben. Zuletzt hatte er ihr den Rat gegeben, in einen hellgelben Rock für ihre vierzehnjährige Enkeltochter dunkelgrüne Flaschen mit verschiedenfarbenen Etiketten hineinzustricken. Er malte ihr mit Buntstiften, die er immer bei sich trug, das Muster auf weißes Einwickelpapier, in das sie den Matrosen kalte Koteletts und Buletten verpackte. Manchmal, wenn ihm alle die Dinge einfielen, an die er durch Nellas Besucher erinnert worden war, wurde es drei, vier Uhr morgens.

Vor dem Krieg war er Korrespondent einer kleinen deutschen Zeitung in London gewesen, aber die Zeitung hatte ihn rausgeschmissen, und er war – nach Leens Tod – auf Nellas Drängen hin nach Deutschland zurückgekehrt, und Nellas Vater hatte ihm eine Stellung in seiner Marmeladenfabrik gegeben, damit er untertauchen konnte. Hier hatte er bis zum Ausbruch des Krieges mit Rai zusammen eine kleine statistische Abteilung aufgezogen, und sie hatten ihr Gehalt für Spielereien bezogen, die weniger der Fabrik nützlich waren als ihrer beider Legitimation dienten: sie konnten jederzeit nachweisen, daß sie eine vernünftige unpolitische Arbeit verrichteten, daß sie in den sogenannten Arbeitsprozeß eingegliedert waren, und in ihrem Arbeitszimmer sah es jederzeit wüst genug aus, um den Eindruck heftiger Beschäftigung zu erwecken. Auf ihren Zeichenbrettern waren Skizzen mit Reißbrettstiften befestigt, Tuben lagen herum und Pinsel, Tuscheflaschen standen geöffnet auf Borden, und jede Woche kam aus der Verkaufsabteilung ein Bericht mit Zahlenangaben, die sie in ihren Tabellen zu verarbeiten hatten, Ziffernkolonnen nach den Provinzen Deutschlands geordnet, die sich in winzige Marmeladeneimerchen auf bunten Landkarten verwandelten. Später erfanden sie für neue Marmeladensorten neue Namen und ordneten ihr Zahlenmaterial so eifrig, daß sie jederzeit Auskunft geben konnten, wo wieviel von welcher Marmelade gegessen wurde und gegessen worden war. Sie krönten ihren Zynismus, indem sie eine Denkschrift verfaßten, die sie „Entwicklung und Verbreitung von Holsteges aromatischer Konfitüre“ nannten und zum 25jährigen Bestehen der Firma im Jahre 1938 herausgaben, ein auf Büttenpapier gedrucktes, mit vielen Zeichnungen versehenes Heft, das an alle Kunden gratis verschickt wurde. Albert entwarf neue Plakate, Rai verfaßte neue Slogans, und die Abende verbrachten sie mit Nella und den wenigen Freunden, die sie im Jahre 1938 noch haben konnten. Es war ihnen nie ganz wohl in dieser Zeit, und an den Abenden brach ihre unterdrückte Gereiztheit oft aus, besonders wenn Pater Willibrord sie besuchte. Rai haßte Willibrord, denselben, der jetzt den Kult, der mit Rai getrieben wurde, heftig förderte. Es endete meistens damit, daß sie Willibrord so heftig beleidigten, daß er ging, und wenn er gegangen war, betranken sie sich, besprachen die Möglichkeit auszuwandern, und am anderen Morgen kamen sie verspätet mit Kopfschmerzen in ihr Büro und zerrissen oft in plötzlicher Wut alle Zeichnungen und Tabellen.

Aber Tage später fingen sie wieder an zu zeichnen, erfanden neue Symbole für Marmeladenverbraucher, neue Kategorien und Farbnuancen, um die einzelnen Sorten graphisch zu charakterisieren, und ihr letztes Werk, bevor sie in den Krieg mußten, war wiederum eine historische Denkschrift, in der Rai zu beweisen unternahm, daß Steinzeitbewohner, Römer, Griechen, Phönizier, Juden, Inkas und Germanen schon die Segnungen der Marmelade genossen hatten. An diese Denkschrift verschwendete Rai seine ganze Phantasie und Albert sein ganzes Zeichentalent, und sie wurde ein Meisterwerk, das dem Unternehmen zahlreiche Kunden zuführte. Aber gerade diese Tatsache erwies sich als überflüssig, denn es kam ein neuer Kunde, der ohne Werbung Marmelade kaufte: der Krieg.

Im Krieg sahen sie dann überall an den Straßenrändern, wo deutsche Trosse geparkt hatten, die Marmeladeneimer aus der Fabrik, für die sie gearbeitet hatten: Etikette auf den Blecheimern, die Albert entworfen, und Slogans, die Rai verfaßt hatte: französische Kinder spielten Fußball mit diesen Eimern, und für russische Frauen bedeuteten sie eine Kostbarkeit, und wenn die Etikette längst abgelöst oder zerrissen waren, die Eimer verrostet und verbeult, sie erkannten sie immer noch am eingestanzten Blechmonogramm von Rais Schwiegervater E. H., Edmund Holstege. Selbst im Dunkeln, wenn sie in muffigen Quartieren lagen und auf polternde Blecheimer traten, blieb ihnen diese Begegnung nicht erspart: man konnte es fühlen, ertasten an der Stelle, wo der Henkel in den Eimer eingelassen war, das erhabene E. H. und die stilisierte Kirsche, die eine Schöpfung von Albert war.

Die Siegeszüge der Armee waren nicht nur durch Kartuschen, zerschossene Häuser und verrecktes Vieh, sondern auch durch Marmeladeneimer gekennzeichnet. In Polen und Frankreich, Dänemark und Norwegen und auf dem Balkan war auf den Marmeladeneimern ein Spruch zu lesen, den Rai verfaßt hatte: DUMM IST, wer noch einmacht, Holstege macht für Dich ein. Die Worte „Dumm ist, wer noch einmacht" waren dick und rot gedruckt – das andere war weniger deutlich zu lesen. Dieser Slogan war das Ergebnis einer langen Konferenz mit der Fabrikleitung gewesen, nach der sie einen Feldzug gegen das Einmachen starteten. Aber dieser Feldzug war dann abgeblasen worden, weil Parteistellen intervenierten, die ihrerseits das Einmachen als eine gute deutsche Hausfrauentugend propagierten. Doch die Etikette und Plakate waren schon gedruckt gewesen – und im Krieg kam es nicht mehr so genau drauf an, und sie wurden aufgeklebt, später bis tief nach Rußland hineingeschleppt.

Albert und Rai hatten das erste Kriegsjahr getrennt voneinander in verschiedenen Truppenteilen und auf verschiedenen Schauplätzen erlebt, aber auch getrennt voneinander erlebten sie das gleiche, in den Vorstädten von Warschau lagen sie ebenso wie an der Kathedrale von Amiens: deutsche Marmeladeneimer. Außerdem bekamen sie noch Päckchen von Nellas Mutter geschickt, Päckchen, die reizende kleine, aus verchromtem Blech hergestellte Miniatureimerchen mit Marmelade enthielten, Werbegeschenke, die nach dem Kauf von drei Eimern Marmelade zugegeben wurden – und Nellas Mutter schrieb überflüssigerweise noch dazu, wie gut das Geschäft gehe …

Es war niemand mehr in der Kneipe, er nippte an seinem Bier und schob das Glas, weil das Bier so schal schmeckte, beiseite. Dann musterte er die Reihe der Flaschen auf dem Bord und sagte, ohne den Kopf zu heben: „Bitte, geben Sie mir einen Schwarzwälder Kirsch" – aber die Finger der Frau bewegten sich nicht mehr, Wollknäuel und Nadel waren auf den Boden geglitten, und als er den Kopf hob, sah er, daß die Wirtin eingeschlafen war, im Radio sang leise eine Frau ein südamerikanisches Lied. Er stand auf, ging hinter die Theke und goß sich selbst einen Kirsch ein, dann hob er das Wollknäuel und die Nadeln auf und sah auf die Uhr: es war drei Uhr morgens. Er trank den Schnaps langsam, fast tropfenweise und steckte sich eine Pfeife dazu an. Nella würde nicht im Bett sein, sie war nie im Bett, wenn er zurückkam, und sie würde alles hinnehmen, was er ihr sagte. Rais Haß auf Willibrord und Rais Zynismus und seinen Snobismus und die Tatsache, daß er fünf Jahre vor seinem Tod kein einziges Gedicht, sondern nur noch Slogans geschrieben hatte, und daß sie sich schuldig mache an der Entstehung einer falschen Legende.

Er trank den Kirsch aus und weckte die Wirtin, indem er ihr leise auf die Schulter klopfte, sie war sofort ganz wach, lächelte und sagte: „Na, daß mir das passieren muß, wenn Sie nicht dagewesen wären, hätte man mich ausplündern können.“ Sie stand auf, drehte das Radio aus. Albert legte das Geld auf die Theke, ging nach draußen und wartete auf die Wirtin, die das Ziehharmonikagitter vor die Tür zog und abschloß.

„Kommen Sie“, sagte er, „ich bring Sie nach Hause.“

„Das ist fein“, sagte sie.

Es war Montag, und es waren wenig Leute um diese Zeit auf der Straße, nur die großen Lastzüge mit Gemüse fuhren in Richtung der Markthalle.

Er machte der Wirtin wegen einen kleinen Umweg, setzte sie ab und fuhr – immer noch langsam – nach Hause.

Nella war noch nicht im Bett, sie hatte nicht einmal ihr Zimmer aufgeräumt: Gläser standen herum, Tassen und Teller mit Butterbrotresten, angeknabbertes Gebäck auf Glasschalen, leere Zigarettenschachteln, und nicht einmal die Aschenbecher waren geleert, Flaschen standen auf dem Tisch, und die Korken lagen herum.

Nella saß im Sessel, rauchte und stierte vor sich hin: oft kam es ihm so vor, als sitze sie schon ewig da und würde ewig dort sitzen, und er dachte das Wort Ewig in seiner vollen Kraft und Bedeutung: im dunstigen Zimmer, zurückgelehnt in den grünen Sessel, saß sie da, rauchte und starrte vor sich hin. Sie hatte Kaffee gekocht und die Kanne unter der verschlissenen Mütze warm gestellt, und als sie die Mütze abnahm, erschien ihm das helle und frische Grün der Kaffeekanne als das einzig Frische im Zimmer, denn auch die Blumen, die die Gäste mitgebracht hatten, standen im Zigarettendunst oder lagen noch im Papier in der Diele auf dem Tisch herum. Früher war ihm Nellas Schlampigkeit immer reizvoll erschienen, aber seitdem er mit ihr zusammenwohnte, haßte er sie. Da die Kanne auf dem Tisch stand, wußte er, daß es eine lange Nacht werden würde. Er haßte den Kaffee, haßte Nella, die Gäste und die sinnlos verschwätzten Nächte, aber sobald Nella lächelte, vergaß er seinen Haß: welche Gewalt wohnte in dem einzigen Muskel, die jene unnachahmliche Verschiebung zustande brachte. Und obwohl er wußte, daß sie sich dieses Lächelns mechanisch bediente, fiel er wieder darauf herein, weil er jedesmal wieder glaubte, daß es ihm wirklich zugedacht war. Er setzte sich und redete automatisch Sätze daher, die er schon tausendmal gesagt hatte um diese Zeit, bei dieser Gelegenheit. Nella liebte es, zu dieser Stunde lange Monologe über ihr verkorkstes Leben zu halten, ihm Bekenntnisse zu machen oder ihm auszumalen, wie alles hätte kommen können, wenn Rai nicht gefallen wäre. Gewaltsam versuchte sie, die Zeit zurückzudrehen, alles, was seit zehn Jahren geschehen war, wegzuschieben und ihn in ihren Traum hineinzuziehen.

Gegen halb vier stand sie dann auf, um eine zweite Kanne Kaffee zu kochen, und um nicht allein zu sein in diesem Zimmer, das er schon zwanzig Jahre kannte: in diesem Zimmer voller Zigarettenrauch und Erinnerungen an Rai räumte er Gläser und schmutzige Teller zusammen, kippte die Aschenbecher aus, riß den grünen Vorhang beiseite und öffnete das Fenster. Dann floh er zu Nella in die Küche, nahm Vasen aus den Schiebeschränken, füllte sie mit Wasser und stellte die Blumen hinein, und später stand er neben Nella, die das Brodeln des Wassers abwartete, am Gasherd, aß kaltes Fleisch oder ein Butterbrot oder einen ihrer wohlschmeckenden Salate, die sie immer im Eisschrank bereithielt.

Das war die Stunde, die sie herbeisehnte, um derentwillen sie wahrscheinlich den ganzen Rummel veranstaltet hatte, denn genauso war es schon vor zwanzig Jahren gewesen: hier hatte er neben Nella gestanden, ihr beim Kaffeekochen zugesehen, ihre Salate gekostet, nachts um drei oder vier Uhr, und hatte den Spruch betrachtet, der aus schwarzen Platten in die weißen hineinzementiert war: DIE LIEBE GEHT DURCH DEN MAGEN. Rai hatte immer in Nellas Zimmer gesessen und gedöst, und auch damals waren die Gäste bis spät in die Nacht geblieben: politisches Geschwätz hatte diese Nächte gefüllt, Streit mit Schurbigel, der sie alle aufforderte, in die SA einzutreten und die SA zu christianisieren: Worte wie Hefe, Worte wie Sauerteig, Sätze wie: mit christlichem Gedankengut den Nationalsozialismus durchdringen – darüber hatten sie sich damals erregt, auch damals waren hübsche Mädchen dabeigewesen, aber die meisten waren tot oder während des Krieges in fremde Städte und Gegenden verzogen, und zwei von den hübschen Mädchen hatten Nazis geheiratet und sich unter Eichen trauen lassen.

Später hatten sie Streit mit fast allen bekommen. Sie hatten die Nächte, über Landkarten gebeugt, verbracht, die sie aus dem Büro mitbrachten, aber es war immer spät geworden, und auch damals war um zwei Uhr die erste, gegen drei die zweite Kanne Kaffee fällig gewesen.

Zum Glück war wenigstens die Kanne, in der Nella jetzt den Kaffee aufgoß, eine andere als damals, und es gab vieles, was unerbittlich daran erinnerte, daß die Zeit eine andere war.

Sein Herz klopfte heftig, wenn er mitten in der Nacht in sein Zimmer ging, um den Jungen im Schlaf zu beobachten: Martin war groß geworden, schnell und endgültig, schien ihm, und es hatte etwas Beängstigendes für ihn, den großen elfjährigen Jungen in seinem Bett liegen zu sehen: blond und hübsch, Nella sehr ähnlich, lag das Kind völlig entspannt da. Durch das offene Fenster kamen schon morgendliche Geräusche: das ferne Rumpeln der Straßenbahnen, das Zwitschern der Vögel, und die blaue tintige Nacht war schon wässerig geworden hinter der Pappelreihe, die den Garten begrenzte – und oben im Haus, in dem Zimmer, das jetzt Glum bewohnte, waren nicht mehr, längst nicht mehr, die schweren und regelmäßigen Schritte von Nellas Vater zu hören, Schritte eines Bauern, der zu lange hinter dem Pflug hergegangen war, um seinen Gang noch verändern zu können.

Gegenwart und Vergangenheit schoben sich übereinander wie Scheiben, die den Punkt suchen, wo sie kongruent werden: die eine rotierte sauber und hatte den Drehpunkt in der Mitte, Vergangenheit, die er genau zu überblicken glaubte, die Gegenwart aber drehte sich heftiger als die Vergangenheit, eierte über diese hin, aus einem anderen Drehpunkt gesteuert, und es nützte ihm nichts, daß es das Gesicht des Kindes gab, seinen Atem auf der Hand und Glums gutes rundes Gesicht. Es nützte ihm nichts, auf Nellas Gesicht die Spuren der vergangenen zwanzig Jahre zu sehen, sie genau zu sehen: Fältchen um die Augen herum und Spuren weißen ältlichen Fetts an ihrem Hals, die Lippen, die vom Rauchen unzähliger Zigaretten spröde geworden waren, und die harten gröberen

Falten in ihrem Gesicht – das alles nützte ihm nichts: er fiel auf ihr Lächeln herein, automatisch ausgelöster Zauber, der die Zeit auflöste, das Kind hinten im Bett als ein Gespenst erscheinen ließ; und zwischen die eiernde Gegenwart und die scheinbar so sauber rotierende Vergangenheit schob sich eine dritte, grellgelb dahinsausende Scheibe: die Zeit, die nie gewesen, das Leben, das nie gelebt worden war: Nellas Traum. Sie zwang ihn hinein, wenn auch nur für die wenigen Minuten hier nachts in der Küche, wenn sie Kaffee kochte und Butterbrote zurechtmachte, die auf dem Teller vertrocknen würden: Kaffeekanne, Butterbrote, Lächeln – und das grau und milchig durchschossene Morgenlicht: das waren nur Requisiten und Kulissen für Nellas quälerischen Traum, den Traum, das Leben zu leben, das nie gelebt worden war und nie würde zu leben sein: das Leben mit Rai.

„Oh", murmelte er, „es wird dir noch gelingen, mich verrückt zu machen."

Er schloß die Augen, um die verwirrende Rotation nicht mehr zu sehen: wirres Geflimmer dreier Scheiben, die nie übereinander liegen würden, tödliche Inkongruenz, in der es keinen Ruhepunkt gab.

Kaffee, den niemand trinken, Butterbrote, die niemand essen sollte – Requisiten eines mörderischen Spiels, in das er hineingezogen wurde als einziger und wichtiger Statist –, und doch tröstlich zu wissen, daß Bolda sich den Kaffee aufwärmen, Glum die Butterbrote einpacken und mit zur Arbeit nehmen würde. „Geh nur", sagte Nella müde, als sie den grünen Deckel auf die Kaffeekanne legte.

Er schüttelte den Kopf.

„Warum", sagte er, „versuchen wir es uns nicht leichter zu machen?"

„Heiraten", sagte sie, „wir beide? Glaubst du, daß es dann leichter sein würde?"

„Warum nicht?" sagte er.

„Geh schlafen", sagte sie, „ich will dich nicht quälen."

Er ging, ohne ein Wort zu sagen, hinaus und ging leise durch die Diele ins Badezimmer. Er zündete Gas an, ließ das Wasser laufen und legte die Brause so, daß das Wasser, ohne Geräusch zu machen, in die Wanne fließen konnte.

Er blieb lange stehen und sah blöde auf das Wasser hinunter, das bläulichhell in leichten Strudeln aus der Brause vom Boden der Wanne her nach oben stieg; dabei lauschte er gespannt nach draußen und hörte, daß Nella in ihr Zimmer ging: kurz danach hörte er sie weinen. Sie hatte die Tür zu ihrem Zimmer offengelassen, damit er das Weinen auch höre. Im Hause war es still, und es wurde kühl. Draußen dämmerte es schon, und er warf, in Gedanken versunken, seinen Zigarettenstummel in das Badewasser und beobachtete, halb blöde vor Müdigkeit, wie der Stummel sich auflöste, schwärzlicher Dreck nach unten sank: verhärtete Asche – wie die hellen gelben Tabakflusen erst in dichter Kolonie, dann sich auflösend auf der Oberfläche schwammen, jedes schon ein Wölkchen von gelblicher Farbe im Wasser hinterlassend. Das Zigarettenpapier wurde dunkler, und er konnte gegen diesen dunkelgrauen Hintergrund deutlich lesen: TOMAHAWK. Der Einfachheit halber rauchte er, wenn er Zigaretten rauchte, Großmutters Marke, um auf ihre Überfälle vorbereitet zu sein. Die gelbgefärbte Wasserwolke hatte jetzt schon das Ausmaß eines Schwammes angenommen, und das Wasser, das aus der Brause nach oben sprudelte, hielt die Kolonie der sich immer mehr auflösenden, immer heftiger ausfärbenden Tabakflusen von sich ab, und unten auf dem sauberen blauen Boden der Wanne bewegten sich die schwarzen verhärteten Aschepartikelchen in einem geheimnisvollen Sog langsam auf den Abfluß zu. Nella weinte immer noch, und die Tür stand offen, und er schaltete plötzlich das Gas aus, drehte das Wasser ab und zog an der Nickelkette den Stöpsel aus der Wanne und sah die gelbliche Tabakwolke im Strudel verschwinden.

Er knipste das Licht aus und ging zu Nella hinüber: sie rauchte und heulte. Er blieb in der Tür stehen, und er wunderte sich selbst, wie hart seine Stimme war, als er rief: „Was willst du eigentlich?"

„Setz dich zu mir", sagte sie, „komm." Ihr Lächeln mißlang, und es rührte ihn, das zu sehen; er hatte es nur selten gesehen. Er setzte sich und nahm eine Zigarette aus der Schachtel, die sie ihm hinhielt, und sie fand das Lächeln wieder und ließ es ablaufen, es schien, als drücke jemand heimlich auf einen Knopf – wie ein Fotograf, der einen Blitzlichtautomaten bedient, bediente sie sich ihres Lächelns –, sie war wegen ihres Lächelns bekannt, aber jetzt ermüdete es ihn, wie ihn auch der Anblick ihrer zarten weißen Hände ermüdete, die ebenso bekannt waren wie ihr Lächeln, und sie scheute nicht vor den billigsten Tricks zurück: sie warf die Beine übereinander und brachte durch eine Verschiebung des Oberkörpers ihre schöne Brust voll zur Geltung.

In der Badewanne gurgelte der letzte Rest des

Wassers hinab: ein kurzes Rülpsen, und das beruhigende Geräusch des ablaufenden Wassers war nicht mehr zu hören.

„Heiraten", sagte sie leise, „will ich nicht mehr. Darauf fall ich nicht mehr rein – wenn du willst, werde ich sofort deine Geliebte, du weißt es, und als Geliebte werde ich dir treuer sein, als ich es als Frau sein könnte, aber heiraten werde ich nicht mehr. Seitdem ich begriffen habe, daß Rai tot ist, denke ich oft, daß es besser wäre, gar nicht zu heiraten: wozu dieses Theater, dieser Spuk, dieser tödliche Ernst mit der Ehe – und der Schrecken der Witwenschaft –, eine standesamtliche, eine kirchliche Trauung, und ein kleiner Stümper kommt daher und läßt dir deinen Mann abknallen – drei Millionen, vier Millionen von diesen feierlichen Verträgen werden durch einen Krieg zunichte gemacht: Witwen – ich bin einfach nicht geeignet, eine Witwe zu sein – und ich möchte keines anderen Mannes Frau sein als Rais, und ich möchte keine Kinder mehr haben – das sind meine Bedingungen."

„Meine kennst du", sagte er.

„Natürlich", sagte sie ruhig: „heiraten, den Jungen willst du adoptieren, und wahrscheinlich willst du noch eigene Kinder haben."

„Gute Nacht", sagte er und wollte aufstehen.

„Nein, bleib hier", sagte sie ruhig. „Jetzt wird's endlich mal lustig, und du willst gehen. Warum so korrekt, so pedantisch – warum sich so streng an die Vorschriften halten: ich seh's einfach nicht ein."

„Um des Jungen willen. Deine Träume sind fast völlig bedeutungslos gegen das Leben des Jungen. Schließlich bist du bald vierzig."

„Mit Rai wäre alles gut gewesen, ich wäre ihm treu geblieben, und wir hätten noch mehr Kinder gehabt, aber sein Tod hat mich gebrochen, wenn du's so nennen willst, und ich möchte nicht noch einmal jemandes Frau sein. Du bist praktisch Martins Vater. Genügt dir das nicht?"

„Ich habe Angst", sagte er, „daß du jemand anderen heiratest, der dann den Jungen bekommt."

„Du liebst den Jungen mehr als mich?"

„Nein", sagte er leise, „ich liebe ihn, und dich liebe ich nicht. Dazwischen gibt es kein mehr und kein weniger – ich kenne dich zu gut, um mich noch in dich zu verlieben, aber du bist schön genug, daß ich gern hin und wieder bei dir schlafen möchte – und das wiederum könnte ich jetzt nicht mehr vollziehen, weil ich oft an Rai denke und der Junge immer um mich herum ist. Ich glaube, genauso ist es."

„Oh", sagte sie, „ich weiß schon genau, warum ich dich nicht heirate: weil du mich nicht liebst."

„Aber du redest dir seit kurzem ein, daß du mich liebst. Es paßt in deine Träume."

„Nein", sagte sie, „ich rede es mir nicht ein, und ich weiß, daß es nicht so ist. Aber es geht mir mit dir, wie es dir mit mir geht. Früher nannte man das ein offenes Wort miteinander reden – aber unsere Worte sind nicht offen genug. Öffne die Worte, wenn du willst."

Albert wollte aufstehen, umhergehen oder vom Fenster aus sprechen, aber er hatte zu oft in Filmen gesehen, wie Männer, die sich mit Frauen offen aussprachen, aufstanden und umhergehend redeten, und so blieb er in dem unbequemen Sessel sitzen und nahm eine Zigarette aus der Schachtel, die Nella ihm hinhielt.

„Mein Gott", sagte er, „schon von Liebe zu sprechen ist natürlich Unsinn; würden wir nicht beide laut lachen, wenn ich eines Tages zu dir sagte: ‚Ich liebe dich …'"

„Ich glaube schon", sagte sie.

„Und es ist natürlich eine andere Sache, bei der Witwe eines Freundes zu schlafen, als sie zu heiraten – und eine Frau heiraten, die Träume einnimmt, wie man Morphium schluckt, bewußt und gierig – das würde ich nur um Martins willen tun, aber es scheint mir, daß man eine Frau allein um eines Kindes willen eben nicht heiraten sollte – es wird mir heute erst klar." Nella weinte, und er stand doch aus dem Sessel auf und ging im Zimmer umher, ratlos und unruhig, obwohl er es schon so oft in Filmen gesehen hatte.

„Nur eins", sagte er, „kann ich und können wir alle wohl von dir um des Jungen willen erwarten: daß du ein wenig vorsichtiger bist."

„Du täuschst dich, wie ihr euch alle über mich täuscht, ihr haltet mich für eine halbe Hure, aber seit Rais Tod habe ich nicht einen Mann wirklich gehabt."

„Um so schlimmer", sagte er, „daß du sie mit deinem Lächeln aufdrehst, wie man Spielzeughähne aus Blech aufdreht. Ach, wir sollten trotzdem heiraten – wir könnten still und vernünftig mit dem Kind leben, brauchten uns um all die Vollidioten nicht zu kümmern, die unsere Zeit stehlen; in ein anderes Land ziehen, aus dem ganzen verfilzten Rummel heraus, und eines Tages vielleicht würde das, was man bisher Liebe genannt hat, vielleicht wie ein plötzlicher Regen, wie ein Gewitter über uns kommen – Rai ist tot", sagte er, und er wiederholte es lauter und härter: „Rai ist tot."

„Es hört sich fast an", sagte sie, „als wärest du befriedigt darüber."

„Du weißt, daß es für mich nicht weniger schlimm war, ihn zu verlieren, als für dich – nur auf eine andere Weise schlimm. Ich glaube, daß es mehr Frauen gibt, mit denen man verheiratet sein, als Männer, die man zum Freund haben könnte. Frauen, mit denen man hin und wieder mal schlafen könnte, gibt es aber unzählige. Jedenfalls Rai ist tot ... Und es gibt nur wenige Möglichkeiten für dich: eine Witwe zu sein oder die Frau eines anderen Mannes; du aber versuchst in einem Zwischenstadium zu leben, in einer Kategorie, die es nicht gibt."

„Die aber vielleicht im Entstehen ist", sagte sie heftig, „eine Kategorie, die noch keinen Namen hat, aber vielleicht einen bekommen wird. Oh, ich hasse euch alle, weil ihr zulaßt, daß das Leben weitergeht. Vergessen streuen über den Mord, wie man Asche über Glatteis streut. Der Kinder wegen, ja der Kinder wegen, das hört sich herrlich an, und es ist ein herrliches Alibi: neue Witwen aufziehen, neue Männer, die abgeknallt werden und Frauen zu Witwen machen können. Neue Ehen gründen, oh, ihr Stümper, fällt euch nichts Besseres ein? Oh, ich weiß, ich weiß", sie stand auf, setzte sich in einen anderen Sessel und blickte auf Rais Bild über ihrem Bett. „Ich weiß", sagte sie heftig und ahmte Pater Willibrords Tonfall nach. „Das Kind und das Werk Ihres Gatten betreuen", und weiterhin: „Die Ehe ist ein Geheimnis. Ehen werden im Himmel geschlossen. Und sie lächelte dabei, wie Haruspizes lächeln. Und sie beten in ihren Kirchen dafür, daß die Männer ausziehen, tapfer und frisch-fromm-fröhlich-frei, damit die Witwenfabrik weiterläuft. Briefträger gibt es genug, die die Botschaft ins Haus bringen, auch Pfarrer gibt es genug, die es einem schonend beibringen. O ja, wenn einer weiß, daß Rai tot ist, dann weiß ich es. Ich weiß, daß er nicht mehr bei mir ist, daß er nicht mehr kommt, nie mehr kommen wird auf dieser Welt, ich weiß genau – und ich fange an, dich zu hassen, weil du ernsthaft vorzuhaben scheinst, aus mir zum zweitenmal eine potentielle Witwe zu machen. Wenn man früh genug anfängt, mit sechzehn meinetwegen, dann kann man bis zu seinem seligen Ende gut und gerne fünf- bis sechsmal Witwe werden und immer noch am Ende so jung sein, wie ich bin. Feierliche Schwüre, feierliche Verträge – und sanft und lächelnd das Geheimnis hingesprochen: Ehen werden im Himmel geschlossen. Schön – dann sehne ich mich nach dem Himmel, wo meine Ehe wirklich geschlossen werden wird. Sag nur, daß ich den Tod nicht aus der Welt schaffen kann, sag es."

„Ich wollte es gerade sagen."

„Etwas anderes habe ich auch nicht erwartet. Ein schöner Spruch, mein Lieber – du kannst dir was drauf einbilden. Wolltest du nicht auch sagen, daß man ein neues Leben anfangen kann?"

„Vielleicht wollte ich es sagen."

„Oh, hör auf, das alte war zu schön – ein neues Leben: darunter verstehst du eine neue Ehe mit dir."

„Verdammt", rief er, „bilde dir nicht ein, daß ich so furchtbar scharf darauf bin, dich zu heiraten, ich würde es nur aus Vernunftgründen tun."

„Das hört man gern", sagte sie, „das ist sehr hübsch gesagt, an dir ist ein Schmeichler verlorengegangen."

„Entschuldige“, sagte er, „so war's auch wieder nicht gemeint“, er lächelte, „es wäre mir nicht schrecklich, dich zu heiraten.“

„Das ist noch hübscher; du würdest sozusagen nicht sterben.“

„Quatsch“, sagte er, „du weißt, daß ich dich gern mag, und weißt, daß du eine schöne Frau bist.“

„Aber nicht dein Typ, was?“

„Unsinn“, sagte er, „ich bleibe dabei, daß man ein neues Leben anfangen könnte.“

„Geh jetzt“, sagte sie, „geh.“

Es war ganz hell geworden. Er stand auf und zog die grünen Vorhänge wieder zu. „Gut“, sagte er, „ich gehe.“

„Insgeheim“, sagte sie, „denkst du, daß ich kirre werde und dich heirate, aber du täuschst dich.“

„Willst du noch ins Badezimmer?“

„Nein“, sagte sie, „ich wasche mich in der Küche, geh nur.“

Er ging ins Badezimmer, drehte den Wasserhahn auf und zündete das Gas an. Er legte die Brause wieder so, daß das Wasser einfließen konnte, ohne Geräusch zu machen, dann hängte er die Armbanduhr an den Nagel, in den sonst die Handbrause eingehängt war. Er ging zu Nella, die sich in der Küche die Zähne putzte.

„Du vergißt“, sagte er, „daß wir schon einmal versucht haben, so zu leben, wie du möchtest. Du vergißt überhaupt sehr viel.“

Sie spülte den Mund aus, setzte das Glas ab und fuhr gedankenlos mit den Fingern über die Wandplatten.

„Ja“, sagte sie, „damals wollte ich es nicht – wegen des Kindes – es war noch so klein – und ich konnte nicht. Verzeih mir, daran dachte ich gar nicht mehr …“

Damals, kurz nach dem Krieg, hatte er sie heftig begehrt. Sie war die erste Frau, mit der er nach fünfjährigem Zusammensein mit Männern unter einem Dach schlief, und sie war eine schöne Frau. Wenige Tage nach seiner Heimkehr hatte er nachts einfach Rock und Hose übers Nachthemd gezogen und war barfuß in ihr Zimmer gegangen. Sie hatte noch Licht, saß lesend im Bett, hatte einen großen schwarzen Wollschal um ihre Schultern gewickelt, und der große elektrische Heizofen, der defekt war und dessen Drähte leise summten, stand neben ihrem Bett. Sie lächelte, als er hereinkam, sah dann seine nackten Füße und rief: „Mein Gott, du erkältest dich – setz dich her." Es war kalt draußen, und im Zimmer roch es nach Kartoffeln, die säckeweise in die Kleiderschränke gestapelt waren, weil im Keller schon ein paarmal geklaut worden war.

Nella klappte das Buch zu, deutete auf das alte Lammfell, das vor ihrem Bett lag, und warf ihm eine dicke rote Strickjacke zu. „Wickle dir das um die Füße." Er sagte nichts, setzte sich, wickelte die Jacke um seine Füße und nahm sich eine Zigarette aus der Packung, die auf ihrem Nachttisch lag. Er hockte sich ein wenig hoch und spürte die wohltuende Wärme des glühenden Heizofens. Sie sagte nichts, und sie lächelte nicht mehr. Das Kind, das in einem rollbaren Bettchen neben dem Bücherschrank schlief, war erkältet und schnarchte regelmäßig. Ohne Make-up sah Nella älter aus als am Tage, blaß war sie auch und müde, und ihr Atem, der bis zu ihm drang, roch intensiv nach sehr schlechtem Schnaps. Er betrachtete aus Verlegenheit das Buch, das sie auf dem Nachttisch liegen hatte: Therese Desqueroux. Unten im Fach des Nachttischs lag ihre Unterwäsche, unordentlich übereinandergeworfen. Es war ihm peinlich, so plötzlich und ohne anzuklopfen bei ihr eingedrungen zu sein, und er blickte beharrlich an ihrem Gesicht vorbei auf die Wand, an der das Foto von Rai hing, oder vorn vors Bett, und er sah, auch wenn er vorne vors Bett blickte, Rais Gesicht mit einer penetranten Deutlichkeit: kein friedliches, ein zorniges Gesicht, das Gesicht eines Mannes, der zornig war über diesen zufälligen, sinnlosen Tod.

„Magst du einen trinken?" fragte Nella, und er war ihr dankbar, daß sie ein Lächeln dabei zustande brachte.

„Ja, bitte", sagte er.

Sie angelte ein Glas aus dem Spalt zwischen Bett und Wand und eine Flasche mit trübem bräunlichem Schnaps. Nella goß ihm ein. Sie sagte nichts, sie ermunterte ihn weder, noch dämpfte sie ihn, sie wartete ab, ein wenig lauernd.

Dann sagte er: „Trink doch mit", und sie nickte und angelte aus dem Spalt zwischen Bett und Wand eine Kaffeetasse heraus, kippte den Rest Kaffee und Kaffeesatz mit einem Ruck über seinen Kopf hinweg aufs Parkett und hielt ihm die Tasse hin. Er goß ihr ein, und sie tranken beide und rauchten, während der Heizofen in seinem Rücken summte wie eine große freundliche Katze. Noch bevor sie den Schnaps ausgetrunken hatte, knipste er das Licht aus, und er sagte, von dem Heizofen rötlich angestrahlt: „Wenn du nicht magst, sag, daß ich gehen soll."

„Nein", sagte sie, und sie lächelte ängstlich, und er bekam nie heraus, ob dieses Nein in diesem Augenblick Ja oder Nein hieß. Er knipste auch den Heizofen aus, wartete, bis die Drähte ausgeglüht waren, und beugte sich über ihr Bett. Sie zog im

Dunkeln seinen Kopf zu sich wie mit einer Schlinge, küßte ihn auf die Wange und murmelte im Dunkeln: „Es ist schon besser, du gehst", und er behielt eine merkwürdige Enttäuschung zurück: Enttäuschung über ihren Mund, der ihm weich und groß erschienen war auf seiner Wange, ein Kuß, der ihm nicht so erschien, wie er sich Nellas Küsse vorgestellt hatte. Er knipste das Licht wieder an, auch den Heizofen, und empfand es als wohltuend, daß er sich nicht zu schämen brauchte, weil Nella so nett war, und daß er keine große Enttäuschung empfand, weil sein Plan nicht gelungen war. Nella lachte, als das Licht wieder brannte, und sie zog ihn noch einmal mit ihrem Arm wie in einer Schlinge zu sich herunter und küßte ihn auf die andere Wange, und er spürte wieder Enttäuschung. Nella sagte: „Wir können es nicht", und er ging in sein Zimmer zurück, und sie sprachen nicht wieder davon, und er hatte es vergessen, bis zu dem Augenblick, wo es ihm im Badezimmer wieder einfiel.

Nella setzte das Zahnglas auf das Bord und sah ihn nachdenklich an: „Ja, damals wollte ich nicht, wegen des Kindes ..."

„Und heute", sagte er, „kann ich nicht – auch wegen des Jungen."

„Merkwürdig", sagte sie lächelnd, „daß ich das vergessen konnte."

„Manches vergißt man", sagte er auch lächelnd, „weil es so ist, als sei es nie geschehen. Aber vielleicht bist du nun nicht mehr gekränkt über das, was ich eben sagte."

„Wir sind inzwischen neun Jahre älter geworden", sagte sie.

„Gute Nacht."

Er ging ins Badezimmer und hörte kurz darauf Nella in ihr Zimmer gehen und die Tür schließen. Er zog sich aus und stieg in die Wanne, und er war jetzt schon ärgerlich über die Müdigkeit, die ihn gegen neun befallen würde. Er liebte es, früh schlafen zu gehen, tief und lange zu schlafen, am Morgen früh aufzustehen, mit dem Jungen zu frühstücken und ihm den Weg in die Schule zu erleichtern, denn er wußte, wie schrecklich es für ein Kind ist, wenn es morgens als einziges früh aufstehen, sein Frühstück zusammensuchen, dann in die Schule trotten muß, wissend, daß alle im Hause noch schlafen können. Seine Eltern hatten eine Kneipe gehabt und waren nie vor drei, vier Uhr ins Bett gekommen, und seine ganze Kindheit lang war er morgens durch vollgerauchte Gastzimmer in die leere und große Küche gegangen. Dort roch es nach kaltem Fett, alt gewordenen Salaten, auf einem Frühstücksbrett lagen seine Butterbrote, und auf dem Gaskocher stand der Kaffee in einer Aluminiumkasserolle. Das Zischen der Gasflamme in der eiskalten, übelriechenden Küche, der hastig hinuntergewürgte heiße Kaffee, der aufgewärmt schmeckte, und die Butterbrote mit viel zu großen, eilig heruntergesäbelten Fleischstücken, die er nicht mochte. Solange er von zu Hause weg war, hatte er sich danach gesehnt, früh ins Bett zu gehen und früh aufzustehen, aber immer hatte er mit Leuten zusammen gelebt, die diesen Rhythmus unmöglich machten. Er brauste sich kalt ab, trocknete sich und ging leise in die Küche. Glum war, während er badete, schon dort gewesen. Glums Kaffeekännchen war leer, und die Kaffeemütze lag daneben. Auch Bolda schien schon gegangen zu sein. Es lagen Krümel ihres dunklen, sauren Brotes herum.

Er ging in sein Zimmer und wollte Martin wekken, aber er war schon wach. Das Kind lächelte. Offenbar freute es sich, zu sehen, daß er da war und mit ihm frühstücken würde.

„Entschuldige", sagte Albert, „daß ich gestern abend nicht da war, als du aus der Schule kamst, ich mußte einfach weg. Sie riefen mich an. Komm, du mußt aufstehen."

Er erschrak, als der Junge sich aus dem Bett geschwungen und hingestellt hatte: er war so groß wie alles, an dem Nella vorbeiträumen wollte. Er ließ ihn allein und ging in die Küche zurück, um die Eier zu kochen und die Brote zurechtzumachen. In Nellas Zimmer war es still, und für einen Augenblick verstand er sie, denn auch er hatte Angst, weil der Junge schon so groß war und offenbar in einer ganz anderen Welt lebte als sie.

VIII

Das Haus verfiel immer mehr, obwohl genügend Geld da war, es instand zu halten. Aber niemand kümmerte sich darum. Das Dach war defekt, und Glum klagte oft darüber, daß der große dunkle Flecken an seiner Zimmerdecke sich vergrößere. Wenn es heftig regnete, tropfte es sogar von seiner Decke herunter, und sie gingen dann – von plötzlicher Aktivität ergriffen – auf den Speicher, um eine Schüssel unter die defekte Stelle zu setzen. Dann hatte Glum eine Weile Ruhe. Die Dauer dieser Ruhe hing von der Größe der Schüssel und der Heftigkeit und Häufigkeit des Regens ab: war die Schüssel flach und regnete es heftig und lange, dann war es mit Glums Ruhe bald vorüber, denn die Schüssel lief über, und der dunkle Flecken an Glums Decke vergrößerte sich. Dann wurde eine größere Schüssel unter die defekte Stelle gesetzt. Doch bald zeigten sich auch in Boldas Zimmer diese Flecken, auch an der Decke des leerstehenden Zimmers, in dem der Großvater gewohnt hatte. Und im Badezimmer fiel eines Tages ein großes Stück Putz herunter. Bolda sammelte den Dreck auf, und Glum mischte ein merkwürdiges Zeug aus Gips, Sand und Kalk zusammen, schmierte es gegen das Lattengeflecht.

Nella war stolz auf ihre Aktivität, als sie in die Stadt fuhr, um zehn große Zinkwannen zu kaufen, die auf dem Speicher verteilt wurden und fast die ganze Bodenfläche bedeckten.

„Jetzt kann so was nicht mehr passieren", sagte sie und gab für die Wannen ungefähr soviel Geld aus, wie eine vernünftige Dachreparatur gekostet hätte, und wenn es regnete, hörten sie von oben das seltsam melodische Tropfen des Regens, der in den großen hohlen Wannen ein dunkles, warnendes Geräusch hervorrief. Trotzdem mußte Glum immer öfter sein Gemisch aus Gips, Sand und Kalk an die Decke schmieren. Er beschmutzte dabei die Treppen, seine Kleider; und Martin, der ihm Hilfestellung leistete, war auch von oben bis unten verschmiert, und seine Kleider mußten in die Reinigungsanstalt gegeben werden.

Von Zeit zu Zeit stieg die Großmutter auf den Speicher, besichtigte die Schäden. Sie wand sich zwischen den Zinkwannen durch, und ihre schweren Seidenröcke verursachten an den Rändern der Wannen ein helles, klingendes Schaben. Sie setzte dann ihre Brille auf, und ihr ganzes Wesen strahlte Umsicht und Verantwortungsgefühl aus. Immer wieder beschloß sie dann, in alten Ordnern nach der Adresse des Dachdeckers zu suchen, der früher für sie gearbeitet hatte, und wirklich sah man sie tagelang in ihrem Zimmer von Ordnern und Schnellheftern umgeben, sie blätterte in alten Geschäftspapieren, verlor sich im Studium von Kontoauszügen. Aber die Adresse des Dachdeckers wurde nie gefunden, obwohl sie Ordner um Ordner aus den Archiven der Fabrik kommen ließ. Ein Jahrgang nach dem anderen wurde mit dem kleinen roten Lieferwagen herübergebracht, bis ihr

Zimmer ganz mit Akten gefüllt war. Ruhe aber gab sie erst, wenn sie endlich beim ersten Jahrgang angekommen war: modrigen Kopierbüchern aus dem Jahre 1913.

Dann holte sie Martin zu sich herein, und der Junge mußte ihr stundenlang zuhören, sich in die Geheimnisse der aromatischen Konfitüre einführen lassen, die sein Großvater erfunden und in die ganze Welt verkauft hatte. Der erste Weltkrieg hatte dem jungen Unternehmen einen ungeheuren Aufschwung gebracht, und die Großmutter pflegte zum Abschluß ihrer Lektion dem Jungen graphische Darstellungen der Produktionsziffern zu zeigen, mit Tusche säuberlich gezeichnete Linien, die wie Querschnitte von Gebirgen aussahen und aus denen eindeutig zu ersehen war, daß Hungerjahre gut für Marmeladenfabriken sind. Das Jahr 1917 – „Das Jahr, in dem deine Mutter geboren wurde, mein liebes Kind" –, das Jahr 1917 war ein einsamer Gipfel – eine Höhe, die bis 1941 unerreicht blieb. Doch fiel dem Jungen, der notgedrungen die Tafeln betrachtete, auf, daß ein rapider Anstieg schon mit dem Jahre 1933 begann. Er fragte die Großmutter nach der Ursache dieses Ansteigens, denn er hatte Angst vor ihr und wollte Interesse heucheln, und sie begann mit einer langatmigen begeisterten Erklärung, sprach von Zeltlagern, Massenversammlungen, Veranstaltungen, Parteitagen und zeigte zum Schluß triumphierend mit ihrem langen, ein wenig gelblichen Zeigefinger auf das Jahr 1939, wo es wieder einen Aufwärtsruck gab. „Wo immer Kriege von Deutschland geführt werden, sind sie mit steigenden Produktionsziffern in der Marmeladenindustrie verbunden", sagte sie.

Hatte sie sich bis zum Jahre 1913 durch die Geschäftspapiere durchgewühlt und dem Jungen das „Notwendigste" erklärt, rief sie die Geschäftsführung an, und der kleine rotlackierte Lieferwagen mußte einige Male hin- und herfahren, um die vierzig Jahrgänge wieder abzuholen.

Der Dachdecker war inzwischen längst vergessen, die Zinkwannen blieben auf dem Speicher stehen, und jeder Regen wurde zu einem großartigen monotonen Konzert. Aber auch die Fenster waren beschädigt, und im Keller stand monatelang Wasser, weil die Pumpe defekt war. Wenn Bolda große Wäsche hielt, stieg das Wasser im Heizungskeller aus einem schmalen, auszementierten Schacht; Seife und Schmutz bildeten ein glitschiges Sediment, das den Zementboden wie grünlichweißer Schimmel bedeckte. Faulig roch es, und der Geruch der Kartoffeln, die in den Lattenkisten keimten, zog die Ratten an.

Albert hatte nichts davon gewußt. Er entdeckte die Ratten, als er nach langer Zeit einmal wieder in den Keller stieg.

Nach einem langen Streit mit Nella wollte er in der großen Kiste nach den Briefen suchen, die Rai ihm nach London geschickt hatte: er wollte beweisen, daß er nicht auf Rais, sondern auf Nellas Veranlassung aus London zurückgekommen war. Albert ging sonst nie in den Keller, und er erschrak, als er sah, wie schmutzig alles war: verstaubte Kisten standen herum, Lumpen lagen in den Ecken, und neben dem Eingang zur Waschküche stand ein halber Sack verschimmelten Mehls, von dem ein paar Ratten weghuschten, als Albert Licht anknipste. Er hatte Angst vor Ratten, seitdem er im Militärgefängnis von Odessa gesessen hatte, und es würgte ihn, als er die schwarzen Schatten durch den Keller huschen sah. Er warf ein paar Stücke Koks hinter ihnen her, bezwang sich und ging langsam zu der großen braunen Holzkiste durch, die unter der Gasuhr stand.

Rai hatte ihm nur wenige Briefe geschrieben, vielleicht zehn, aber er wußte, daß er sie mit einer Hanfschnur umwickelt und in dieser Kiste versteckt hatte. Der Packen, der Nellas Briefe enthielt, war umfangreicher, und Leens Briefe füllten zwei Schuhkartons. Schwärzlicher Staub und Mäusedreck hatte sich zwischen alle Papiere gesetzt. Es war still im Keller, und er hatte Angst vor den Ratten. Im deutschen Militärgefängnis von Odessa waren sie ihm nachts übers Gesicht gehuscht, er hatte die weichen haarigen Bäuche gespürt und war über seine eigenen Schreie erschrocken gewesen. Er riß die dreckigen Papierbündel aus der Kiste und fluchte leise über Nellas und der Großmutter Schlamperei.

Aus der Ecke, aus dem kleinen Raum, in dem leere Kisten und Marmeladeneimer abgestellt waren, hörte er plötzlich hastiges Rumpeln, blechernes Gerolle. Er ging in die dunkle Ecke hinein, öffnete die Lattentür und schleuderte voll Haß und Wut in den dunklen Keller hinein, was ihm unter die Hände kam: einen Besenstiel, einen zerbrochenen Blumentopf und die Kufen von Martins Schlitten, und als der Lärm, den er verursachte, vorüber war, blieb es still.

Die Kiste enthielt auch seine eigenen Briefe, die er vor dem Krieg und während des Krieges an Nella geschrieben hatte, und jetzt, wo er darin herumwühlte – zum erstenmal seit zehn Jahren –, beschloß er, alles noch einmal zu lesen. Gewiß lagen auch noch Gedichte von Rai dazwischen, Briefe von Absalom Billig – und was er vor allem suchte –, Briefe von Schurbigel, Briefe, die Rai bestimmt mit Kommentaren versehen hatte: Briefe aus dem Jahre 1940, in denen Schurbigel den Sieg über Frankreich gefeiert und in Zeitungsartikeln die deutsche Jugend aufgefordert hatte, mit der Dekadenz dort drüben aufzuräumen. Auch Prosastücke von Rai würden sich noch finden und viele Briefe von ihm aus der Zeit vor dem Krieg.

Jetzt nahm er nur Rais Briefe, ein kleines Päckchen, nahm Nellas Briefe – und er stockte, als er einen großen Karton sah, auf dem rötlichbraun SUNLIGHT gedruckt war. Er zog den großen Karton, der den halben Boden der Kiste bedeckte, heraus. Er schlug ihn gegen die Wand, um den Dreck zu entfernen, nahm die beiden Briefpakete und den Karton und stieg hinauf. Nella saß in ihrem Zimmer und weinte. Sie hatte die Tür offengelassen, um ihn zu sehen, wenn er aus dem Keller kam, aber er ging durch die Diele an ihrer offenen Tür vorüber. Er schämte sich wegen des sinnlosen Streits, der seit Jahren periodisch zwischen ihnen ausbrach, der immer mit denselben Argumenten geführt wurde und immer wieder mit Versöhnung endete.

Er setzte den Sunlight-Karton in seinem Zimmer ab, legte die beiden Briefpacken darauf und ging ins Badezimmer, sich gründlich zu säubern. Der Gedanke, daß unten im Keller die Ratten wühlten, entsetzte ihn, und in einem plötzlichen Ekel beschloß er, saubere Wäsche anzuziehen.

Als er aus dem Badezimmer zurückkam, saß Nella immer noch bei offener Tür in ihrem Zimmer.

„Kommst du nicht herüber, Kaffee trinken?“ rief sie.

„Gleich“, sagte er.

Er schrieb sich aus dem Telefonbuch die Nummern eines Maurers, eines Dachdeckers, eines Installateurs und eines Kammerjägers heraus, rief alle vier an und beauftragte sie, zu ihm zu kommen. Es war in acht Minuten erledigt, und er ging in Nellas Zimmer und setzte sich ihr gegenüber in den Sessel.

„Wußtest du, daß wir Ratten im Keller haben?“

Sie zuckte die Schultern: „Bolda beklagte sich mal darüber.“

„Die Kartoffeln keimen“, sagte er wütend, „faulende Nährmittel stehen herum, und ein halber Sack verschimmelten Mehls steht neben dem Eingang zur Waschküche. Euer ganzer Hamsterdreck verkommt da unten, und in den Marmeladeneimern, die ihr nie ganz leert, fahren die Ratten Schlitten! Es ist eine Sauerei.“

Nella runzelte die Stirn und schwieg.

„Seitdem ich in diese verfluchte Familie hineingeraten bin, habe ich versucht, gegen Dreck und Schlamperei anzugehen, aber seitdem dein Vater tot ist, komme ich gegen euch nicht mehr auf. Bald wird man nur noch mit einer Pistole den Keller betreten können – und du könntest einen fabelhaften existentialistischen Privatfilm da unten drehen: fast kostenlos …“

„Nimm den Kaffee“, sagte sie.

Er zog die Tasse zu sich herüber, rührte die Milch um. „Ich werde das Dach und die Decken reparieren, den Keller ausräuchern und die Pumpen nachsehen lassen. Meinst du, es ist gut für den Jungen, an dieser Schlamperei teilzunehmen und sie zu beobachten?“

„Ich wußte gar nicht“, sagte Nella müde, „daß du

so für Ordnung bist und dich so an Aktivität berauschen kannst."

„Du weißt manches nicht, weißt zum Beispiel nicht, daß Rai wirklich ein guter Dichter war – trotz des widerlichen Rummels, den sie mit ihm machen –, und ich werde etwas tun, ich werde Briefe von Schurbigel aus der Kiste unten heraussuchen, bevor die Ratten diese unbezahlbaren Dokumente gefressen haben."

„Rai war mein Mann", sagte sie, „und ich mochte ihn, alles an ihm – aber seine Gedichte mochte ich am wenigsten, ich verstand sie nie. Ich wünschte nur, er wäre kein Dichter gewesen und lebte noch. Hast du die Briefe nun endlich gefunden, die du suchtest?"

„Ja", sagte er, „ich habe sie gefunden, es tut mir leid, daß ich es zum Streit kommen ließ wegen dieser alten Geschichte, die wir nicht mehr erwähnen sollten."

„Nein, es ist gut. Ich möchte die Briefe lesen, obwohl es überflüssig ist, denn ich weiß natürlich, daß du recht hast, daß ich schuld bin, wenn du aus London zurückkamst, aber trotzdem möchte ich die Briefe lesen. Es wird mir ganz guttun."

„Lies sie und behalte sie, meinetwegen verbrenne sie. Es liegt mir nichts daran, zu beweisen, daß ich recht hatte. Man meint nur immer, es wäre besser gekommen, wenn man das oder das vor Jahren anders gemacht hätte. Es ist natürlich sinnlos."

„Ich werde vor allem Rais Briefe noch einmal lesen, weil ich herausbekommen möchte, ob es stimmt, was ich denke: daß er sterben wollte."

„Wenn du die Briefe durchsiehst, bitte wirf keinen weg, der von Schurbigel ist, keinen einzigen der Briefe, die andere Leute an Rai geschrieben haben."

„Nein, nein, ich werde nichts wegwerfen; ich will nur genau wissen, was mit Rai war. Du weißt, Vater hätte sogar erreichen können, daß er nicht zum Militär brauchte, er hätte ihm sogar den Krieg ersparen können, ich bin sicher. Vater hatte mit hohen Heeresstellen zu tun – aber Rai wollte nicht. Er wollte nicht auswandern, wollte nicht vom Militär befreit werden, obwohl er nichts auf der Welt so haßte wie Militär – manchmal meine ich, er wollte sterben. Das denke ich oft, und das ist wohl einer der Gründe, warum ich meinen Haß auf diesen Gäseler immer nur künstlich entfachen kann."

Albert fing ihren lauernden Blick auf und fragte: „Wie kommst du auf Gäseler?"

„Oh, nichts, ich dachte nur daran – du, du sprichst nie über Rai. Du müßtest es wissen, aber darüber sprichst du nie."

Albert schwieg. Rai war in den letzten Wochen vor seinem Tod fast stumpfsinnig gewesen; er war müde dahergetrottet, und ihre Freundschaft hatte sich darin erschöpft, die Zigaretten zu teilen und einander beim Herrichten des Quartiers und beim Reinigen der Waffen zu helfen. Müde war Rai gewesen wie die meisten Infanteristen, von denen er sich nur wenig unterschied. Nur an manchen Vorgesetzten entzündete sich sein Haß.

„Es gibt noch etwas", sagte Nella, „wovon du nie gesprochen hast."

Albert sah sie an, er hielt ihr seine leere Tasse hin, und sie schenkte ihm Kaffee ein, und er hatte Zeit, alles hinauszuzögern, solange er in der Milch rühren, den Zucker zerkleinern konnte.

„Es ist nicht viel zu sagen", sagte er. „Rai war müde, er war zerschlagen, und ich habe wohl nie darüber gesprochen, weil ich nichts darüber weiß.

Jedenfalls nicht viel.“ Er ertappte sich dabei, daß er an den großen Sunlight-Karton dachte, an die mürrische kleine Händlerin, die ihm damals den Karton gegeben hatte: es war schon dunkel gewesen, und er hatte keine Lust gehabt, in sein Zimmer zu gehen, wo der Ofen nicht recht zog und der fettige, bittere Kohlenqualm sich in Möbeln, Kleidern und der Bettwäsche festgesetzt hatte; wo Leens Spirituskocher noch auf dem Hocker stand, bekleckert mit Suppen, die Leen hatte überkochen lassen.

„Stumpf und passiv war Rai“, sagte er, als Nella ihn anblickte, „aber das war er schon, als ich aus England zurückkam. Zurechtgeschüttelt, zurechtgetrommelt; und seit vier Jahren schon hatte er nichts mehr geschrieben, was ihm Spaß machte.“ Er dachte an die atemlose Stille, die geherrscht hatte, als der Krieg ausbrach: für einen Augenblick war es still gewesen in der Welt, als das Zahnrad in den bereitstehenden Mechanismus griff; als es eingeklickt war, lief der Mechanismus, und sein Wirken stärkte den Stumpfsinn und bestärkte die Resignation.

Er schüttelte den Kopf, als Nella ihm die Zigaretten hinhielt, er griff aber automatisch in die Tasche, gab ihr Feuer und versuchte, ihrem lauernden Blick zu entgehen.

„Wirklich“, sagte er, „es ist kein Geheimnis dabei. Nur: es ist natürlich nicht schön für einen Dichter, überall den Slogans zu begegnen, die er selbst verfaßt hat: Marmeladenslogans. ‚Das ist also mein Beitrag zum Krieg – gegen den Krieg‘, sagte Rai einmal zu mir – und er trat voller Haß gegen einen Marmeladeneimer aus der Fabrik deines Vaters. Es war auf dem Basar in Winniza, wo eine alte Frau in einem sauberen Marmeladeneimer Gebäck feilhielt: Nußecken waren es, und der Eimer fiel um, und die Nußecken fielen auf die Erde – Rai und ich, wir halfen der Frau, alles wieder aufzuheben, wir bezahlten es ihr und entschuldigten uns."

„Weiter", sagte Nella, und er sah, daß sie sehr gespannt war, als erwarte sie eine sensationelle Enthüllung.

„Nichts weiter", sagte er, „vierzehn Tage später war er tot, aber der Weg zu seinem Tod war auch mit Marmeladeneimern umsäumt: es war natürlich ein Schlag für uns beide, überall diese Dinger zu sehen, es machte uns krank, und keinem anderen fiel es auf, nur – wenn ich's dir sage, wirst du mich hassen und wirst böse sein."

„Liegt dir soviel daran, von mir nicht gehaßt zu werden?"

„Schon", sagte er, „es liegt mir schon viel daran."

Er hatte Nella die ganze Zeit über im Auge behalten und ihr Gesicht beobachtet, aber ihr Gesicht veränderte sich nicht. Sie griff nur nach der Zigarettenpackung, nahm eine Zigarette heraus und zündete sie an, obwohl ihre erste Zigarette noch nicht aufgeraucht war und qualmend im Aschenbecher lag.

„Über das alles, Nella", sagte er leise, „möchte ich nicht mehr sprechen, wir wissen, daß Rai tot ist, wie er gestorben ist, und es ist sinnlos, nach Motiven zu suchen."

„Sprach er wirklich nicht mehr mit dir, wie du immer sagtest?"

„Nein", sagte er, „er konnte nicht sprechen, die Luftröhre war verletzt. Er sah mich an, und weil ich ihn kannte, konnte ich aus seinen Blicken, aus seinem Händedruck wohl einiges lesen, daß er zornig war über den Krieg, zornig wohl auch auf sich selbst, und daß er dich liebte und mich bat, mich um das Kind zu kümmern – du hattest ihm geschrieben, daß du schwanger seist. Das ist alles."

„Er betete nicht? Du sagtest doch immer ..."

„Er betete wohl, er bekreuzigte sich, aber das werde ich niemals jemand erzählen, und wenn du's jemand von diesen Schweinen sagst, schlag ich dich tot. Wirklich", sagte er, „das wäre ein Fressen für sie, und die Legende wäre fertig."

Nella bemerkte jetzt die zweite Zigarette, drückte sie lächelnd aus. „Ich verspreche dir, daß ich es niemand erzählen werde."

„Schön wäre, wenn du all diese Leute fallenließest."

„Wirst du das alles auch dem Jungen erzählen?"

„Später einmal."

„Und Gäseler?"

„Was ist mit ihm?"

„Nichts", sagte sie, „ich mache mir manchmal Vorwürfe, daß ich keinen flammenden, keinen racheschwangeren Haß gegen ihn empfinde."

„Im Grunde", sagte er, „würde er ganz gut zu Schurbigel passen. Was ist – was hast du, warum wirst du rot?"

„Laß mich", sagte sie, „laß mich ein paar Tage in Ruhe: ich muß mir über Verschiedenes in Ruhe meine Gedanken machen – gib mir die Briefe, bitte."

Er trank den Kaffee aus, ging in sein Zimmer, holte die beiden Briefpacken und legte sie vor Nella auf den Tisch.

Sie ließ sie liegen, und er sah nach Wochen noch die beiden Pakete ungeöffnet auf ihrem Schreibtisch liegen.

Er hatte tagelang mit den Handwerkern zu tun, sich mit ihnen zu beraten und Kostenanschläge einzuholen. Die Pumpe im Keller wurde repariert, das Dach, und im oberen Geschoß wurden die Decken neu verputzt. Bolda konnte jetzt nach jeder Wäsche das Wasser aus dem Keller in den Kanal pumpen, und der Keller wurde gesäubert und ausgeräuchert. Verschimmelte Vorräte, Lumpen kamen zum Vorschein und Kartoffeln, deren Keime so lang waren wie Spargel.

Albert ließ auch die dunklen, grünen Scheiben aus den Flurfenstern herausnehmen, und es kam nun Licht in die Diele.

Die Großmutter schüttelte den Kopf über soviel Aktivität, sie kam jetzt öfter aus ihrem Zimmer heraus, sah den Handwerkern zu und überraschte alle durch die Mitteilung, sie werde die Reparaturen bezahlen. Wie Nella annahm, entsprang dieser Entschluß ihrer Vorliebe für ihr Scheckbuch, dessen sie sich mit einem kindischen Stolz bediente. Sie zog es so gern aus der Schublade ihres Schreibtischs, schlug es auf, füllte mit der Miene einer alten Prokuristin den bläulichen Scheck aus, löschte ihn ab und riß ihn mit elegantem Schwung aus der Perforierung. Dieses helle, tuckerige Geräusch, wenn der Scheck sich aus der Verzahnung löste, rief auf ihrem großen rosigen Gesicht ein glückliches Lächeln hervor. Von dem Augenblick an, da sie als dreiundzwanzigjährige Frau vor vierzig Jahren ein Scheckbuch bekommen hatte, von diesem Augenblick an hatte ihre kindliche Freude über die Tatsache, daß sie Geld machen konnte, nicht nachgelassen. Sie verschliß eine Menge von Scheckbüchern, denn jede Kleinigkeit bezahlte sie mit Scheck, sogar die Zechen in Restaurants und

Cafés, und es kam oft vor, daß sie Martin mit einem Scheck über vier Mark zum Händler schickte, vierzig TOMAHAWK zu holen. Gab es gar nichts zu bezahlen, war ihr Zigarettenvorrat gedeckt, der Eisschrank mit allem gefüllt, dann ging sie im Hause umher und bot allen Geld an, nur, damit sie einen Scheck herausreißen und die sägeartige Musik hören konnte, die das Herausreißen begleitete. Sie ging dann, die TOMAHAWK im Mund, mit dem flatternden Scheckbuch von Zimmer zu Zimmer – so, wie sie bei Blut im Urin mit der Urinflasche herumzog – und sagte: „Wenn du Geld nötig hast, ich könnte dir aushelfen", und schon saß sie auf einem Stuhl, schraubte den Füller auf – auch dessen bediente sie sich mit kindlichem Stolz – und fragte: „Wieviel müßte es sein?"

Glum war bei diesen Gelegenheiten am nettesten zu ihr, er nannte dann eine sehr hohe Summe, setzte sich zu ihr, feilschte lange mit ihr hin und her, bis sie endlich den Scheck ausfüllen und ihn herausreißen konnte. Sobald sie gegangen war, zerriß Glum – wie es alle taten – den Scheck und warf die Schnipsel in den Abfallkasten.

Meistens aber hockte die Großmutter in ihrem Zimmer, und niemand wußte genau, was sie den ganzen Tag über trieb. Sie ging weder ans Telefon, noch öffnete sie die Tür, wenn geklingelt wurde. Oft kam sie erst gegen Mittag aus ihrem Zimmer und ging, mit dem dicken geblümten Morgenrock bekleidet, in die Küche, um sich ihr Frühstück zu holen. Man hörte nur ihren Husten, denn ihr Zimmer füllte sich, weil sie unaufhörlich rauchte, mit Zigarettenqualm, der langsam in strähnigen grauen Schwaden in die Diele stieg. An solchen Tagen mochte sie niemand sehen außer Martin, den sie in das Zimmer rief.

Das Kind entfloh, wenn es eben ging, sobald die Großmutter rief, aber meistens erwischte sie ihn, schleppte ihn ab, und er mußte stundenlange Lektionen über sich ergehen lassen, nahm verworrene Aufklärungen über Leben und Tod entgegen und mußte seine Kenntnisse in Katechismus beweisen. Bolda, die mit der Großmutter zusammen die Schule besucht hatte, wußte allerdings boshaft kichernd zu erzählen, daß die Großmutter den Katechismus nie gekonnt hatte.

Mühsam atmend, weil das Zimmer voller Zigarettenqualm war, saß Martin auf dem Sessel ihrem Schreibtisch gegenüber, betrachtete das aufgeschlagene Bett, den Teewagen mit dem schmutzigen Frühstücksgeschirr, und der Junge nahm die verschiedenen Färbungen der Qualmschichten in sich auf: blau, strahlend blau fast waren die winzigen, runden Wölkchen, die die Großmutter ausstieß, bevor sie den Rest in die Lunge pumpte. Sie war stolz darauf, daß sie schon seit dreißig Jahren rauchte, und inhalierte mit Nachdruck – dann kam aus ihrem Munde der hellgraue, nur leicht bläulich gefärbte Stoß, der in der Lunge gefiltert worden war: heftig ausgestoßener Strahl, der sich einige Sekunden lang in dem dichten, schiefergrauen, gleichmäßigen Qualm, der das Zimmer füllte, hielt: ein stumpfes, bitteres Grau, und an einigen Stellen des Raumes – oben an der Decke, unter dem Bett und vor dem Spiegel – ballte sich das Schiefergrau zu dichten, weißlich konzentrierten Wolken zusammen, die auseinandergezogenen Wattebäuschen glichen.

„Dein Vater ist gefallen, nicht wahr?“

„Ja."
„Was bedeutet gefallen?"
„Im Krieg gestorben, erschossen worden."
„Wo?"
„Bei Kalinowka."
„Wann?"
„Am 7. Juli 1942."
„Und wann wurdest du geboren?"
„Am 8. September 1942."
„Wie hieß der Mann, der deines Vaters Tod verschuldete?"
„Gäseler."
„Wiederhole diesen Namen."
„Gäseler."
„Noch einmal."
„Gäseler."
„Wozu sind wir auf Erden?"
„Um Gott zu dienen, ihn zu lieben und dadurch in den Himmel zu kommen."
„Weißt du, was es bedeutet, einem Kind seinen Vater nehmen?"
„Ja", sagte das Kind.

Er wußte es. Andere Kinder hatten Väter: Grobschik zum Beispiel hatte einen großen blonden Vater, Weber hatte einen kleinen schwarzen Vater. Die Jungen, die Väter hatten, hatten es schwerer in der Schule als die, die keine hatten. Ein geheimnisvolles Gesetz bestimmte es. Hatte Weber schlecht gelernt, wurde er schärfer angepackt als Brielach, wenn dieser schlecht gearbeitet hatte. Der Lehrer war alt, hatte graue Haare und hatte „einen Sohn im Krieg verloren". Von den Jungen, die keine Väter hatten, hieß es: er hat den Vater im Krieg verloren; Schulräten wurde es zugeraunt, wenn ein Junge bei Visitationen versagte – und Lehrer sagten es von Jungen, die neu in die Klasse kamen: er hat den Vater im Krieg verloren. Es klang, als hätte er ihn stehengelassen wie einen Schirm oder ihn verloren, wie man einen Groschen verliert. Sieben Jungen in der Klasse hatten keinen Vater mehr: Brielach und Welzkam, Niggemeyer und Poske, Behrendt und er, außerdem Grebhake, aber Grebhake hatte einen neuen Vater, und das Gesetz geheimnisvoller Schonung waltete nicht so sicher über ihm wie über den anderen sechs: es gab Nuancen der Schonung. In vollem Umfang genossen die Schonung nur drei: Niggemeyer, Poske und er, aus Gründen, die er langsam in jahrelanger Beobachtung und Erfahrung herausgefunden hatte: Grebhake hatte einen neuen Vater, Brielachs und Behrendts Mütter hatten Kinder, die nicht von den verstorbenen Vätern, sondern von anderen Männern waren. Er wußte, wie die Kinder auf die Welt kamen. Onkel Albert hatte es ihm erklärt: durch Vereinigung der Männer mit den Frauen. Brielachs und Behrendts Mütter hatten sich mit Männern vereinigt, die nicht ihre Männer, sondern Onkels waren. Und diese Tatsache wurde durch ein weiteres, halb geheimnisvolles Wort erklärt: unmoralisch. Aber auch Welzkams Mutter war UNMORALISCH, obwohl sie kein Kind von Welzkams Onkel hatte, denn es war eine weitere Erkenntnis und Erfahrung: Männer und Frauen konnten sich vereinigen, ohne daß es Kinder gab, und die Vereinigung einer Frau mit einem Onkel war unmoralisch. Die Jungen, die eine unmoralische Mutter hatten, genossen merkwürdigerweise nicht ganz soviel Schonung wie die Jungen, deren Mütter nicht unmoralisch waren – am schlimmsten aber war es für die, am wenigsten Schonung aber genossen die, deren Mütter Kinder von den Onkeln hatten: schmerzlich und unerklärlich, daß unmoralische Mütter den Grad der Schonung verringerten. Bei den Jungen jedoch, die Väter hatten, war alles anders, es war klar geregelt und unmoralisch gab es nicht.

„Paß doch auf", sagte die Großmutter: „Frage fünfunddreißig: Wozu wird Jesus am Ende der Welt wiederkommen?"

„Jesus wird am Ende der Welt wiederkommen, um die Menschen zu richten."

Würde sich das Gericht gegen UNMORALISCH wenden? Leise Zweifel befielen ihn.

„Schlaf nicht ein", sagte die Großmutter. „Frage achtzig: Wer begeht eine Sünde?"

„Eine Sünde begeht, wer ein Gebot Gottes freiwillig übertritt."

Die Großmutter liebte es, den Katechismus kreuz und quer abzufragen, aber noch nie hatte sie eine Lücke bei ihm entdeckt.

Nun klappte sie das Buch zu, zündete eine neue Zigarette an, atmete den Rauch tief ein.

„Wenn du einmal größer bist", sagte sie freundlich, „wirst du begreifen, warum ..."

Von diesem Augenblick an hörte er nicht mehr zu. Jetzt kam der lange Abschlußvortrag, der keine Fragen mehr enthielt, also auch nicht die geringste Aufmerksamkeit erforderte: die Großmutter sprach jetzt von Pflichten, von Geld, von der aromatischen Konfitüre, vom Großvater, von den Gedichten seines Vaters, las ihm Zeitungsausschnitte vor, die sie sorgsam auf rötliche Pappe hatte kleben lassen, in dunklen Formulierungen umkreiste sie das sechste Gebot.

Aber selbst Niggemeyer und Poske, die keine

unmoralischen Mütter hatten, genossen nicht die Schonung, die er genoß, und er wußte längst, woher es kam, auch ihre Väter waren gefallen, auch ihre Mütter vereinigten sich *nicht* mit anderen Männern – aber seines Vaters Name stand manchmal in der Zeitung, und seine Mutter hatte GELD. Diese beiden wichtigen Punkte fielen bei Niggemeyer und Poske weg: ihre Väter standen nie in der Zeitung, und ihre Mütter hatten keins, hatten nur wenig GELD.

Manchmal wünschte er, diese beiden Punkte würden auch für ihn wegfallen, denn er wollte diese übermäßige Schonung nicht genießen. Er sprach darüber mit niemandem, nicht einmal mit Brielach und Onkel Albert, und er bemühte sich tagelang, in der Schule schlecht zu sein, um den Lehrer zu veranlassen, ihn sowenig zu schonen, wie er Weber schonte, der dauernd Prügel bekam: Weber, dessen Vater nicht gefallen war – Weber, dessen Vater kein Geld hatte.

Aber der Lehrer schonte ihn weiter. Er war alt, grauhaarig, müde, hatte „einen Sohn im Krieg verloren", und er blickte ihn so traurig an, wenn er die Antwort nicht zu wissen vorgab, bis er, von Mitleid und Rührung überwältigt, doch richtig antwortete.

Während die Großmutter ihren Abschlußvortrag hielt, konnte Martin beobachten, wie der Rauch sich immer dichter zusammenballte. Er mußte nur hin und wieder die Großmutter anblicken, um den Eindruck zu erwecken, er höre ihr zu – dann konnte er weiter an Dinge denken, die ihn angingen: das schreckliche Wort, das Brielachs Mutter zum Bäcker gesagt hatte, das Wort, das immer im Flur zu Brielachs Wohnung an der Wand stand –

und an das Fußballspiel konnte er denken, das in drei, in vier – höchstens in fünf Minuten draußen beginnen würde auf dem Rasen vor dem Haus. Noch zwei Minuten, denn schon war die Großmutter bei der aromatischen Konfitüre, die irgendeinen Zusammenhang mit seinen Pflichten hatte. Glaubte sie wirklich, er würde die Marmeladenfabrik übernehmen? Nein, er würde sein ganzes Leben lang nur Fußball spielen, und es machte ihm Spaß und auch Angst, sich vorzustellen, daß er *zwanzig* Jahre, daß er *dreißig* Jahre lang Fußball spielen würde. – Noch eine Minute. Er horchte auf, als das helle kurze Klingen ertönte, mit dem die Großmutter den Scheck aus ihrem Buch riß. Sie belohnte seine tadellosen Kenntnisse in Katechismus, sein aufmerksames Zuhören immer mit einem Scheck.

Jetzt faltete sie ihn zusammen, und er nahm das zusammengefaltete bläuliche Stück Papier entgegen und wußte, daß er gehen durfte. Nur noch die Verbeugung, nur noch das „Danke, liebe Großmutter", und er öffnete die Tür, und eine Wolke von Zigarettenqualm begleitete ihn in die Diele …

IX

Albert ließ den Sunlight-Karton zwei Tage lang liegen, bevor er ihn öffnete. Er fürchtete sich vor dem Inhalt, hoffte andererseits auf ihn, denn er wußte, daß er sehr viele Zeichnungen enthielt, die er damals in London gemacht hatte, vor und nach Leens Tod, und er fürchtete, daß die Zeichnungen schrecklich sein, hoffte aber zugleich, daß sie gut sein würden, denn er mußte jetzt jede Woche eine Serie von Witzen für „WOCHENEND IM HEIM" zeichnen, und er quälte sich oft tagelang herum, weil ihm nichts einfiel. Er öffnete den Karton an einem Tag, wo er allein mit Glum im Hause war: Nellas Mutter war mit Martin in die Stadt gefahren, und er hatte das ängstliche, verstörte Gesicht des Jungen noch in Erinnerung, der mit seiner Großmutter in die Taxe gestiegen war. Nella war im Kino. Sie war anders geworden, merkwürdig nervös, und er ahnte, daß sie ihm etwas verheimlichte. Er beschloß, mit Nella zu sprechen, während er den Bindfaden löste, der um den Karton gewickelt war. Die Adresse, die er in London darauf geklebt hatte, war noch leserlich: Herrn Raimund Bach, und er glaubte den Geruch des Klebstoffs zu riechen, flau riechende Mehlpappe, die er aus Leens Mehlresten mit ein wenig Wasser angemengt hatte, um die Adresse auf den Karton zu kleben.

Er löste die Knoten, wickelte die Schnur ab, öffnete den Karton aber noch nicht. Er blickte in den Garten hinaus, wo Martins Freunde Fußball spielten, Heinrich und Walter, die sich Tore mit Milchbüchsen markiert hatten und stumm, verbissen, aber offenbar mit großer Begeisterung sich gegenseitig beschossen. Während er den Jungen zusah, dachte er an das Jahr mit Leen in London, ein schönes Jahr, in dem er sehr glücklich gewesen war, obwohl Leen, auch nachdem sie verheiratet waren, ihre Junggesellinnengewohnheiten beibehielt. Leen haßte Schränke, haßte Möbel überhaupt und warf tagsüber alles, was sie besaß, aufs Bett: Bücher und Hefte, Zeitungen und ihren Lippenstift, Obstreste in Papiertüten, Schirm und Hut, Mütze, Mantel und Schulhefte, die sie – am Nachttisch hockend – dann abends korrigierte: Aufsätze über die Vegetation Südenglands oder die Tierwelt Indiens. Alles häufte sich tagsüber auf ihrem Bett, und abends oder auch nachmittags, wenn sie sich aufs Bett legte, um die Abendzeitungen zu lesen, suchte sie nur sorgfältig die Brotstücke heraus, kippte mit einem energischen Ruck den ganzen übrigen Kram auf die Erde: Hefte, den Schirm, das Obst. Alles rollte unters Bett oder im Zimmer herum, und morgens klaubte sie alles wieder zusammen und warf es aufs Bett. Sie trug nur einmal ein richtig gebügeltes Kleid, an ihrem Hochzeitstag – Kapelle im Speisesaal einer alten Vorstadtvilla, wo der Kitsch so kitschig war, daß er fast großartig wirkte, der Geruch des gebratenen Frühstücksspecks in der Kutte des reizenden Franziskaners, sein merkwürdig klingendes Latein und sein noch merkwürdiger klingendes Englisch (bis daß der Tod euch scheidet) ...

Aber gerade an dem Tag, als Leen das gebügelte Kleid anziehen mußte – ihre Mutter war aus Irland gekommen, hatte das Kleid im Hotel aufgebügelt und sorgsam in einen Schrank gehängt –, gerade an dem Tag sah Leen scheußlich aus: Bügeleisen gehörten nicht zu ihren Requisiten: Bügeleisen waren zu schwer, und Kleider, die man bügeln mußte, standen ihr nicht.

Während der ersten Monate nach der Hochzeit schliefen sie zusammen in Leens Bett, und er fand keine Nacht Schlaf, weil Leen unruhig war wie ein junges Pferd: sie trampelte während des Schlafes im Bett herum, riß unten die Decke heraus und warf sie ab. Dauernd warf sie sich hin und her, und er bekam Fußtritte und Knüffe und lauschte den merkwürdigen, trockenen Lauten, die sie ausstieß. Dann knipste er mitten in der Nacht Licht an, blendete es mit einer Zeitung ab und las, weil es zwecklos war, an Schlaf zu denken, und er beschränkte sich darauf, geduldig die Decke immer wieder hochzuziehen und Leen hin und wieder in die Seite zu knuffen. Wenn sie für ein paar Minuten ruhig lag, wandte er sich ihr zu und sah sie an, sie lag da mit ihrem langen braunen Haar, dem schmalen bräunlichen Gesicht, dem Profil eines jungen rassigen Füllens. Später machte er das Licht aus, lag im Dunkeln neben ihr und war glücklich. Manchmal auch fiel etwas aus dem Bett, was in die Ritzen zwischen den Matratzen geraten war oder bei Leens energischem Abendruck nicht auf die Erde gefallen war und sich nun durch ihr wildes Wälzen löste: ein Löffel oder ein Bleistift, eine Banane, und einmal war es ein hartgekochtes Ei, das über den zerschlissenen Teppich rollte und am Fußende des Bettes liegenblieb. Er stand auf, nahm das Ei, schälte es ab und aß es mitten in der Nacht, denn damals hatte er fast immer Hunger.

Morgens, wenn Leen aufgestanden war, fand er meistens ein wenig Schlaf. Leen war Lehrerin an einer Nonnenschule in der Vorstadt. Er half ihr dann ihre Schulsachen zusammensuchen, steckte ihr alles in die Ledertasche und hatte den Auftrag, den großen zerbeulten Wecker zu beobachten, der – wie alle Gegenstände, die sie besaß – jeden Tag vom Bett auf den Boden und vom Boden aufs Bett flog, aber ausgezeichnet lief. Er hielt den Wecker im Auge und gab ihr Bescheid, wenn sie das Haus verlassen mußte. Er saß im Nachthemd auf dem Bett und las die Morgenzeitung, während Leen am Spirituskocher stand, Tee und Suppe kochte. Sobald der große Zeiger auf die Elf zuging, es fünf vor acht war, schnappte sie ihre Tasche, küßte ihn schnell und raste die Treppe hinunter zum Bus. Manchmal blieb ihre Suppe auf dem Spirituskocher stehen, und er aß gierig den faden Haferschleim, legte sich wieder ins Bett und schlief bis elf.

Erst nach einem Monat hatten sie Geld genug, ein zweites Bett ins Zimmer zu stellen, und er konnte nachts schlafen. Nur manchmal wurde er aus tiefen Träumen gerissen, wenn etwas aus Leens Bett auf die Erde fiel: ein Buch oder eine halbe Tafel Schokolade oder eines ihrer schweren silbernen Armbänder.

Er versuchte ihr beizubringen, was er unter Ordnung verstand, pedantisch aufgeräumte Schränke und einen sauberen Kocher. Er kaufte heimlich einen Schrank bei einem Althändler, ließ ihn, während Leen in der Schule war, ins Zimmer bringen und räumte alles schön ordentlich ein: Leens ganzen Krempel und ihre Kleider auf Bügeln, ordentlich und deutsch, so wie er es bei seiner Mutter gesehen hatte. „Es muß nach Linnen riechen, frischem Linnen." – Aber Leen haßte den Schrank, und ihr zuliebe ließ er ihn wieder abholen und verkaufte ihn unter Verlust an einen anderen Althändler. Das einzige, was Leen duldete, war ein kleines Regal für den Kocher, den Wasserkessel und die beiden Kasserollen, die Büchsen mit Fleisch und Gemüse und ihre vielerlei merkwürdigen Gewürze und Packungen mit fertigen Suppen. Sie konnte vorzüglich kochen, und er liebte den Tee, den sie machte: ganz dunkel, tief golden schimmernd von unten herauf, und sie lagen nachmittags, wenn Leen aus der Schule zurück war, auf ihren Betten, rauchten und lasen und hatten die Teekanne auf einem Hocker zwischen den Betten stehen. Nur zwei Monate lang litt er ein wenig unter dem, was er damals noch Unordentlichkeit nannte, und er klagte über Leens so geringes Verlangen, Vorräte anzulegen: etwa zwei Bettücher mehr anzuschaffen. Aber sie haßte Vorräte, wie sie Schränke haßte, und erst später merkte er, daß sie Schränke haßte, weil Schränke meistens Vorräte enthielten. Sie liebte Luftballons, Kinos und war bei ihrer Wildheit sehr fromm. Sie schwärmte leidenschaftlich für die kitschigen Kirchen, für Franziskanerpatres, bei denen sie beichtete: sonntags schleppte sie ihn meistens zur Messe in das Nonnenkloster, wo sie während der Woche unterrichtete, und er ärgerte sich über die Nonnen, die ihn beharrlich Miss Cunigans husband nannten und ihm den Frühstücksteller vollhäuften, weil sie herausbekommen hatten, daß er immer Hunger hatte. Aber das war nur im Anfang, später fand er die Nonnen nett, und er aß acht Scheiben Toast zum Frühstück und ließ den Nonnen den Spaß, über seinen sagenhaften Appetit zu lachen. Leen trainierte sonntags mit den Mädchen Hockey für irgendein Wettspiel, und er belächelte ihren Fanatismus und bewunderte ihr leichtes, so merkwürdig trockenes und hartes Spiel. Er machte eine seltsame Figur am Rande des Spielplatzes, der husband von Miss Cunigan. Wenn das Training vorbei war, mußte er mit Leen drei Runden um den Platz laufen, und die Mädchen der Hockey-Mannschaft und andere Internatsschülerinnen standen herum und feuerten ihn an, und es gab ein großes Jubelgeschrei, wenn er gegen Leen gewann, und er gewann fast immer, denn damals war er ein guter Läufer.

Später wanderte er mit Leen südlich, nach Surrey hinein, stundenlang durch Wiesen und zwischen Hecken, und irgendwo genossen sie das, was Leen rücksichtslos genoß und rücksichtslos beim Namen nannte: die Freuden der Ehe. Damals war er fünfundzwanzig Jahre alt, und Leen war gerade zwanzig, und sie war die beliebteste Lehrerin an der Schule.

An den Werktagen schlief er meistens bis halb elf, weil die Leute, mit denen er zu tun hatte, nie vor halb zwölf zu sprechen waren und weil die unruhigen Nächte ihn ermüdeten. Er suchte lustlos wortkarge Politiker vierten Ranges auf, denen er beim Frühstück spärliche Informationen entriß. Das meiste, was er erfuhr, erfuhr er nicht einmal von diesen Politikern, sondern aus vierter, fünfter Hand von Journalisten, die so schlecht waren wie er, und später ging er dazu über, vages, erfundenes Zeug zusammenzuschreiben, wissend, daß es nicht lange gut gehen würde. Er saß dann in kleinen Kneipen herum, trank ganz schwachen Whisky und wartete auf Leen, und er hatte immer einen Stoß Zeichenpapier vor sich liegen und zeichnete, was ihm gerade einfiel. Er erfand Witze und illustrierte sie oder illustrierte Witze, die er in den Zeitungen fand. In dem großen Sunlight-Karton in seinem Zimmer häuften sich die Zeichnungen, Hunderte mußten es sein, die er nach Leens Tod einfach an Rai adressierte und nach Deutschland schickte.

Es mußten Hunderte sein, aber er öffnete den Karton noch nicht, sondern sah den Jungen zu, die unermüdlich ihre Tore beknallten. Vielleicht waren die Zeichnungen gut, und er war den Druck los, sich jede Woche etwas aus den Fingern saugen zu müssen.

Er kritzelte, während er den Jungen zusah, Boldas Porträt auf ein Stück Papier, warf aber den Stift wieder beiseite.

Die Informationen, die er damals bekam, wurden immer spärlicher, und was er an vagem Zeug erfand, um es nach Deutschland zu berichten, immer weniger zutreffend, bis ihm die kleine Nazizeitung, für die er in London war, das magere Fixum strich, ihn dann nach einem Monat ganz rausschmiß, und er lebte von Leens Lehrerinnengehalt mit und freute sich auf die Sonntage, wo er sich draußen bei den Nonnen satt essen konnte – und wenn Leen draußen mit den Mädchen trainierte, ging er manchmal in die Kapelle der Schule und wohnte den Betstunden der Schwestern bei und bewunderte den grandiosen Kitsch: nirgendwo, schien ihm, hatte er den heiligen Antonius so vollendet kitschig gesehen und nirgendwo auch die kleine Therese von Lisieux so schrecklich.

Werktags ging er rund und verkaufte seine Bücher zu einem Preis von einem halben Schilling für zwei Kilo an einen Antiquar. Was er für die Bücher bekam, langte nicht einmal für die Zigaretten. Er versuchte, Stunden zu geben, aber es gab nicht viele Engländer, die Lust hatten, Deutsch zu lernen, und es gab genug Emigranten in London. Leen tröstete ihn, und er war trotz allem glücklich. Sie schrieb nach Hause, wie schlecht es ihnen ging, und ihr Vater schrieb, sie sollten doch nach Irland kommen. Er könne auf dem Hof mitarbeiten und brauche, wenn er wolle, nie zu den verdammten Nazis zurückzugehen.

Jetzt, fünfzehn Jahre später, konnte er immer noch nicht begreifen, warum er den Vorschlag von Leens Vater nicht angenommen hatte, und er verfiel in Nellas Krankheit, sich auf die dritte Ebene zu begeben und von einem Leben zu träumen, das nie gelebt worden war und nie mehr würde gelebt werden können, weil die Zeit, die dafür bestimmt gewesen, endgültig vorüber war. Aber es hatte seine Reize, sich für Minuten in einer Landschaft, unter Menschen und Lebensbedingungen zu sehen, die er nie gekannt hatte.

Auch jetzt, fünfzehn Jahre später, konnte er immer noch nicht begreifen, daß Leen tot war, weil sie so plötzlich starb und zu einer Zeit, da er voller Hoffnung war. Er verdiente mehr Geld; er hatte angefangen, Packungen für eine Seifenfabrik zu zeichnen, auch Plakate, und es war ihm gelungen, sich auf den englischen Geschmack umzustellen. Seitdem er mehr Geld verdiente, trank er nicht mehr in Leens Abwesenheit in den Kneipen herum, sondern saß auf dem Zimmer, trank kalten Tee und arbeitete den ganzen Tag. Er stand morgens zusammen mit Leen auf, machte das Frühstück, brachte sie an den Bus.

Die Jungen draußen waren müde und erhitzt, und Heinrich saß auf dem Rasen, mit dem Rücken gegen einen Baum gelehnt, und kaute an einem Grashalm. Albert beugte sich aus dem Fenster und rief ihnen zu: „Holt euch Cola aus dem Eisschrank." Als die Jungen sich umwandten und ihn erstaunt anblickten, rief er: „Los, geht rein und holt es euch, du weißt ja Bescheid, Heinrich." Er hörte sie schreiend um die Ecke rennen, ins Haus kommen – dann flüsterten sie und gingen auf Zehenspitzen in die Küche. Er schloß das Fenster, stopfte sich eine Pfeife, ließ sie aber dann unangezündet liegen und nahm entschlossen den Deckel des Sunlight-Kartons auf: es war ein ganzer Packen sehr dünnen Papiers im Karton, und er merkte, daß er den Deckel an der falschen Seite abgenommen hatte, denn alle Zeichnungen lagen verkehrt. Er nahm die erste, drehte sie um und war erstaunt, wie gut sie war. Es war ein Tierwitz, und Tierwitze waren gerade jetzt wieder modern. So gut gezeichnet hatte er nach dem Kriege nicht mehr. Mit einem weichen, sehr schwarzen Stift; und die Zeichnung war noch ganz frisch. Er war erleichtert, denn er wußte, daß Bresgote diese Witze nehmen würde. Jedes dieser dünnen Papiere, die er vor fünfzehn Jahren in Londoner Kneipen bekritzelt hatte, würde ihm fünfzig Mark einbringen.

Teilweise mußte er sie ein wenig zurechtschneiden, neu aufkleben, und manche waren noch ohne Text. Er hatte diese Blätter nie Leen gezeigt, weil er sie blöde fand, aber heute wußte er, daß sie gut waren, besser jedenfalls als das meiste, was er für „Wochenend im Heim“ gemacht hatte. – Er wühlte einige Minuten in dem Karton herum, zog Blätter aus der Mitte vom Ende des Stapels heraus und war erstaunt, wie gut sie waren. Einer der Jungen rief in die Diele: „Onkel Albert, Onkel Albert.“

Er öffnete die Tür und fragte: „Was ist denn?“ Er sah, daß es Heinrich Brielach war, der gerufen hatte, und Brielach sagte: „Dürfen wir uns auch ein Butterbrot machen? Wir möchten warten, bis Martin zurück ist.“

„Das wird lange dauern.“

„Wir warten.“

„Wie ihr wollt – und natürlich könnt ihr euch Butterbrote machen.“

„Oh, danke, vielen Dank.“

Er schloß die Tür wieder, schob die lose herumliegenden Blätter wieder ineinander und legte sie in den Karton zurück.

An diesem Tage war Leen morgens in die Schule gefahren wie immer, und er blieb den ganzen Morgen auf dem Zimmer, weil er an Plakatentwürfen arbeitete. Er zeichnete einen Löwen, der sich Senf auf eine Hammelkeule schmierte. Er hatte das Gefühl, daß es ein gutes Plakat werden würde, und der Mann, für den er es machte, hatte ihm ein gutes Honorar versprochen. Es war ein jüdischer Emigrant, den er in der Journalistenkneipe kennengelernt hatte, ein ganz entfernter Verwandter von Absalom Billig. Erst war der Mann sehr mißtrauisch gewesen, weil er ihn für einen Spitzel hielt, aber beim fünften Zusammentreffen hatte er ihm den Auftrag gegeben; er war in der Werbeabteilung einer Gewürzfabrik untergeschlüpft. Er arbeitete so verbissen, daß er nicht spürte, wie die Zeit verging, und er war sehr erstaunt, als Leen ins Zimmer trat.

„Mein Gott", sagte er, „es ist schon drei?"

Aber als er sie küßte und sie ihm müde zulächelte, wußte er, daß es noch lange nicht drei war und daß Leen nach Hause gekommen war, weil sie sich krank fühlte. Ihre Hände waren heiß, und sie krümmte sich jetzt vor Bauchschmerzen.

„Ich hab's schon länger", sagte sie, „aber ich dachte, ich wäre schwanger, doch heute stellt sich heraus, daß ich nicht schwanger bin, und die Bauchschmerzen sind geblieben."

Er hatte sie nie mutlos gesehen, jetzt warf sie sich aufs Bett und stöhnte. Sie konnte nur mit Mühe sprechen, und als er sich über sie beugte, flüsterte sie: „Hol ein Taxi – im Bus war es schon schlimm, aber jetzt wird's immer schlimmer. Bring mich ins Krankenhaus."

Er nahm ihre Handtasche vom Bett, zählte ihr Geld, während er durch die Straße zum Taxistand lief: es waren noch vier Pfund und eine Menge Kleingeld in ihrem Portemonnaie. Er setzte sich völlig zerstreut in ein Taxi, ließ es vor dem Haus halten und lief die Treppe hinauf. Leen hatte sich erbrochen, als er nach oben kam, sie wimmerte, als er sie anpackte, um sie hinunterzutragen; sie schrie noch und erbrach sich wieder, als er sie die Treppe hinuntertrug. Frauen standen vor den Türen und sahen ihm kopfschüttelnd zu, und er rief einer der Frauen zu, sie möge doch auf das Zimmer achten, das offenstand. Die Frau nickte, und er sah ihr träges, blasses, vom Alkohol zerstörtes Gesicht jetzt wieder vor sich, während er hörte, wie die Jungen in den Garten gingen. Mit Butterbroten in der Hand fingen sie wieder an, Fußball zu spielen. Im Auto hielt er Leen auf dem Schoß, um sie vor Erschütterungen zu schützen, aber sie jammerte immer noch laut und erbrach sich in die braunen verschlissenen Polster hinein, und er dachte darüber nach, was er den Ärzten im Krankenhaus sagen mußte. Er fand das englische Wort für Blinddarmentzündung nicht, aber als das Taxi vor dem Krankenhaus hielt, rannte er mit Leen auf dem Arm die Stufen hinauf, stieß die Tür zum Anmeldezimmer mit dem Fuß auf und rief: Appendix, Appendix.

Sie schrie schrecklich, als er sie von seinem Arm auf das Sofa im Flur legen wollte, sie hatte sich jetzt ganz zusammengekrümmt und schien eine Stellung gefunden zu haben, die weniger schmerzhaft war, und obwohl er sie kaum noch halten konnte, hielt er sie auf dem Arm, lehnte sich an eine rötlich gekachelte Säule und versuchte zu verstehen, was sie ihm mit verzerrtem Mund zuflüsterte. Ihr Gesicht war ganz gelb und fleckig, und in ihren Augen konnte er lesen, daß sie schrecklich litt, und es kam ihm irrsinnig vor, was sie flüsterte: „Geh nach Irland – geh nach Irland“ – er verstand damals nicht, was sie meinte, und versuchte gleichzeitig zu verstehen, was die magere, besorgt aussehende Krankenschwester ihn fragte, die neben ihm an der rötlich gekachelten Säule stand. Stumpfsinnig sagte er immer nur das eine Wort: Appendix – und die Krankenschwester nickte, wenn er Appendix sagte. Leen würgte, konnte aber nicht mehr erbrechen, und es kam nur ein häßlich riechender gelber Schleim aus ihrem Mund, und als er sie auf die fahrbare Bahre legte, umschlang sie noch einmal seinen Hals und küßte ihn und flüsterte, was sie die ganze Zeit über geflüstert hatte: „Geh nach Irland – mein Lieber, mein Lieber ... mein Lieber“ – aber der Arzt, der hinzugekommen war, schob ihn von der Bahre fort, und die Bahre wurde weggefahren, durch eine gläserne Pendeltür hindurch. Er hörte Leen noch ein letztes Mal schreien. Fünfundzwanzig Minuten später war sie operiert und tot, und er hatte kein Wort mehr mit ihr sprechen können. Die ganze Bauchhöhle war voller Eiter gewesen. Das junge, graue Gesicht des Arztes hatte er nicht vergessen. Er kam zu ihm ins Wartezimmer und sagte: „Sorry“, sprach dann ganz ruhig und langsam auf ihn ein, und er verstand, daß es schon zu spät gewesen war, als er mit Leen im Taxi gesessen hatte. Der Arzt war sehr müde und fragte ihn, ob er seine Frau noch einmal sehen wolle.

Er mußte warten, bis er Leen sehen durfte, und als er wartend am Fenster stand, fiel ihm der Taxichauffeur ein, und er ging hinaus und bezahlte ihn. Der Mann zeigte auf das Erbrochene in seinem Wagen, murmelte, mit der Zigarette im Mund, brummig auf ihn ein, und er gab ihm ein Pfund extra und war froh, als das brummige Gesicht sich glättete. Er ging wieder ins Wartezimmer. Die Tapete war grünlichgrau, auch die Stühle waren grünlichgrau bezogen, und der Tisch war mit grünlichgrauem Tuch bespannt. Es war während der Wochen, in denen Chamberlain nach Deutschland flog, um mit Hitler zu verhandeln. Später kam eine junge, schäbig gekleidete Frau ins

Wartezimmer. Sie stellte sich neben ihn ans Fenster, und die Zigarette, die sie in der Hand hielt, war ganz dunkel von den Tränen, die darauf getropft waren. Die Zigarette zog nicht mehr, und die Frau warf sie auf den Boden und stand schluchzend neben ihm am Fenster. Draußen gingen Männer über die Straße, die Schilder vor sich hertrugen: PEACE FOR THE WORLD – und andere trugen Schilder, auf denen stand: Zeigt Hitler, daß wir ihn nicht fürchten, und die schäbig gekleidete junge Frau nahm ihre Brille ab und putzte sie mit einem Zipfel ihres Mantels. Der Mantel roch nach Fleischbrühe und Tabak, und sie flüsterte dauernd vor sich hin: Mein Junge, mein Junge, mein Junge – aber dann kam ein Arzt herein, und die Frau stürzte auf ihn zu, und er konnte ihren Mienen entnehmen, daß alles gut gegangen war. Die Frau ging mit dem Arzt hinaus, und er wurde von einer Krankenschwester abgeholt und ging einen langen, mit gelben Fliesen bedeckten Gang neben ihr hinunter. Es roch nach erkaltetem Hammelfett, nach erhitzter Butter, vor den Türen standen große Aluminiumkannen mit dampfendem Tee, und ein hübsches dunkelhaariges Mädchen trug auf einem Tablett Butterbrote durch den Flur, und an einem Fenster stand ein Junge mit einem Gipsverband um den Arm und schrie auf die Straße: „Verdammter Hund, ich werde es dir zeigen!" Die Krankenschwester ging auf den Jungen zu, zog ihn an dem gesunden Arm herum und legte den Finger auf den Mund, und der Junge schlenderte hinter dem Mädchen mit den Butterbroten her.

Der Raum, in den die Krankenschwester ihn führte, hatte graue, schmucklose Wände und zwei schmale, mit bläulichen Scheiben verglaste Fenster, und auf das rechte war mit gelber Farbe ein Alpha, auf das linke ein Omega gemalt.

Leen lag allein auf einer Bahre in diesem häßlichen bläulichen Licht. Die Krankenschwester ließ ihn allein, und er trat näher und fand Leens Gesicht, wie es früher gewesen war. Nur etwas Neues entdeckte er nun darin: Ruhe, und es war erstaunlich, ihr schmales, junges Gesicht ruhig zu sehen. Vielleicht lag es am Licht, daß ihr Gesicht ohne Flecken war, von gleichmäßiger Farbe, und die Verzerrung ihres Mundes hatte sich wieder gelöst. Er zündete die beiden Kerzen an, die in Messinghaltern hinter der Bahre standen, und betete ein Vaterunser und ein Ave-Maria. Er begriff es nicht, daß er ein ganzes Jahr mit ihr zusammen gelebt hatte: es war ihm, als habe er sie nur sehr kurz gekannt. Daß sie tot war, begriff er, aber daß sie gelebt hatte, kam ihm wie ein Traum vor, und alle Einzelheiten, an die er sich erinnerte, nützten ihm nichts. Es schien ihm, als sei erst ein Tag vergangen, seit er nach London gekommen war. In einen Nachmittag schien alles zusammengedrängt: die Trauung in dem frisch gebügelten Kleid, das ihr nicht stand, die Kutte des Franziskaners, Hockey und der Toast bei den Nonnen, und auf einer Wiese in Surrey die Freuden der Ehe genossen ... der Schrei: Geh nach Irland. Erbrochenes im Taxi, und er selbst stumpfsinnig wiederholend: Appendix, Appendix, und die bläuliche Kapelle mit dem gelben A, dem gelben O, Luftballons, die Leen an Kinder verschenkte, und Seifenblasen, die sie vom Fenster ihres Zimmers aus in den großen grauen Hof hinausließ – Haß auf Schränke und zwei Kerzen, die so ruhig brannten, wie Kerzen in Totenkapellen zu brennen haben. Er war nicht traurig, nur spürte er ein dunkles, hartes Mitleid mit Leen wegen der Schmerzen, die sie hatte ertragen müssen: schreiend im Operationssaal verschwunden – und so ruhig in dieser Kapelle liegend. Er ließ die Kerzen brennen, ging zur Tür, kehrte aber wieder um und weinte. Vor seinen feuchten Augen verschwamm alles, wurde dämmerig und diffus: schwankendes O, schwankendes A, schwankende Bahre und Leens ruhiges Gesicht. In dieser Kapelle sah es aus, als regne es draußen immer – aber als er herauskam, sah er, daß die Sonne schien. Die Krankenschwester war nicht mehr da, und er verirrte sich in den Gängen, lief in Krankensäle, wieder hinaus, kam bis an den Eingang zur Küche und erkannte erst später wieder den Flur mit den gelben Fliesen, und wieder ging das hübsche dunkelhaarige Mädchen mit einem Tablett voller Butterbrote durch den Flur, und aus einer offenen Tür schrie jemand: Senf – und er dachte an den Löwen, der Senf auf eine Hammelkeule schmierte.

Als er nach Hause kam, war es gerade ein Uhr. Jemand hatte das Erbrochene von der Treppe aufgewischt, und auch im Zimmer war es sauber. Er bekam nie heraus, wer es getan hatte, und wunderte sich, denn er hatte immer zu fühlen geglaubt, daß die Leute im Haus ihn nicht mochten; immer war er hastig, schnell grüßend an allen Leuten vorbeigegangen. Nun aber war das Erbrochene im Flur und in seinem Zimmer aufgewischt.

Er nahm das Plakat mit dem Löwen vom Tisch, wollte es zerreißen, rollte es aber dann zusammen und warf es in die Ecke. Er legte sich aufs Bett und starrte auf Leens kleines Kruzifix, das über der Tür hing. Immer noch zweifelte er nicht, daß Leen tot war, aber daß er ein ganzes Jahr mit ihr gelebt hatte, konnte er nicht glauben. Es blieb nichts von ihr als ein Bett voller Krempel, der Topf mit der eingetrockneten Suppe auf dem Spirituskocher, eine angeschlagene Tasse, in der sie immer Kernseife auflöste, um Seifenblasen zu machen, und ein Packen unkorrigierter Schulhefte mit Aufsätzen über die Zinkgruben in Südengland.

Später war er eingeschlafen. Er wurde wach, als Leens kleine Kollegin hereinkam, und als er wach wurde, spürte er Schmerzen in seinen Armen, mit denen er Leen so lange gehalten hatte. Mit der kleinen Kollegin und Leen war er öfters nachmittags ins Kino gegangen, sie hieß Bly Grother und war eine hübsche Blondine, die Leen immer hatte zur Konversion bewegen wollen.

Er starrte Bly an, spürte die Schmerzen in seinen verkrampften Armmuskeln. Dann versuchte er, Bly klarzumachen, daß Leen tot sei. Er war selbst erschreckt, wie kalt und selbstverständlich er das Wort aussprach und wie er, während er es aussprach, begriff, was es bedeutete; daß Leen wirklich weg war.

Bly hatte unter Schwierigkeiten Kinokarten für den Nachmittag besorgt für einen Film, den damals jeder sehen wollte, es war ein Film mit Charlie Chaplin, und er selbst hatte Bly bestürmt, Karten zu besorgen, weil es in Deutschland diesen Film nie zu sehen geben würde. Bly hatte auch Kuchen für Leen mitgebracht, kleine Nußkuchen, die mit irgendeinem Eierzeug überbacken waren, und sie hatte die grünen Kinokarten in der Hand und lachte zuerst, als er ihr sagte, daß Leen tot sei. Sie lachte, weil sie nicht fassen konnte, daß er sich einen so geschmacklosen Witz erlaubte, sie lachte merkwürdig, abgehackt und halb ärgerlich. Dann begriff sie, daß es kein Witz war, und fing an, fassungslos zu weinen, und die grünen Kinokarten fielen auf die Erde, und die Nußkuchen, mit Eierzeug überbacken, Kuchen, wie Leen sie liebte, lagen zwischen Leens Schirm und ihrer roten Baskenmütze auf dem Bett inmitten der vielen ramponierten Gegenstände.

Er blieb auf dem Bett liegen und beobachtete Bly ganz kalt. Sie saß auf dem Hocker und weinte, und während er sie beobachtete, ihre Tränen sah und ihr Schluchzen hörte, fiel ihm erst wieder ein, was geschehen war: Leen war gestorben. Bly stand auf, ging im Zimmer umher und nahm das zusammengerollte Plakat, das in der Ecke neben dem Spirituskocher lag, und betrachtete weinend den zufrieden grinsenden Löwen, der Hitchhumers Senf auf eine Hammelkeule schmierte. Er wußte, daß er sie später bei der Schulter nehmen, sie zu trösten versuchen würde, und daß er mit ihr über praktische Dinge würde sprechen müssen, über Beerdigung, Verwaltungskram, der unweigerlich zu erledigen sein würde. Aber er blieb auf dem Bett liegen und dachte an Leen, an die Flüchtigkeit und Schönheit ihrer Existenz, die auf dieser Erde kaum eine Spur hinterließ. Vielleicht würde ihr Foto im Flur der Schule hängen, und später würden bei Klassentreffen Mädchen, Frauen, immer älter werdende Frauen sagen: Das war mal unsere Sportlehrerin, und Naturkunde hatten wir bei ihr – aber das Bild würde eines Tages abgehängt und durch das Foto eines Kardinals oder eines Papstes ersetzt werden – und bleiben würden für eine bestimmte Zeit Leens krakelige Zensuren in Schulheften im Archiv, die gesetzlich vorgeschriebene Zeit lang – und ein Grab auf einem großen Friedhof. Bly beruhigte sich, noch bevor er aufgestanden war. Ihr fielen die Dinge ein, die getan werden mußten, und sie klammerte sich daran, sie zu tun, war froh, daß sie ihm „alles abnehmen“ konnte; die Benachrichtigung der Schule, der Eltern Leens, ihres Bruders, der in Manchester Ingenieur war.

Der nasse Flecken auf der Erde, wo die unbekannte Hausbewohnerin Leens Erbrochenes aufgewischt hatte, fing langsam an einzutrocknen, nur die Spuren der scharfen Seife blieben noch auf dem Boden, der so selten gewischt worden war, und als er nach vier Wochen auszog und auf Nellas Bitten hin nach Deutschland zurückfuhr, fand er noch die henkellose Tasse, in der Leen immer ihre Lauge für Seifenblasen hergestellt hatte, kalkig-seifig zusammengebackenes Sediment, und erst viel später fiel ihm auf, daß die Todesnachricht in der Zeitung, auch das kleine Kreuz draußen auf ihrem Grab ihren Mädchennamen Cunigan trug, und die Nonnen, mit denen er nach dem Begräbnis frühstückte, nannten ihn beharrlich Miss Cunigans husband.

Leens Bruder bot sich an, ihm Arbeit zu besorgen in Manchester, auch Leens Eltern, mit denen er sich gut verstand, luden ihn ein, zu ihnen nach Irland auf die Farm zu kommen – „was zu tun und was zu essen wird immer da sein“ –, alle waren davon überzeugt, daß es Krieg geben, daß es besser sein würde, nicht nach Deutschland zurückzukehren. Er erzählte niemand, daß Leen ihm zugeflüstert hatte: Geh nach Irland. Er zögerte lange, blieb in dem Londoner Zimmer wohnen und verkaufte später sogar den Senf schmierenden Löwen gegen ein gutes Honorar, und die Spuren von der scharfen Seife blieben an der Stelle, wo Leens Erbrochenes aufgewischt worden war. Er zögerte noch, als Nellas Briefe immer dringlicher wurden, und an einem Tage während dieser Wartezeit schickte er den großen Sunlight-Karton mit Zeichnungen an Rais Adresse nach Deutschland. Er tat es an einem Nachmittag, nachdem er auf dem Friedhof gewesen war und dort lange überlegt hatte, ob er Leens Aufforderung nachkommen sollte. Im Bus beschloß er, nach Deutschland zu fahren, und als er das Zimmer leerräumen mußte, Leens Bett abgeschlagen wurde, fielen noch zwei Gegenstände aus der Matratze: eine Nagelfeile und eine kleine rote Blechschachtel mit Hustenbonbons.

Er hörte, daß die Jungen draußen mit jemand sprachen, öffnete das Fenster. Heinrich rief zu Boldas Zimmer hinauf: „Wir nehmen uns schon in acht“, und Bolda sagte hinunter: „Ich hab gesehen, daß ihr zwei Stiefmütterchen umgeknickt habt.“ Albert lehnte sich aus dem Fenster und rief zu Bolda hinauf: „Sie werden's nicht wieder tun.“ Die Jungen lachten, und auch Bolda lachte und rief: „Ach du, wenn's nach dir ginge, könnten sie alles zertrampeln.“

Er ließ das Fenster offen, als er die Zeichnungen ordnete, es waren sehr viele dünne Blätter, ein paar hundert. Und es fiel ihm ein, daß er Leens Eltern einmal schreiben könnte, sie hatten ihm laufend Pakete geschickt mit Schinken und Tee und Tabak, und er hatte nie den Mut gefunden zu einem langen Brief, nur immer kurz gedankt und ihnen Bücher geschickt.

X

Es war schrecklich, wenn die Großmutter ihn zum Essen mit in die Stadt nahm. Es geschah nur selten, daß sie überhaupt ausging, aber gerade darum hatte sie in gewissen Restaurants einen Ruf, und ihr Erscheinen rief beim Personal jenes merkwürdige Lächeln hervor, von dem er nie wußte, ob es spöttisch oder wirklich ehrfürchtig war. Sie liebte schweres und reichliches Essen, fette Suppen, bräunliches, dickflüssiges Zeug, dessen Geruch ihm schon Ekel verursachte, und die Mayonnaisen ließ sie sich auf Eis stellen, um nach dem Genuß sehr heißen Fettes in den von eiskaltem zu kommen. Große Stücke Braten wurden bestellt, die sie beroch, mit Messer und Gabel auf ihre Zartheit untersuchte und rücksichtslos zurückgehen ließ, wenn das Fleisch nicht ihrem Geschmack entsprach. Fünf verschiedene Salate, die sie durch umständliches Hantieren mit Gewürzen und Flaschen verbesserte, geheimnisvolle silberne Kannen, kupferfarbene Tropfer, Streuer, und die lange Unterhaltung mit dem Kellner über Gewürze. Die Rettung war der Teller mit großen Schnitten ganz weißen Brotes, der wie ein Turm in der Mitte des Tisches stand; und vergeblich wartete er auf das, was er außer Brot noch mochte: Kartoffeln. Gelblichweiß, dampfend, mit Butter und Salz mochte er sie, aber die Großmutter verachtete Kartoffeln.

Sie trank Wein und bestand darauf, er müsse Apfellimonade trinken, ein Getränk, das sie als Kind so geliebt hatte. Sie war unglücklich, wenn er es nicht trank, und begriff nie, daß etwas, was ihr als Kind so wunderbar erschienen war, ihm nicht wunderbar erschien. Er aß nur wenig: Salat, Suppe und Brot, und selber schlingend wie eine Wilde, nahm sie seinen geringen Appetit kopfschüttelnd hin. Vor dem Essen bekreuzigte sie sich herausfordernd. Die Arme schlenkernd wie Mühlenflügel, schlug sie sich mit der flachen Hand auf Stirn, Brust und Bauch. Nicht nur dadurch, auch durch ihre Kleider erregte sie Aufsehen, schwarze schwere Seide und eine leuchtend rote Bluse, die ihr gut zu dem blühenden Gesicht stand. Die Kellner, der Geschäftsführer und die Büfettmädchen hielten sie für eine russische Emigrantin, doch war sie in einem winzigen Eifeldorf geboren und hatte ihre Kindheit in tiefstem Elend verbracht. Immer wenn sie gut aß, erzählte sie davon, wie schlecht sie als Kind gegessen hatte; mit lauter Stimme, so daß die Leute an den Nachbartischen aufhorchten, beschrieb sie die fade Süße zerkochter Steckrüben und die Bitternis angebrannter Magermilchsuppen; genau beschrieb sie den Brennesselsalat und das saure dunkle Brot ihrer Kindheit, während sie triumphierend eine Scheibe weißesten Weißbrots auseinanderbröckelte. Eine ganze Litanei von Flüchen hatte sie für die Kartoffel bereit: mehliges Erstickungsmittel, preußisches Brot – und eine wild hingemurmelte Folge von Dialektausdrücken, die er nicht verstand. Sie nahm eine neue Scheibe Weißbrot, mit der sie die Soße auftupfte, und ihre leuchtend blauen Augen zeigten dann den Ausdruck einer Wildheit, die ihn erschreckte. Und er begriff, warum er Angst vor ihr hatte, wenn sie zu beschreiben anfing, wie zu Hause Kaninchen geschlachtet worden waren. Er hörte die Knochen der zarten Tiere knacken, sah ihre Augen brechen, Blut fließen, und es wurde ihm genau beschrieben, wie man sich um die Eingeweide gebalgt hatte: dunkelrotes Gemengsel, Lunge, Leber und Herz, um die sie, als die Jüngste, meistens von ihren hungrigen älteren Geschwistern betrogen worden war; jetzt noch, nach mehr als fünfzig Jahren, heulte sie vor Wut über ihren Bruder Matthias, der es immer verstanden hatte, das Herz der Kaninchen an sich zu reißen; Lump, Schurke nannte sie ihn, der schon zwanzig Jahre lang auf dem Friedhof ihres Heimatdorfes ruhte. Er hörte das dumme und irre Gegacker von Hühnern, die im ärmlichen Hof herumrannten, wenn ihr Vater mit dem Beil in der Hand in den Hof trat: mageres Federvieh, das, wie sie sagte, „reif für die Suppe war". Jammernd erzählte sie, wie sie bei den großen Bauern, wenn sie schlachteten, um eine Schüssel Blut betteln ging und fettige klumpige Wurstbrühe in der Waschschüssel nach Hause trug. Wenn sie so weit erzählt hatte, war der Nachtisch nicht mehr weit, außerdem der Zeitpunkt, wo er unweigerlich sich würde erbrechen müssen, denn als letzten Fleischgang verzehrte sie Lammsteak, blutig und weich, und sie zerschnitt es, verschlang es, die Zartheit des Fleisches preisend; ihm aber kam der Gedanke an zerschnittene, geschlachtete Kinder, und während er sich auf Eis, Kaffee und Kuchen zu freuen versuchte, wußte er doch, daß er erbrechen und nichts mehr würde essen können. Alle Speisen, die auf dem Tisch gestanden hatten, fielen ihm wieder ein: die fette, glühend heiße Gulaschsuppe, Salate, Braten und die verdächtig rötlichen Soßen, und er betrachtete entsetzt den Teller der Großmutter, auf dem sich mit Fett gemischtes Blut sammelte, Blut mit Fettaugen. Während des ganzen Essens lag eine brennende Zigarette neben ihr am Aschenbecher, und zwischen den einzelnen Bissen nahm sie einen Zug und blickte triumphierend rund.

Er dachte daran, daß Brielach und Behrend jetzt im Garten Fußball spielten, eiskalte Limonade und Marmeladenbrote bekamen, und daß Albert später mit ihnen wegfahren und irgendwo Eis essen würde; vielleicht an der Brücke oder unten am Rhein, wo man von den Tischen aus Steine ins Wasser werfen und den Männern zusehen konnte, die Teile verrosteter Schiffswracks aus dem Wasser holten. Verdammt war er hier, zwischen Fressern zu sitzen, und die Großmutter tupfte befriedigt blutiges Fett mit Brot auf.

Jedesmal überlegte er zu lange, ob es Zeit sei, zum Klo zu gehen und dort zu erbrechen, aber die Großmutter saß immer in der äußersten Ecke des Lokals, und der Weg zum Klo führte an fünf, sechs, sieben großen Tischen vorbei. Er zählte sie ängstlich, und der rostbraune Läufer schien in eine Unendlichkeit fressender Menschen zu führen; er haßte sie, wie er die Großmutter haßte, heiße Gesichter, deren Röte durch das Weiß der Servietten noch röter erschien. Dampfende Schüsseln und das Knacken von Knochen, Kinderknochen, Blut mit Fettaugen, die gierig kalten Augen der mageren Fresser und die heißen, geröteten, entsetzlich gutmütigen Augen der dicken Fresser, und die

Kellner schleppten, schleppten geschlachtete Kinder, GEBROCHENE, vom Büfett her, und die Augen derjenigen, die noch keine Schüssel vor dem Bauch stehen hatten, beobachteten gierig den Weg der Kellner.

Der Weg zum Klo war weit. Einmal war es ihm gelungen, dorthin zu kommen. Taumelnd war er durchs Spalier der Fresser gegangen, immer ängstlicher von Schritt zu Schritt, und es war ihm gelungen, das Klo zu erreichen: weiße Kacheln und der Geruch von heißem Urin, künstlichen Zitronenaromas und von Seife. Der Tisch des Wärters mit bunten Packungen, Kämmen, Handtüchern und grunzende Fresser, deren gerötete Gesichter er doppelt sah in den Spiegeln, im Original. Doppelreihe von Mördern, die in ihren Zähnen herumstocherten, feiste Backen abtasteten, um die Rasur zu überprüfen und ihre Zungen im Munde herumwälzten.

Weiße Hemdenstücke in geöffneten Hosenlätzen und endlich ein freier Platz. Er beugte sich über das Becken, und der heftig auf ihn eindringende Geruch des Fleischfresserurins erhöhte seinen Ekel, erhöhte auch den Brechreiz, und er sehnte sich nach der Befreiung, die das Erbrechen bringen würde. Genau neben ihm die runde rote, ganz junge Fratze eines Knochenknackers, der zu ihm sagte: „Steck den Finger in den Mund, los, steck den Finger in den Mund." Er haßte die gutmütige Zudringlichkeit dieses Mörders, dieses roten Gesichts, und er sehnte sich nach Onkel Albert, nach seiner Mutter, nach Glums einfachem eckigem Gesicht und nach Boldas pechschwarzem glattem Haar um ihr weißes Gesicht herum, er sehnte sich danach, mit Brielach und Behrend Fußball zu spielen. Aber er war gefangen, war verloren zwischen rülpsenden, pinkelnden Knochenknakkern, eingesperrt in dieses so tödlich saubere weiße Gefängnis, verdammt, ewig nur den Geruch heißen Urins und künstlichen Zitronenaromas zu riechen. Die weiche warme Tatze des Wärters legte sich von hinten auf seinen Nacken, und das breiig-gutmütige Gesicht lag auf seiner Schulter: „Was hat denn mein Junge?" In diesem Augenblick drang die Großmutter ins Männerklo ein, entsetzt weiteten sich die Augen des weichen warmen Wärters, und die Pinkler fummelten schamhaft an ihren Hosen herum. „Was ist denn los, mein Kleiner, was hast du denn?" Ihre Hände waren leicht und doch fest, sie beugte seinen Nacken, zwang ihm, obwohl er vor Entsetzen schrie, ihren langen gelblich getönten Zeigefinger in den Mund, und trotzdem erbrach er nicht, hart lag der Ekel im Magen, ein Eisenklumpen, unauflösliches verkrampftes Entsetzen, und die Großmutter schleppte ihn durchs Spalier der Fresser zurück; hier erst geschah es, mitten im Restaurant, als er am Tisch eines Mörders vorbeiging, der mit einem harten Ruck des Messers – Genugtuung im Blick – rosiges blutiges Kinderfleisch zerschnitt, er spürte, wie das Entsetzen sich löste und hochkam. Er fühlte weder Scham noch Reue, nur kalten Triumph, und nun, wo das Entsetzen seinen Magen verlassen hatte, konnte er sogar lächeln.

Der Kinderfresser wurde rot, dann stieg es gelb von seinem Halse her herauf, Geschrei ringsum, Geklirr und das windige Huschen der Kellner, während die Großmutter lachend Heilung des Schadens durch Scheckbuch versprach. Sein Anzug war sauber geblieben, sein Gesicht trug keinen

Flecken, er brauchte nur mit dem Taschentuch ein wenig den Mund abzuwischen, heil, leer und frei und als Sieger ging er aus diesem Kampf hervor. Er hatte seine Hände nicht beschmutzt, seine Seele nicht befleckt und das gewaltsam in ihn hineingezwungene Essen wieder von sich gegeben. Selbst die Großmutter hatte jetzt keinen Appetit mehr, sie ließ Sahnekuchen, Eis und Kaffee stehen, riß einen Scheck aus ihrem Heft, noch einen für des Kindermörders Anzug, noch einen, um den Kellner zu beruhigen, und jetzt, wo sein Magen leer war, ging er ohne Angst und ohne Scham an der Hand der Großmutter über den langen rostbraunen Läufer hinaus.

Und es kam die Heimkehr im Taxi, wo die Großmutter brummend Kommentare zu den „verkorksten“ Mägen der heutigen Jugend gab. „Kein Mensch kann mehr vernünftig was essen, kein Mensch kann mehr vernünftig was trinken, kein Mensch kann mehr ’ne vernünftig starke Zigarette rauchen, schwaches, zum Tode verurteiltes Geschlecht.“

Diese Ausflüge fanden nur etwa alle halbe Jahre statt. Er spürte, wann wieder einer fällig war, wie er BLUT IM URIN spürte – und möglichst drückte er sich daran vorbei, indem er schon vor dem Mittagessen verschwand oder Onkel Albert anflehte, mit ihm wegzufahren – aber die Flucht war nur ein Hinausschieben, denn die Großmutter erwischte ihn. Diese Ausflüge gehörten mit zu der Schulung, die sie für notwendig hielt. Als er fünf Jahre alt war, hatte sie eines Tages zu ihm gesagt: „So, jetzt will ich dir einmal zeigen, wie man richtig ißt“, und sie hatte ihn zum erstenmal mit in Vohwinkels Weinstube genommen. Damals hatte er die Vorstellung gehabt, daß vom Büfett her geschlachtete Kinder ins Lokal getragen, dampfende Schüsseln mit rosigem Fleisch von ungeduldigen Mördern erwartet wurden, und er achtete von seinem fünften Lebensjahr an scharf darauf, wie die Erwachsenen aßen, was sie aßen, und mit einem kühnen Gedankensprung kam er zu dem Ergebnis, daß es unmoralisch sein müsse, was dort geschah. Unermüdlich aber schleppte ihn die Großmutter mit, und längst schon kannte ihn der Geschäftsführer, kannten ihn Büfettmädchen und Kellner, und er hatte ganz genau gehört, was sie flüsterten: „Die Großfürstin mit dem Kotzer." Aber die Großmutter ließ nicht nach, es lag ihr daran, ihn an gewaltiges Essen zu gewöhnen. Gänseknochen mußten vor seinen Augen geknackt und ausgesogen, Fleisch mußte gegessen, blutige Steaks mußten vor seinen Augen zerschnitten werden, und er haßte sie alle. Viel von dem geheimnisvollen Etwas, das GELD hieß, wurde bezahlt. Scheine und Münzen – konnte etwas anderes als Kinder so teuer sein?

Wenn er mit der Großmutter hatte ausgehen müssen, aß er monatelang nachher kein Fleisch, nur Brot und Eier, Käse und Milch, Obst oder von den herrlichen Suppen, die Glum sich unten in der Küche zurechtkochte. Glum kochte seine Suppe immer für eine Woche im voraus. Ein Brei, in dem alles, was er hineintat, so lange kochen mußte, bis es zerfasert war: Gemüse und Knochen, Fische und Äpfel, geheimnisvoll zubereitete, aber wohlschmeckende Suppen, die Glum fünfliterweise herstellte, weil er Ruhe haben wollte. Glum lebte von Brot, Eiern und Gurken, in die er biß wie in Äpfel, er schleppte große Kürbisse heran, stand dann pfeiferauchend am Herd und brütete stundenlang über seinem Suppentopf, schmeckte daran, tat noch etwas hinein, eine Zwiebel oder Maggi, getrocknete Kräuter, die er zwischen den Fingern zerbröselte. Glum schnupfte, schmeckte, grinste, bis er den großen Eisentopf vom Feuer nahm und in den Eisschrank setzte. Für eine Woche Ruhe. Wenn er zur Arbeit ging, löffelte er seinen Henkelmann voll, schraubte ihn zu, steckte eine halbe Gurke lose in die Tasche, Brot dazu, ein Stück Wurst und ein Buch. Merkwürdige Bücher las Glum, DOGMATIK stand auf einem dicken Buch, auf einem anderen MORALTHEOLOGIE, Bücher, in denen er mit Bleistift herumkritzelte und deren Titel sich nur schwer entziffern ließen. Moraltheologie hatte etwas mit UNMORALISCH zu tun. Glum wußte genau, was UNMORALISCH war, und Glums Auskünften nach aßen die Mörder in Vohwinkels Weinstube weder Kinder, noch war ÜBERHAUPT UNMORALISCH, was sie taten – aber vielleicht war Glums Buch zu alt, denn alt war es, und es stand vielleicht noch nichts von diesen Mördern drin.

Glum rauchte fast ununterbrochen Pfeife, nahm sie manchmal sogar mit ins Bett, er kochte Suppe, las in dicken Büchern, und frühmorgens ging er auf Schicht, er arbeitete in Großmutters Fabrik.

Glum war merkwürdig, aber gut. Er mochte Glum, obwohl ihn dessen Zahnlosigkeit, dessen Haarlosigkeit manchmal erschreckten, aber Glums Haarlosigkeit, Glums Zahnlosigkeit hatten ihre Ursache. Glum war im KZ gewesen. Er selbst erzählte nie davon, aber Onkel Albert deutete an, was es war: Tod und Mord und Gewalt und Schrekken, Millionen Menschen – und weil Glum das alles gesehen hatte, sah er älter aus, als er war. Ihm schien immer, Glum müßte älter sein als die Großmutter, aber Glum war fünfzehn Jahre jünger als die Großmutter.

Glum sprach seltsam, so als wälze er jedes Wort wie einen Klumpen aus dem Mund, er riß den Mund weit auf – nackte rosige Höhle –, vollführte mit der Zunge merkwürdige Turnübungen vor dem dunkler geröteten Hintergrund, und es schien, als müßte etwas Rundes, Dickes aus seinem Mund gerollt kommen, aber es kam nur ein Wort: „Die." Das nächste Wort wurde größer, dikker, runder, kleiner Kürbis fast, langsam geformt, mit großer Geduld hinausgewälzt, aber wieder nur ein Wort, ein großes Wort: „Muttergottes" – das Wort Muttergottes war ungeheuerlich groß in Glums Mund, eher schon ein Luftballon als ein kleiner Kürbis. Glums Augen leuchteten, seine schmale Nase bebte, und es kam kein Luftballon, kein Kürbis, sondern etwas in der Größe eines ziemlich dicken Apfels: „gewaltig". Gewaltig war Glums Lieblingswort, und besonders rund, besonders zärtlich sprach er die mittlere Silbe – das wal von gewaltig – aus.

Glum war fromm und freundlich, aber wenn er erzählte, war es schwer, ihm zu folgen, weil die Abstände zwischen den einzelnen Worten so groß waren, daß man fast das erste schon vergessen hatte, wenn das nächste kam, und so war es schwer, den Zusammenhang zu wahren. Langsam, mit einer ungeheuerlichen Feierlichkeit und mit Geduld – auch „Geduld" gehörte zu Glums Lieblingsworten –, mit viel Geduld konnte Glum erzählen. Wenn man genau acht gab, konnte man großartige Sachen hören.

Eine Wand in Glums Zimmer war ganz von einer Weltkarte bedeckt, die Glum selbst bemalte und beschriftete. Er hatte sehr festes Papier bogenweise aneinandergeklebt, monatelang die Maßstäbe zurechtgerechnet, sie auf die Größe seiner Wand abgestimmt und mit Fleiß, Pedanterie und Geduld Grenzen und Gebirge, Flüsse und Seen, Meere abgesteckt; er hatte viel radiert, vorsichtig schraffiert und nach monatelangen Vorbereitungen begonnen, ganz vorsichtig mit Farbe die Bodenbeschaffenheit einzutragen, großer Verbrauch von Grün für riesige Ebenen, von Braun für Gebirge und von Blau für große Meere.

Glum hatte schon vieles gesehen, als er ins Haus zog, zu einer Zeit, die lange zurückliegen mußte, denn solange Martin denken konnte, war Glum da. Vieles hatte Glum schon gesehen auf seinem Weg von seiner Heimat bis über den Rhein hinweg, aber eins noch nicht, noch nie einen Malkasten, und der Malkasten, den Albert ihm damals vorführte, entzückte ihn mehr als die Dome, mehr als die Flugzeuge, er hatte Onkel Alberts Handbewegungen genau nachgemacht, den Pinsel im Wasser geschwenkt, ihn über die Farbtube gestrichen, mit dem Pinsel dann übers Papier – und als das Papier rot wurde, hellrot, da lachte er vor Freude, und von diesem Tage an besaß er immer selbst einen Malkasten.

Sehr langsam, sehr genau, mit sehr viel Geduld malte Glum sich die Welt zurecht, weit hinten irgendwo, wo alles so grün war, hatte er begonnen, in Sibirien, dort hatte er auch den allerersten schwarzen Tupfer auf die Karte gesetzt. „Dort hinten“, sagte er, „fünfzehntausend Kilometer von hier weg, dort bin ich geboren.“ Um „fünfzehntausend Kilometer“ zu sagen, gebrauchte er fast eine Minute: Apfel, Kürbis, Apfel, Apfel, Klicker, Klikker, Apfel, Kürbis; es schien, als büke er hinten am Gaumen die Worte zurecht, ehe er sie freigab, schmecke sie dann noch ab, forme emsig noch einmal mit der Zunge daran herum, ehe er sie herauswälzte, Silbe für Silbe, behutsam und liebevoll.

Fünfzehntausend Kilometer entfernt war Glum geboren, er hieß eigentlich anders, Glumbich Cholokusteban, und es war schon ein besonderer Genuß, ihn seinen Namen sagen und erklären zu hören, sein Name bedeutete: Sonne, die unsere Beeren reifen läßt.

Wenn sie Lust hatten, er und Heinrich Brielach, gingen sie zu Glum hinauf und ließen ihn nur seinen Namen hersagen und erklären, das war schön wie das Kino.

Leider konnte er nur selten in Glums Zimmer hinaufgehen, denn Glum ging jeden Morgen ganz früh in die Messe und dann zur Marmeladenfabrik, aus der er erst abends zurückkam. Vor dem Schlafengehen machte ihm Bolda immer sein Frühstück zurecht, Kaffee, Gurken, Brot und Blutwurst. Glums Blutwurst hatte nichts Kindermörderisches, sie war zwar rot, schmeckte aber mehlig und sanft, und nach Boldas Behauptung bestand sie tatsächlich nur aus Mehl, Margarine und einer Spur Ochsenblut.

Jeden Sonntag schlief Glum bis zwölf. Essen, Suppe und Kürbis, und wenn in einem der Kännchen noch Kaffee vom Frühstück übriggeblieben war, wärmte er ihn sich und nahm ihn mit in sein Zimmer hinauf, dort studierte er bis vier in seinen seltsamen dicken Büchern, und jeden Monat einmal kam der kleine alte Priester, der bei den Nonnen wohnte; er kam und blieb den ganzen Sonntagnachmittag oben bei Glum, und sie sprachen über das, was Glum in den Büchern gelesen hatte. Und meistens tranken sie später unten bei der Mutter Kaffee, der Priester und Glum, Onkel Albert und Martin, und sie stritten sich oft, die Mutter mit dem Priester oder Onkel Albert mit dem Priester, und Glum gab dem Priester immer recht und sagte zum Schluß, es geduldig aus sich herausrollend: „Komm, kleiner Priester, wir gehen einen Schnaps trinken – die sind ja alle so dumm.“ Dann lachten sie alle, und Glum ging tatsächlich mit dem kleinen Priester Schnaps trinken.

Sonntags von vier bis halb sieben malte Glum an seiner Landkarte, und während dieser Zeit konnte er manchmal zu ihm hinaufgehen. In fünf Jahren hatte Glum noch nicht ein Viertel der Welt fertig gemalt; sorgfältig, Nuance um Nuance aus Onkel Alberts Atlas übertragend, pinselte er daran herum, und solange er am nördlichen Eismeer herumpinselte, hatte er auf einem Hocker stehen müssen, aber der Hocker stand jetzt im Keller und würde erst wieder heraufgeholt werden, wenn Glum so weit nach links gekommen war, daß Spitzbergen, Grönland und der Nordpol gemalt werden mußten.

Tubenweise verbrauchte er Grün, Braun, Blau und viel Weiß, um das Braun, das Grün, das Blau heller zu machen – so eisig wie das Eismeer, so grün wie ganz frischer Salat und so hellbraun wie der Sand am Strand des Rheins.

Onkel Albert, der etwas vom Malen verstand, behauptete, Glum sei ein großartiger Maler. Tatsächlich konnte Glum auch Tiere, Menschen, Häuser und Bäume direkt mit dem Pinsel aufs Papier malen, und wenn er gut gelaunt war, tat er es: rote Kühe, ein gelbes Pferd und auf dem Pferd einen ganz dicken schwarzen Mann.

„Die Kühe meines Vaters waren rot, ganz rot, ja, lach du nur, sie waren so rot wie die dunklen ganz reifen Tomaten, und mein Vater hatte ein gelbes Pferd, einen schwarzen Bart, schwarze Haare, aber blaue Augen, ganz blau – wie das Eismeer da oben. Ich mußte die Kühe hüten in den Lichtungen der Wälder, wo nur spärliches Gras wuchs, und manchmal mußte ich sie durch den Wald bis an den Fluß treiben, wo ein Streifen grünen üppigen Grases wuchs. Der Fluß hieß Schechtischechna-schechticho, das heißt: der das Wasser, die Fische, das Eis und das Gold bringt."

Wilde Laute aus Glums Mund stellten den Fluß dar, breit, reißend, wild und kalt. Der Fluß kam aus dem großen Gebirge, hinter dem Indien liegt.

Und Glum zeigte wieder auf den schwarzen Punkt in dem vielen Grün, wo er geboren war.

„Mein Vater war Häuptling, später nannte er sich Kommissar, aber er war Häuptling, auch als er sich Kommissar nannte – und jedes Jahr im Frühling, wenn Schechtischechna-schechticho eisfrei wurde, wenn die Beerensträucher in den Wäldern anfingen zu blühen, wenn das Gras grün wurde, dann tat er, auch als er Kommissar war, das, was alle Häuptlinge seit vielen Jahren getan hatten, er warf das Los über die Jungen im Dorf, und einer von den Jungen mußte in den Fluß geworfen werden, damit der Fluß nicht alles überschwemmte und viel, viel Gold mitbringe. Es geschah heimlich, und die Leute, die meinen Vater zum Kommissar gemacht hatten, durften es nicht wissen, aber niemand erzählte was, und niemand von den Leuten merkte etwas, denn die Jungen im Dorf zählte ja keiner – es gab viele Jungen im Dorf."

Um so viel zu erzählen, brauchte Glum schon mehrere Tage, und langsam, in jahrelangem Fragen und Bohren – brachte Martin Glums Geschichte heraus.

Gold wuschen die Männer aus dem Schechtischechna, und dieses Gold bekamen zum Teil die Männer, die Glums Vater zum Kommissar gemacht hatten, das meiste Gold aber bekam Fritz! Während er von Fritz sprach, malte Glum Sträucher, den Wald, Beeren und den eiskalten Schechtischechna. Fritz wußte einen Übergang über den Fluß, und Fritz kam und brachte Zigaretten, „die weißen Stengel, die das trockene Glück ins Gehirn setzen" – und Fritz brachte noch etwas anderes, Weißes in Glasröhrchen, und an Glums genauer Beschreibung erkannte Martin, daß es Ampullen waren, wie sie der Arzt in die Spritze sog und der Großmutter in den Arm setzte.

„Was machte dein Vater damit, Glum?"

„Das verstand ich erst später", sagte Glum. „Im Frühling war in der Hütte im Wald immer ein Fest, an dem die jungen Mädchen teilnehmen mußten, keine älteren Frauen, nur junge Mädchen und mein Vater und noch zwei Männer, die wir Schamanen nannten, und wenn die jungen Mädchen sich weigerten, an dem Fest teilzunehmen, verfluchte der Schamane sie, und sie wurden ganz krank" – hier schwieg Glum eine Weile, wurde rot, und dunkel stieg es vom Halse herauf in sein Gesicht, und Martin begriff, daß dort in der Hütte im Wald, fünfzehntausend Kilometer entfernt, UNSCHAMHAFTES, vielleicht UNMORALISCHES getan worden war. „Wenn die Mädchen dann bereit waren, an dem Fest in der Hütte teilzunehmen, wurden sie wieder gesund, und beides, Krankheit und Gesundheit, brachte Fritz in den Glasröhrchen.“ Später war Glum geflohen, weil sein Vater ihn auserwählte, in den Schechtischechna geworfen zu werden, und Fritz half Glum zu fliehen – langsam erzählte Glum, manchmal nur ein paar Sätze und wochenlang nichts, und wenn es auf halb sieben ging, hörte er plötzlich auf, wusch die Pinsel aus, trocknete sie sorgfältig, zündete die Pfeife wieder an und setzte sich bedächtig auf den Rand seines Bettes, um die Pantoffeln aus- und die Schuhe anzuziehen. Schön leuchteten hinter ihm die Farben auf seiner Landkarte, aber der Teil der Erde, der noch weiß war, erschien Martin unendlich, weiße Meere, nur durch dünne Bleistiftstriche vom Lande getrennt, Umrisse von Inseln, Flüsse, die alle um den winzigen schwarzen Punkt herum angeordnet waren, der Glums Geburtsort bezeichnete – weiter nach unten und nach links auf der Karte, in Europa, lag dann der zweite schwarze Punkt, der Kalinowka hieß, der Ort, an dem Martins Vater gefallen war – und wieder nach oben und weit nach links, fast am Rande des Meeres, lag der dritte schwarze Punkt, der, an dem sie wohnten; verlorenes Dreieck auf einer unendlichen Fläche. Glum schnitt, während er sich umzog, kleine Stücke aus dem Kürbis heraus, den er auf dem Nachttisch liegen hatte, packte MORALTHEOLOGIE und DOGMATIK in seinen Leinenbeutel und stieg in die Küche hinunter, um seinen Henkelmann zu füllen und zur Straßenbahn zu gehen.

Oft entstanden große Pausen zwischen den Sonntagen, an denen Glum Lust hatte zu erzählen, und wochenlang bekam er nur zwei, drei Sätze aus Glum heraus, aber immer fuhr Glum da fort, wo er beim letztenmal aufgehört hatte. Seit dreißig Jahren war Glum schon von zu Hause weg. Fritz hatte ihm geholfen, und er war in die Stadt gegangen, wo die Männer wohnten, die seinen Vater zum Kommissar gemacht hatten, Atschinssk hieß die Stadt. Dort hatte Glum Straßen gebaut, war Soldat geworden und immer weiter westwärts gerollt worden. Glum pflegte seine Hände zu bewegen, als ob er einen Schneemann rollte, um zu zeigen, wie er westwärts gerollt worden war. Andere Städte tauchten in seiner Erzählung auf: Omsk – Magnitogorsk und weiter, viel weiter westlich, eine andere Stadt, Tambow. Dort war Glum nicht mehr Soldat gewesen, sondern bei der Eisenbahn, er hatte Waggons entladen, Holz, Holz und Kohlen, Kartoffeln. Und abends ging Glum auf die Schule und lernte lesen, schreiben, und er wohnte in einem richtigen Haus und hatte eine Frau; Tata hieß Glums Frau. Er beschrieb sie, malte sie, blond und ganz rund und lächelnd, und er hatte Tata auf der Schule kennengelernt, wo er lesen und schreiben lernte. Tata arbeitete auch bei der Eisenbahn, noch war sie da, nur um Pakete zu schleppen, aber sobald sie lesen, sobald sie schreiben konnte, würde sie mehr sein, Besseres sein, und die blonde runde Tata auf Glums Bild schien noch heftiger zu grinsen, denn Tata würde auf dem Bahnhof von Tambow stehen, die Fahrkarten kontrollieren und sie knipsen. Tata mit einer Mütze, unter der ihr blonder dicker Zopf hervorsah, Tata mit einer Knipszange.

Aber der große Augenblick für Glum kam erst, als er ein Jahr mit Tata verheiratet war, als Tata längst mit Mütze und Knipszange auf dem Bahnhof von Tambow stand. Tata zeigte ihm erst nach einem Jahr, was sie tief unten in der Holzkiste hatte, die in der Küche stand: ein Kruzifix und eine Muttergottesmedaille, und in den Nächten, wenn er mit Tata auf dem Bett lag, erzählte sie ihm alles, und Glum wurde von der Flamme ergriffen – Glum malte eine Flamme, viel Rot mit viel Gelb – aber wieder wurde Glum westwärts gerollt – ein Schneemann, der dicker, dicker, immer dicker wurde. Glum wurde unentwegt von Tata weggerollt, denn es war Krieg. Glum wurde verwundet, und ostwärts rollte er wieder auf Tambow zu, doch Tata war weg, und niemand wußte, wo sie war; in Eisenbahnermütze und mit der Knipszange in der Hand war sie eines Morgens weggegangen und nicht wiedergekehrt. Glum blieb in Tambow, forschte nach Tata, fand keine Spur von ihr. Wieder wurde er westwärts gerollt, kam wieder in den Krieg, weil er gesund war – rollen, rollen, bis wieder ein Ruhepunkt kam, den Glum nicht KZ, sondern Lager nannte. Im Lager hatte Glum die Zähne, die Haare verloren, nicht nur vor Hunger, sondern auch vor Entsetzen, und wenn Glum Entsetzen sagte, klang es entsetzlich, nicht Äpfel, nicht Luftballons, sondern Messer kamen aus seinem Mund, und sein Gesicht veränderte sich so, daß Martin Angst vor ihm hatte, wie er auch Angst vor ihm hatte, wenn Glum lachte. Glum lachte, wenn Bolda zu ihm ins Zimmer kam, um mit ihm Choräle zu singen. Glum konnte gut singen, hell und wild klang seine Stimme. Fing aber Bolda an zu singen, dann lachte Glum, sein Lachen klang, als sausten hundert kleine Messer durch die Luft. Wenn jedoch Bolda auch nach Glums Lachen noch weiter sang, wurde Glum fast böse, und er sagte flehend: „Oh, Bolda, du machst mich ganz nervös."

Onkel Albert hatte Glum mitgebracht, ihn „aufgelesen", glatzköpfiges, zahnloses Ungeheuer, das an den Pforten der Marmeladenfabrik um Arbeit bettelte und vom Pförtner abgewiesen wurde, Albert hatte Glum mitgebracht, und die Großmutter war gut zu Glum, großes Plus für die Großmutter, wie die Großmutter auch, trotz allem, gut zu Bolda war.

Auf Bolda fand dasselbe merkwürdige Wort Anwendung, das die Mutter – es auf sich selbst anwendend – so oft gebrauchte: verkorkst. Bolda war verkorkst, sie war so alt wie die Großmutter, und immer, wenn sie aus ihrem Leben erzählte, schien sie etwas anderes gewesen zu sein. Zuerst war sie Nonne gewesen, aber dann hatte sie geheiratet, der Mann war gestorben, und sie hatte noch einmal geheiratet, und wenn die Großmutter Streit mit ihr hatte, sagte sie „du ausgebüchste Nonne" und „du Doppelwitwe", und Bolda kicherte dann. Bolda war verkorkst, aber gut, und Glum war seltsam, etwas unheimlich, aber dennoch gut. Erzählte Bolda aus ihrem Leben, so warf sie alles durcheinander: Nonnentum, Ehe und Witwenschaft, erste und zweite Witwenschaft. „Als ich im Kloster war", konnte sie anfangen – und zwei Sätze später sagte sie: „Als ich in Koblenz den Laden hatte, elektrische Sachen, weißt du, Bügeleisen, Heizöfen" – aber im nächsten Satz war sie wieder im Kloster und schilderte ihre Wäscheaussteuer. „Als ich zum erstenmal Witwe wurde" – aber schnell rutschte sie wieder in eine andere Ebene: „Er war ein guter Mann."

„Welcher?"

„Na, mein zweiter – und er hatte zum Glück kein Geschäft, sondern war Beamter. Er war bei der Sipo."

„Was ist das?"

„Das verstehst du nicht, aber davon hab ich zum Glück meine Pension."

Dunkle Andeutungen über die Funktionen der Sipo ließen ihn vermuten, daß es mit unmoralisch und unschamhaft zu tun hatte, und von der Sipo also bekam Bolda ihre Pension. In Boldas Andeutungen spielten Gebüsche eine Rolle, die ihr Mann offenbar kontrolliert hatte, und ihm fiel ein, was Grebhake und Wolters im Gebüsch getan hatten, Unschamhaftes, dunkelrote Gesichter, offene Hosenlätze und der bittere Geruch frischen Grüns. „Schweinerei", sagte Bolda, die manchmal herüberkam, wenn er bei Glum saß, und Glum schüttelte über ihre Erzählungen so andauernd, so geduldig den Kopf, daß Bolda jedesmal in Wut geriet und schrie: „Was verstehst du schon von Kultur, du oller, oller" – und sie suchte nach einem Wort – und brachte nichts anderes heraus als „oller Türke", woraufhin Glum lachte, als sausten hundert Messer durch die Luft. Aber warum kam sie dann in Glums Zimmer, wenn sie sich so über ihn ärgerte? Oft kam sie auch, sprach über das Frühstück, obwohl darüber nichts zu sprechen war, denn alle bekamen immer das gleiche Frühstück, freilich jeder sein eigenes und anderes, aber für jeden täglich das gleiche. Mutter bekam richtigen Kaffee von derselben Stärke wie Albert, für Glum und ihn wurde Kaffee-Ersatz gekocht, und Bolda selbst trank heiße Milch, in die sie Honig träufelte. Jeder bekam ein Kännchen für sich mit Kaffeemütze, bekam Brot zurechtgeschnitten, Butter, Wurst oder

Marmelade hingestellt auf einen Teller, und das gehörte zu Boldas Pflichten. Jeder aber, wann auch immer er aufstand, mußte sich sein Frühstück aus der Küche holen.

Bolda war verkorkst, aber gut, Mutter war verkorkst – und er wußte nicht sicher, ob sie nicht doch unmoralisch war – dunkles Geflüster in der Diele: „WO TREIBST DU DICH IMMER HERUM?" Glum war nicht verkorkst, aber merkwürdig und gut, und Albert war beides nicht, nicht merkwürdig, nicht verkorkst und doch gut. Albert war so, wie anderer Jungen Väter waren. Auch auf die Großmutter paßte das Wort verkorkst nicht, nicht einmal das Wort merkwürdig, und – das wußte er – eigentlich war die Großmutter gut, sie war zum Beispiel nicht ÜBERHAUPT gut, sondern nur EIGENTLICH – und er begriff nicht, daß Worte wie ÜBERHAUPT, EIGENTLICH und SONST in der Schule so verpönt waren; mit diesen Worten ließ sich ausdrücken, was sonst nicht auszudrücken war. Bolda zum Beispiel war ÜBERHAUPT gut, während die Mutter gut war, aber wahrscheinlich EIGENTLICH unmoralisch. Dieser Punkt mußte noch geklärt werden, und er ahnte, daß die Klärung Ungünstiges erbringen würde.

Bolda und die Großmutter hatten sich schon als Kinder gekannt, und die eine hielt die andere für verrückt, nur wenn gerührte Stimmung herrschte – an Weihnachten und so –, umarmten sie sich und sagten: „Wir haben doch zusammen die Kühe gehütet, weißt du noch, daß – weißt du noch, wie – und weißt du noch, weshalb." Und sie sprachen vom rauhen Wind in den Eifelbergen, von den Hütten aus Ästen, Steinen und Stroh, von

Feldherden, auf denen sie Kaffee gekocht hatten und Suppe, und sie sangen dann Lieder, die keiner verstand, und auch Glum sang Lieder, die keiner verstand, Messerlieder. Trafen sich aber die Großmutter und Bolda außerhalb der Tage, an denen gerührte Stimmung herrschte, bekamen sie meistens Streit, und die Großmutter tippte mit dem Finger gegen die Stirn und sagte: „Du warst ja immer verrückt." Dann tippte auch Bolda mit dem Zeigefinger auf die Stirn und sagte: „Du warst ja immer irre, und außerdem –" – „Was außerdem?" schrie die Großmutter, aber darauf antwortete Bolda nie. Anlaß ihres Streites war meistens Boldas privater Küchenzettel: Steckrüben, süßlich zusammengekochter Brei mit zerstampften Kartoffeln durchmischt, mit Magermilch und zerlassener Margarine übergossen – Magermilchsuppen, die sie – nach Behauptung der Großmutter – „extra anbrennen ließ". „Oh, sie läßt sie extra anbrennen, um mich an das Elend meiner Kindheit zu erinnern, dieses Ferkel. Ich schmeiß sie raus aus meinem Haus. Mir gehört das Haus, ich kann mir aussuchen, wer darin wohnt, und ich schmeiß sie raus!" Aber sie schmiß Bolda nicht raus. Bolda wohnte dort schon so lange wie Glum – und außerdem: manchmal schlich die Großmutter sich demütig in die Küche und kostete von Boldas Gekochtem: Steckrübenbrei, Magermilchsuppe und von dem sauren, dunklen Brot, das Bolda irgendwo in der Stadt auftrieb. Dann fielen Tränen aus dem blühenden Gesicht der Großmutter in den Teller, von dem sie stehend aß, und über Boldas Gesicht huschte ein seltsames, gutes Lächeln, das ihr dünnes, papierweißes Gesicht jung erscheinen ließ.

Ums Mittagessen mußte jede Partei sich selbst

kümmern. Glum hatte seine Suppe, und im Eisschrank und auf den Küchenregalen lagen seine Gurken, Melonen, Kartoffeln und große violette Kringel von seiner Blutwurst, die eigentlich gar keine Wurst war. Auch Bolda kochte auf Vorrat, farbloses Zeug, das in braunen Emailletöpfen alterte. Die Großmutter hatte ihre eigene, die größte Abteilung im Eisschrank: Würste und Steaks, Haufen frischer, großer Eier, Obst und Gemüse, und manchmal stand sie nachmittags gegen vier, die Zigarette im Mund, bratend am Gasherd und summte Lieder, während Dampf ihr um die Nase wirbelte. Oft auch rief sie ein Restaurant an und ließ sich warmes Essen bringen: glühendheiße Silberschüsseln, langstielige Becher mit Eis, auf dem weiße Sahnekronen getürmt waren, Rotwein; sie brachte es fertig, sich sogar Kaffee aus dem Restaurant bringen zu lassen. Oft auch aß sie außer dem Frühstück gar nichts, oder sie ging im Morgenrock – die Tomahawk im Mund – durch den Garten und schnitt sich, mit alten Lederhandschuhen an den Händen, Brennesseln ab, die in ganzen Kolonien dort wuchsen, entlang der schimmeligen Mauer und rings um die Laube. Sorgfältig suchte sie junge grüne Pflanzen heraus, sammelte sie in Zeitungspapier, und später stand sie dann in der Küche, machte sich Brennesselsalat, zu dem sie sich saures, dunkles Brot von Boldas Vorrat abschnitt. Die Mutter vergaß manchmal, für ihn und Albert ein Mittagessen herzurichten. Sie selbst aß wenig – Toast zum Frühstück, ein Ei und viel Kaffee. Wenn sie überhaupt da war, fiel es ihr nachmittags gegen drei oder vier Uhr ein, ein Mittagessen zu machen: schnell eine Suppe aus Büchsen, die sie erhitzte, kleine Schüsselchen mit Salat, und es kam vor, daß sie aus Glums Vorrat Suppe nahm und sie rasch wärmte. Dann legte sie Glum einen Kringel Wurst oder ein Päckchen Tabak hin, und er füllte abends grinsend soviel Wasser in seinen Topf, wie die Mutter Suppe herausgenommen hatte. Meistens war die Mutter weggefahren, plötzlich, ohne Essen für ihn zu machen, dann machte Onkel Albert etwas; nahm von Boldas Steckrübenmus, verbesserte es mit Butter und Milch, buk schnell ein Spiegelei oder einen Pfannkuchen. Aber manchmal war keiner da, weder Mutter noch Albert noch Bolda und nicht Glum: dann blieb ihm nichts anderes übrig, als bei Glum Suppe zu klauen, sie zu wärmen oder in Mutters Zimmer nach Schokolade und Gebäck zu suchen, denn zur Großmutter mochte er nicht gehen. Sie würde Fleisch braten oder mit ihm in die Stadt fahren, und er würde mit ihr „Die Großfürstin und der Kotzer“ spielen.

Das, was er wirklich gerne aß, bekam er nur selten: Kartoffeln, frisch gekocht oder frisch gepellt, noch dampfend und ganz gelb, mit Butter und Salz. Die mochte er gern, und niemand wußte, wie gern er sie aß, nicht einmal Albert und Onkel Will. Manchmal konnte er Bolda überreden, ihm welche zu kochen: eine ganze Schüssel voll, in der Mitte ein Klumpen Butter, der langsam zerschmolz, und feines, ganz trockenes Salz, weiß wie Schnee, das er langsam mit den Händen darüberstreute. Andere Leute aßen jeden Tag Kartoffeln, und er beneidete sie darum: Brielach mußte jeden Tag welche fürs Abendessen kochen, und manchmal durfte er Brielach helfen und zum Lohn frischgepellte Kartoffeln essen. Bei anderen Leuten – er hatte es genau gesehen – war es anders: dort wurde regelmäßig und für alle dasselbe gekocht: Gemüse, Kartoffeln und Soße. Alle aßen dasselbe: Großmütter, Mütter, Väter und Onkel. Dort gab es keine Eisschränke, in denen jeder seine merkwürdigen Spezialitäten aufbewahrte, und keine großen Küchen, in denen jeder sich zurechtkochen konnte, was ihm einfiel. Dort stand morgens die große Kanne Kaffee auf dem Tisch, Margarine und Brot und Marmelade, und alle aßen zusammen und bekamen Butterbrote geschmiert für die Schule, fürs Amt, für die Arbeit; und Eier gab es selten, fast nur für Onkel und Väter. Das war das Kennzeichen der meisten Onkel und Väter und das einzige, was sie von den anderen Familienmitgliedern unterschied: ein Ei zum Frühstück.

Andere Jungen hatten Mütter, die kochten, nähten, Butterbrote schmierten, auch die unmoralischen – aber seine Mutter kochte nur selten, nähte nie und schmierte keine Butterbrote. Meistens war es Onkel Albert, dem einfiel, daß man in die Schule Butterbrote mitnahm.

Manchmal auch erbarmte Bolda sich seiner und schmierte ihm Butterbrote, und es war ein Glück, daß die Großmutter noch schlief, wenn er in die Schule ging, denn sie legte alles darauf an, ihn zum Fleischfresser zu machen, schnitt dicke Scheiben rosig schimmernden Bratens ab, auseinandergerissene Schweineschenkel, kaltes, knallrotes Muskelfleisch.

Monatelang aber war die Großmutter zum Glück verreist, und dann war es herrlich. Große Schließkörbe, Koffer und Pakete wurden zur Bahn befördert, zwei Taxen fuhren vor, und die Kolonne im ersten Taxi anführend, fuhr die Großmutter zum Bahnhof: im Sommer und im Winter je einen ganzen Monat. Postkarten kamen von ihr: Berge, Seen und Flüsse und „Küsse, viele tausend Küsse für den Kleinen und für die anderen, sogar für die ausgebüchste Nonne". Dann kicherte Bolda und sagte: „Ist ihr nicht an der Wiege gesungen worden, daß sie mal in Bäder reisen würde." Große krakelige Schriftzeichen bedeckten die Postkarten, deren jeder Buchstabe so groß war wie die Buchstaben auf Zigarrenkisten. Auch Päckchen schickte sie, klebrige, fremdartige, durch die Hitze auf Postämtern zusammengebackene Süßigkeiten, Spielzeug und Andenken und „viele, viele tausend Küsse, Deine Oma".

Wenn sie weg war, konnte er mit einer gewissen Zärtlichkeit und mit Rührung an die ferne Oma denken, weil er sich nicht unmittelbar bedroht fühlte, und es kamen sogar Tage, an denen er wünschte, sie möge dasein, denn das Haus war so leer und still ohne die Großmutter, und sie hatte ihr Zimmer abgeschlossen, und er konnte nie das große Foto vom Vater betrachten. BLUT IM URIN fand nicht statt.

Und Bolda war ganz still und traurig, und es fiel ihm auf, daß nicht einmal Mutters zahlreicher Besuch das Haus so füllte, wie die Großmutter es füllte.

Kam aber der Tag ihrer Rückkehr näher, wünschte er, sie möge fortbleiben. Er wünschte nie, sie möge tot sein. Leben sollte sie, aber weit weg, denn vor allem beunruhigten ihn ihre Überfälle. Nach ihrer Rückkehr holte sie alles nach. Zuerst fand ein großes Essen im Hause statt. Sie telefonierte es sich heran, demütig blasse Knaben in weißen Kitteln schleppten silberne Schüsseln durch die Diele, und die Großmutter erwartete sie, lebhafte Gier im Auge, und in der Küche hielt ein Koch auf dem Gas die übrigen Gänge warm, während die blassen Knaben den Dienst zwischen Küche und Großmutters Zimmer ausübten. Blutige Steaks wanderten hin und her, Gemüse, Salate, Braten, und gegen Ende des Essens telefonierte der Koch ins Restaurant, und ein flinkes, kleines cremegelbes Auto brachte Mokka und Eis, Kuchen und Obst, mit Sahne dekoriert. Blutige Knochen lagen später im Abfalleimer, und die wilde Musik herausgerissener Schecks deutete das Ende des Essens und den Anfang seiner Tortur an, denn frisch gestärkt und an der frischen TOMAHAWK saugend, rief ihn die Großmutter zu sich herein, um das Versäumte nachzuholen.

„Frage 51: Wann werden die Leiber der Verstorbenen auferstehen?"

„Die Leiber der Verstorbenen werden auferstehen am Jüngsten Tage."

„Dein Vater ist gefallen, nicht wahr?"

„Ja."

„Was bedeutet gefallen?"

„Im Krieg gefallen – erschossen worden."

„Wo?"

„Bei Kalinowka."

„Wann?"

„Am 7. Juli 1942."

„Und wann wurdest du geboren?"

„Am 8. September 1942."

„Wie hieß der Mann, der deines Vaters Tod verschuldete?"

„Gäseler."

„Wiederhole diesen Namen."

„Gäseler."

„Noch einmal."

„Gäseler."

„Weißt du, was es bedeutet, einem Kinde den Vater zu nehmen?"

„Ja."

Er wußte es.

Drei Tage manchmal hintereinander rief sie ihn zu sich, und immer fragte sie dasselbe.

„Was befiehlt Gott uns im sechsten und neunten Gebot?"

„Gott befiehlt uns im sechsten und neunten Gebot, schamhaft und keusch zu sein."

„Wie lauten die Fragen bei der Gewissenserforschung über die Sünde der Unschamhaftigkeit?"

Und sauber und schnell trommelte er es hinaus:

„Habe ich Unschamhaftes gern angeschaut?"

„Habe ich Unschamhaftes gern angehört?"

„Habe ich Unschamhaftes gern gedacht?"

„Habe ich Unschamhaftes gewünscht?"

„Habe ich Unschamhaftes gern geredet?"

„Habe ich Unschamhaftes getan? (Allein oder mit anderen.)"

Er sagte es ganz genau dazu: in Klammern: allein oder mit anderen.

Und der Abschlußvortrag: „Wenn du einmal größer bist, wirst du begreifen, warum …"

Grebhake und Wolters hatten im Gebüsch Unschamhaftes getan: dunkelrote Gesichter, offene Hosenlätze und der bittere Geruch frischen Grüns. Verworrenes Getue und eine merkwürdige, erschreckende Feigheit auf ihren Gesichtern hatten ihn stutzig gemacht und ihn Finsteres ahnen lassen. Er wußte nicht, was Grebhake und Wolters getan hatten, wußte aber, daß es Unschamhaftes gewesen war. Sie würden auf die letzte Frage, das sechste Gebot betreffend, nicht nur Ja, sondern auch „mit anderen“ sagen müssen. Seitdem er wußte, was Grebhake und Wolters getan hatten, beobachtete er scharf das Gesicht des Kaplans beim Religionsunterricht, denn beim Kaplan hatten die beiden gebeichtet. Aber das Gesicht des Kaplans veränderte sich nicht, wenn er mit Grebhake und Wolters sprach. Oder hatten Grebhake und Wolters es nicht gebeichtet und waren trotzdem kommunizieren gegangen? Ihm stockte der Atem, als er an diese Möglichkeit dachte, und er wurde vor Angst dunkelrot im Gesicht, so daß die Großmutter fragte: „Was hast du?“ und er sagte: „Nichts, es ist der Qualm“, und sie beschleunigte ihren Schlußvortrag, riß den Scheck heraus – und er ging in Onkel Alberts Zimmer und platzte, noch in der Tür stehend, heraus: „Grebhake und Wolters haben Unschamhaftes getan.“

Zweifellos, Onkel Alberts Gesicht veränderte sich, er biß sich auf die Lippen, wurde ein wenig blaß, als er fragte: „Wo, was hast du gesehen – woher weißt du?“

Es fiel ihm schwer, aber er sprach weiter: „Im Gebüsch haben sie“, aber er stammelte nur: „Offene Hosen, dunkelrote Gesichter.“ Onkel Albert stopfte ruhig seine Pfeife, zündete sie an und sprach lange, ein wenig zu lange, von der Vereinigung der Geschlechter, von der Schönheit der Frauen, vom Geschlecht. Adam und Eva tauchten auf, und Onkel Alberts Stimme fiel in eine Begeisterung, die ihm ein wenig lächerlich vorkam, als er wiederum anfing, die Schönheit der Frauen zu preisen und den Drang der Männer, sich mit ihnen zu vereinigen; leise, dunkle Begeisterung in Onkel Alberts Stimme. „Übrigens“, sagte Onkel Albert, und er klopfte überflüssigerweise die Pfeife aus, denn sie enthielt noch brennenden Tabak, und zündete – gegen seine Gewohnheit – eine Zigarette an. „Übrigens weißt du ja wohl noch, daß daher die Kinder kommen: aus der Vereinigung der Männer mit den Frauen." Wieder tauchten Adam und Eva auf – Blumen wurden genannt, Tiere, die Kuh von Onkel Alberts Mutter – wieder Adam und Eva; und was Onkel Albert sagte, klang vernünftig, ruhig und einleuchtend, obwohl es keine Erklärung für das enthielt, was Grebhake und Wolters im Gebüsch getan hatten, eine Handlung, die er nicht genau hatte beobachten, nicht einmal hatte ahnen können: offene Hosenlätze, dunkelrote Gesichter und der bittere Geruch frischen Grüns …

Onkel Albert sprach lange „von gewissen Geheimnissen, die ich dir nur andeuten kann", sprach auch von dunklen Trieben, und wie schwierig es für jeden heranwachsenden jungen Mann sei, auf die Zeit zu warten, wo er für die Vereinigung reif sei. Wieder tauchten Blumen auf und Tiere. „Ein ganz junges Kuhkälbchen zum Beispiel", sagte Onkel Albert, „vereinigt sich noch nicht mit einem Stier und kann auch noch keine Jungen bekommen, nicht wahr, obwohl es schon ein Geschlecht hat. Ein Geschlecht haben alle Tiere, alle Menschen." Viele Zigaretten rauchte Onkel Albert, während er sprach, und für Augenblicke fiel er ins Stottern.

Unmoralisch fiel Martin ein, Onkel und Heirat. „Du warst doch auch verheiratet, als du in England warst?"

„Ja."

„Und hast dich mit deiner Frau vereinigt?"

„Ja", sagte Onkel Albert, und so scharf er auch

hinsah, er konnte kein Zittern an Onkel Albert entdecken und keine Veränderung in seinem Gesicht.

„Und warum hast du keine Kinder?"

„Ja", sagte Onkel Albert, „nicht aus jeder Vereinigung kommen Kinder" – wieder Blumen, wieder Tiere, nichts von Adam, nichts von Eva, und er unterbrach Onkel Albert und sagte: „Es ist also doch, wie ich gedacht habe?"

„Was hast du gedacht?"

„Unmoralisch kann eine Frau auch sein, wenn sie keine Kinder von dem Mann bekommt, mit dem sie sich vereinigt – wie Welzkams Mutter."

„Verdammt", sagte Onkel Albert. „Wie kommst du darauf?"

„Weil Brielachs Mutter unmoralisch ist, sie hat ein Kind, hat sich mit einem Mann vereinigt, mit dem sie nicht verheiratet ist."

„Wer hat denn gesagt, daß Heinrichs Mutter unmoralisch ist?"

„Brielach hat gehört, wie der Rektor es zum Schulrat sagte: ‚Er lebt in schrecklichen Verhältnissen, seine Mutter ist unmoralisch.'"

„So", sagte Onkel Albert, und er sah, daß Onkel Albert wütend war, und fügte weniger sicher hinzu: „Es ist wirklich wahr, Brielach hat es gehört, und er weiß genau, daß seine Mutter unmoralisch ist."

„So", sagte Onkel Albert, „und weiter?"

„Weiter", sagte er, „nun ja, auch Welzkams Mutter ist unmoralisch, obwohl sie keine Kinder hat. Ich weiß es."

Onkel Albert sagte nichts, blickte ihn nur erstaunt und sehr freundlich an.

„Unschamhaft", sagte er plötzlich, und es fiel ihm

in dieser Sekunde ein, „ist, was Kinder tun, unmoralisch das, was Erwachsene tun – aber haben Grebhake und Wolters sich etwa vereinigt?“

„Nein, nein“, sagte Onkel Albert, und hier wurde er eindeutig rot, „das ist Verwirrung, sie waren verwirrt, sind verwirrt – denk nicht mehr daran und frage mich immer, wenn du so etwas hörst und es nicht verstehst.“ Alberts Stimme wurde eindringlich und ernst, aber sie blieb sehr freundlich: „Hörst du, frag mich immer. Es ist besser, darüber zu sprechen. Ich weiß nicht alles, aber was ich weiß, sage ich dir. Bestimmt. Vergiß nicht, mich zu fragen.“

Noch blieb das Wort, das Brielachs Mutter zum Bäcker gesagt hatte, er dachte daran und wurde rot, aber das Wort würde er nie aussprechen können.

„Was hast du“, fragte Onkel Albert, „ist noch was?“

„Nein“, sagte er, und er schämte sich auch zu fragen, ob seine Mutter unmoralisch sei. Diese Frage wollte er später, viel später erst stellen.

Seit diesem Tage kümmerte sich Onkel Albert viel mehr um ihn. Er nahm ihn oft im Auto mit, und auch die Mutter – so schien es ihm jedenfalls – war von diesem Tage an anders. Sie war ganz anders, und er war sicher, daß Onkel Albert mit der Mutter gesprochen hatte. Und sie fuhren manchmal zu dreien weg, und Brielach durfte so oft kommen, wie er wollte, und manchmal nahmen sie auch Brielach mit, wenn sie im Auto wegfuhren: in den Wald, an die Seen, oder sie gingen Eis essen und ins Kino.

Jeden Tag auch, sie schienen es abgesprochen zu haben, sah einer von ihnen seine Schulaufgaben nach, sie hörten ihn ab, halfen ihm und waren beide – die Mutter und Albert – sehr freundlich mit ihm. Die Mutter war geduldig und öfter zu Hause, und er bekam jeden Tag sein Mittagessen, eine Zeitlang sogar Kartoffeln – aber nur eine Zeitlang. Mutters Geduld hielt nicht lange vor – danach war die Mutter wieder nur unregelmäßig da, und es gab nicht jeden Tag Essen. Mit der Mutter konnte er nicht rechnen, so wie er – in einer anderen Weise – mit Glum, Albert und Bolda rechnen konnte.

XI

Nella stand hinter dem grünen Vorhang und rauchte, stieß die grauen Rauchwolken in den Hohlraum zwischen Vorhang und Fenster und beobachtete, wie die Sonne das Grau zerfaserte und wie es in schmalen Strähnen nach oben stieg: farbloses Gemisch aus Staub und Rauch. Die Straße war leer. Alberts Auto stand vor der Tür, feucht das Dach vom nächtlichen Regen, der keine Pfützen auf der Straße hinterlassen hatte. In diesem Zimmer, hinter dem grünen Vorhang, hatte sie schon vor zwanzig Jahren gestanden und auf junge Kavaliere gewartet, die mit dem Tennisschläger in der Hand die Allee heruntergelaufen kamen, alberne und rührende Helden, die nicht ahnten, daß sie beobachtet wurden, und im Schatten der Kirche, die gegenüberlag, sich hastig noch einmal durchs Haar kämmten, ihre Fingernägel betrachteten, verstohlen ihr Geld zählten, das sie aus ihrer Börse nahmen, um es lose in der Tasche zu haben, eine Spielerei, die sie für flott hielten. Flott zu sein galt diesen jungen Helden das meiste: ein wenig keuchend kamen sie an, überschritten die roten Kastanienblüten, die im Vorgarten lagen – heruntergefallen im ersten Regen –, und sie hörte dann kurz darauf die Klingel. Aber auch die Flottesten hatten gesprochen, gedacht, gehandelt wie junge, flotte Tennisspieler in Filmen handeln, denken und sprechen. Sie wußten, daß sie albern waren – auch das galt als flott –, aber das änderte nichts daran, daß sie wirklich albern waren. Jetzt kam ein junger Held die Allee herunter, den Tennisschläger in der Hand, kämmte sich im Schatten der Kirche schnell durchs Haar, betrachtete seine Fingernägel, nahm das Geld aus der Börse und steckte es lose in die Tasche – kam ein Gespenst über den Teppich aus roten Blättern, oder sah sie einen Film? Manchmal kamen ihr Filme, die sie sah, wie ein Leben vor, zu dem sie sich selbst durch Zahlung von einer Mark achtzig verdammt hatte – und das Leben kam ihr vor wie ein schlechter Film. Zweifellos: schwärzliche Striemen waren vor ihrem Blick, der sanfte graue Schleier, der alte Filme kennzeichnet – jetzt, wo dieser junge Held mit dem Tennisschläger aus dem Schatten der Kirche auf die Straße trat, um zu einem jungen Mädchen in der Nachbarschaft zu gehen.

Ohne sich umzuwenden, fragte sie nach rückwärts: „Wird um diese Zeit auf den Tennisplätzen schon gespielt?“

„Natürlich, Mutter“, sagte Martin, „manche fangen noch früher an.“

Natürlich, das war auch damals so gewesen – nur hatte sie nie Gebrauch davon gemacht, weil sie gern lange schlief und ihr am Tennisspielen wenig lag. Was sie liebte, war der rotbestreute Platz und die grünen, heftig grünen Limonadenflaschen auf den weißen Tischen; die scharf riechende Luft, brackig riechende Wolken, die vom Rhein heraufkamen, Bitternis enthaltend, wenn gerade ein frisch geteertes Schiff vorbeifuhr, und die Wimpel der Schiffe, die sich langsam oberhalb der Baumkronen bewegten – wie luftige Requisiten, die ein versteckt Sitzender hinter die Kulisse zog. Wolken pechschwarzen Qualms, das Tuten der Sirenen und das Geräusch der aufschlagenden Bälle, mildes Getrommel, das sich für Augenblicke steigerte, und die hellen, kurzen Rufe der Partner.

Der junge Held lief vorne vor dem Haus vorbei. Sie kannte ihn sogar: diese gelbliche Haut hatten nur die Nadoltes, gelbliche Haut und dennoch helles Haar, Pigmentverschiebungen seltsamer Art, die schon Wilfried Nadolte – dieses jungen Helden Vater – mit jenem pikanten Reiz ausgestattet hatten, von dem auch dieser Jüngling zehrte. Wahrscheinlich hatte auch er diesen heftig riechenden Schweiß, der auf der gelben Haut grünlich schimmerte und allen schwitzenden Nadoltes das Aussehen mit Vitriol bespritzter Leichen verlieh. Sein Vater war als Flieger über dem Atlantik abgestürzt, und niemals war seine Leiche gefunden worden. Doch dieser so hochpoetische Tod – Ikarus, von tückischen Verfolgern erlegt, hatte der Pfarrer damals gesagt –, dieser hochpoetische Tod hatte nicht verhindert, daß sein Sohn jetzt in einem schlechten Film mitspielte, Statist, der alles ernst nahm, doch spielte er seine Rolle gut: er sah genau aus, wie schlechte Tennisspieler in schlechten Filmen aussehen müssen.

Sie drückte die Zigarette in der schmalen Marmorrinne aus, die eine Spur Wasser vom nächtlichen Regen enthielt, und hing den rechten Arm, der nun frei wurde, in die große Schlaufe aus Goldbrokat, die den Krieg überdauert hatte wie die Vorhänge. Als Kind hatte sie immer gewünscht, so groß zu sein, daß sie am Fenster stehend die rechte Hand in die Schlaufe legen konnte. Längst war sie so groß. Zwanzig Jahre lang schon hatte sie die Hand in die Schlaufe legen können.

Sie hörte die Geräusche von Martin, der hinter ihr am Tisch frühstückte; sie hörte das kleine Schaben, wenn er die Kaffeemütze von der Kanne nahm, wenn er Brot bestrich, den Löffel am Marmeladentopf ausklopfte, Toast zwischen seinen Zähnen knirschend, und den Schlag vernahm sie, den er traditionsgemäß dem leeren, umgekehrt im Eierbecher stehenden Ei versetzte: knacks, und das wimmernde Summen des elektrischen Rösters. Wenn sie früh genug aufstand, um mit dem Jungen Kaffee zu trinken, war um diese Zeit der Geruch leicht versengten Brotes im Raum, und das Rauschen vom Badezimmer her war zu hören, wo Albert sich wusch. Heute aber war das Rauschen nicht zu hören. Albert wusch sich offenbar nicht.

„Ist Albert noch nicht auf?“

„Doch“, sagte der Junge, „hörst du ihn nicht?“

Sie hörte ihn nicht. Drei Tage hintereinander war sie jetzt früh aufgestanden, und schon hatte sie den Eindruck von Dauer und Regelmäßigkeit: Toast, Ei, Kaffee und das glückliche Gesicht des Jungen, der das morgendliche Frühstück mit der Mutter genoß, der ihr beim Tischdecken zusah, ihre Handgriffe beim Kaffee-Einschenken beobachtete. Draußen kam der junge Nadolte mit einem Mädchen zurück. Hübsch war sie und jung, und pflichtgemäß entblößte sie blendendweiße Zähne, die effektvolle Stupsnase hielt sie – den Anordnungen der Regie entsprechend – erwartungsvoll in den sanften Südwind. Lächeln – und sie lächelte – Kopfschütteln – und sie schüttelte den Kopf: gut trainierte Statistin, die dem Solo entgegenwuchs – würde auch sie den seltsamen Schweiß der Nadoltes zu riechen bekommen, der – wenn man sich in grünendem Gebüsch mit einem Nadolte küßte – ihren Gesichtern das Aussehen welker Salatblätter verlieh?

Jetzt erst hörte Nella das Rauschen im Badezimmer und wußte, daß Albert sich wusch. Sie kannte ihn zwanzig Jahre, und er bildete sich wohl ein, sie zu kennen, aber in zwanzig langen Jahren hatte er nicht verstanden, welcher erotische Zauber für sie in den Waschutensilien eines Mannes verborgen war – und wie sehr es sie quälte, das Badezimmer mit ihm zu teilen.

Jeden Morgen, wenn sie selbst sich wusch, verliebte sie sich in die Gleichgültigkeit, die sein Rasiergerät ausströmte wie einen Geruch, der Sympathie erweckt: zärtlich glitten ihre Finger oft über die schlecht ausgedrückte Tube mit Rasiercreme und die blaue Blechdose mit Hautsalbe, die schon seit fünf Jahren dieselbe war. Seine Zahnbürste, sein Kamm, seine Seife und die verstaubte Flasche voll Lavendelwasser, deren Inhalt niemals abzunehmen schien. Seit Jahren, schien ihr, stand der Spiegel des Lavendelwassers genau über dem Mund der rosigen Frau, die das Etikett zierte. Diese Frau war alt geworden auf dem Etikett, verschlissene Schönheit, die schwermütig durch ihre eigene Vergänglichkeit hindurchlächelte – wie sie einst – als sie neu war – so hoffnungsvoll in die Ferne geblickt hatte, gealtert jetzt im Gesicht, verschlampt in der Kleidung, ramponierte Beauté, die solch schlechte Behandlung nicht gewohnt war. Die Flasche stand schon lange da. Offenbar begriff er nicht, daß es für sie eine Qual war, mit einem

Mann, den sie gern mochte wie ihn, so nah zusammen zu wohnen – und warum dieser tödliche Ernst, daß er unbedingt auf Heirat bestand.

Sie erkannte einen Mann daran, wie er ans Telefon ging. Die meisten Männer gingen ans Telefon, wie Männer in mittelmäßigen Filmen ans Telefon gehen, mit einem Gesicht, das sowohl Wichtigkeit wie Gleichgültigkeit ausstrahlen sollte. Mit sehr großen Schritten und einer Miene, die sowohl „Laßt mich doch in Ruhe" wie „Sie brauchen mich also" ausdrücken sollte. Dann, wenn sie sprachen, versuchten sie, auch in unwichtige Gespräche – und welche Gespräche waren schon wichtig? – Worte wie „umdisponieren", „Entscheidung vorbehalten" einzuschmuggeln. Und der entscheidende Augenblick, wenn sie den Hörer auflegten. Wer konnte schon einen Hörer anders auflegen als ein schlechter Schauspieler: Albert konnte es, und Rai hatte es gekonnt. Wer konnte es sich verkneifen, aufgeschnappte Intelligenzproben in seine Telefonate einzuflechten wie künstliche Blumen in einen Kranz aus Fichtenzweigen. Auch rauchen konnte kaum ein Mann anders, als in Filmen geraucht wurde. Die Welt bestand aus Epigonen – und vielleicht war Albert so natürlich, weil er wenig ins Kino ging? Oft sehnte sie sich nach seiner Gleichgültigkeit und beklagte, wenn sie mit Dummköpfen unterwegs war, den Verlust an Zeit und die Verschwendung von Lächeln.

Der Koffer stand gepackt, und sie würde sich drei Tage lang in Brernich langweilen, während Albert mit dem Jungen wegfuhr. Die Vorstellung, Schurbigel hören zu müssen, war wie die Vorstellung ewiger Verdammnis in einem Frisiersalon: süßlich warm, wohltuend zugleich und abstoßend – und „alle die netten Leute“, die Pater Willibrord ihr zuführen würde.

„Kannten Sie sich noch nicht? – Ja, da wurde es aber Zeit, daß Sie sich kennenlernen?“ – Oh, verdammt zu sein zu sanfter Plauderei, und wunderte Albert sich wirklich, wenn sie gleich auf jeden hereinfiel, der nett war oder es zu sein schien?

Sie wandte sich vom Fenster ab, ging langsam an den ovalen Tisch und schob den grünen Sessel heran.

„Ist noch etwas Kaffee da?“

„Ja, Mutter.“

Martin stand auf, nahm die Kaffeemütze vorsichtig von der Kanne ab und schenkte ihr ein. Er warf fast den Marmeladentopf um. Sonst war er ruhig, fast langsam in seinen Bewegungen, aber wenn er mit ihr sprach, etwas für sie tat, wurde er eifrig in dem vergeblichen Versuch, flott zu sein. Er machte ein fürsorgliches, fast besorgtes Gesicht, wie Erwachsene es machen, wenn sie mit hilflosen Kindern zu tun haben, und manchmal seufzte er, wie Kinder seufzen, die es schwer haben. Er stöpselte den Röster wieder ein, legte Brot in die Klappen und beobachtete geduldig, wie das Brot sich bräunte, nahm die fertigen Scheiben heraus und stellte sie am Rande des Brotkorbes hoch.

„Willst du noch essen?“

„Nein, es ist für Albert.“

„Und das Ei für ihn?“

„Hier“, sagte er lächelnd, und er stand auf, ging zu seinem Bett, hob das Kopfkissen hoch: dort lag das Ei, bräunlich und sauber.

„Damit es warm bleibt. Albert mag kalte Eier nicht. Kaffee ist auch noch für ihn da.“

Seine Fürsorge für Albert war anders als die, die

er für sie aufbrachte. Vielleicht kam es daher, weil Albert ihm mehr vom Vater erzählte, langsam in die Rolle eines unentbehrlichen Freundes hineingewachsen war. Jedenfalls blieb er immer ganz ruhig, wenn er etwas für Albert tat.

Sie erzählte ihm wenig von Rai. Nur noch selten nahm sie die Mappe heraus, in der sie Rais Gedichte aufbewahrte: Zeitungsausschnitte, Manuskripte und das kleine, fünfundzwanzig Druckseiten umfassende Heft mit dem bläulichen Deckel, das in jedem Aufsatz über moderne Lyrik erwähnt wurde. Eine Zeitlang hatte sie Stolz empfunden, wenn sie Rais Namen in den Registern von Anthologien fand, seine Gedichte im Funk gesprochen und Honorare an sie überwiesen wurden. Männer, die sie nie gekannt hatte und niemals hätte kennenlernen wollen, suchten sie auf: mit ausgesuchter Lässigkeit angezogene Jünglinge, die ihre eigene Lässigkeit genossen wie Kognak; deren Ergriffenheit nie über ein gewisses wohltemperiertes Maß hinausging. Und wenn solche Leute bei ihr gewesen waren, wußte sie, daß wieder irgendwo ein Aufsatz über Lyrik fällig war. Zeitweise hatte es Pilgerbewegungen in ihr Haus gegeben, Aufsätze wuchsen in Zeitschriften wie Pilze nach einem Sommerregen; Honorare flossen; Rais Gedichte wurden zweimal neu aufgelegt. Aber dann hatten die gewählt angezogenen, lässigen Jünglinge andere Opfer entdeckt, und sie hatte eine Weile Ruhe, und Rai würde erst wieder auftauchen, wenn eine Flaute eintrat, denn dieses Thema eignete sich jederzeit: ein Dichter, gefallen in Rußland, Gegner des Systems – war er nicht das Symbol einer sinnlos geopferten Jugend – und war er nicht – ein wenig herumgeschwenkt die Optik – das Symbol einer sinnvoll geopferten Jugend? Tauchten nicht in Pater Willibrord, in Schurbigels Reden seltsame Anklänge auf? Unerbittlich jedenfalls war Rai zum beliebten Gegenstand von Essays geworden, und es schien ganze Kompanien gewählt angezogener, lässiger Jünglinge zu geben, die Essays schrieben, unermüdlich beschäftigt waren, Symbole zu schaffen. Fleißig, sauber, emsig, mit nicht zu viel, nicht zu wenig Leidenschaft webten sie am Gobelin der Kultur: flinkhändige Schwindler, die, wenn sie sich trafen, einander zulächelten wie Haruspizes. Preisgegeben waren ihnen die Eingeweide, und aus ärmlichem Gekröse verstanden sie eine Prophetie zurechtzudeuteln: laue Hymnen sangen sie auf ein frisch freigelegtes Herz, und in verborgenen Laboratorien befreiten sie die versengten Därme des Opfertieres von Kot und verschacherten heimlich die Leber: verkappte Schinder, die nicht Seife, sondern Kultur aus Kadavern herstellten oder herstellen ließen. Abdecker und Propheten, die in Abfalleimern herumstöberten und hymnisch ihre Ergebnisse besangen – jedenfalls lächelten sie, wenn sie einander trafen, lächelten wie Haruspizes, und Schurbigel war ihr Pontifex: Schlammschwimmer mit humanem Horizont und überdimensionaler Frisur. Haß erfüllte Nella, und sie spürte voll Angst, wie sie in Alberts Gedanken fiel: Windungen, die bereitstanden, sie einzufangen.

Solange Rai noch lebte, hatte sie mit einer gierigen Beständigkeit auf die Post gewartet, wie ein Raubtier im Käfig auf sein Fressen wartet: die rechte Hand in der Schlaufe aus Goldbrokat, lauerte sie hinter dem grünen Vorhang, hielt den Briefträger im Auge; wenn er um die Ecke des Pfarrhauses bog, entschied sein nächster Schritt über ihren Tag: kam er geradenwegs über die Straße auf ihr Haus zu – genau auszumachender sichtbarer Schenkel eines Winkels –, dann wußte sie, daß er ihr etwas bringen würde, schwenkte er aber gleich und betrat die unsichtbare Diagonale, die ins Nachbarhaus führte, dann war wieder für einen Tag alle Hoffnung dahin. Sie grub dann die Fingernägel in den schweren grünen Stoff, zerfaserte das Gewebe, blieb noch stehen in der wahnwitzigen Hoffnung, der Briefträger könne sich geirrt haben, noch einmal umkehren. Aber der Briefträger irrte sich nie, und niemals kehrte er um, wenn er einmal diagonal an ihrem Hause vorbeigegangen war. Törichte Gedanken überkamen sie oft, wenn sie ihn endgültig weiter in die Straße hineingehen sah: unterschlug er Briefe, war er Teilnehmer einer Verschwörung gegen sie, gegen Rai? Sadist in der blauen Uniform, mit dem gelben Posthorn bestickt. Heimtücker in der Maske des Biedermanns? Aber der Briefträger war weder Sadist noch Heimtücker; er war wirklich bieder und ihr aufrichtig ergeben. Sie spürte es, wenn er ihr Post brachte.

Nun wußte sie schon seit Jahren nicht mehr, wie der Briefträger aussah, wie er hieß, wann er kam. Irgendwann wurden von irgendwem Drucksachen in den Briefkasten geworfen, auch Briefe, und irgendwann wurden von irgendwem diese Drucksachen und Briefe aus dem Kasten genommen: Büstenhalter, Rieslinge, Kakao wurde angeboten. Es interessierte sie nicht. Sie las seit zehn Jahren keine Briefe mehr, auch wenn sie an sie gerichtet waren. Mancher lässige Jüngling hatte sich schon beklagt – Trichinenbeschauer der Kultur, die Symbole aus den Gedärmen Verstorbener herauspulten, hatte sich bei Pater Willibrord darüber beklagt – aber sie las einfach keine Briefe mehr. Der einzige Freund, den sie hatte, wohnte im Zimmer nebenan, und wenn er für ein paar Tage verreiste, gab es das Telefon. Nur keine Briefe mehr lesen. Von Rai waren noch Briefe gekommen, als er schon tot war, als sie schon wußte, daß er tot war. O zuverlässige Post, sauber arbeitende, lobenswerte Organisation, die unschuldig war, Antwort brachte auf Fragen, die nicht mehr gestellt worden waren.

Nur keine Briefe mehr. Kavaliere konnten anrufen, und wenn sie schrieben, durften sie nicht mit Antwort rechnen. Alle Briefe wanderten ungelesen in den großen Abfallkübel, der von der Müllabfuhr pünktlich abgeholt wurde.

Den letzten Brief hatte sie vor elf Jahren gelesen, er war von Albert gewesen und kurz: Rai ist tot. Er ist gestern gestorben, er war das Opfer einer Schikane. Merke dir den Namen des Schuldigen: er heißt Gäseler. Ich schreibe dir mehr.

Sie hatte sich den Namen Gäseler gemerkt, aber auch von Alberts Briefen öffnete sie keinen, und so erfuhr sie nicht, daß er für ein halbes Jahr ins Gefängnis mußte: teuer bezahlte Ohrfeige in ein hübsches Durchschnittsgesicht. Auch die offizielle Todesnachricht öffnete sie nicht. Sie wurde vom Pfarrer überbracht – und sie weigerte sich, den Pfarrer zu empfangen; mit dunkel vibrierender, pathetischer Stimme, fürs Vaterland betender, den Sieg erflehender, patriotische Stimmung verbreitender –; sie wollte ihn nicht sehen. Er hatte mit der Mutter vor ihrer Tür gestanden und gerufen: „Machen Sie doch auf, liebe Nella – machen Sie doch auf!“ Und sie hörte ihn flüstern: „Hoffentlich tut sich das arme Kind kein Leid an.“ Nein, sie dachte nicht daran, sich ein Leid anzutun. Wußte er nicht, daß sie schwanger war?

Sie mochte seine Stimme nicht hören: falsches Pathos, eingehämmerte Seminar-Rhetorik, die bei bestimmten Worten die Stimme bestimmte Schwingungen vollziehen ließ. Wellenbewegungen falscher Gefühle: seismisch herausspürbare Lüge, effektvoll eingeflochtenes Rollen – und der Donnerschlag in der Stimme, wenn das Wort Hölle fällig war. Wozu das Geschrei, wozu soviel Lärm – und über Hunderttausende rollte das falsche Pathos hin, mit dem der Rhetoriklehrer im Seminar zwei Priestergenerationen ausgestattet hatte.

Machen Sie doch auf, liebe Nella.

Wozu? Ich brauche dich, weil ich Gott brauche und Gott mich, und wenn ich dich nötig habe, komme ich: rolle weiterhin dein R in Vaterland und Führer – schwinge das L in Volk – und lausche dem nichtigen Echo, das dein falsches Pathos aus der Taufkapelle zurückwirft – ührer – olk und – aterland.

Hoffentlich tut sie sich kein Leid an.

Ich tue mir kein Leid an, und die Tür öffne ich nicht: Millionen Witwen, Millionen Waisen – für – aterland – olk – ührer: oh, unbestechliches Echo, du bringst Rai nicht zurück. Sie hörte den Pfarrer vor Verzweiflung in der Diele schnaufen, hörte ihn mit der Mutter flüstern, und für einen Augenblick spürte sie Mitleid, bis wieder das pathetische Echo in ihrem Ohr aufklang.

Schloß sich der Kreis um Gäseler? Alberts Brief vor zehn Jahren und Pater Willibrord freundlich lächelnd: „Darf ich dir Herrn Gäseler vorstellen?“

Einladung nach Brernich – der gepackte Koffer stand neben dem Bücherschrank.

Die Straße draußen war leer. Es war noch früh, der Milchwagen war noch nicht bis hierher vorgedrungen, die Leinensäcke mit Brötchen hingen noch an den Gartentoren – und nebenan lachte Martin mit Albert, und Albert hörte ihn ab: WENN DU DER SÜNDEN WILLST GEDENKEN, HERR – wieder Lachen. Film, in dem sie nicht spielen wollte: Familienglück. Lachendes Kind, lachender zukünftiger Vater und lachende Mutter: Gleichmaß und Glück und die Zukunft. Es kam ihr alles so bekannt vor, so verdächtig nah und bekannt: lachendes Kind, lachende Mutter – und Albert als lachender Vater dazu? Nein, sie steckte eine Zigarette an und beobachtete den frischen, ganz blauen Qualm, der leise von der Zigarette wegkräuselte, die sie, ohne daran zu ziehen, in der Hand hielt. Hatte Alberts Frau nicht Luftballons mehr geliebt als Möbel, Vergängliches mehr als Stabiles, Seifenblasen einem Leinenvorrat vorgezogen? „Oh, kühles Linnen im Schrank der Hausfrau." Lachender Vater, lachender Sohn – aber sie würde nicht die lachende Mutter abgeben für eine Lüge, die ihr Pathos aus der Taufkapelle zurückwarf.

Langsam verqualmte die Zigarette in ihrer Hand, heller, blauer Rauch bildete verwehende Muster, und nebenan die Stimme des Jungen, der seine Lektion Albert aufsagte: AUS DER TIEFE RUFE ICH ZU DIR, O HERR – – –

Jahre hatte sie damit verbracht, sich auszudenken, wie alles hätte kommen können: mehr Kinder noch und das Haus und für Rai die Beschäftigung, die er sich erträumte – aus der Pubertät ins Mannesalter geschleppte Glücksvorstellung, durch Nazizeit und Krieg erhaltener Traum, von dem er auch in seinen Briefen immer wieder schrieb: eine Zeitschrift herauszugeben. Der Traum aller Männer, die irgend etwas mit Literatur zu tun hatten.

Zwanzig Männer kannte sie sicher, die sich mit dem Plan trugen, eine Zeitschrift herauszugeben. Auch Albert verhandelte schon seit Jahren mit dem Besitzer einer Druckerei, den er graphisch beriet: eine satirische Zeitschrift wollte er gründen. Trotz allen Spottes, den sie im Herzen gegen dieses Projekt trug, eines liebenswürdigen Spottes, hatte ihr die Vorstellung Freude gemacht, mit Rai zusammen in einem Zimmer zu sitzen, das zugleich Redaktionsbüro war: Bücher häuften sich auf den Tischen, Druckfahnen lagen herum, endlose Telefongespräche über Neuerscheinungen wurden geführt, und alles wurde in dem berauschenden Bewußtsein getan, daß die Nazis weg waren und der Krieg vorbei. Diesen Film zu sehen war ihr gelungen, solange noch Krieg war. Sie hatte es *gesehen*, dieses Leben, genau, sie hatte die Bitternis frischer Druckerschwärze auf grobem Papier gerochen, *gerochen*, sie sah sich den Teewagen ins Zimmer schieben, mit Besuchern Kaffee trinken, aus großen hellblauen Blechschachteln Zigaretten anbieten, während die Kinder im Garten lärmten. Bild aus einer Zeitschrift für Wohnkultur: um einen Wassersprühhahn herumspringende Kinder – herabgelassene Sonnenjalousien – wild korrigierte Druckfahnen auf dem Tisch: Rais Handschrift mit einem ganz weichen, tiefschwarzen Stift geschrieben. Zum Leben erwecktes Bild aus einer Zeitschrift für Wohnkultur: im Hause eines Schriftstellers – mildes, grünes Licht und der Gesamteindruck von Glück – und jemand am Telefon, Albert, der sagte: „Mensch, hast du den neuen Hemingway gelesen? – Nein, nein, die Besprechung ist vergeben" – Lachen – und Rai so glücklich, wie er noch 1933 hatte sein können. Bis ins einzelne spann sie es aus, sie sah Rai, ihre Kleider, die Bilder an den Wänden, sah sich über großen „geschmackvollen" Tellern Orangen schälen, Nüsse aufhäufen und erfand in ihren Träumen Getränke, die sie bei Sommerhitze anbieten würde: wunderschöne Säfte, rote, grüne, blaue, in denen Eisstückchen schwammen und Kohlensäure perlte – und Rai, der den Kindern, die heiß aus dem Garten kamen, Soda übers Gesicht spritzte, und Albert am Telefon: „Das ist eine Begabung, dieser junge Bosulke."

Film, der fertig gedreht war, aber nicht hatte gespielt werden können, abgeschnitten durch einen kleinen Stümper.

„WER WIRD VOR DIR BESTEHEN?" sagte der Junge nebenan, und Albert klopfte mit der Faust gegen die Wand und rief: „Telefon für dich, Nella." Sie rief: „Ja, danke, ich komme", und ging langsam hinüber. Albert spielte in ihren Träumen mit, er war der unentbehrliche Freund, dem sie mit besonderer Liebenswürdigkeit besonders erfrischende Getränke mixte. Er blieb, wenn alle längst gegangen waren. Als sie ihn jetzt auf seinem Bett sitzen sah, ein halbes, mit Marmelade bestrichenes Brötchen in der Hand, erschrak sie: alt war er geworden, müde sah er aus, sein Haar hatte sich gelichtet, und er ließ sich nicht in den so wunderbar kitschigen Film transponieren.

Sie sah Albert an, sagte guten Morgen und las auf seinem Gesicht, daß Gäseler nicht seinen Namen genannt hatte. Martin, ein Buch in der Hand, stand neben Alberts Bett und rezitierte: IN GNADE MÖGE NEIGEN SICH DEIN OHR.

„Bitte“, sagte sie, „sei einen Augenblick still.“

Sie nahm den Hörer auf und sagte: „Hallo.“

Flach und nah kam die Stimme aus dem Film, in dem mitzuspielen sie keine Lust hatte, hineingeworfen war sie plötzlich in das, was sie haßte, die Wirklichkeit, die Gegenwart.

„Sind Sie es, Nella?“

„Ja.“

„Hier Gäseler.“

„Ich hoffe, Sie –“

„Nein, ich habe keinen Namen genannt. Ich rufe nur an, um mich zu vergewissern, daß es bei unserer Abmachung bleibt.“

„Natürlich“, sagte sie.

„Ein Zimmer ist reserviert, und Pater Willibrord freut sich, daß Sie zugesagt haben. Es wird fabelhaft werden.“

„Natürlich komm ich“, sagte sie gereizt, aber die Gereiztheit kam daher, daß sie ihre Zigarette nicht mitgenommen hatte; es war blöde, ohne Zigarette telefonieren zu müssen.

Gäseler schwieg, und es blieb eine halbe Sekunde still, dann sagte er schüchtern: „Also schön, ich erwarte Sie, wie wir besprochen haben, vor der Vertrauensbank.“ Und er fügte noch schüchterner hinzu: „Ich freue mich, Nella. Auf Wiedersehen, bis bald.“

„Auf Wiedersehen“, sagte sie kurz und legte den Hörer auf. Sie starrte auf den schwarzen Telefonapparat, und während sie darauf starrte, fiel ihr ein, daß Frauen in Filmen nach entscheidenden Telefongesprächen nachdenklich auf den Apparat starrten, so wie sie es jetzt tat. In den Filmen taten es Frauen, die sich in Gegenwart ihres Mannes mit Liebhabern verabredeten, Frauen, die schwermutsvoll dann ihren Mann, ihre Kinder, ihre Wohnung betrachten, wissend, „was sie verließen“, wissend aber auch, daß sie „dem Ruf der Liebe folgen mußten“.

Sie löste gewaltsam ihren Blick von dem schwarzen Apparat, seufzte und wandte sich Albert zu: „Ich möchte mit dir sprechen, wenn Martin weg ist. Mußt du nicht gehen?“

Oh, Sanftmut in der Stimme der Mutter, mütterliche Stimme! Martin blickte auf den Wecker, der auf Alberts Nachttisch stand, und schrie: „Es ist höchste Zeit, um Gottes willen.“

„Komm“, sagte sie, „mach schnell!“

So war es immer: bis zum letzten Augenblick vergaßen sie die Zeit, dann wurde hastig der Ranzen gepackt, ein Brot fertiggemacht.

Sie halfen Martin, die Bücher in den Ranzen zu stopfen, Albert war aufgesprungen und schmierte ein Brot, sie küßte den Jungen auf die Stirn und sagte: „Soll ich dir eine Entschuldigung mitgeben, es ist schon bald neun, du kommst nicht mehr zurecht.“

„Nein“, sagte Martin resigniert. „Es hat gar keinen Zweck. Der Lehrer liest die Entschuldigung schon gar nicht mehr. Wenn ich wirklich mal pünktlich komme, lacht die ganze Klasse.“

„Wir fahren doch heute abend weg, nun geh. Morgen ist schulfrei.“

Albert stand, Schuldbewußtsein auf dem Gesicht, neben seinem Bett. „Es tut mir leid, Martin“, sagte er, „ja, heute abend fahren wir weg.“

Nella rief den Jungen zurück, als er zur Tür gegangen war, sie küßte ihn noch einmal und sagte:

„Ich muß verreisen, aber Albert wird sich um dich kümmern."

„Wann kommst du zurück?"

„Laß doch den Jungen jetzt gehen", sagte Albert. „Es ist scheußlich für ihn, immer zu spät zu kommen."

„Es macht jetzt nichts mehr", sagte Martin, „ich komme ja sowieso zu spät."

„Ich weiß nicht", sagte Nella, „vielleicht dauert es ein paar Tage, aber wahrscheinlich komme ich morgen schon zurück, am Abend."

„Ja, ist gut", sagte das Kind, und sie wartete vergebens auf ein Zeichen des Bedauerns. Sie steckte ihm eine Apfelsine in die Tasche, und er ging langsam hinaus.

Die Tür zu Alberts Zimmer war offengeblieben. Sie zögerte, schloß dann die Tür und ging in ihr Zimmer zurück. Die Zigarette auf der Marmorfensterbank war fast ganz verqualmt, und heftige, hellblaue Schwaden stiegen auf. Sie drückte die Zigarette aus, warf sie in den Aschenbecher und sah, daß die gelblichen Spuren auf der Fensterbank sich vermehrt hatten. Der Junge überquerte langsam, sehr langsam die Straße und verschwand um die Ecke des Pfarrhauses. Jetzt war etwas Leben auf der Straße, der Milchmann verhandelte mit Dienstboten, und ein magerer Mann zog mühsam seinen Karren vorbei und bot mit melancholisch singender Stimme Kopfsalat an, wildes, heftiges Grün wie das der Limonadenflaschen auf dem Tennisplatz. Der Milchmann und der Mann, der seinen Salat durch die Straßen zog, gingen vorüber. Frauen mit Einkaufstaschen tauchten auf, und ein Hausierer betrat die unsichtbare Linie, die der Briefträger vor Jahren betreten hatte, wenn er ihr

Post brachte: ein mit Bindfaden umwickelter, aufgeplatzter Koffer und die Hoffnungslosigkeit in der Kopfhaltung des Mannes, der das Gartentor öffnete. Sie sah ihn, wie sie einen Film gesehen hätte, und daß er wirklich klingelte, erschreckte sie. War er nicht bloß der dunkle Schatten gewesen, der in diesen sonnigen Film hineinkomponiert werden mußte, verführerisch unwahrer Traum von Redaktionszimmer, Druckfahnen und kalten Getränken? Es klingelte leise und schüchtern, und sie wartete, ob Albert öffnen würde, aber Albert rührte sich nicht, und sie ging in die Diele und zog die Tür auf. Der Koffer war schon geöffnet, ordentlich gestapelte Kärtchen mit Gummiband, Knöpfe auf Kartons geheftet und die zärtlich lächelnde Blondine von Alberts Lavendelwasserflasche, ganz neu, ganz frisch, freundliche Kurtisane im Rokokorock, die der davonfahrenden Postkutsche nachwinkte. Seidentuch und Fragonard-Bäume im Hintergrund, Stimmung geschickt mit dunstigen Effekten versehen und ferne, ferne, ganz hinten das Taschentuch des Geliebten, der aus der Postkutsche herauswinkte, sich entfernend, ohne kleiner zu werden; goldig angehauchtes Blattgrün der Fragonard-Bäume und die zärtliche kleine Hand, die das Taschentuch hielt, rosiges Händchen, der Liebkosungen kundig. Der Hausierer sah sie merkwürdig an; noch wagte er nicht zu hoffen, daß sie etwas kaufen würde. Und gerade das, das Kostbarste, was sein Koffer enthielt, er wußte, daß sie es kaufen würde, wagte aber nicht, es wirklich zu hoffen, wagte nicht zu glauben, daß das große runde silberne Geldstück wirklich in seine Tasche wandern würde. Seine Hoffnung war schwächer, sein Glaube geringer an Kraft als sein

Wissen; tödliche Müdigkeit verschlissenen Gesichts.

Sie nahm die Flasche und fragte leise: „Was kostet es?"

„Drei Mark", sagte er, und er wurde blaß vor Schrecken, weil es wirklich geschehen war, wider die Hoffnung, wider den Glauben. Er seufzte, als sie noch etwas nahm, noch einmal die süße Schöne, die sich diesmal in einer Schüssel aus Porzellan die Hände wusch. Rosige kleine Finger, der Liebkosungen kundig, wuschen sich aber hier in einer gewaltigen Fülle saubersten Wassers, Fragonard-Garten durchs offene Fenster zu sehen – und die „alabasterweiße" Büste der Schönen auf der Seifenpackung.

„Was kostet es?" sagte sie und nahm auch das Stück Seife.

„Eine Mark", sagte der Mann, und in seinem Gesicht war fast Wut, Wut über soviel realisierte Hoffnung, von der er vierzehn Tage würde zehren müssen, Vorschuß des Glücks, das er mit gemischten Gefühlen hinnahm, dunkel ahnend: das konnte nicht gut gehen.

„Vier Mark also", sagte sie, und er nickte ihr erleichtert zu. Sie gab ihm vier Mark, silberne Münzen, und legte drei Zigaretten auf den Deckel des Koffers.

Vor Schrecken wagte der Mann nicht, danke zu sagen, er starrte sie an und nahm das kostenlose, mühelose Lächeln aus ihrem Gesicht entgegen. Ihr Lächeln wirkte sofort, dunkle Gier, wildes Verlangen nach soviel Schönheit, wie er sie sonst nur auf Seifenpackungen sah, Filmschönheit, verheerendes Lächeln im Dämmer der Diele. Nella erschrak und schloß leise die Tür.

„Albert“, rief sie, „Albert, kommst du – ich muß gleich weg.“

„Ja“, rief er aus seinem Zimmer, „ich komme.“

Sie ging in ihr Zimmer zurück und ließ die Tür offen. Albert war schon fertig angezogen, als er kam; er hatte die Zeitung in der Tasche, den Autoschlüssel in der Hand und die Pfeife im Mund.

„Was ist los?“ sagte er und blieb in der offenen Tür stehen.

„Komm doch herein“, sagte sie, „oder hast du keine Zeit?“

„Nicht viel“, sagte er, aber er kam herein, ließ die Tür offen und setzte sich auf die Kante eines Stuhls. „Du fährst weg?“

„Ja.“

„Für mehrere Tage?“

„Ich weiß noch nicht, vielleicht komme ich morgen schon zurück. Es ist eine Tagung“, sagte sie.

„Von wem über was?“

„Dichtung und Gesellschaft, Dichtung und Kirche“, sagte sie.

„Na schön“, sagte er.

„Etwas“, sagte sie, „irgend etwas muß ich ja schließlich tun. Am liebsten möchte ich richtig arbeiten.“ Sie fängt schon wieder an, dachte er, und laut sagte er: „Natürlich mußt du was zu tun haben, aber arbeiten wäre unsinnig. Die meisten Menschen arbeiten aus dem einfachen Grund, weil sie ihre Familie ernähren müssen, eine Wohnung haben müssen und den ganzen Kram. Was zu tun haben, ist was anderes als arbeiten – und zu tun haben könntest du den ganzen Tag.“

„Ich weiß“, sagte sie seufzend – „das Kind“ – und sie fiel wieder in Pater Willibrords Tonfall – „das Kind und das Werk Ihres Gatten betreuen.“

„Natürlich“, sagte er, „tu’s, grabe die ganze Kiste unten aus, suche Willibrords Briefe, Schurbigels Briefe und zähle die Segenswünsche für den Führer, die sie enthalten, ’ne nette Beschäftigung.“

„Verdammt“, sagte sie vom Fenster her, „soll ich wirklich mein Leben damit verbringen, siebenunddreißig Gedichte zu betreuen? Mit dem Jungen wirst du viel besser fertig als ich. Und heiraten will ich nicht mehr, ich will nicht die lachende Mutter auf einem Foto in der Illustrierten sein, ich will nicht mehr eines Mannes Frau sein – niemals wird wieder jemand kommen, der so ist, wie Rai war – und Rai kommt nicht wieder. Abgeknallt ist er worden – ich bin zur Witwe gemacht für –aterland –olk und –ührer“, und sie ahmte das Echo nach, wie es aus der Taufkapelle in der Kirche zurückgekommen war, Lüge enthaltend und Drohung, Seminaristenpathos – „Glaubst du wirklich, daß es mir Spaß macht, mit Dummköpfen auf Tagungen zu fahren?“

„Dann bleib doch hier, Nella“, sagte er. „Ich bin ein reicher Mann geworden, über Nacht sozusagen“ – und er lachte kläglich und dachte an den Inhalt des Sunlight-Kartons. „Wir machen uns ein nettes Wochenende mit dem Jungen, und du kannst dich mit Will über Filme unterhalten. Wenn du willst“, sagte er – und sie sah plötzlich zu ihm auf, weil der Tonfall seiner Stimme sich veränderte – „wenn du willst, fahren wir weit weg.“

„Wir beide?“

„Mit dem Jungen“, sagte er, „wenn du es erträgst mit beiden – nehmen wir Martins Freund mit, falls er Lust haben sollte.“

„Warum nicht wir beide allein“, sagte sie, „warum

glückliche Familie spielen, wo das Glück ein Betrug ist – lächelnder Vater, lächelnder Sohn und lächelnde Mutter."

„Es geht nicht", sagte er, „sei doch vernünftig. Für den Jungen würde es schrecklich sein, es würde für ihn der letzte Schock sein, noch mehr für den Freund: Ich kann nichts dazu", sagte er leise, „aber für die Kinder bin ich eben irgend etwas wie die letzte Stütze, es würde für sie ein Schlag sein, den sie nie überwinden, wenn auch ich – wenn auch ich aus der Onkelkategorie, in der ich jetzt bin, in die andere überwechselte."

„Und für dich selbst?"

„Für mich selbst, mein Gott, bist du verrückt, liegt dir wirklich daran, mich in die Position zu drängen, aus der ich mich mit Mühe heraushalte – komm", sagte er, „ich muß gehen, Bresgote wartet auf mich."

„Mit Mühe", sagte sie, und sie rührte sich nicht vom Fenster weg und sprach mit ihm, ohne sich umzudrehen.

„Ja, mit Mühe", sagte er, „wenn dir daran liegt, es genau zu erfahren – oder möchtest du, daß wir heimlich in diesem Haus hier, das nach Erinnerungen stinkt, Geliebte und Geliebter spielen und nach außen guter Onkel und gute Mama? Außerdem wäre es zwecklos, die Kinder merken es."

„Die Kinder", sagte sie müde, „der Kinder wegen soviel Krampf."

„Nenn es meinetwegen Krampf, du wirst ums Heiraten nicht rumkommen, Nella."

„Ich komm rum", sagte sie, „ich heirate nicht mehr, lieber die wilde Witwe spielen als die lächelnde Ehefrau, Keimzelle des – aterlands – des – olkes."

„Komm jetzt“, sagte er, „oder entschließe dich hierzubleiben. Du wirst dich zu Tode langweilen.“

„Nein“, sagte sie, „heute muß ich wirklich hin. Wenn ich nie einen Grund hatte, heute hab ich einen. Diesmal muß ich hin.“ Sie überlegte, wie die Nennung des Namens Gäseler auf Albert wohl wirken würde.

„Gehn wir“, sagte sie. Er nahm ihren Koffer, und sie sagte im Hinausgehen, als sage sie etwas Nebensächliches: „Du kannst nicht mehr für mich tun, als du tust, und es ist gut, daß du dich um den Jungen kümmerst, und du mußt wissen, daß ich nicht die geringste Eifersucht dabei spüre.“

Es war wärmer geworden, er zog die Handschuhe aus, nahm auch die Mütze ab und setzte sich neben Nella ins Auto.

Noch bevor er anfuhr, sagte sie: „Ich wünschte, ich hätte so eine Beschäftigung wie du. Du mußt doch sehr glücklich sein.“

„Ich bin's nicht“, sagte er, und was er weiter sagte, ging verloren im Geräusch des anlaufenden Motors, und sie hörte nur noch den Rest: „Nein, ich bin's wirklich nicht. Und auch du könntest zu tun haben.“

„Ich weiß“, sagte sie, „ich könnte den Nonnen helfen, bügeln und so, die Bücher führen, Hosen stricken – und so –, und die Oberin könnte sagen: ‚Wir haben jetzt eine ganz reizende Helferin, die Frau des Dichters Sowieso.‘“

„Sei nicht blöde“, sagte er, und an der Art, wie er schaltete, merkte sie, daß er wütend war.

„Dein Gequatsche wird mir den kleinen Spaß, den ich habe, nicht verderben, du kannst über die Nonnen schimpfen, soviel du willst, sie führen kein unvernünftiges Leben, sie haben eine Beschäftigung, die mir immer als die vernünftigste erschienen ist, wenn ich auch selbst sie nie gut habe ausüben können. Sie beten – und damit sie Zeit zum Beten haben, nehme ich ihnen gern einen Teil ihres Krams ab."

„Es ist herrlich zu hören, wie gut andere Leute ihr Leben eingerichtet haben." Sie weinte kurz darauf, faßte sich wieder und sagte: „Jetzt noch eine Frau, und dein Leben wäre komplett."

„Warum nicht", sagte er, und als er vor dem roten Licht stoppen mußte an der Pipinstraße, nahm er ihre Hand und sagte: „Du verrennst dich in Snobismus, Nella."

Sie erwiderte den Druck seiner Hand und sagte: „Nein, es ist etwas anderes als verrennen, ich kann ihnen nicht verzeihen, daß sie meinen Mann abgeknallt haben – ich kann's nicht verwinden, nicht verzeihen und nicht vergessen, und ich möchte ihnen nicht zum zweiten Male die Freude machen, eine glücklich lächelnde Frau abzugeben, ihnen", sagte sie.

„Wem?"

„Ihnen", sagte sie ruhig, „such dir aus, wen ich meinen könnte. Es ist grün, fahr weiter."

Er fuhr weiter. „Nichts, was du tust", sagte er, „tust du ganz. Du bist keine Mutter, keine Witwe, keine Hure und niemandes wirkliche Geliebte – ich bin eifersüchtig", sagte er, „eifersüchtig auf die verschwendete Zeit, nicht einmal auf die Dummköpfe, mit denen du sie verschwendest – und es wird so bleiben, daß ein Mann nicht mehr für eine Frau tun kann, als sie bitten, ihn zu heiraten."

„Nein", sagte sie, „manchmal kann es mehr bedeuten, der Geliebte einer Frau zu sein. Es ist ganz merkwürdig, früher waren die Frauen froh, wenn sie geheiratet wurden, heute scheint's umgekehrt zu sein, jedenfalls liegt mir nichts daran."

„Weil du versnobt bist. Jahrelang diesen Flachköpfen zuzuhören – das tut natürlich seine Wirkung. Wo möchtest du raus?"

„An der Sparkasse", sagte sie.

Er wartete, bis der Polizist ihm die Fahrbahn freigab, umkreiste den Platz Karls des Großen und hielt vor der Sparkasse. Er stieg aus, half ihr beim Aussteigen und nahm ihren Koffer aus dem hinteren Teil des Wagens.

„Diesmal", sagte sie lächelnd, „verschwende ich meine Zeit wirklich nicht."

Er zuckte mit den Schultern. „Schön", sagte er, „spielen wir das Spiel umgekehrt, früher warteten treue Frauen darauf, daß sie von ungetreuen Männern geheiratet würden, jetzt warte ich darauf, als Mann, als treuer glaube ich, bis die Ungetreue sich heiraten läßt."

„Treu bist du", sagte sie, „und ich weiß, daß es gut ist."

Er gab ihr die Hand, stieg ein und umkreiste den Platz zum zweiten Male.

Sie wartete, bis er um den Platz herum und in die Straße der Merovinger eingebogen war, dann winkte sie eins von den Taxis heran, die unter dem alten Stadttor warteten, und sagte dem Fahrer: „Zum Platz der Vertrauensbank."

XII

Sonst beeilte er sich nicht, nach Hause zu kommen, wenn die Schule aus war. Er schloß sich denen an, die unter dem Namen Bummler bekannt waren, aber auch unter denen war er der, den es am wenigsten trieb. Manche liefen sehr schnell, sie hatten Hunger oder freuten sich auf irgend etwas, mußten einkaufen gehen, jüngeren Geschwistern das Essen wärmen. Brielach mußte für seine kleine Schwester kochen, er war in der Schule immer müde und lief, sobald es zum Schluß schellte, ganz schnell weg, weil seine Mutter aus dem Haus ging, zwanzig Minuten bevor die Schule aus war. Dann war Wilma mit Leo allein, und Brielach hatte keine Ruhe in der Schule, wenn er wußte, daß Wilma mit Leo allein war. In der letzten Unterrichtsstunde pflegte Brielach ihm zuzuflüstern: „Ich habe keine Ruhe mehr."

Brielach hatte wirklich keine Ruhe. Er hatte viel zu tun, erledigte die Schule nebenbei wie etwas, das lästig, zugleich angenehm unwirklich ist. Luftbläschen unter der Eisdecke, süße Spielereien, die schön waren, die zu genießen aber auch Zeitverschwendung bedeutete. Manchmal war es auch bloß langweilig, und Brielach schlief in der letzten Stunde ein, wenn die Unruhe um Wilma ihn nicht wachhielt.

Martin war wach und lauerte auf die Klingel. Die Zeit staute sich, sie hielt die Luft an, um den großen Zeiger mit einem Ruck auf die Zwölf zu pusten, und es klingelte. Brielach fuhr auf – sie nahmen die Ranzen, hingen sie im Hinauslaufen um und rannten durch den Flur, den Hof auf die Straße. Wettlauf bis zur Ecke, wo er nach rechts, Brielach nach links mußte. Sie lagen weit vor den anderen und liefen auf der Fahrbahn, um auf dem Bürgersteig nicht durch die Mädchen, die in die Schule strömten, behindert zu sein.

Brielach war zuerst an der Ecke, aber er wartete, wenn er auch ungeduldig war, nach Hause zu kommen, und als sie sich verabschiedeten, rief Martin: „Du fährst mit uns nach Bietenhahn. Wir holen dich ab."

„Ich muß erst die Mutter fragen."

„Wiedersehen."

Er konnte den Weg, zu dem er sonst eine Viertelstunde brauchte, in fünf Minuten schaffen. Er lief sehr schnell, atmete ungeschickt vor Ungeduld und sah schon von weitem, daß Alberts Wagen nicht vor der Tür stand. Er verschnaufte auf einer Gartenmauer, blickte rückwärts in die Allee hinein, die Albert herunterkommen mußte, wenn er von Bresgote kam. Nach Hause zu gehen, hatte er keine Lust. Bolda war weg, Glum war weg, und Freitag war ein gefährlicher Tag, ein Großmuttertag. BLUT IM URIN war noch nicht ganz abgeklungen, und in Vohwinkels Weinstube wurden heute vier Dutzend verschiedene Sorten Fisch geboten, und er mochte Fisch nicht. Wenn Albert um die Ecke bog, würde er ihn hier gleich sitzen sehen, und er war wütend auf Albert, weil sein Auto noch nicht vor der Tür stand.

Er stand auf, schleppte sich bis zur Tankstelle zurück, die dem Ende der Allee gegenüberlag.

Jetzt erst kamen die Bummlerinnen durch die Allee, denen er sonst an der Ecke begegnete; sie überschritten den Fahrdamm, blickten auf den goldenen, großen Zeiger der Kirchenuhr und setzten sich in Trab. Einzelne abgehetzte Mädchen kamen immer noch die Allee herauf. In der Ferne sah er eine ganze Gruppe, die langsam ging. Er kannte sie alle, denn die, die jetzt zu spät kamen, waren dieselben, denen er begegnete, wenn die Schule mittags anfing. Denen, die jetzt die Allee heraufkamen, begegnete er dann an der Tankstelle, auf deren Mauer er saß. Heute war der Rhythmus gestört, und er ärgerte sich, daß er gelaufen war. Sonst war er der allerletzte und saß hier auf der Mauer der Tankstelle, wenn die mutlosen Bummlerinnen kamen, die nicht einmal mehr liefen, weil es zwecklos war. Das waren die, die jetzt hinten in der Allee über die Schatten der Bäume sprangen wie über Schwellen, die traf er sonst hier an der Tankstelle, und heute war er schon fast zu Hause gewesen, wieder zurückgegangen, und sie waren immer noch nicht hier. Mit fliegendem Haar und erhitzten Gesichtern liefen gerade die vorbei, die es noch nicht gewohnt waren, zu spät zu kommen. Der große Zeiger der Kirchenuhr stand knapp vor der Drei, und es war zwecklos, daß sie liefen, denn sie würden sowieso zu spät kommen.

Onkel Alberts Auto kam nicht, und er empfand das Warten wie eine Verdammnis, an der Albert die Schuld trug. Jetzt kam die Gruppe der langsamen Bummlerinnen über die Straße, es schlug Viertel nach eins, und der alte Rhythmus war wiederhergestellt. Umsonst gelaufen, umsonst sich beeilt, denn es war alles wie an anderen Tagen. Die Bummlerinnen lachten, erzählten sich, und er bewunderte sie, die gehörten zu den STUREN, zu denen er so gerne gehört hätte. Es gab die STUREN, das waren die, denen alles egal war. Stur war ein Begriff, der rätselhaft blieb, denn es gab Sture, deren Eltern Geld hatten, und es gab Sture, deren Eltern kein Geld hatten. Brielach konnte stur sein, und bei ihm war die Sturheit mit Stolz gemischt, deutlich war auf seinem Gesicht zu lesen: was wollt ihr? – Stur, das waren alle die, von denen der Rektor sagte, sie müßten GEBROCHEN werden, das hörte sich schrecklich an, als würde Brennholz zerbrochen, würden Knochen geknackt, und eine Zeitlang hatte er geglaubt, die GEBROCHENEN STUREN seien dieselben, die in Vohwinkels Weinstube den Fressern vorgesetzt wurden. Im zweiten Schuljahr war Hewel GEBROCHEN worden und dann verschwunden. Hewel war von der Polizei in die Schule geholt worden, war aber immer in der Pause verschwunden. Später hatte er Born verführt, dasselbe zu tun. Hewel und Born wohnten zusammen im Bunker, sie hatten damals schon Unschamhaftes getan, und wenn sie geschlagen wurden, lachten sie, und der Rektor hatte gesagt: sie müssen GEBROCHEN werden. Später waren Hewel und Born verschwunden, und er nahm an, daß sie GEBROCHEN worden und in Vohwinkels Weinstube den Kinderfressern, den Knochenknackern serviert worden waren, die viel, viel GELD dafür zahlten.

Albert hatte es ihm später erklärt, aber es blieb rätselhaft genug, und der Bunker blieb geheimnisvoll, fensterloser Betonklotz zwischen Schrebergärten, in dem Hewel und Born gewohnt hatten. GE-

BROCHEN waren sie worden, spurlos verschwunden in der Anstalt, wie Albert sagte.

Albert kam nicht und Albert würde nie kommen, er hielt mit halb geschlossenen Augen die aus der Stadt heranfahrenden Autos im Auge, und Alberts Wagen war nicht dabei, nirgendwo der mausgraue, breite alte Mercedes, der unverkennbar war.

Es gab nicht viele Möglichkeiten: zu Brielach zu gehen, hatte er keine Lust. Dort war jetzt Onkel Leo, der erst um drei Uhr auf Schicht ging. Bolda schrubbte die Kirche, es gab die Möglichkeit, zu ihr zu gehen, in der Sakristei eins ihrer Butterbrote zu essen und heiße Bouillon aus der Thermosflasche dazu zu trinken.

Er sah einer hoffnungslosen Bummlerin zu, die jetzt erst die Allee heraufkam und sich nicht im geringsten beeilte. Er kannte diesen Zustand, es war gleichgültig, ob man zwanzig oder fünfundzwanzig Minuten zu spät kam. Das Mädchen betrachtete mit großem Interesse die ersten Blätter, die von den Bäumen gefallen waren, sammelte sie zu einem Strauß, große, noch fast ganz grüne, nur leicht gelblich gefärbte Blätter. Jetzt überquerte sie ruhig die Straße, den Blätterstrauß in der Hand.

Diese Bummlerin war eine neue. Sie hatte dunkles, wirres Haar, und er bewunderte die Ruhe, mit der sie nun am ATRIUM stehenblieb, um die Kinoplakate zu betrachten. Er rückte auf der Mauer näher zum ATRIUM hin, das neben der Tankstelle lag. Die Plakate kannte er schon, er hatte sie mit Brielach zusammen betrachtet, und sie hatten beschlossen, am Montag ins Kino zu gehen.

Zwischen zwei grünen Pappeln war auf dem Plakat das bronzene Tor eines Schloßparks zu sehen; die eine Hälfte des Tors war geöffnet, und in dieser Öffnung stand eine Frau im lila Kleid, oben am Hals hatte das Kleid eine breite Goldborte, die den Hals wie ein Kragen umschloß. Die Frau blickte mit weitaufgerissenen Augen auf den, der gerade das Plakat betrachtete, und quer über ihren lila Bauch war der weiße Streifen geklebt JUGENDFREI – und oben in dem hellblauen Himmel über dem Schloß im Hintergrund stand der Titel: GEFANGENE DES HERZENS. Er mochte die Filme nicht gern, wo nur Frauen auf den Plakaten waren. Frauen in hochgeschlossenen Kleidern auf Plakaten, die den weißen Streifen trugen JUGENDFREI, kündigten Langeweile an, während Frauen mit offenen Kleidern auf den Plakaten, die den roten Streifen trugen JUGENDVERBOT, UNMORALISCH versprachen, aber er hatte weder Lust auf Unmoralisch noch Lust auf Langeweile, und die besten Filme blieben die Cowboyfilme und die Trickfilme.

Für die nächste Woche war ein unmoralischer Film angekündigt. Das Plakat hing neben dem Plakat des jugendfreien Films: Frau, deren Brust zu sehen, von Mann, dessen Schlips verrutscht war, umarmt. Der Schlips des Mannes war arg verrutscht, und es sah wüst aus, sah nach dem Wort aus, das Brielachs Mutter zum Bäcker gesagt hatte – er hatte das Wort gehört, als er mit Brielach und Wilma hingegangen war, um Brielachs Mutter abzuholen.

Süß roch es dort unten und warm. Es lagen Stapel frischgebackener, Wärme ausströmender Brote auf den hölzernen Regalen, und er liebte das Mampfen der Knetmaschine und die große Sahnespritze, mit der der Bäcker auf die Kuchen schrieb: „Zum Namenstag". Flink und sauber und richtig schrieb der Bäcker mit der Spritze, schneller als andere Leute mit dem Füllfederhalter, und Brielachs Mutter malte mit der Sahnespritze flink und leicht Blumen und Häuser, Qualm aus den Kaminen, und mit dem Schokoladepinsel malte sie herrliche Sachen. Wenn er mit Brielach hinging, schlichen sie von hinten durch die Einfahrt heran, dort vorbei, wo manchmal die Mehlautos hielten, sie blieben vor der Blechtür stehen, die meist nur angelehnt war, schlossen die Augen und nahmen warmen süßen Duft in sich auf. Dann öffneten sie die Tür leise, stürzten hinein und schrien: Bäh – und dieses Spiel erheiterte Wilma, die vor Freude schrie, erheiterte auch den Bäcker und Brielachs Mutter.

Dort hatten sie auch vor einer Woche gestanden, und innerhalb der drei Sekunden, die sie warteten, ehe sie die Tür aufstießen – plötzlich – in die Stille hinein hatten sie gehört, wie Brielachs Mutter drinnen sagte: „Ich lasse mich nicht –" Wort. Er wurde rot, wie er jetzt daran dachte, und war zu bange, das Wort richtig zu denken. Und der Bäcker sagte ruhig und traurig: „Das darfst du nicht sagen, nein, nein –"

Wilma hatte sie im Dunkeln angestoßen, sie aufgefordert, das Bäh-Spiel zu beginnen, aber sie waren beide geschlagen gewesen, wie umgehauen, während drinnen der Bäcker Unverständliches vor sich hin stammelte, dunkles Zeug, das sich beunruhigend anhörte, wild und doch demütig, und dazwischen das helle Lachen von Brielachs Mutter, und er hatte daran gedacht, was Onkel Albert von der Sehnsucht der Männer gesagt hatte, sich mit den Frauen zu vereinigen, der Bäcker schien ganz verrückt darauf zu sein, sich mit Brielachs Mutter zu vereinigen, er schien fast zu singen, unverständliches Gestammel, und er hatte die Blechtür leise aufgedrückt, um zu sehen, was er nur hörte – zu sehen, ob sie sich wirklich vereinigten, aber Brielach hatte ihn wütend zurückgerissen, hatte Wilma auf den Arm genommen, und sie waren nach Hause gegangen, ohne sich zu zeigen.

Brielach war eine ganze Woche lang schon nicht mehr in die Bäckerei gegangen, und er versuchte, sich Brielachs Schmerz vorzustellen, indem er versuchte, sich vorzustellen, wie es ihm erginge, wenn seine Mutter das Wort gesagt hätte. Er probierte das Wort aus, indem er sich alle Leute, die er kannte, vorstellte und es ihnen in den Mund legte, aber aus Onkel Alberts Mund kam das Wort einfach nicht heraus, während es – und hier schlug sein Herz schneller, und er verstand Brielachs Schmerz –, während es aus seiner Mutter Mund nicht ganz unmöglich klang. Aus Wills Mund kam es gar nicht, und Bolda, Glum, Alberts Mutter und die Großmutter – aus deren Mund kam es nicht, es paßte nicht hinein – nur die Mutter – bei ihr klang es nicht ganz unmöglich.

Lehrer, Kaplan, der junge Mann im Eissalon – an ihnen allen wurde das Wort ausprobiert, und da war ein Mund, in den es hineinpaßte wie der Stöpsel ins Tintenfaß, Onkel Leos Mund. Leo sprach es noch deutlicher aus, als Brielachs Mutter es ausgesprochen hatte.

Er sah die kleine Bummlerin nicht mehr, es war bald Viertel vor zwei, und er versuchte sich vorzustellen, wie sie in die Klasse trat, sie würde lächeln und lügen, und sie würde weiter lächeln, wenn sie geschimpft wurde. Die war eine ganz STURE. Sie würde GEBROCHEN werden – und obwohl er längst von Albert wußte, daß Kinder nicht geschlachtet wurden, stellte er sich vor, wie sie GEBROCHEN in Vohwinkels Küche wanderte. Er stellte es sich vor, weil er anfing, Albert zu hassen, und weil er Albert strafen wollte. Weil er nicht wußte, wohin er gehen sollte, denn bei Brielach war Onkel Leo, und er mochte den Mund nicht sehen, in den das Wort so genau hineinpaßte, und die leere, ganz leere Kirche, in der Bolda jetzt war, ängstigte ihn ebenso wie die Aussicht, von Großmutter in Vohwinkels Weinstube geschleppt zu werden, wo die Gebrochenen verzehrt wurden, wo auf jeden Fall er würde brechen müssen in dem entsetzlichen Klo, zwischen den Hintern der Fresser und Knochenknacker.

Er rückte noch näher zum Atrium hin und spürte, daß er Hunger hatte. Es gab noch eine Möglichkeit: nach Hause gehen, sich hineinschleichen und das Essen aufwärmen. Er kannte die Anweisung zum Aufwärmen schon auswendig, vom Rand der Zeitung abgerissen und hastig draufgeschmiert. Dreh den Hahn nicht zu weit auf – bleib dabeistehen – dreimal unterstrichen. Aber der Anblick des kalten Essens verdarb ihm den Appetit, das schien noch niemand zu wissen, geronnenes Fett der Soßen, die angetrockneten Kartoffeln, klumpige Suppen und die Gefahr, daß die Großmutter kommen würde. Vier Dutzend Fischgerichte in Vohwinkels Weinstube, rötlich, bläulich, grünlich schimmerndes Fischfleisch, und grinsende Fettsäcke, die an Aalstücken herumlutschten, und durchsichtige grünliche, rötliche, bläuliche Soßen, zerkrümelte Haut von gekochtem Schellfisch, die wie zusammengelesene Radiergummiflusen aussah.

Albert kam nicht, und Albert würde nie kommen, und um sich zu rächen, zwängte er das häßliche Wort so lange, bis es in Alberts Mund paßte.

An den Vater zu denken war zu traurig: in der Ferne getöteter viel zu junger Mann, lächelnd, die Pfeife im Mund, unfähig, das Wort auszusprechen.

Der Kaplan war zusammengezuckt, als er im Beichtstuhl das Wort sagte. Zögernd, errötend, um sich davon zu befreien, sprach er es aus, das Wort, das nicht einmal zwischen Brielach und ihm gesprochen worden war. Das bleiche Gesicht des jungen Priesters zuckte, und der Kaplan beugte sich nach vorne wie ein GEBROCHENER. Zu Tode traurig, schüttelte er den Kopf nicht wie jemand, der nein sagen will, nicht wie jemand, der erstaunt ist; er schüttelte den Kopf wie jemand, der dahintaumelte, bevor er umfällt. Vom violetten Vorhang abstrahlender Schimmer färbte das bleiche Gesicht des traurigen Kaplans gespenstisch, Fastenzeitfarbe über den Kaplan ausgegossen, und der Kaplan seufzte, ließ sich alles erzählen und sprach von MÜHLSTEINEN, MÜHLSTEINE um die Hälse derer gebunden, die ein Kind verführen, und er entließ ihn mit der Bitte, nicht mit der aufgetragenen Buße, jeden Tag drei Vaterunser und drei Ave zu beten, um das Wort aus sich herauszuwaschen. Auf der Mauer sitzend, betete Martin sie, drei Vaterunser, drei Ave-Maria. Er achtete nicht mehr auf die Autos, mochte der Mercedes vorbeifahren. Er betete langsam, die Augen halbgeschlossen, und dachte dabei an die Mühlsteine. Mühlstein um Leos Hals gebunden, und Leo sank bis auf den Boden des Meeres, durch blaue, durch grüne Finsternis – an seltsamen, immer seltsamer werdenden Fischen vorbei. Schiffswracks, Algen,

Schlick, Ungeheuer des Meeres – und Leo sank, vom Gewicht des Mühlsteins gezogen. Nicht Brielachs Mutter hatte den Mühlstein am Hals, sondern Leo, Leo, der Wilma quälte, sie mit der Knipszange bedrohte, sie mit der langen Nagelfeile auf die Finger schlug. Leo, in dessen Mund das Wort so genau hineinpaßte.

Er betete das letzte Vaterunser, das letzte Ave-Maria, stand auf und ging ins ATRIUM hinein. Er erschrak, die Bummlerin stand da und verhandelte mit dem Portier. Der Portier sagte: „Gleich, gleich, mein Kind, noch ein paar Minuten, dann geht's los. Kommst du aus der Schule?"

Und aus dem Munde der Bummlerin die klare, helle, wunderbar anzuhörende Lüge: „Ja."

„Mußt du nicht nach Hause?"

„Nein, meine Mutter geht arbeiten."

„Und dein Vater?"

„Mein Vater ist gefallen."

„Zeig deine Karte."

Sie zeigte sie, grünlicher Papierfetzen und das JUGENDFREI quer über dem lila Bauch der Frau draußen auf dem Plakat. Die Bummlerin verschwand, und Martin trat näher. Schüchtern blieb er vor der Kasse stehen. Eine dunkelhaarige Frau saß dort im Glaskasten und las. Die Frau blickte auf, lächelte ihm zu, aber er lächelte nicht zurück. Ihr Lächeln gefiel ihm nicht, irgend etwas in ihrem Blick mußte mit dem Wort zusammenhängen, das Brielachs Mutter zum Bäcker gesagt hatte. Die Frau senkte ihren Blick auf das Buch, und er betrachtete aufmerksam ihren blendendweißen Scheitel, das bläulich schimmernde Haar, und wieder blickte sie auf, schob die Glasklappe zurück und fragte: „Willst du was?"

„Fängt's schon an?" fragte er leise.

„Um zwei", sagte sie, sie sah auf die Uhr, die hinter ihr an der Wand hing, „in fünf Minuten. Willst du rein?" „Ja", sagte er, und im gleichen Augenblick fiel ihm ein, daß er Brielach für Montag zu diesem Film eingeladen hatte. Die Frau lächelte, zupfte an der grünen, an der gelben, an der blauen Rolle mit Eintrittskarten und fragte: „Welchen Platz?" Er zog den Reißverschluß zurück, der oben quer über den Träger seiner Hose genäht war, suchte Geld heraus und sagte: „1,10", und ihm fiel ein, daß es gut sein würde, Albert warten zu lassen, daß es gut sein würde, allein im Dunkel zu sitzen, und daß er mit Brielach am Montag in einen anderen Film würde gehen können.

Die Frau riß eine Eintrittskarte von der gelben Rolle ab und schob das Geld zu sich herüber.

Der Portier erwartete ihn mit strengem Blick.

„Und du", sagte er, „warst du schon in der Schule?"

„Ja", sagte er, und er fügte gleich, um die zweite und dritte Frage zu überspringen, hinzu: „Meine Mutter ist verreist, und mein Vater ist gefallen."

Der Portier sagte nichts mehr, riß das gelbe Schnipsel von der Karte ab, gab ihm den Rest und ließ ihn ein. Und als er hinter dem dicken grünen Vorhang stand, fiel ihm ein, wie dumm der Portier war: wußte er nicht, daß Jungen und Mädchen getrennt Schule hatten, daß er und die Bummlerin also nicht zusammen aus der Schule kommen konnten?

Es war ganz dunkel. Das Mädchen, das die Karten kontrollierte, nahm ihn an der Hand und führte ihn in die Mitte des Kinos. Die Hand des Mädchens war kühl und leicht, und er konnte jetzt besser sehen und stellte fest, daß das Kino fast leer war, ganz hinten saßen ein paar Leute, und vorne saßen ein paar Leute, und in der Mitte war alles leer: dort saß er allein.

Die Bummlerin saß vorne zwischen zwei jungen Männern, ihr Kopf, schwarze Silhouette mit wirrem Haar, reichte gerade über die Stuhllehne.

Er betrachtete aufmerksam eine Reklame für Schuhkreme: Zwerge fuhren mit Schlittschuhen über die spiegelblanken Schuhe eines Riesen. Sie hatten Hockeyschläger in der Hand, die aber unten kein Querholz hatten, sondern eine Bürste, und die Schuhe des Riesen wurden blanker, blanker, und eine Stimme sagte: Solche blanken Schuhe hätte Gulliver gehabt, hätte er BLANK benutzt.

Ein anderer Reklamefilm lief an: Frauen spielten Tennis, Frauen ritten auf Pferden, Flugzeuge wurden von Frauen gesteuert, Frauen gingen in großen Gärten spazieren, schwammen durch ruhige Seen, Frauen fuhren Auto, Fahrrad, Motorrad, Frauen turnten an Barren, an Recks, warfen Diskus, Frauen, die alle lächelten, lächelten wegen etwas, das zuallerletzt eine lächelnde Frau strahlend allen, die es sehen wollten, hinhielt, eine große, dunkelgrüne Schachtel mit einem weißen Kreuzchen darauf: OPHELIA.

Er langweilte sich, auch als der Spielfilm anfing: Wein wurde getrunken, eine Messe wurde gelesen, das Tor zu dem Schloßpark wurde aufgestoßen, und ein Mann mit grünem Rock, grünem Hut, grünen Gamaschen ritt in eine Waldschneise hinein. Am Ende der Waldschneise stand die Frau in dem lila Kleid, die JUGENDFREIE Frau mit der Goldborte um den Kragen herum. Der Mann sprang ab, küßte die Frau, und die Frau sagte: „Ich werde für dich beten, sei auf der Hut." Noch ein Kuß, und die JUGENDFREIE Frau blickte weinend dem Mann nach, der unbekümmert davonritt, Jagdhörner im Hintergrund, und der Mann mit grünem Hut, grünen Gamaschen und grünem Rock ritt durch eine zweite Waldschneise gegen den blauen Himmel an.

Martin langweilte sich sehr: er gähnte im Dunkeln, es war ihm elend vor Hunger, und er schloß die Augen und betete Vaterunser, Ave-Maria, schlief ein und sah Leo sinken – unendliche Tiefe, und Leos Gesicht war, wie es in Wirklichkeit nie war. Leos Gesicht war traurig, und er sank, sank durch grüne Finsternisse, von Meeresungeheuern bestaunt, tiefer und tiefer.

Er erwachte von einem Schrei, erschrak, fand sich mühsam in der Dunkelheit zurecht, und fast hätte er selbst geschrien. Langsam nur klärte sich das Bild vor seinen Augen: der grüne Mann wälzte sich mit einem schlecht gekleideten Mann am Boden, der Schlechtgekleidete siegte, der grüne Mann blieb liegen, und der Schlechtgekleidete sprang auf das Pferd, peitschte es – oh, edles Blut –, und hohnlachend ritt der Schlechtgekleidete auf dem sich bäumenden Pferd davon.

In einer Waldkapelle kniete die JUGENDFREIE Frau vor einem Muttergottesbild, als plötzlich Pferdegetrappel im Walde zu hören war. Sie rannte vor die Kapelle; kannte sie nicht das Wiehern, das Trappeln des Pferdes, SEINES Pferdes? Schon glänzte ihr Auge heftiger, kam er zurück, von der Liebe getrieben? Nein, ein Schrei, ohnmächtig sank die Frau auf der Schwelle der Waldkapelle nieder, und hohnlachend ritt der Schlechtgekleidete an der Kapelle vorbei, ohne den Hut zu ziehen. Wer kroch da hilflos, wie eine Schlange sich windend, über den Boden der Schneise, das Gesicht von unsagbarem Schmerz verzerrt, aber keinen Laut über die Lippen bringend? Es war der gutgekleidete Grüne. Er schleppte sich auf ein Moospolster, blickte schweratmend gegen den Himmel.

Und wer lief da in die Schneise hinein, flatternd das lila Kleid, tränend das Auge, aber laufend, laufend, suchend, rufend? Die Jugendfreie war's.

Der Gutgekleidete hörte sie. Wieder Waldkapelle, Hand in Hand stiegen die beiden die Treppe hinauf, der Gutgekleidete und die Frau, jetzt auch grün gekleidet. Er hatte den rechten Arm noch in der Binde, trug einen Verband um den Kopf, aber er konnte schon lächeln, schmerzlich, aber er konnte es. Hut ab, Kapellentür auf, im Hintergrund wieherte das Pferd, und Vögel zwitscherten.

Ihm war übel, als er langsam nach draußen taumelte. Er hatte Hunger, ohne es zu wissen. Draußen schien die Sonne, und er setzte sich wieder auf die Mauer der Tankstelle und dachte nach: es war vier Uhr vorbei, und Onkel Leo war längst weg, und seine Wut auf Onkel Albert war noch nicht verflogen. Er schob den Ranzen auf der Schulter zurecht und ging langsam auf Brielachs Wohnung zu.

XIII

Bresgote hatte ihn gebeten zu warten, und Albert ging in dem öden Zimmer auf und ab, blieb hin und wieder am Fenster stehen und beobachtete die Verkäuferinnen, die aus dem Warenhaus in die Kantine gingen: sie hatten Eßbestecke in der Hand, Butterbrotpakete, ein Mädchen trug einen Apfel, und die aus der Kantine zurückkamen, blieben bei denen stehen, die über die Straße herüberkamen, und er hörte immer wieder, was er schon lange gerochen hatte, daß es Lauchgemüse gab, Bratwurst und Kartoffeln und einen Pudding, der ungenießbar war, rötliche Gelatinemasse mit angebrannter Vanillesoße übergossen, vor der die zurückkehrenden Mädchen die hineinströmenden warnten: „Nehmt um Gottes willen nichts von dem roten Zeug, es ist scheußlich. Die Wurst ist ganz gut, auch das Gemüse – aber der Nachtisch: bäh" – vielfache Variationen zwischen Brr und Pfui.

Die Mädchen waren alle in schwarze glänzende Kittel gekleidet, sahen fast wie Nonnen aus, und keine einzige von ihnen trug irgendein Make-up. Ihre Kleidung drückte genau aus, was sie ausdrükken sollte: betonte Uneleganz. Die Frisuren waren schmucklos und schlicht, in der Art, wie sie als „fraulich" bekannt ist. Gestrickte Strümpfe, schwarze, sehr solide Lederschuhe und die genau in der Halskuhle geschlossenen Kittel verhinderten selbst den geringsten Eindruck von Leichtfertigkeit. Die Abteilungsleiterinnen – ältere Frauen – trugen Kittel in der Farbe schlechter Milchschokolade, und die Paspelierung an den Ärmeln war bei ihnen breiter und glänzender. Einige Mädchen, blasse Lehrlinge mit Schulentlassungsgesichtern, trugen gar keinen Silberstreifen am Ärmel, und die Abteilungsleiterinnen trugen kein Besteck, dafür trugen manche von den Lehrmädchen zwei Bestecke.

Trotz allem sahen einige Mädchen hübsch aus, und Albert, der sie genau betrachtete, stellte fest, daß es außerordentlich schöne Mädchen waren, die sogar in dieser Kleidung hübsch wirkten.

Er hörte ihren hellen Stimmen zu, die über den mißlungenen Pudding lachten, und weil er in der Eile des Aufbruchs seine Tabaksdose vergessen hatte, zündete er sich eine Zigarette an, die letzte in seiner Schachtel. Er ließ die leere Schachtel, rote zerdrückte Pappe, in die Dachrinne fallen, die das Vordach über dem pompösen Eingang umrandete.

Dreißig-, vierzigmal hörte er die hingezwitscherte Warnung vor der rötlichen Gelatine und der angebrannten Soße, dann kamen keine Mädchen mehr aus dem Warenhaus gegenüber, und es kamen nur noch einzelne Mädchen zurück, und drüben vor dem Eingang des Warenhauses stand eine bissig aussehende Frau in dumpfgrünem Kittel mit dreifacher Silberpaspelierung am Ärmel, die stirnrunzelnd die große Uhr betrachtete. Deren großer Zeiger stand wie ein drohender Finger eine Minute vor der Zwölf, ruckte plötzlich los, sprang auf die Zwölf, und in diesem Augenblick liefen noch ein paar Mädchen über die Straße und gingen halbgeduckt an der Frau vorbei durch die Drehtür.

Die Straße blieb leer, und Albert ging gähnend ins Zimmer zurück. Er hatte nichts zu lesen mitgenommen, weil er sonst innerhalb einer Viertelstunde immer mit Bresgote fertig war. Er gab seine Zeichnungen ab, bekam einen Scheck, die Abrechnung über die Nachdrucke, blieb ein paar Minuten bei Bresgote sitzen, und wenn er zur Tür hinaus durch den langen Flur ging, den Paternoster bestieg, fing der Alpdruck an, der wieder eine Woche dauern würde, die Angst, daß ihm für nächste Woche nichts einfallen könnte oder daß die Leser von „Wochenend im Heim" eines Tages unerbittlich einen anderen Witzezeichner fordern würden. Raubtiere, die mit Menschenfleisch überfüttert, abwechslungshalber für eine Zeit Vegetarier werden wollten.

Das Alpdrücken war weg, seitdem er den Sunlight-Karton wiedergefunden hatte. Zeichnungen, die er, halbverhungert, schwachen Whisky im Magen und fast blöde von starkem Tabak, in Londoner Pubs vor sechzehn Jahren angefertigt hatte, mehr aus Spielerei, um die Zeit herumzukriegen, diese Zeichnungen brachten ihm jetzt Stück für Stück zweihundert Mark ein, die Nachdrucke ungerechnet, und Bresgote war begeistert gewesen.

„Mensch, das ist ein ganz neuer Stil, das bist du, aber ganz anders, und die Leute werden hingerissen sein. Ich gratuliere. Das ist großartig."

Er hatte den Scheck bekommen, die Abrechnung, hatte Bresgote die Hand gedrückt, und als er in der Tür war, hatte Bresgote ihm nachgerufen: „Warte bitte draußen auf mich, ich muß dich dringend sprechen."

Immer noch hatte er ein wenig Angst vor Bresgote, obwohl er sich mit ihm seit zwei Wochen duzte. Bei einer Sauferei während eines Sommerfestes hatten sie festgestellt, daß sie über vieles einer Meinung waren. Aber die Angst blieb, blieb auch jetzt, nachdem Bresgote über den neuen Stil so begeistert war. Es war die Nachgeburt der Angst, die noch heraus mußte, bevor eine neue Angst sich festsetzen würde: die Angst, Nella ins Garn zu gehen.

Die Autorität, die er für die Kinder darstellte, spürte er, und es beunruhigte ihn, sie möglicherweise zu enttäuschen, zugleich aber verstand er Nella besser, als er ihr gegenüber zugab.

Seitdem er den Sunlight-Karton geöffnet hatte, dachte er oft an die Zeit in London, und er hatte wieder angefangen, auf der dritten Ebene zu leben, in jenem Leben, das hätte gelebt werden können, aber nicht gelebt worden war. Auf dem Bauernhof von Leens Eltern in Irland und in der Druckerei eines kleinen Städtchens in der Nachbarschaft entwarf er Geburtsanzeigen, Todesanzeigen, versah Broschüren mit Titeln. Dauernd waren die Briefe von Nella gekommen, die ihn anflehte zurückzukommen, und er hatte Leens Ruf: „Geh nach Irland“ nicht befolgt und war nach Deutschland gekommen, um Etiketten für Marmeladeneimer zu entwerfen und Rai fallen und sterben zu sehen, machtlos gegen die gewaltige Stupidität der Armee. Er dachte nicht gern an Rais Tod. Sein Haß gegen Gäseler war im Laufe der Jahre verschwunden, versickert, und er dachte nur noch selten an ihn. Und es war sinnlos, sich auszumalen, was gekommen wäre, wenn Rai den Krieg überlebt hätte; hier versagte seine Phantasie, weil er die Endgültigkeit von Rais Tod erlebt hatte: erstickt am eigenen Blut, an zerfetzten Sehnenstücken, und die zitternde Hand, die langsam das Kreuzzeichen schlug. Zwar hatte seine Wut gereicht, Gäseler zu ohrfeigen, aber selbst im Gefängnis war der Haß gegen Gäseler nicht größer geworden, nur die Angst, daß Nella nicht schrieb und er nicht erfuhr, ob sie das Kind bekommen hatte.

Er starrte auf die Landkarte an der Wand: die Verbreitung von „Wochenend im Heim" war durch rote Fähnchen markiert, es waren unzählige rote Fähnchen, so viele, daß man auf der Landkarte fast nichts anderes mehr sehen konnte. Städtenamen, Flüsse, Landschaften, Gebirge waren durch die roten Fähnchen, auf denen „Wochenend im Heim" stand, völlig überdeckt.

Aus Bresgotes Zimmer war noch nichts zu hören, und die Stille dieses großen Hauses, das sonst mit Lärm gefüllt war, bedrückte ihn. Die Uhr drüben am Warenhause zeigte zehn Minuten nach eins an, und um Viertel nach würde Martin aus der Schule kommen.

Schwarzbekittelte junge Mädchen waren drüben beschäftigt, unter der Aufsicht einer milchschokoladefarbenen Frau an den Pfeilern zwischen den Schaufenstern Plakate anzukleben. Die Plakate waren alle rot und trugen weiß die Aufschrift: SOLIDE.

Er ärgerte sich, weil Bresgote noch nicht kam, denn er war beunruhigt wegen des Jungen. Martin war so zerstreut, er brachte es fertig, sein Essen aufs Gas zu stellen, dann ins Zimmer zu gehen, dort zu lesen und in der Wärme des Zimmers einzuschlafen, während in der Küche das Gemüse verkohlte, zu schwärzlichen Flocken verbrannte, die Suppe verdampfte und die Nudeln zu einem finsteren Konzentrat zusammenbuken. Auf dem Tisch lagen alte Nummern von „Wochenend im Heim", auf der Rückseite mit seinen Witzen bedeckt. Er öffnete die Tür zum Flur und horchte hinaus; kein Schritt war zu hören, keine Tür wurde aufgerissen, nirgendwo rasselten die Telefone, und nirgendwo waren diese verzweifelt jungenhaften, verzweifelt fröhlichen, verzweifelt journalistischen Journalistengesichter zu sehen, die an schlechte Journalisten-Filme erinnerten, deren Wortschatz schlechten Journalistenhörspielen entnommen war.

Heute war das Haus leer, unten am Eingang hatte das große weiße Schild gehangen: WEGEN BETRIEBSAUSFLUG GESCHLOSSEN, und es hatte einige Zeit gedauert, bis der Pförtner ihn einließ. Der spezielle Snobismus der Besitzer von „Wochenend im Heim" bestand darin, Flure, Zimmer, alles betont ungepflegt zu lassen, eine penetrante Schäbigkeit, die den Gewinnen des Unternehmens widersprach. Die nackten Betonwände der Flure waren mit Plakaten geschmückt, und in bestimmten Abständen stand auf Tafeln in verstellt kindlicher Schrift – so wie man sie auf Plakaten für Schiefertafeln verwandte: Wenn du auf den Bohden spuhkst, bist du ein Schwein – und auf anderen: Wehn du kiepen auf dem bohden wirfst, bist du auch ein schwein.

Er erschrak, als sich eine Tür in den düsteren Flur hin öffnete, aber es kam nur ein Mädchen aus der Telefonzentrale. Es ging zum Wasserhahn, wusch dort sein Eßbesteck ab und sagte in die offene Tür der Zentrale hinein, was er schon so oft gehört hatte: „Laß dir nichts vom Nachtisch geben, dieser rote Pamps ist scheußlich, die Soße ist angebrannt."

Aus dem Zimmer rief die Kollegin: „Die anderen werden heute besser essen, das muß der Chef uns gutmachen."

„Wird er tun", sagte die, die am Wasserhahn stand. „Die zehn, die heute hierbleiben, werden mit Schabs den Ausflug nachholen. Wird viel schöner als der Massenausflug heute."

„Hast du die schönen roten Omnibusse gesehen?"

„Natürlich, ich kam gerade, als sie abfuhren."

Albert wartete auf die Stimme der anderen, eine Stimme, die er erkannte von den vielen Telefonaten her, die er mit Bresgote führte. Er hatte manchmal nur telefoniert, um diese Stimme zu hören: freundliche träge Willfährigkeit klang daraus, und ein paar merkwürdig gegensätzliche Töne, die ihn an Leens Stimme erinnerten.

Das Mädchen am Wasserhahn ließ sein Besteck in die Kitteltasche gleiten, zog den rötlichen Kamm aus dem Haar, nahm ihn in den Mund und fing an, mit den Fingern die Frisur zurechtzuzupfen.

Albert ging auf sie zu: „Hören Sie", sagte er, „ich muß sehr dringend telefonieren. Kann ich's von hier aus?"

Sie schüttelte den Kopf, und ihre Finger rollten eine Locke des brüchigen Haares zurecht. Sie nahm den Kamm aus dem Mund, steckte ihn in den spärlichen Dutt zurück und sagte: „Geht nicht von der Zentrale aus, gehen Sie doch an den Öffentlichen."

„Ich kann hier nicht weg, ich warte auf Bresgote."

„Er kommt ja gleich, eben rief er schon an, daß er

geht", sagte das Mädchen von drinnen, und von der Stimme her stellte er sich das Mädchen vor: groß und schwer, mit einem langsamen, rhythmischen Gang, und er wurde neugierig, sie zu sehen, das Mädchen mit der weichen Stimme, aus der eine freundliche Willfährigkeit herausklang, ein weißes Gesicht würde sie haben und ein großes ruhiges Auge.

Das andere Mädchen stand immer noch am Spiegel und überpuderte sich die rötlichen Nasenränder.

„Aber die Wurst ist gut, sagst du?" fragte die, die im Zimmer saß.

„Prima", sagte die am Spiegel, „auch das Gemüse. Laß dir nachgeben, es ist wirklich gut. Sogar der Kaffee ist besser geworden, seitdem wir gemeutert haben. Nimm doch statt Pudding 'nen Bienenstich."

„Man sollte sich beschweren wegen des Puddings. So was dürfte nicht vorkommen."

Albert wußte nicht, ob er gehen oder warten sollte. Es war Viertel nach.

„Haben die Mädels von drüben auch gesagt." Sie trat vom Spiegel zurück, stieß die Tür mit dem Fuß auf, und er sah die andere Telefonistin dort sitzen. Er erschrak, weil sie fast genau so aussah, wie er sie sich vorgestellt hatte: weich und blond, mit großen dunklen Augen, von einer leidenschaftlichen Trägheit, einfach gekleidet: grüner Pullover und brauner Rock in der Öffnung des Kittels zu sehen. „Hier Wochenend im Heim, nein, heute ist niemand zu sprechen. Wir haben Betriebsausflug, nein, rufen Sie bitte morgen wieder an." Die Tür wurde geschlossen, er hörte die beiden Mädchen übers Essen sprechen, bis die Tür wieder geöffnet wurde und das blonde Mädchen mit dem Eßbesteck in der Hand in der Tiefe des dunklen Flurs verschwand.

Merkwürdig, daß er an Leen denken mußte, wenn er die Stimme dieses Mädchens hörte, das Leen so wenig glich. Leen hatte ihm am Telefon immer alles gesagt, was sie ihm, wenn er bei ihr war, zu sagen sich schämte. Sie hatte ihre ganze Theologie ausgekramt. Abhandlungen über die Ehe, die Sünden vor der Ehe in eine schmutzige Londoner Telefonmuschel hineingeflüstert. Leen hätte sich lieber erdolcht, als seine Geliebte zu werden.

Das große wohlgeformte Mädchen, das mit einem eleganten natürlichen Schwung um die Ecke ins Treppenhaus verschwand, erregte ihn, vielleicht wäre es gut gewesen, so eine zu heiraten, freundliche Göttin, leidenschaftlich träge, eine, die aussah wie das Gegenteil von Leen, aber Leens Stimme hatte.

Er starrte nachdenklich auf die braungebeizte Tür der Telefonzentrale und erschrak, als Bresgote in den Flur gestürzt kam. Bresgote rief: „Verzeih, daß ich dich warten ließ, ich muß dich dringend sprechen, sehr dringend."

Bresgote nahm Albert bei der Schulter, schob ihn zur Treppe hin, lief dann zurück, um die Tür zur Telefonzentrale zu öffnen, und rief dem Mädchen zu: „Von fünf ab bin ich zu Hause erreichbar."

Bresgote kam zurück, und sie gingen zusammen die Treppe hinunter. „Ich hoffe, du hast ein wenig Zeit?"

„Ja", sagte er, „Zeit habe ich, aber ich muß nach Hause, nach dem Jungen sehen."

„Können wir uns dort ungestört unterhalten?"
„Ja."
„Gut, gehn wir zu dir. Welcher Junge ist es, nach dem du sehen mußt? Hast du einen Sohn?"
„Nein", sagte Albert, „es ist der Sohn meines Freundes, der gefallen ist."
Er schloß das Auto auf, das im Hof neben der Verladerampe der Druckerei stand, stieg ein, öffnete von innen und ließ Bresgote zu sich klettern.
„Verzeih", sagte er, „ich bin sehr in Eile, zu Hause haben wir dann Zeit."
Bresgote zog Zigaretten aus der Tasche, und sie steckten sie an, bevor Albert losfuhr.
„Vielleicht sind wir schnell fertig", sagte Bresgote.
Albert antwortete ihm nicht, hupte, bevor er die Einfahrt zur Druckerei verließ, und fuhr am Warenhaus vorbei. Die Pfeiler zwischen den Schaufenstern waren jetzt ganz mit rotweißen Plakaten behängt, von denen jedes mit einem einzelnen Wort beschriftet war und die insgesamt den Spruch proklamierten: AUCH IM HERBST SOLIDE.
„Um es kurz zu sagen", sagte Bresgote, „es geht mir um die Frau, mit der du zusammen lebst."
Albert seufzte. „Ich lebe mit keiner Frau zusammen. Wenn du Nella meinst, ich wohne bei ihr, aber …"
„Aber du schläfst nicht mit ihr?"
„Nein."
Sie schwiegen, während Albert den verkehrsreichen Platz umkreiste. Bresgote hatte Respekt vorm Autofahren, und er sprach erst wieder, als sie in eine stillere Straße bogen.
„Sie ist aber nicht deine Schwester?"

„Nein."

„Du möchtest auch nicht, daß – möchtest nicht mit ihr zusammen leben?"

„Nein", sagte Albert.

„Wie lange kennst du sie?"

Albert schwieg eine Weile, weil er nachrechnen mußte, er hatte nie genau ausgerechnet, wie lange er Nella kannte, er kannte sie – so schien ihm – schon ewig. Er fuhr in eine belebte Straße hinein, überquerte eine zweite und bog wieder in eine ruhigere ein.

„Moment", sagte er, „ich kenne sie schon so lange, daß ich überlegen muß." Er erhöhte die Geschwindigkeit, zog gierig an der Zigarette und sagte: „Im Sommer 33 lernte ich sie kennen in einem Eissalon – also genau zwanzig Jahre kenne ich sie. Damals war sie eine blühende Nazi, sie war jung und trug ihr BDM-Jäckchen, aber als Rai mit ihr gesprochen hatte, ließ sie es im Eissalon liegen, und wir hatten es ihr bald ausgetrieben. Es fiel nicht schwer, weil sie nicht dumm ist. Wir sind bald da", sagte er, „ich muß nur schnell noch etwas für den Jungen kaufen. Zu Hause ist das Essen fertig, wir brauchen es nur aufzuwärmen, später machen wir uns Kaffee. Ich habe Zeit bis sechs, um sechs wollte ich wegfahren übers Wochenende."

„Schön", sagte Bresgote, aber Albert spürte, daß er gern mehr von Nella hören wollte.

„Nella ist übrigens nicht zu Hause", sagte er.

„Ich weiß", sagte Bresgote. Albert sah ihn erstaunt an und schwieg.

„Als sie ihren Mann verlor, war sie fünfundzwanzig, und das Kind war unterwegs. Ich wohne jetzt acht Jahre mit ihr zusammen und kenne sie, glaube ich, genau."

„Es ist mir ganz gleich, wie sie ist“, sagte Bresgote. „Es ist mir auch gleich, was du mir von ihr erzählst, aber hören möchte ich alles.“

Albert hielt, und als er um den Wagen herumging, erschrak er, als er durch die Scheibe Bresgotes Gesicht von vorne sah, er erschrak über den Ausdruck verzweifelter Verliebtheit. Auch Bresgote stieg aus.

„Wie alt ist das Kind?“

„Es wird jetzt elf“, sagte Albert.

Sie blieben vorm Schaufenster des Ladens stehen. Es war ein Schreibwarenladen, der zwischen Büchern, Papier und Briefwaagen auch Spielzeug ausgestellt hatte.

„Was kann man einem elfjährigen Jungen kaufen?“ fragte Bresgote. „Ich verstehe nichts von Kindern, mache mir auch nichts aus Kindern.“

„Das habe ich auch bis zu meinem dreißigsten Jahr gedacht“, sagte Albert, „ich mochte Kinder nie, wußte nichts mit ihnen anzufangen.“

Er ging voran in den Laden, und Bresgote folgte ihm.

„Seit ich mit Martin zusammen lebe, ist es ganz anders geworden.“

Er schwieg, denn er hatte Angst, die Zärtlichkeit zu zeigen, die er für Martin empfand. Er schob einen Packen Zeitungen beiseite und betrachtete einen Karton mit Plastilinstangen. Er liebte Martin sehr, und schon hatte er wieder Angst, Angst, daß Bresgote Nella heiraten und ihm der Junge verlorengehen könnte.

Bresgote wühlte gedankenlos in einem Haufen kleiner Autos zum Aufdrehen herum. Obwohl die Ladenbesitzerin jetzt aus der Hintertür an den Tisch trat, sagte Bresgote: „Ich habe noch nie im

Leben Eifersucht empfunden, aber jetzt weiß ich, was es ist."

„Es gibt kaum jemand, auf den du eifersüchtig sein müßtest."

Bresgote nahm einen Tischtennisschläger in die Hand und prüfte die Dicke der Korkschicht.

„Ein Tischtennis, wäre das etwas für den Jungen?"

„Keine schlechte Idee", sagte Albert. Er blätterte unentschlossen in Bildheften, Büchern, ließ sich mechanisches Spielzeug zeigen, hölzernes und legte ein Hoppalong-Chassidy-Heft beiseite. Bresgote schien etwas von Tischtennis zu verstehen, er ließ sich verschiedene Kartons vorlegen, prüfte die Netze, Schläger und Bälle, ließ das Teuerste, das er fand, einpacken und legte einen Geldschein auf den Tisch. Albert ließ sich Gummitiere zum Aufblasen zeigen, er war ungeduldig und gereizt, weil Bresgote ihn zwang, über sein Verhältnis zu Nella nachzudenken. Der stark riechende Gummi eines grellgrünen Krokodils verursachte ihm Ekel, und die Ladenbesitzerin, die an einem besonders zähen Stück ihres Mittagsbratens herumzukauen schien, bemühte sich, das Krokodil, das sie in die Hand genommen hatte, aufzublasen. Ihr Gesicht rötete sich, und unter der Brille kullerten kleine Schweißperlen heraus auf ihre roten Wangen. Kleine Speichelbläschen hatten sich am Ventil gebildet, aber das Krokodil blähte sich nur ein wenig.

„Danke", sagte er, „ich überleg's mir noch einmal." Die Frau nahm das Ventil aus dem Mund und drehte das sich entleerende Tier so ungeschickt, daß Albert ihr lauer Atem, heftig mit dem Gummigeruch gemischt, mitten ins Gesicht strömte.

„Danke", sagte er gereizt, „danke, geben Sie mir das da." Er zeigte auf einen Karton, auf dem mit Bindfaden Hämmer, Zangen und Stichel befestigt waren, und während die Frau den Satz Werkzeug verpackte und er Geld aus der Tasche zog, fiel ihm ein, daß Martin mit Werkzeug nichts anzufangen wußte, er war so ungeschickt, wie sein Vater gewesen war, und zum Basteln hatte er nicht die geringste Neigung.

Sie verließen den Laden, fuhren schweigend in raschem Tempo zwei Straßen weiter, überquerten eine breit angelegte Allee, und Albert verringerte das Tempo, als er die Straße mit den Kastanienbäumen erreichte.

„Wir sind da", sagte er und hielt.

Bresgote, mit dem Karton unter dem Arm, stieg aus. „Es ist schön hier", sagte er.

„Ja, herrlich", sagte Albert.

Er öffnete das Gartentor, ging vor Bresgote her und sah gleich, daß Martin noch nicht aus der Schule zurück war, denn der Zettel, den er morgens an die Tür geheftet hatte, hing noch da. Er hatte mit Rotstift darauf geschrieben: „Warte mit dem Essen auf mich. Heute bin ich pünktlich." Heute war zweimal unterstrichen. Er nahm den Zettel weg, schloß die Haustür auf, und sie durchschritten den kleinen, mit grüner Seide tapezierten Flur. Der Stoff war unversehrt, aber verblichen, und die schmalen Marmorstreifen, die die Tapete in Quadrate unterteilten, wiesen gelbliche Flecken auf. Auf dem Heizkörper lag Staub. Albert stellte Martins Roller, der schräg am Heizkörper lehnte, gerade, und Bresgote entfaltete den Wimpel, der daran hing: Grün-Weiß-Rot.

„Bitte", sagte Albert, „komm herein."

In der Diele war es dunkel und still, ein großer Spiegel zwischen zwei Türen war ganz ausgefüllt vom Porträt eines Mannes, das auf der anderen Seite dem Spiegel gegenüber hing. Bresgote betrachtete das Bild, es war eine Temperaskizze, unfertig und grob, aber von großem Reiz. Es zeigte einen jungen Mann in grellroter Strickweste, der die Wimpern gesenkt hielt und etwas zu lesen schien, was er auf ein Stück blauen Kartons geschrieben hatte, denn in der anderen Hand hielt er einen Bleistift. Im Mund hatte er eine Pfeife, Bresgote konnte genau lesen, was dotterfarben auf dem Stück blauen Kartons stand: BAMBERGERS EIERNUDELN.

Albert kam aus der Küche zurück, deren Tür er offenließ. Bresgote sah, daß die Küche riesig war, weiß gekachelt –. Durch schwarze und kleinere Platten waren Muster einzementiert, Embleme der Kochkunst, Löffel und Töpfe, Pfannen und riesige Bratengabeln, Kuchenformen und, sich zwischen diesen Mustern durchwindend, der Spruch: „DIE LIEBE GEHT DURCH DEN MAGEN."

„Ist das ihr Mann", sagte Bresgote, „der Dichter?"

„Ja", sagte Albert, „aber du siehst das Bild von hier aus besser." Er drehte Bresgote an der Schulter, ihn leicht berührend, und sie standen jetzt dem Spiegel gegenüber, der die gleiche Größe hatte wie das Porträt. Bresgote betrachtete nachdenklich das Bild und das Stück blauen Kartons, auf dem die Aufschrift nun verdreht war. Vor dem Porträt dieses jungen Mannes standen sie beide im Spiegel mit lichtem Haar, müdem Gesicht, und sie blickten sich an und lächelten einander zu.

„Komm", sagte Albert, „wir können essen, sobald der Junge da ist. Inzwischen trinken wir etwas."

Sein Zimmer war hoch und breit, vorne am Fenster stand das Bett, dem Bett gegenüber sein Zeichentisch, der sehr breit war, und zwischen Bett und Tisch war noch ein breiter Gang frei. Und vorne standen noch eine Couch, ein Schrank, Sessel und ein Tischchen mit dem Telefon.

Albert öffnete den Schrank, nahm Gläser und die Kognakflasche und setzte beides auf den Tisch.

Bresgote hatte sich schon gesetzt und rauchte. Haus und Garten, die ganze Umgebung strömte Ruhe aus, konzentrierte Stille, wie er sie lange nicht mehr genossen hatte. Er fühlte sich wohl, und er freute sich darauf, mit Albert über Nella zu sprechen. Er stand auf, während Albert einschenkte, ging zum Fenster, öffnete es, von weit her drangen die Stimmen lachender Kinder herein, und aus diesem fernen Geschrei war herauszuhören, daß die Kinder mit Wasser spielten. Er ging zurück, setzte sich wieder Albert gegenüber und nahm einen Schluck aus dem Glas.

„Ich fühle mich sehr wohl hier", sagte Bresgote, „und ich werde so lange hierbleiben, bis du mich rausschmeißt."

„Bleibe nur", sagte Albert.

„Ich muß nur später einmal die Redaktion anrufen, so gegen vier."

„Kannst du ja von hier aus."

Er beobachtete Bresgotes Gesicht und erschrak, als er plötzlich wieder jene verbissene Verlorenheit darin entdeckte, die an Scherbruder erinnerte, der sich vor zwanzig Jahren Nellas wegen erschossen hatte. Nella, die im BDM Kulturabende veranstaltet hatte, war mit Scherbruder befreundet gewesen, der eine der ihren ähnliche Funktion in der Hitlerjugend ausübte. Er war einundzwanzig Jahre alt, hatte gerade die Lehrerakademie absolviert und seine erste Stelle als Junglehrer in einem ländlichen Vorort angetreten. In einem Wäldchen, das ein geschleiftes Fort umgab, hatte er prompt eine Rieseneiche ausfindig gemacht, um die herum er einen Kreis wegroden ließ. Das nannte er Thingplatz, und dort spielte er mit seinen Jungen, sang mit ihnen. Scherbruder war schwarzhaarig und schmal, sah fast wie ein Zigeuner aus, und man konnte ihm vom Gesicht ablesen, daß er seine rechte Hand für blonde Haare gegeben hätte. Nella hatte hellblondes Haar. Sie sah genau aus wie die Frauen in den Rassebüchern, nur weniger langweilig. Scherbruder hatte Rai und Albert bei der SA angeschwärzt, die in dem Fort bei Scherbruders Thingplatz ein kleines, fast privates KZ unterhielt; dort hatte man sie drei Tage lang eingesperrt, verhört und geschlagen, und manchmal träumte er noch davon, von den dunklen Innengängen der Kasematten, die vom Schrei der Gequälten widerhallten, und auf dem Betonboden waren Spuren verspritzter Suppe und verspritzten Blutes, und abends der Gesang der betrunkenen SA-Leute, die ihnen beim Kartoffelschälen zusahen, und wenn es für wenige Augenblicke still wurde, kam von draußen der Gesang von Scherbruders Jugendgruppe: „Die blauen Dragoner, sie reiten."

Sie waren nur drei Tage in diesem Fort gewesen, denn Nellas Vater, der die großen Zeltlager der Hitlerjugend mit Marmelade versorgte, bekam sie frei.

Sie hatten begriffen, daß es Nellas wegen geschehen war, aber Nella äußerte sich nie darüber, was zwischen ihr und Scherbruder gewesen war.

Auch später, als sie wieder frei waren, gab Scherbruder Nella nicht auf, und sie begegneten ihm ein paarmal in Hähnels Eissalon. Er hatte den Ausdruck verbissener Verliebtheit auf Scherbruders Gesicht nicht vergessen, denselben Ausdruck, den jetzt Bresgotes Gesicht zeigte.

„Trink noch einen", sagte er zu Bresgote. Bresgote goß sich ein und trank.

Scherbruder erschoß sich dann nach der Sonnenwendfeier in der Nacht zum 22. Juni draußen auf seinem Thingplatz. Zwei Jungen fanden ihn. Sie waren morgens zum Thingplatz gegangen, um aus der Holzkohlenglut das Feuer neu zu entfachen und den Rest des Holzes zu verbrennen. Blut war aus Scherbruders Kopfwunde über die dunkelblaue Uniformbluse geflossen, und das Tuch hatte eine violette Färbung angenommen.

Bresgote füllte sich sein Glas zum dritten Male. „Es ist so dumm", sagte er heiser, „in meinem Alter noch so heftig verliebt zu sein, aber ich bin's, und ich komme nicht dagegen an." Albert nickte. Er dachte an etwas anderes: an Absolom Billig, der wenige Monate nach Scherbruders Selbstmord in dem finsteren Fort zu Tode gemartert worden war, und es fiel ihm ein, wieviel er vergessen hatte und daß er dem Jungen das Fort noch nie gezeigt hatte, in dem auch sein Vater drei Tage lang gequält worden war.

„Erzähl mir von ihr", sagte Bresgote.

Albert zuckte die Schultern. Würde es Sinn haben, Bresgote klarzumachen, wie labil Nella war? Solange Rai lebte, war sie vernünftig gewesen – aber als er aus dem Krieg zurückkam, war er entsetzt, zu sehen, in welchem Ausmaß sie gebrochen worden war. Sie konnte monatelang fromm sein, stand dann manchmal morgens früh auf, um in die Messe zu gehen, verbrachte Tage und Nächte mit der Lektüre von Mystikerbiographien – aber plötzlich verfiel sie wieder in Apathie, verdöste die Tage und verquasselte sie mit Leuten, die sie einlud, und war glücklich, wenn sich ein halbwegs sympathischer Kavalier zeigte, der mit ihr ins Kino ging, ins Theater – und manchmal fuhr sie mit Männern ein paar Tage weg, und wenn sie zurückkam, war sie deprimiert, heulte in ihrem Zimmer herum.

Er fragte zurück: „Woher wußtest du, daß sie weggefahren ist?" Bresgote schwieg. Albert beobachtete ihn und begann, ihn lästig zu finden. Er haßte es, wenn Männer sentimental wurden und Bekenntnisse machten, und Bresgote sah aus wie einer, der eine Menge Bekenntnisse machen würde. Er glich Desperados in Filmen, Desperados in einer Urwaldhütte – Schilf hing herab, und ein Affe warf mit einer Banane nach dem Desperado, und der Desperado warf mit einer leeren Whiskyflasche nach dem Affen, und der Affe hopste kreischend davon. Dann öffnete der Desperado mit zitternden Händen eine neue Whiskyflasche, soff und fing an, dem Gegenüber, das jetzt erst auftrat, zu erzählen. Das Gegenüber war ein Arzt oder ein Missionar oder ein vernünftiger Kaufmann, der den Desperado aufgefordert hatte, „ein neues Leben" anzufangen. Und nun legte der Desperado, nachdem er einen barbarischen Schluck genommen hatte, mit rauher Stimme los: „Neues Leben?" Höhnisches Lachen, und es folgte die lange, mit rauher Stimme erzählte Geschichte von einer Frau, die den Desperado erst zu einem solchen gemacht hatte – rauhe Stimme, Einblendung, rauhe Stimme, Einblendung – erstaunter Arzt, erstaunter

Missionar, erstaunter vernünftiger Kaufmann – und je leerer die Whiskyflasche, je rauher die Stimme des Desperados wurde, um so näher kam man dem Ende des Films. Aber Bresgote, obwohl rauhstimmig und schon mit sechs Kognaks versehen, Bresgote schwieg; und er stand plötzlich auf, durchquerte das Zimmer, stellte sich ans offene Fenster zwischen Bett und Schreibtisch, nahm den rosafarbenen Vorhang in die Hand, spielte mit ihm, und er war nicht mehr der Desperado, sondern der intelligente, in einer sentimentalen Phase befangene Mann, wie er in intelligent geschriebenen, intelligent gedrehten, intelligent fotografierten Filmen sich an ein Fenster stellt, um ein Bekenntnis zu machen.

Albert schenkte sich noch einen Kognak ein und beschloß, alles über sich ergehen zu lassen. Er war unruhig wegen des Jungen, der immer noch nicht aus der Schule zurück war. Bresgote konnte unbesorgt sein, er war einer der Typen, die Nella mochte, „intelligent und männlich", wurschtig in der Kleidung, und es war zu erwarten, daß Nella die Phase, die sie im Augenblick hatte, bald überwinden würde. Jedes Jahr einmal ungefähr bekam sie den Rappel, sich nach der sublimen Erotik intelligenter Mönche zu sehnen; nach dem süßen Zauber religiöser Gespräche am Kamin in großen sauberen Räumen, bei guten Weinen und differenziertem Käsegebäck. Zwischen schönen Bildern moderner Maler genoß sie dann Anblick und Gesellschaft bildschöner Mönche, deren Augen voller Glut waren und die den Vorzug genossen, durch ihre Ordenstracht intelligenter auszusehen, als sie waren.

Albert lächelte, ohne es zu wissen, und es fiel

ihm ein, wie gern er Nella hatte und wie er sich darauf freute, sie wiederzusehen.

„Ja, lächle du nur“, sagte Bresgote am Fenster, „ich bin ganz krank. Doch hätte ich mich wahrscheinlich begnügt, auf eine Begegnung mit ihr zu warten und sie nicht herbeizuführen, wenn ich sie nicht heute morgen gesehen hätte.“

„Du sahst sie wegfahren?“ sagte Albert.

„Ja“, sagte Bresgote, „mit einem Kerl, den ich hasse, den ich schon haßte, bevor ich sie mit ihm sah.“

„Wer war es?“ fragte Albert mechanisch, denn er hatte das Gefühl, daß Bresgote einen Gesprächspartner suche.

„Dieser Gäseler“, sagte Bresgote heftig, „kennst du ihn nicht?“

„Nein.“

Früher hätte die bloße Nennung des Namens Haß in ihm wachgerufen, aber jetzt erschrak er nur leicht und verstand Nellas Anspielungen über ihr Unternehmen.

„Du kennst ihn also doch“, sagte Bresgote, der näher gekommen war, und Albert konnte von Bresgotes Gesicht ablesen, wie sein eigenes Gesicht nach der Nennung Gäselers aussah.

„Ich kannte nur einmal jemand, der so hieß und ein Schweinehund war.“

„Ein Schwein ist er bestimmt“, sagte Bresgote.

„Was macht er?“ fragte Albert.

„Irgend so ein katholisches Rindvieh, das mit Kultur zu tun hat“, sagte Bresgote. „Er ist seit drei Wochen beim Boten.“

„Danke für die Schmeichelei“, sagte Albert, „ich bin auch katholisch.“

„Tut mir leid“, sagte Bresgote, „leid um dich,

nicht leid, daß ich es gesagt habe, aber der ist ein Schwein. Dieser Gäseler, den du kanntest, was hat er getan?"

Albert stand auf. Jetzt hatte sich alles gewendet, und er stand am Fenster – war er jetzt der Desperado oder der intelligente Mann im Film, der in guter Haltung etwas zu erzählen hatte, das sich einblenden ließ? Bresgote, der verzweifelt mit einem Streichholz im Munde herumstocherte, tat ihm leid, und er dachte an den Jungen und war beunruhigt, weil er noch nicht zurück war. Es quälte ihn, wieder erzählen zu müssen, was er schon so oft erzählt hatte, eine Geschichte, von der er das Gefühl hatte, daß sie durch ständiges Erzählen sich abschliß, sich veränderte. Nellas Mutter hatte er sie oft erzählen müssen, auch Nella selbst – und in den ersten Jahren auch dem Jungen. Aber jetzt hatte der Junge lange nicht mehr danach gefragt.

„Los", sagte Bresgote.

„Dieser Gäseler, den ich kannte, hat Nellas Mann auf dem Gewissen – auf die legalste, unauffälligste Art, die es gibt: im Krieg hat er ihn ermordet. Früher", sagte er, „sagte ich leicht ermordet, heute sage ich es nur, weil mir kein anderes Wort einfällt – aber es ist sinnlos, es dir zu erzählen, weil wir nicht wissen, ob es derselbe ist."

„In einer Stunde wissen wir es", sagte Bresgote. „In der Wochenendnummer des Boten war ein Bild von ihm. So viel Schweinehunde, die Gäseler heißen, gibt es gar nicht."

„Was hat er dir denn getan?"

„Oh, nichts", sagte Bresgote höhnisch, „gar nichts. Sie tun einem nie etwas."

„Bist du sicher, daß sie mit diesem Gäseler weggefahren ist?"

„Ich sah sie in seinen Wagen steigen."

„Wie sieht er aus?"

„Ach, laß doch, ich brauche nur anzurufen, und in einer Stunde haben wir das Bild."

Albert hatte Angst vor dem wirklichen Gäseler, er winkte ab, aber Bresgote ging zum Telefon und wählte. Albert nahm den zweiten Hörer, lauschte, und als die Stimme am anderen Ende sagte: „Wochenend im Heim", wußte er, daß es die war, die am Spiegel gestanden hatte, aber er hörte zugleich die andere, die sagte, „du hattest recht, der Pudding war scheußlich".

„Stöpseln Sie doch richtig", sagte Bresgote wütend, „man hört ja mit, was im Raum gesprochen wird."

Albert legte den zweiten Hörer auf.

„In einer Stunde muß ich die letzte Wochenendnummer des Boten hier haben. Schicken Sie Welly mit dem Motorrad."

„Nein, nein", schrie Bresgote, „nicht nach Hause, hierher – zu Herrn Muchows Adresse" – er nannte die Straße – „und alle Anrufe hierher, bis ich Bescheid gebe."

Er legte den Hörer auf und sagte zu Albert: „Los, erzähle." Es war halb drei, und Albert war beunruhigt wegen des Jungen.

„Es war im Sommer 42. Wir lagen morgens in Löchern, die wir gerade gegraben hatten, vor einem Dorf, das Kalinowka hieß. Es war ein neuer Leutnant gekommen, der rundschlich, um die Leute seines Zuges zu sehen. Es war Gäseler. Bei uns blieb er länger als bei den andern liegen – es war alles ruhig, und er sagte: ‚Ich suche zwei intelligente Leute.'

Wir schwiegen.

‚Zwei intelligente Leute suche ich.‘

‚Wir sind nicht intelligent‘, sagte Rai.

Gäseler lachte.

‚Das einzige, was ihr überhaupt seid, ist intelligent.‘

‚Haben wir Brüderschaft miteinander getrunken?‘ sagte Rai.“

Albert schwieg. Ihm schien, als schlucke er den Tod löffelweise. Wozu mußte er alles wieder erzählen, wozu mußte ein Mann auftauchen, der Gäseler hieß, wozu mußte er unbedingt Nella kennenlernen und Bresgotes Eifersucht erwecken ...

„Diese Antwort“, sagte er mühsam, „entschied über Rais Schicksal. Gäseler bestimmte uns zu einem Spähtrupp, den auszuführen wir völlig ungeeignet waren. Alle Leute waren vernünftig, der Feldwebel, der uns kannte, riet Gäseler ab, und der Hauptmann schaltete sich ein und bewies ihm, wie ungeeignet wir seien, ein so heikles Unternehmen durchzuführen, denn es war so still in dem Dorf, vor dem wir lagen, und niemand wußte, ob Russen darin waren oder nicht. Alle Leute redeten es Gäseler aus – aber er schrie nur: ‚Es fragt sich, ob der Befehl eines Offiziers ausgeführt werden muß oder nicht.‘ Damit brachte er den Hauptmann in eine schwierige Position, nun“, er war zu müde, um das Ganze zu erzählen, „nun, der Hauptmann redete uns zu, weil er Angst vor Gäseler hatte, und erklärte uns, daß wir wegen Befehlsverweigerung sicher erschossen würden, wenn Gäseler die Sache zum Bataillon gab, daß wir aber, wenn wir den Spähtrupp ausführten, doch Chancen hätten, herauszukommen. Wir gaben nach, und das ist das Schreckliche, wir hätten nicht nachgeben dürfen, aber wir taten es, weil alle so nett und so vernünftig waren, sie gaben uns Ratschläge, Unteroffiziere und Soldaten, und wir spürten eigentlich zum ersten Male, daß sie uns ganz gern hatten. Das war das Schrecklichste, sie waren nett zu uns, und wir hatten nachgegeben, und wir machten den Spähtrupp, und Rai wurde getötet, und eine halbe Stunde später war die halbe Kompanie gefangen oder tot, weil die Russen in dem Nest sehr zahlreich waren, und es gab eine kopflose Flucht, auf der ich gerade noch Zeit fand, Gäseler in die Fresse zu schlagen, denn Rai war tot, und es kam mir so sinnlos vor. Rais Tod durch eine Ohrfeige gerächt zu haben, eine teure Ohrfeige, denn ich bekam ein halbes Jahr Gefängnis dafür. Verstehst du jetzt, wie es war?"

„Ja", sagte Bresgote, „ich versteh's, und es paßt genau zu ihm."

„Wir hätten nicht nachgeben sollen", sagte Albert, „und das Schwierige ist, das, was mich krank macht, wenn ich daran denke, es hatte mit dem Krieg nichts zu tun, es war ein persönlicher Haß, weil Rai gesagt hatte, ‚haben wir Brüderschaft miteinander getrunken', und Rai haßte ihn. Wir hatten uns", sagte Albert lebhafter, „wir hatten uns angewöhnt, alle neu auftauchenden Vorgesetzten präzise zu katalogisieren, Rai tat es, und seine Gäseler-Charakteristik hatte gelautet: Abitur gut. Katholisch. Will Jura studieren, hat aber kulturelle Ambitionen, korrespondiert mit rechtsstehenden Mönchen. Krankhaft ehrgeizig."

„Mensch", sagte Bresgote, „man sollte doch wohl hin und wieder Gedichte lesen. Diese Charakteristik ist großartig. Und ich sage dir, er ist es. Wir brauchen das Bild gar nicht mehr."

„Ich glaube auch, daß wir es nicht mehr brauchen, und Rais Gedichte solltest du ruhig lesen. Er hatte nicht damit gerechnet, daß er sterben würde, er hatte nachgegeben, weil er gern leben wollte, und es war schrecklich für ihn, zu sterben und nachgegeben zu haben, einem Manne wie Gäseler gegenüber, und überall lagen die Marmeladeneimer herum mit seinen Slogans, und die Nazizeitungen hatten ihn gelobt."

„Welche Marmeladeneimer? – Was war mit den Nazizeitungen?"

„Im Jahr 1935 fing Rai an, in Deutschland bekannt zu werden, eine Reihe von Leuten förderten ihn, weil es so völlig ungefährlich war, ihn zu fördern. Seine Gedichte hatten keine direkt politischen Gegenstände, aber wer sie zu lesen verstand, wußte, was er meinte. Schurbigel entdeckte ihn, und die Nazis konnten wunderbar Reklame mit seinen Gedichten machen, weil sie so ganz anders waren als der penetrante Dreck, der aus ihren Firmen kam; sie konnten damit hausieren gehen und beweisen, daß sie nicht einseitig seien. So geriet Rai in die fürchterliche Situation, von den Nazis gelobt zu werden. Er veröffentlichte keine Gedichte mehr, schrieb auch nur wenige, und er nahm eine Stelle in seines Schwiegervaters Fabrik an. Zuerst machte er's allein, Farbskalen, aus denen zu entnehmen war, wer wo welche und wieviel Marmelade aß. In diese Arbeit vertiefte er sich, und er studierte kulinarische Bezüge der einzelnen Landschaften und verbrauchte Rot in allen Schattierungen, um laufend die Angaben der Verkaufsabteilung ordnungsgemäß einzutragen. Wenn Parteitag in Nürnberg war, irgendwo ein Nazitreffen, ging eine ganze Tube Rot drauf, und später, als ich aus England zurück war, machten wir zusammen Plakate und Slogans, die wir dann im Krieg auf den Marmeladeneimern wiederfanden. Und Rai blieb, ohne daß er wollte, berühmt, denn sie kramten seine Gedichte heraus, veröffentlichten sie, obwohl er ihnen schrieb, er wolle es nicht. Er war rasend und ganz krank."

„Schurbigel", sagte Bresgote, „du kennst ihn von früher?"

„Ich kenne ihn", sagte Albert, „warum?"

„Hältst du's für möglich, daß sie mit diesem Gäseler etwas anfängt?"

„Nein", sagte Albert, „übrigens weiß sie, wer er ist."

„Wieso?"

„Sie machte so merkwürdige Andeutungen, als sie wegfuhr."

„Wo ist sie mit ihm hin?"

„Nach Brernich, zu einer Tagung."

„Ach Gott", sagte Bresgote, „sie wird schon das Richtige tun."

„Was kann sie tun?"

„Ich weiß nicht, aber sie wird es richtig machen."

„Eine Ohrfeige, was – einen Tritt in den Hintern, was kannst du mit einem solchen Menschen tun? Ihn umbringen, ich würde es tun."

Albert schwieg. „Ich bin in Sorge wegen des Jungen", sagte er. „Ich kann mir nicht denken, wo er ist, er wußte doch, daß ich heute mit ihm wegfahren wollte. Hast du Hunger?"

„Ja", sagte Bresgote, „mach was zu essen!"

„Komm", sagte Albert.

Sie gingen in die Küche hinüber, und Albert stellte den Topf mit Gemüse auf die Gasflamme und holte den Salat aus dem Eisschrank. Nella hatte den Pfannkuchenteig vorbereitet und Speckwürfel zerschnitten. Sie hatte auch Kaffee gemahlen. Drei Tage lang war sie zu Hause geblieben, ruhig und friedlich, und es war kein Besuch gekommen. Albert starrte auf den Spruch an der Wand: „Die Liebe geht durch den Magen.“

Daß Gäseler aufgetaucht war, störte ihn. Er hatte Angst, den wirklichen Gäseler wiederzusehen; über ihn zu sprechen, an ihn zu denken war leicht gewesen. Aber nun würde der Junge, würde Nellas Mutter darin verwickelt werden. Bresgote stand mit finster verbissenem Gesicht neben ihm und beobachtete, wie die Pfannkuchen gar wurden und die Speckstückchen leise, in Teig gefangen, tanzten.

Albert lauerte auf jedes Geräusch von der Straße her, er kannte Martins Gang, es war Rais Gang, ein leichter Gang, und er wußte, wie das Gartentor knirschte, wenn Martin es öffnete. Er stieß es nur bis zu einem bestimmten Punkt auf, während Nella es mit einem heftigen Ruck beiseite schob, so daß es gegen die Haltestange schlug. Martin öffnete es immer nur halb, schlüpfte dann hinein, und er verursachte beim Öffnen des Gartentores ein ganz bestimmtes Geräusch, auf das Albert nun wartete. Das Brutzeln der Kuchen und das puffende Dampfen des heiß werdenden Gemüses reizte ihn. Es erschwerte ihm, auf die Geräusche draußen zu achten. Er nahm den ersten fertigen Kuchen, legte ihn für Bresgote auf einen Teller, häufte ihm Salat in eine Schüssel und sagte: „Verzeih, ich halt es nicht mehr aus, ich muß nach dem Jungen sehen. Es ist schon halb drei.“

„Was wird schon sein?“

„Er kann nur an zwei Stellen sein“, sagte Albert, „und ich fahre eben mal hin. Iß schon und setze Wasser für Kaffee auf, wenn du fertig bist.“

Immer wenn der Junge nicht pünktlich war, sprang seine Phantasie, und er war hilflos den Bildern ausgeliefert, die auf ihn einstürmten: Unfälle, Blut, Bahren, und er sah schon die auf einen Sarg geworfene Erde, hörte eine Schulklasse singen, so wie damals bei Leens Begräbnis eine gesungen hatte: „MEDIA IN VITA“ hatten die englischen Mädchen gesungen. Blut und die Plötzlichkeit des Todes: „MEDIA IN VITA“. Er zwang sich, langsam zu fahren, fuhr durch die Allee und blickte hinter jeden Baum, und er suchte weiter, obwohl er wußte, daß er den Jungen nicht finden würde, so sicher, wie er wußte, daß der Mann, mit dem Nella weggefahren war, Gäseler war. Aber das interessierte ihn jetzt nicht. Am ATRIUM vorbei bis zur Ecke der Heinrichstraße, in der die Schule lag. Die Straße war leer, öde im Sonnenschein und still, bis plötzlicher Lärm sie erfüllte; die Mädchenschule hatte Pause, und Hunderte von Stimmen klangen mit einem Male auf. Lachen und Geschrei, und ein Hund, der aufgeschreckt worden war, lief mit gesenktem Schwanz über die Straße.

Er fuhr weiter, eine Minute lang hielt er vor dem Schild „Tischlerei“, hupte heftig dreimal, und Heinrich kam ans Fenster: hübsches lächelndes Gesicht.

„Ist Martin bei dir?“

Er wußte die Antwort, die prompt kam, schon vorher.

„Nein. Ist er noch nicht da? Er lief gleich nach Hause.“

„Nein – fährst du mit heute nachmittag?“

„Ich muß erst die Mutter fragen.“

„Wir kommen vorbei.“

„Ja.“

Blieb nur Bolda. Er fuhr so langsam, daß die anderen Autos ihn ärgerlich hupend überholten, aber er kümmerte sich nicht darum, bog rechts ein, fuhr um die Kirche herum und hielt vor der Sakristei.

Blut und Plötzlichkeit des Todes. Gewißheit, daß er auch bei Bolda nicht war, und der lähmende Zwang, auszusteigen, sich diese Gewißheit bestätigen zu lassen: MEDIA IN VITA. Die Tür war nur angelehnt. Er drückte sie auf, schritt an den kühlen, sauberen Schränken vorbei. Neben dem weißen Rochett des Küsters hing Boldas Mantel am Nagel, dunkelbraun, in der linken Tasche die Thermosflasche mit Bouillon, in der rechten das Butterbrotpaket.

Er drückte die Tür zur Kirche auf, kniete zum Altar hin nieder und wandte sich um ins Mittelschiff hin. Er war noch nie außerhalb des Gottesdienstes hier gewesen, und die Leere des großen Raumes erschreckte ihn. Alles war still – er sah Boldas Eimer mit Lauge neben einer Säule stehen, den Schrubber an die Säule gelehnt, und entdeckte Bolda erst jetzt: sie wischte Staub von den gotischen Verzierungen des Beichtstuhls. Jetzt hatte sie seine Schritte gehört, sich umgewandt, stieß einen unverständlichen Ruf aus und kam auf ihn zu. Er traf an der Kommunionbank mit ihr zusammen, und auch von ihrem Gesicht konnte er ablesen, wie sein Gesicht aussah.

„Mein Gott", sagte sie, „was ist denn los?" – „Der Junge ist noch nicht aus der Schule zurück. Er war zu Hause, lief dann wieder weg." – „Sonst nichts?" – „Nein." Es reizte ihn, wie laut sie sprach, aber auch seine Stimme, die er unbewußt gesenkt hatte, klang lauter als erwartet. „Nein", sagte er noch einmal, „aber genügt das nicht?"

Bolda lächelte. „Er wird schon kommen. Ihm ist nichts passiert. Er ärgert sich manchmal, wenn niemand da ist. Er kommt bestimmt." Sie lächelte wieder und schüttelte den Kopf. „Sei doch vernünftig", sagte sie.

Er war erstaunt, sie so freundlich und sanft zu hören. Er hatte nicht gewußt, daß sie so sein konnte, und wohnte doch schon sieben Jahre mit ihr zusammen. Er fand sie fast schön: ihre Hände waren klein und zart – er sah es jetzt zum erstenmal. Das gelbe wollige Staubtuch in ihrer Hand war ganz neu, es trug noch ein Etikett, angeleimter Papierfetzen mit einem schwarzen Raben darauf. „Bestimmt", sagte sie lächelnd. „Reg dich nicht auf."

„Meinst du?" sagte er.

„Natürlich", sagte sie, „geh nur ruhig nach Hause. Er wird schon kommen." Sie wandte sich halb um, lächelte ihm ermunternd zu, drehte ihm dann den Rücken und ging zum Beichtstuhl zurück.

„Wenn er kommen sollte, schick ihn gleich", sagte er.

Sie wandte sich noch einmal, nickte und ging weiter.

Er ging zur Sakristeitür, kniete zum Altar hin und ging durch die Sakristei wieder hinaus.

Er wußte nicht, wo er noch hätte nachschauen können. Er fuhr den Weg, den er gekommen war, langsam wieder zurück und spürte, wie er ruhiger wurde. Boldas Zuversicht hatte auf ihn gewirkt.

Bresgote hatte schon Kaffee gekocht, auch den zweiten Pfannkuchen gebacken. „Sieh ihn dir an", sagte Bresgote und nahm eine Zeitung, die auf der Anrichte lag. Albert sah sofort, daß es Gäseler war; es war ein hübsches, dunkles Gesicht.

„Ja", sagte er müde, „er ist es."

XIV

Während sie den Taxichauffeur bezahlte, sah sie schon Gäseler vor dem Eingang zur Vertrauensbank stehen: einen schlanken, eleganten jungen Mann zwischen den beiden Bronzefiguren, die den Eingang flankierten. Links stand ein Bronzemann mit Aktentasche, rechts einer mit einer Maurerkelle, und die beiden schienen sich zuzulächeln, Bronzelächeln über ein dekoratives Glasfenster hinweg, das von innen angestrahlt war. Neonröhren verstärkten die Transparenz, stachen dunkle Blumen heraus, Räder, eine Waage, und deutlich zu lesen, von Blumen, Rädern, Wagen und Ähren umrandet, schneeweiß die Worte: „VERTRAUENSBANK – SICHER." Das SICHER war dreimal so groß wie Vertrauensbank, und Gäseler stand zwischen dem Mann mit der Kelle und dem Mann mit der Aktentasche, genau unter dem I von SICHER.

Gäseler blickte auf seine Armbanduhr, und Nella, der der Taxichauffeur Geld in die offene Hand zählte, sehnte sich plötzlich nach Martin, nach Albert, nach Glum, der Mutter und Bolda, sie suchte vergebens den Haß auf Gäseler, spürte etwas anderes, Fremdes, kalt und unheimlich: Langeweile.

Helles flaches Licht lag über allem: stümperhaft eingestellte Scheinwerfer, auf den langweiligen jungen Mann gerichtet, der jetzt zwischen dem Mann mit der Kelle und dem mit der Aktentasche hin und her ging, zwischen dem I und E von SICHER.

„Ja", sagte der Chauffeur, „steigen Sie nun aus oder nicht, junge Frau?"

Sie lächelte den Chauffeur an und heilte den Mißmut auf seinem Gesicht: kostenlose Muskelbewegung, und er sprang auf, lief um das Auto herum, öffnete die Tür, reichte ihr den Koffer hinaus.

Gäseler drüben blickte wieder auf seine Armbanduhr: ja, es war sieben Minuten über die Zeit, und sie schloß die Augen, um das helle Licht nicht zu sehen: Film ohne Dämmer, Film ohne Stimmung, der eben anlief.

„Ach, liebe Nella, ich freue mich, daß Sie gekommen sind." Druck der phantasielosen Hand, blitzblankes Auto, blau wie der Himmel an einem Sommertag, der milde Luxus im Innern und die Verheerungen, die ihr Lächeln anrichtete.

„Schönes Auto", sagte sie.

„Dabei bin ich schon vierzigtausend damit gefahren. Man muß nur seine Sachen ein wenig in Ordnung halten."

„Natürlich", sagte sie, „das muß man. Ordnung ist das halbe Leben."

Er sah zu ihr hin, Mißtrauen im Blick.

Aschenbecher waren drin, ein Zigarettenanzünder war drin: korrekt glühendes, rötlich leuchtendes Sieb, und schon gab Gäseler Gas.

Kam Judith so zu Holofernes? Mußte sie so heftig gähnen, als sie an seiner Seite durchs Zeltlager schritt?

Sichere Eleganz der Lenkung, korrektes Stoppen vor aufglühenden roten Lichtern und rasch Vorteile wahrgenommen: in Lücken geschlüpft, sich vorsichtig vorgedrängelt. Harte, ein wenig sentimentale Augen bei näherem Zusehen, und alles in diesem hellen, flachen Licht. Die letzte Nummer des „Boten" vorne im Fach neben dem Zigarettenanzünder. Sie schlug die Zeitung auf, suchte das Impressum: Feuilleton Werner Gäseler. Albert hatte nie seinen Vornamen genannt, nie von seinem Alter gesprochen, und sie hatte sich jahrelang einen anderen vorgestellt, wenn sie an ihn dachte: großer, brutaler Beau, intelligenter Offizier, auf Gehorsam bestehender Pflichtbulle, nicht solch ein Profil, das sich bestenfalls für einen Werbefilm eignete: Besuchen Sie Schloß Brernich, die Perle des Barock, im idyllischen Tal der Brer.

Vorstadt: Zäune, Zigeunerwagen, eine Kirmes, die abgebrochen wurde; bunte Karren, ein im Hintergrund noch dudelndes Karussell, auf dem die Kinder noch einmal durchgeschüttelt wurden, während man die Plane schon zum Abtransport zusammenrollte. Aber selbst die malerischsten Dinge wirkten bei diesem Licht, mit diesem Hauptdarsteller reizlos, flach, und die Landstraße war wie eine Postkartenlandstraße.

Ein Lächeln hinter dem anderen ihm ins Gesicht geschickt: Friß es, mein Kleiner, und wenn du's bist, verrecke daran, und wenn du's nicht bist, wird mich der Kuß, den du mir auf die Hand drücken darfst, unsagbare Überwindung kosten. Aber du bist's, mein Kleiner, du Stümper warst ausersehen, den Film durchzuschneiden. So sieht das Schicksal aus, so wie du: nicht düster, nicht grauenvoll, sondern wie du: langweilig. Selbst die Ruhe, die

Gleichmäßigkeit, mit der er das Tachometer auf sechzig hielt, reizte sie. Wenn sie schon im Auto fuhr, wollte sie den Zeiger um hundert herum zittern sehen: kitzlige kleine Nadel, sensibler als die Hände, die deine Bewegung regulieren.

Er wandte ihr das Gesicht zu, und sie schenkte ihm dreimal die Muskelbewegung: mechanisch hingesteuertes Gift, das er mit Dankbarkeit quittierte.

Bietenhahn. Fachwerkhäuser in den Wald gestreut, so scheinbar planlos, und doch so geschickt, wie Ausflugsorte ihre Romantik kultivieren. Die Kugel aus dem Dreißigjährigen Krieg über dem Stadttor eingemauert: Zementkugel aus Schmitzens Werkstatt, angerauht, künstlich bemoost, eingemauert die Schwedenkugel.

„Hübscher Ort", sagte er.

„Sehr hübsch", sagte sie.

Alberts Mutter hängte im Garten Wäsche auf, und Will ging neben ihr her und reichte ihr die Klammern, und am Nachmittag würde Albert mit dem Jungen kommen, und es würde ein wunderschönes Wochenende werden, denn abends würde Glum kommen, würde singen, und vielleicht würden sie am Montag wegfahren, weit weg.

Halten Sie an, wollte sie sagen, aber sie sagte es nicht, und sie konnte sich nur in der Biegung noch einmal umwenden und Will sehen, der geduldig den Klammersack neben Alberts Mutter hertrug, die den leuchtendgelben Korb absetzte und eins von Wills Nachthemden aufhängte: Fahne des Friedens dort hinten, Wehmut erweckendes Requisit, das hinter Bäumen verschwand.

„Entzückende Gegend", sagte er.

„Entzückend", sagte sie.

Er sah sie wieder mißtrauisch an, vielleicht hatte der Tonfall ihrer Stimme ihn aufmerksam gemacht. Sie heilte das Mißtrauen durch Lächeln. Unübertroffener Wunderbalsam, kostenlos über mißlaunige Männergesichter hingehaucht, und „alles war wieder gut, alles war wieder gut". Er fuhr schneller, ließ das Tachometer auf fünfundsiebzig springen, nahm die Kurven mit sicherer Eleganz, und der Film lief weiter: Besuchen Sie Schloß Brernich, die Perle des Barock im idyllischen Tal der Brer.

Unten floß die Brer dahin: grünes, schmales Gewässer, das künstlich am Leben erhalten wurde: geheime Betonleitungen führten der Brer Wasser zu, damit sie nicht einschlafe und weiterhin idyllisch und frisch bleibe: frisches Flüßchen zwischen Wiesen und Wald, und da war sie, die unvermeidliche Mühle, deren Rad sich munter klappernd drehte, holde Musik im Tal der idyllischen Brer.

„Mein Gott, wie schön", sagte er.

„Schön", sagte sie.

Mißtrauischer Blick, heilendes Lächeln, die Kurbel drehte sich. Für Augenblicke vergaß sie, daß er Gäseler war, und die Langeweile kam wie eine plötzliche Krankheit über sie. Gähnen und das mühsame Aufrechterhalten der Konversation, um ihn nicht merken zu lassen, wie sehr sie sich langweilte. Er glaubte, sie köstlich zu amüsieren, indem er ihr erzählte, welcher und wie vieler Intrigen es bedurft hatte, um Redakteur beim „Boten" zu werden.

Sie fuhren jetzt in mäßigem Tempo durch eine friedliche Landschaft: Wiesen und Hecken tauchten auf, Vieh drängte sich an die Zäune, und hier, nicht weit vom Staudamm entfernt, hatte die Brer fast den Charakter eines Wildbachs. Wahrscheinlich hatte der Staudammwärter gerade den Hebel umgelegt und ließ Frische, ließ Idyllik in die Brer strömen. Sie rauchte, um die Langeweile zu bekämpfen. Der Film, der jetzt ablief, schien von einem sehr gutwilligen, sehr eifrigen Amateur gedreht worden zu sein: reizloses, graues Licht, das alles flach erscheinen ließ, wie auf schlechten Fotografien in langweiligen Alben, Fotografien, die zu leben anfingen; haufenweise Alben, die sie alle noch würde betrachten müssen. Tödliches Grau, durch den Druck eines Stümpers auf einen Kameraknopf fixiert: das Grau, wie sie es aus den Fotoalben von Schulfreundinnen kannte, gestapelte Langeweile in gestreiften Alben voller Fotografien, die dünkelhafte Drogisten in Badeorten entwickelt hatten: Sommerfrischenstationen zwischen Flensburg und Medina, zwischen Calais und Karlsbad; festgehalten, was des Festhaltens schon wert war: Langeweile in Gruppen und einzeln, Langeweile 8 × 8 oder 16 × 12 und hin und wieder die großflächige Langeweile: Lotte am Golf von Medina: 24 × 18, unsterblich gemacht im Album Numero 12, das Lottes Lebenslauf vom Staatsexamen bis zur Verlobung illustrierte. Dann kam Album Numero 13 – oh, wir sind nicht abergläubisch –, das ganz und gar der Hochzeit und der Hochzeitsreise gewidmet war; Langeweile mit und ohne Schleier, Langeweile mit und ohne Unschuld. Kanntest du Bernhards Vater schon? Nein? Da war er: unbekannter Lächler, unsterblich gemacht im Format 8 × 6. Und prompt in Album Numero 14 das Baby. Süß, süß, süß – mit genialer Sicherheit graue Schatten ihm ins Gesicht retuschiert.

Gewiß würde er an der landschaftlich so besonders reizenden Stelle halten, würde sie zu küssen versuchen, und aus seiner Aktentasche würde die Leica herausgezogen. Eingeklebt ins Album: Nella, an der großen Biegung, wo Straße 8 sich gabelt, wo man unten die Brer sieht. Rechts lag der Staudamm im Wald: idyllischer See, idyllischer Wald. Das Flüßchen unten, Dorf und der Barockkirchturm und der große, ebenfalls barocke Gasthof Zum blauen Schwein. – Oh, Sie wußten noch nicht, wieso er das blaue Schwein heißt? – Nein. – Oh, hören Sie – und die Anekdote, noch einmal einen Kuß, ausgestiegen, geknipst den Barockkirchturm, geknipst das blaue Schwein, ebenfalls barock – und wie durch ein Wunder kam genormte Langeweile aus der Drogerie zurück.

„Ist es nicht süß?"

„Ja, süß."

Sie war die Strecke oft gefahren, früher mit Rai und in den letzten Jahren mit Albert, und sie hatte sich nie gelangweilt. Nicht einmal den barocken Kirchturm und das blaue Schwein hatte sie langweilig gefunden, aber nun langweilte sie sich so sehr, daß ihre Gereiztheit langsam hochstieg, wie das Quecksilber an heißen Tagen im Thermometer steigt.

„Halten Sie", sagte sie heftig, „lassen Sie mich einen Augenblick Luft schöpfen."

Er hielt, sie stieg aus, ging ein paar Schritte in den Wald hinein, und schon hörte sie den Knacks und sah ihn, die Leica auf der Brust, vorne am Wagen stehen.

Sie ging zurück und sagte leise: „Geben Sie den Film heraus!"

Er blickte sie blöde an.

„Geben Sie den Film her, nehmen Sie ihn heraus!"

Langsam, die Stirn runzelnd, öffnete er den Apparat, nahm den Film raus und gab ihn ihr. Sie riß die Spule auf, rollte den Streifen ab und zerriß ihn.

„Ich hasse Fotografien", sagte sie ruhig, „versuchen Sie nicht mehr, mich zu knipsen."

Sie stieg wieder ein, beobachtete ihn von der Seite und war für Augenblicke amüsiert über die bockige Gekränktheit, die sein Profil zeigte: leicht aufgeworfene Lippen.

Prompt hielt er an der Gabelung, von der aus man hinabsehen konnte auf die sieche Brer, den Barockkirchturm und das barocke blaue Schwein. Er spielte jungenhaft mit der Leica, die noch auf seiner Brust baumelte, und sagte, was er sagen mußte: „Ist das nicht entzückend?"

„Ja", sagte sie, „wie lange werden Sie noch brauchen bis zum Schloß?"

„Eine halbe Stunde", sagte er, „kennen Sie Brernich?"

„Ich war ein paarmal dort."

„Merkwürdig, daß ich Ihnen noch nicht begegnet bin, im letzten Monat war ich zweimal dort."

„Ich war seit einem Jahr nicht mehr da."

„Oh", sagte er, „ich bin erst zwei Monate hier."

„Wo waren Sie früher?"

„Ich habe studiert", sagte er, „ich mußte ganz umlernen."

„Sie waren lange Soldat?"

„Ja", sagte er, „vier Jahre lang, und dann habe ich sechs Jahre gebüffelt, um einen Beruf zu bekommen, und nun möchte ich langsam anfangen zu leben."

„Leben", sagte sie, „Sie leben doch sicher schon achtundzwanzig Jahre."

„Genau zweiunddreißig", sagte er lächelnd, „vielen Dank für die Schmeichelei."

„Keine Schmeichelei, sondern Neugierde. Ich wußte, daß Sie sagen würden, wie alt Sie sind, denn Sie möchten ganz gern älter aussehen."

„Für Sie", sagte er, „möchte ich zwei Jahre älter sein."

„Wozu", sagte sie kalt, und sie blickte von Langeweile erfüllt auf das blaue Schwein, das seine frisch gekälkte, frisch bemalte bunte Barockfassade in die Sonne hielt.

„Dann wäre ich vier Jahre älter als Sie."

„Komplizierte Schmeichelei", sagte sie müde, „aber Sie irren sich, ich bin genau siebenunddreißig Jahre alt."

So mochten sich Kriminalbeamte fühlen, die einen kleinen Ladendieb verhören, nicht die Untersuchungsrichter, die den großen Mörder einkreisen.

„Meine Schmeichelei", sagte er, „war ganz unbewußt, Sie sehen tatsächlich jünger aus."

„Ich weiß", sagte sie.

„Haben Sie etwas dagegen, wenn wir weiterfahren?"

„Nein", sagte sie, „aber halten Sie nicht an der Kirche und nicht am blauen Schwein."

Er sah sie lächelnd an, und sie schwieg, bis er die Haarnadelkurve genommen hatte und langsam durch den kleinen Ort gefahren war.

„Nette Anekdote", sagte er, „die vom blauen Schwein."

„Reizend", sagte sie.

Der Werbefilm für die Reisegesellschaft lief weiter: Wiesen, Kühe – und der sauber rasierte, achtklassige Schauspieler, der Werbeleiter, der früher einmal Schauspieler gewesen war, als Regisseur, und sie, sie war die Diva, die man gekauft hatte, um das Projekt zugkräftiger zu machen. Die Landschaft spielte kostenlos mit. Und an der Kamera stand ein Amateur, der in einem Lehrgang als begabt aufgefallen war. Es gelang ihr nicht, in die anderen Ebenen zu springen: weder der eine Film, der die Erinnerung enthielt, noch der andere, der im Archiv verstaubte und die Fortsetzung dessen, was jetzt Erinnerung war, enthielt: Leben ohne Ballast, Kinder und eine Redaktion; Getränke – erfrischend, kalt und bunt, und Albert, der unermüdliche Freund; ein Film ohne Glum, ohne Bolda – mit den nie gezeugten, nie geborenen Abc-Schützen der Jahre 1950 bis 1953. Krampfhaft suchte sie Rai in der Erinnerung, um ihren Haß zu schüren, aber es kamen nur blasse Bilder herauf, erstarrte Klischees: italienische Dörfer, die wie Dörfer auf Prospekten aussahen, Rai darin wie ein verirrter Tourist. Müde Phantasie – die Gegenwart lähmte alles. Plötzlich lag Gäselers Arm auf ihrer Schulter, und sie sagte ruhig: „Tun Sie den Arm weg!" Gäseler nahm den Arm zurück, und sie wartete vergebens auf den Haß: Absalom Billig, auf Zementboden zertrampelt; Blut über grobem Beton – und Rai, einem Befehl geopfert, einem Prinzip dargebracht, Prestigetod – abgeknallt, unwiederbringlich. Rai kam nicht, und die Erinnerung schwieg. Haß kam nicht, nur Gähnen, und wieder lag die Hand auf ihrer Schulter, wieder sagte sie ruhig: „Tun Sie die Hand weg!" und er tat sie weg. Nannte er das anfangen zu leben, Fummelei am Steuer, Küsse, am Waldesrand getauscht, während ein Rehlein, versteckt, aber schmunzelnd zusah: schmunzelndes Rehlein, vom Amateurkameramann geschickt fotografiert.

„Tun Sie es nicht mehr", sagte sie, „lassen Sie die

Hand endgültig weg, es langweilt mich so. Erzählen Sie, wo waren Sie im Krieg?"

„Oh", sagte er, „ich denke nicht oft daran. Ich versuche es zu vergessen, und es gelingt mir. Es ist vorbei", sagte er.

„Aber wo Sie waren, wissen Sie wohl noch."

„Fast überall", sagte er. „Im Westen, im Osten, im Süden – nur im Norden war ich nie. Zuletzt war ich in Erwins Armee."

„In wessen Armee?"

„Erwin", sagte er, „kennen Sie Erwin Rommel nicht?"

„Die Vornamen von Generälen haben mich nie interessiert."

„Oh, weshalb sind Sie böse?"

„Böse", sagte sie, „nennen Sie das böse, wie wenn ein kleines Mädchen aus Trotz der Tante die Hand nicht gibt? In die Ecke mit dem bösen Ding. Aber vielleicht wußten Sie nicht, daß mein Mann gefallen ist?"

„Ich wußte es", sagte er, „Pater Willibrord erzählte es mir, ich wußte es vorher schon. Wer weiß es nicht? Verzeihen Sie."

„Was soll ich Ihnen verzeihen? Daß man meinen Mann abgeknallt hat? Kaputt", sagte sie, „abgeschnitten der Streifen, aus, was kein Traum, sondern Wirklichkeit werden sollte. Ins Archiv geschmissen – such dir die Fetzen zusammen. Da nimmt man's nicht so genau mit den Vornamen von Generälen."

Er fuhr schweigend, respektvoll schweigend eine lange Strecke, und sie sah seinem Profil an, daß er an den Krieg dachte: Erinnerungen an Härte, an Sentimentalität und an Erwin.

„Wie heißt Ihr Referat?"

„Mein Referat? ‚Was haben wir von der Lyrik der Gegenwart zu erwarten?'."

„Werden Sie über meinen Mann sprechen?"

„Ja", sagte er, „kein Mensch kann über Lyrik sprechen, ohne von Ihrem Mann zu sprechen."

„Mein Mann fiel bei Kalinowka", sagte sie. Sie blickte ihn an, erstaunt und enttäuscht darüber, wie wenig gespannt sie war: sein Gesicht veränderte sich nicht.

„Ich weiß", sagte er, „und ist es nicht merkwürdig, daß ich glaube, auch an diesem Ort gewesen zu sein. Im Sommer 42 war ich in der Ukraine. Merkwürdig, nicht?"

„Ja", sagte sie, und sie wünschte, er möge es nicht sein.

„Alles vergessen", sagte er, „systematisch meine Erinnerung geschlachtet. Man muß den Krieg vergessen."

„Ja", sagte sie, „und die Witwen und Waisen und alles, was dreckig war, und eine schöne, saubere Zukunft bauen. Das Vertrauen auf die Vertrauensbank werfen. Den Krieg vergessen und die Vornamen der Generäle behalten."

„Mein Gott", sagte er, „es kann schon vorkommen, daß man in die Diktion früherer Jahre zurückfällt."

„Ja", sagte sie, „eben: es ist aber die Diktion früherer Jahre."

„Ist es so schlimm?"

„Schlimm?" sagte sie, „schlimme Jungen nennt man die Schlingel, die Äpfel mausen, und für mich ist es etwas anderes als schlimm, wenn ich Ihre Diktion früherer Jahre so deutlich heraushöre. Mein Mann haßte den Krieg, und ich werde Ihnen kein Gedicht für Ihre Anthologie geben, wenn Sie nicht einen Brief dazunehmen, den ich aussuche. Er haßte den Krieg, haßte Generäle, das Militär – und ich müßte Sie hassen, aber merkwürdig, Sie langweilen mich nur."

Er lächelte, und es gelang ihm, jene Schmerzlichkeit in Stimme und Physiognomie zu legen, wie sie von der Amateurdramaturgie vorgeschrieben war: „Warum müßten Sie mich hassen?"

„Ich müßte Sie hassen", sagte sie, „wenn ich nicht da aufgehört hätte zu leben, wo mein Mann starb. Das wollte ich: seinen Haß weiterhassen, denn er, wenn er Sie gekannt hätte, heute, oder damals, er hätte Sie nur geohrfeigt. Das hätte mir gelingen müssen, weiterzutun, was er getan hätte, weiterzuhandeln, zu denken, wie er dachte und mich zu denken gelehrt hatte: Ohrfeigen an Leute verteilen, die den Krieg vergessen haben, aber mit Schuljungensentimentalität die Vornamen von Generälen aussprechen."

Er schwieg, und sie sah, daß er die Lippen zusammenkniff. „Wenn Sie ehrlich wären und den Krieg verherrlichten, Ihr ganzes verhindertes Sieger-Ressentiment aufrichtig durchspielten – aber es ist ein wenig schaurig, daß Sie ausgerechnet Referate halten müssen mit Titeln: ‚Was haben wir von der heutigen Lyrik zu erwarten?'."

Gäseler fuhr langsam. Sie erkannte zwischen hohen Buchen das Vorwerk von Schloß Brernich: ein barockes Lusthaus, von fetten, mit Ausflüglerbutterbroten gefütterten Tauben umschwärmt.

Dilettantischer Werbefilm mit schlechter Beleuchtung, ohne Happy-End, denn der Kuß, der vor der Barockfassade von Schloß Brernich fällig war, der Kuß würde nicht stattfinden. Sie sehnte sich nach Hähnels Eissalon, nach Luigis Lächeln und der Platte, die er auflegte, sobald sie den Laden betrat, nach dem Augenblick, wo die Melodie ausklinkte. Sie sehnte sich nach Martin, nach Albert und nach dem imaginären Gäseler, den sie hatte hassen können. Dieser kleine Streber flößte ihr keinen Haß ein: er war nicht der schwarze Mann, der Bösewicht, wie Mutter ihn in des Jungen Phantasie zu graben versuchte: eitel war er, nicht einmal dumm, und er würde Karriere machen.

„Lassen Sie mich hier aussteigen", sagte sie.

Er hielt, ohne sie anzusehen, und sie öffnete die Tür und sagte: „Lassen Sie mein Gepäck auf mein Zimmer bringen." Er nickte, und sie beobachtete sein Profil und wartete so vergebens auf eine Spur Mitleid, wie sie vergebens auf den Haß gewartet hatte.

Pater Willibrord kam mit ausgebreiteten Armen auf sie zu.

„Herrlich, Nella", sagte er, „daß Sie gekommen sind. Ist dieser Tagungsort nicht wunderbar?"

„Ja", sagte sie, „er ist wunderbar. Hat die Tagung schon begonnen?"

„Schurbigel hat eben ein glänzendes Referat gehalten, und alle warten ungeduldig auf Gäseler. Es wird sein Debüt in unserem Kreis."

„Ich möchte auf mein Zimmer", sagte sie.

„Kommen Sie", sagte Pater Willibrord, „ich bring Sie hin."

Sie sah Gäseler mit seiner Aktentasche und ihrem Koffer die Schloßtreppe hinaufgehen, aber als sie mit Pater Willibrord näher gekommen war, war Gäseler schon weg, und ihr Koffer stand vor der Pförtnerloge.

XV

Die Straßenbahnermütze hing nicht oben an der Garderobe. Im Flur roch es nach Bouillon und heißer Margarine, in der Brielach immer die Kartoffeln briet. Ganz oben im Haus sang Frau Borussiak: Die Rasenbank am Elterngrab. Sie sang schön und sang deutlich, und ihr Gesang kam die Treppe herunter wie etwas, das ausgegossen wurde: freundlicher Sprühregen. Er sah die zerkratzte Wand, auf der mehr als dreißigmal das Wort hingeschrieben worden war. Eine Gipsspur unter dem Gaszähler bewies, daß kürzlich erst wieder der stumme Zweikampf stattgefunden hatte. Dunkles Gebrumm der Hobelmaschine kam aus der Tischlerei: friedliches Donnern, das die Wände des Hauses leise und stetig erzittern machte, heller werdend, knatternd fast, wenn das Brett ganz durch den Schlund der Maschine gerutscht war. Dazwischen das hellere Knurren der Fräse; die Lampe im Flur war in leiser, stetiger Schwingung, und von oben kam der kräftige schöne Gesang, der wie ein Segen über ihn ergossen wurde. Das Fenster zum Hof hin stand offen. Unten stapelte der Lehrjunge mit dem Meister Holz. Der Lehrjunge pfiff leise mit, was Frau Borussiak sang, und im rechten Fenster der ausgebrannten Hinterhausfassade schwebte ein

Flugzeug ruhig im hellen Blau des Himmels: sanfter Brummer, der ein Transparent hinter sich herzog. Das Flugzeug verschwand hinter dem Mauerpfeiler zwischen den beiden Fenstern, tauchte im zweiten Fenster auf; grau, schwebend im hellen Himmel, schleppte sich das Flugzeug von Fenster zu Fenster, langsam, wie eine Libelle, die einen zu schweren Schweif hinter sich herzieht. Erst als es hinter der Hinterhausruine heraus war, sich über dem Kirchturm langsam drehte, konnte er lesen, was auf dem Transparent stand, Wort für Wort, so wie das Flugzeug schwenkte und seinen Schweif vors Licht zog: BIST DU AUF ALLES GEFASST?

Frau Borussiak sang immer noch; warm war ihre Stimme, kräftig, und Frau Borussiak zu hören bedeutete für ihn, sie zugleich zu sehen. Blond war sie wie seine Mutter, sehr blond, aber voller, und in ihren Mund paßte das Wort ganz und gar nicht. Auch ihr Mann war gefallen, und sie hatte früher Frau Horn geheißen. Jetzt hatte sie einen anderen Mann, der Geldbriefträger war, und sie war richtig mit Herrn Borussiak verheiratet, wie Grebhakes Mutter mit Herrn Sobik verheiratet war. Herr Borussiak war freundlich wie seine Frau. Er brachte Onkel Albert Geld, auch der Mutter. Frau Borussiak hatte nur größere Kinder. Der älteste hieß Rolf Horn, es war der, der mit den Meßdienern übte. Und an der Tafel in der Kirche stand: Petrus Canisius Horn † 1942. Auf derselben Tafel stand oben: Raimund Bach † 1942. Brielachs Vater stand auf einer anderen Tafel, in der Paulskirche: Heinrich Brielach † 1941. Er wartete, bis die Hobelmaschine aussetzte, und lauschte nach Brielachs Tür hin. Manchmal nahm Leo die Mütze mit hinein, aber er hörte von Leo nichts, wandte sich vom Fenster ab und wartete vor der Tür einen Augenblick, bevor er sie öffnete.

„O weh", sagte Brielach, „Onkel Albert sucht dich."

Brielach saß am Tisch und schrieb. Einen Bogen Papier hatte er vor sich liegen, einen Bleistift in der Hand, und nun blickte er mit einem wichtigen Gesicht auf und sagte: „Oder warst du inzwischen zu Hause?" Martin haßte Brielach, wenn er das wichtige Gesicht aufsetzte, er haßte es, wenn Brielach – was er oft tat – sagte: „Davon verstehst du nichts." Und er wußte, daß Brielach dann GELD meinte. Gewiß verstand er von GELD nichts, aber er haßte es, wenn Brielach sein wichtiges, sein GELD-Gesicht aufsetzte.

„Nein", sagte er, „ich war noch nicht zu Hause."

„Dann geh gleich, Onkel Albert regt sich auf."

Martin schüttelte stumm den Kopf und wandte sich Wilma zu, die aus der Ecke auf ihn zukroch.

„Du bist gemein", sagte Brielach, „du bist richtig gemein."

Brielach beugte sich über seinen Bogen und schrieb weiter. Wilma machte sich über Martins Schulranzen her. Martin setzte sich auf den Fußboden zwischen Tür und Bett, nahm Wilma auf den Schoß, aber sie machte sich lachend los, nahm die Tragriemen des Schulranzens und schleifte den Ranzen ein Stück seitwärts. Martin beobachtete sie müde. Wilma versuchte, den Ranzen zu öffnen. Sie riß an der Schlaufe, ohne sie vorher aus dem Bügel zu ziehen. Er zog den Ranzen zu sich herüber, nahm die beiden Schlaufen aus den Bügeln, schob den Ranzen Wilma wieder zu, und als sie jetzt riß, löste sich der Nickelstift aus dem Loch, und sie schrie vor Genugtuung, riß schnell auch die zweite Schlaufe auf, und als auch der zweite Stift sich prompt löste, schrie sie noch lauter vor Glück, und mit einem energischen Ruck klappte sie den Deckel des Ranzens auf. Martin lehnte sich gegen die Wand und sah ihr zu. „Oh, wie gemein du bist", sagte Brielach, ohne aufzusehen, und als Martin nicht antwortete, sagte Brielach: „Du machst dich ganz schmutzig, versaust deine Hose."

Brielach hatte das wichtige, das GELD-Gesicht. Martin antwortete nicht, obwohl ihm auf der Zunge schwebte: Du mit deinem GELD-Gesicht. Aber er sagte es nicht, weil es zu gefährlich war, von GELD zu sprechen. Er hatte es einmal getan, um gegen Brielachs GELD-Wichtigkeit einen Trumpf auszuspielen, hatte einmal davon gesprochen, daß *sie* immer Geld hatten: Albert und die Mutter, die Großmutter.

Danach war Brielach sechs Wochen nicht gekommen, hatte sechs Wochen nicht mit ihm gesprochen, und Onkel Albert hatte ihn überreden müssen wiederzukommen. Diese sechs Wochen waren schrecklich gewesen. So sagte er nichts, stützte die Beine hoch, umklammerte die Knie mit den Händen und sah Wilma zu. Sie war voll beschäftigt: sie nahm alle Bücher heraus, das Ledermäppchen, klappte das zuoberst liegende Buch auf und zeigte mit ihrem Finger auf die Illustration zu einer Rechenaufgabe. Oh, der Kuchen, der in vier, in acht, in sechzehn, in zweiunddreißig Teile geteilt werden konnte, der 2, der 3, der 4, der 6 Mark kosten konnte und von dem man ausrechnen sollte und mußte, wieviel jeweils das Stück kostete. Dieser Kuchen fesselte Wilmas Aufmerksamkeit; sie schien zu begreifen, was es war, und schrie eins der wenigen Worte, die sie kannte: Zucker. Aber auch die Bananen aus Afrika, die im Einkauf die Tonne – wieviel Kilo hatte eine Tonne? – soviel kosteten, auf die soviel Prozent aufgeschlagen wurden, so daß sie im Verkauf das Kilo wieviel kosteten – auch die Bananen waren für Wilma Zucker, das große Käserad, das Brot und der Mehlsack. Der Mann, der den Mehlsack trug, hatte eine finstere Physiognomie – und für Wilma war er Leo, während der freundlich lächelnde Bäcker, der die Mehlsäcke zählte, Papa war. Drei Worte konnte Wilma sprechen: Leo, Papa und Zucker. Papa war das Bild an der Wand, Papa waren alle Männer, die ihr sympathisch, Leo alle Männer, die ihr unsympathisch waren.

„Kann ich mir ein Margarinebrot machen?" fragte Martin müde.

„Gern", sagte Heinrich, „aber ich würde nach Hause gehen an deiner Stelle. Onkel Albert war sehr aufgeregt, und es ist schon eine Stunde her, daß er hier war." Als Martin nichts sagte, sagte er heftig: „Oh, gemein bist du", und er fügte leiser hinzu: „Mach dir ein Butterbrot."

Sein Gesicht nahm an Wichtigkeit zu, und Martin wußte, daß er gern gefragt worden wäre und gern erklärt hätte, welch wichtiges Problem er zu lösen beauftragt war. Aber er würde ihn um keinen Preis fragen. Er versuchte, nicht an Onkel Albert zu denken, denn langsam verwandelte sich seine Wut auf Albert in ein schlechtes Gewissen. Es war blöde gewesen, ins Kino zu gehen, und er suchte langsam die Wut wieder zusammen. Immer häufiger wurde auch Albert zum Zettelschreiber, abgerissen vom Rand der Zeitung waren sie. Die Zettel trugen eine lakonische Mitteilung, und das entscheidende Wort war dreimal unterstrichen. Das dreimalige Unterstreichen war eine Erfindung der Mutter. Es waren immer Hilfszeitwörter, die sie dreimal unterstrich: sollte – mußte – konnte – durfte nicht.

„Steh auf“, sagte Brielach gereizt, „du versaust deine Hose. Mach dir ein Butterbrot.“

Martin stand auf, klopfte sich den Dreck von der Hose und lächelte Wilma zu, die eine andere Seite des Rechenbuchs aufgeschlagen hatte und triumphierend auf das Schaf zeigte, das genau 64,5 Kilo wog, vom Metzger für soundsoviel pro Kilo Lebendgewicht erworben wurde, mit soundsoviel Aufschlag dann für soundsoviel per Pfund verkauft wurde, und auch er war auf den Trick hereingefallen, hatte nicht bedacht, daß ein Kilo zwei Pfund hatte, und hatte gedankenlos zum Schluß 64,5 Pfund gerechnet, worauf dem Lehrer der Triumph blieb, zu erklären, daß sämtliche Metzger der Stadt dem Bankerott geweiht seien. Aber die Metzger waren nicht dem Bankerott geweiht, sie gediehen. Wilma freute sich über das Schaf, sie schrie: Zucker und wandte ihre Aufmerksamkeit der nächsten Seite zu, wo das alberne Frauenzimmer einen Motorroller auf Raten kaufte. Brielach saß am Tisch und rechnete mit gerunzelter Stirn. Martin sah es jetzt: Zahlen bedeckten das weiße Papier, durchgestrichene Kolonnen, unterstrichene Ergebnisse. Er ging zum Küchenschrank, schob die Kristallschale mit den künstlichen Früchten beiseite: Apfelsinen, Bananen aus Glas und die Weintraube, die er immer wieder bewunderte, so täuschend ähnlich sah sie aus. Er wußte, wo alles stand. Die Blechtrommel mit dem Brot, die Butterdose mit Margarine, Messer, die silbrige Blechbüchse mit Apfelkraut. Er schnitt eine sehr dicke Scheibe Brot ab, bestrich sie mit Margarine, schmierte Apfelkraut darüber und biß sofort in das fertige Brot. Er seufzte vor Freude. Niemand zu Hause, Bolda und Glum ausgenommen, begriff, daß er Margarine so gern aß. Die Großmutter schrie vor Entsetzen, wenn er es tat, und malte mit dunkler Stimme tausend Krankheiten aus, finstere innere Krankheiten, deren schlimmste TEBEZEE hieß. „Das endet mit Tebezee." Aber er fand Margarine herrlich, blieb jetzt am Küchenschrank stehen und schmierte sich gleich noch ein Brot, um nicht ein zweites Mal aufstehen zu müssen. Wilma empfing ihn lächelnd, als er sich wieder zu ihr setzte. Oben sang Frau Borussiak: Dunkelrote Rosen. Ihre volle, so dunkle Stimme war wie eine Quelle, die Blut verströmte. Er hatte die deutliche Vorstellung, daß Rosen, dunkelrote Rosen, zu Blut gepreßt, aus ihrem Munde strömten, und er nahm sich vor, es zu malen: blonde Frau Borussiak, aus deren Mund dunkelrotes Rosenblut strömte.

Wilma war auf der letzten Seite des Rechenbuches angelangt, wo es wieder um Tonnen ging: Schiffe und Eisenbahnwagen waren abgebildet, Lastautos und Lagerhallen. Wilma betupfte Schiffer, Eisenbahner, Lastwagenfahrer und Sackträger und ordnete sie in Papas und Leos: es waren mehr Leos als Papas, denn fast alle Männer hatten finstere Gesichter. Leo – Leo – Papa – Leo – Leo – Leo – Papa – aus einer Fabrikhalle strömende Arbeiter wurden generell als Leos bezeichnet. Der Katechismus enttäuschte sie, weil er keine Bilder enthielt – nur ein paar Vignetten: Weintrauben und Girlanden wurden als Zucker bezeichnet, und sie legte den Katechismus beiseite. Das Lesebuch war eine Fundgrube, die offenbar mehr Papas als Leos enthielt: Sankt Nikolaus und Sankt Martin, Ringelreihe spielende Kinder, alle waren Papas.

Martin nahm Wilma auf den Schoß, brach Stücke aus dem Butterbrot heraus und fütterte sie. Ihr blasses, dickes Gesicht strahlte, und sie sagte bei jedem Bissen feierlich: Zucker, bis sie plötzlich albern wurde, zehn-, zwanzigmal hintereinander Zucker schrie.

„Verdammt", rief Brielach, „spiel etwas Ruhiges mit ihr." Wilma erschrak, sie runzelte die Stirn und legte feierlich den Finger auf den Mund.

Frau Borussiak sang nicht mehr, in der Tischlerei war es ganz still. Plötzlich läuteten die Glokken, und Wilma schloß die Augen und versuchte, den Klang der Glocken nachzuahmen, indem sie „dong-dong-dong" rief. Unwillkürlich schloß auch er die Augen, hielt im Kauen inne, und der Klang der Glocken übertrug sich hinter den geschlossenen Lidern ins Optische: die Glocken läuteten ein Muster in die Luft, Ringe, die sich erweiterten, die dann auseinanderfielen, Quadrate und Schraffierungen, wie sie der Gärtner mit der Harke auf die Wege zeichnete. Merkwürdige Vielecke, hell ins dunkle Grau hineingeschlagen, wie aus Blech herausgestanzte Muster: Blumen, und das helle Dongdong aus Wilmas Mund löcherte winzige weiße Punkte in die endlose graue Fläche, Spuren eines kleinen Hämmerchens. Farben mischten sich hinein: rot wie das dunkelrote Blut der Rosen – ringförmig geöffnete ganz rote Münder, gelbe Wellenlinien und ein riesiger, ganz grüner Fleck, als die Glocken mit einem heftigen Schlag aussetzten. Langsames, sich hell hineinschleichendes lindes Grün von den letzten Schwingungen.

Wilma hielt immer noch die Augen geschlossen und machte „dong“.

Martin nahm das zweite Butterbrot, das er oben auf die Bettkante gelegt hatte, bröckelte ein Stück ab, steckte es Wilma in den Mund, und sie schlug die Augen auf und lachte und sagte nicht mehr „dong“.

Martin zog mit der freien Hand den Karton heraus, der unter dem Bett stand. Der Karton war voller Spielzeug, er trug rostbraun aufgedruckt in großen Buchstaben die Aufschrift: Sunlicht. Leere Schachteln, Klötze, zerstörte Autos enthielt der Karton.

Wilma kletterte von seinem Schoß, nahm mit wichtiger Miene jeden einzelnen Gegenstand heraus und wandte, ihn ernst anblickend, die einzige Vokabel für Gegenstände, die sie kannte, darauf an: Zucker. Aber sie sagte es leise, die Stirn runzelnd und mit einem Blick auf Heinrich, der immer noch rechnend am Tisch saß.

Martin wünschte, Frau Borussiak würde wieder singen, und er blickte schräg zu Brielach hinüber, der mit sehr wichtiger Miene dort saß, und plötzlich tat ihm Brielach leid, und er fragte: „Mußt du wieder den Plan machen?“

„Mensch“, antwortete Brielach sofort, und sein Gesicht entspannte sich, „Mensch, ich kann dir sagen, es kotzt mich an. Zwanzig Mark soll ich im Monat heraussparen, weil meine Mutter neue Zähne bekommt.“

„Oh, Zähne sind teuer.“

„Teuer?“ Brielach lachte. „Teuer? Teuer ist gar kein Wort. Zähne sind unerschwinglich. Aber weißt du, was ich herausbekommen habe?“

„Was denn?“

„Daß Onkel Leo seit zwei Jahren viel zuwenig Geld abgibt. Das Mittagessen kostet im Durchschnitt nicht, wie wir damals festgesetzt haben, 30 Pfennige, sondern wir kommen fast auf 40 Pfennige. Und das Frühstück, das ist gemein, wir haben die Margarine mit 20 Gramm angesetzt, aber er frißt mindestens 40 und nimmt noch Butterbrote mit, das Kraut ist gar nicht gerechnet und jedes Ei mit 20 Pfennigen. Weißt du, wo man für 20 Pfennige ein Ei bekommt, weißt du's?" Brielachs Stimme wurde heiser vor Empörung.

„Nein", sagte Martin, „ich weiß nicht, wo es so billige Eier gibt."

„Ich nämlich auch nicht. Wenn ich's wüßte, würde ich hinrennen, damit wir auch mal Eier fressen können."

Wilma schien von Eiern nichts zu halten, sie hielt im Aufzählen ihrer Gegenstände inne und sagte, das Gesicht verziehend: „Leo, Leo", sagte sie, „Ei" – und dann strahlte sie plötzlich, weil Ei eine Bereicherung ihres Vokabulars bedeutete.

„Wozu braucht er überhaupt morgens ein Ei?"

„Alle Väter, auch alle Onkels bekommen morgens ein Ei", sagte Martin unsicher, aber er verbesserte sich schnell und sagte: „Fast alle", denn er wußte nicht genau, ob es stimmte. Das Frühstücksei war ihm immer als ein Signum der Väter und Onkel erschienen, aber jetzt fiel ihm ein, daß Behrendts Onkel kein Ei bekam.

„Ich sehe aber nicht ein, warum", sagte Brielach. Er machte mit dem Bleistift einen heftigen Strich aufs Papier, als streiche er damit Onkel Leo das Ei. Sein Gesicht war blaß vor Wut, als er weitersprach: „Nun rechne dir aus, um wieviel er uns betrogen hat: sieben Pfennige an Margarine mehr, wenn das überhaupt langt, denn manchmal schmiert er sich abends noch ein Brot, zehn Pfennige fürs Mittagessen, und ich rechne einen Pfennig fürs Kraut, jetzt nimm die drei Pfennige fürs Ei, ich rechne mindestens drei Pfennige mehr, das sind zwanzig Pfennige mal tausend Tage, die er hier schon bei uns ißt: zweihundert Mark, mein Lieber. Nun weiter. Das Brot wird nicht gerechnet, weil wir's geschenkt kriegen, seit zwei Jahren wird das Brot nicht gerechnet. Aber ich frage dich: was wir geschenkt bekommen, bekommt er das auch geschenkt? Wie?"

„Nein", sagte Martin erschlagen, und das Butterbrot schmeckte ihm plötzlich nicht mehr.

„Na, also rechne bitte bei diesem Freßsack ruhig deine vierzig Pfennige fürs Brot, rechne ruhig 5 Pfennige für Strom hinzu, um den er uns betrügt, so kommst du gut auf 5 Pfennige in tausend Tagen, das sind fünfzig Mark, und 40 Pfennige für siebenhundertdreißig Tage – weißt du, daß das noch einmal dreihundert Mark sind?"

„Nein", sagte Martin.

Brielach schwieg wieder und wandte sich seinem Blatt zu.

„Ei", sagte Wilma triumphierend, „Leo, Ei." Sie hatte im Lesebuch finstere Männer entdeckt: Bergleute waren es, die unter Tage arbeiteten, Männer mit dunklen und ernsten Gesichtern: „Leo Leo Leo – Ei Ei Ei."

„Bist du noch nicht fertig?"

„Nein", sagte Brielach, „meine Mutter muß neue Zähne haben, und ich muß ausrechnen, wieviel wir jeden Monat einsparen können. Aber nimm die fünfhundert Mark, um die Leo uns betrogen hat, und du hast die Zähne für meine Mutter schon halb bezahlt."

Martin wünschte, Frau Borussiak würde wieder singen oder die Glocken würden wieder läuten, und er schloß die Augen und dachte an den Film, an die Träume im Kino: Leo, durch grüne Finsternis mit einem Mühlstein um den Hals auf den Boden des Meeres sinkend – und Wilmas Gestammel fiel in seine Träume. Leo – Zucker – Papa – Ei – Leo. Und als Frau Borussiak oben anfing zu singen: Beiderseits des Waldweges, da blühen Vergißmeinnicht – als sie anfing, als ihre Stimme ihn wieder traf, schlug er die Augen auf und fragte Brielach: „Warum heiraten unsere Mütter nicht wieder?"

Brielach schien diese Frage für wichtig genug zu halten, um seine Rechnerei zu unterbrechen. Er warf den Bleistift beiseite mit der Miene eines Mannes, der sich bewußt ist, eine Pause verdient zu haben, und indem er die Ellenbogen aufstützte, sagte er: „Weißt du es wirklich nicht?"

„Nein."

„Wegen der Rente, Mensch. Wenn meine Mutter heiratet, bekommt sie keine Rente mehr."

„Dann kriegt Frau Borussiak keine Rente?"

„Nein, aber ihr Mann verdient ja auch gut ..."

„Trotzdem ...", er dachte nach und lächelte Wilma zerstreut zu, die im Lesebuch den heiligen Joseph entdeckt hatte und ihn strahlend zum Papa erklärte. „Trotzdem, sie würde also die Rente kriegen, wenn Herr Borussiak nicht ihr Mann wäre und sie noch Horn hieße?"

„Natürlich – aber sie würde es nicht tun, weil sie fromm ist. Weil es unmoralisch ist."

„Deine Mutter ist nicht fromm?"

„Nein. Deine denn?"

„Ich weiß nicht, manchmal ja. Sie kann fromm sein."

„Und Onkel Albert?“

„Fromm? Ich glaube ja.“

Brielach schob die Ellenbogen ganz nach vorne und legte den Kopf auf die zurückgebeugten, zu Fäusten geballten Hände.

„Nun“, sagte er, „deine Mutter – da ist es mit der Rente natürlich anders. Bei ihr ist es nicht wegen des Geldes.“

„Meinst du?“

„Nein.“

„Meinst du, glaubst du ...“, er zögerte, sprach es aber dann sehr schnell aus, „glaubst du, daß meine Mutter sich auch mit Männern vereinigt?“

Brielach wurde rot und schwieg. Leo hatte von Martins Mutter gesprochen und von ihr gesagt, daß sie mit Männern das Wort tat, aber er wollte es Martin nicht sagen, weil er wußte, daß es für Martin schwerer war als für ihn, zu wissen, daß seine Mutter sich mit Männern vereinigte. „Nein“, sagte er, „ich glaube es nicht“, und er wußte, daß er log, denn er glaubte es WOHL – sprach schnell weiter: „Es hat aber nicht nur mit der Rente zu tun, auch mit der Lohnsteuer. Davon reden sie auch immer, auch der Schaffner, der mit der Frau Hundag oft zu Leo kommt. Aber ich weiß noch etwas.“

„Was?“

„Daß es den Frauen wegen der Rente nicht so wichtig wäre wie den Männern. Die Frauen sagen, wir würden schon zurechtkommen, andere Frauen kommen auch zurecht, aber die Männer sagen: nein. Leo ist wütend, wenn meine Mutter vom Heiraten spricht.“

„Meine Mutter ist wütend, wenn Albert vom Heiraten spricht.“

„So?“ Brielach horchte auf, und es traf ihn. Nein,

er wollte nicht, daß Albert Martins Mutter heiratete. „So“, sagte er, „weißt du das bestimmt?“

„Ja“, sagte Martin, „ich hab’s gehört. Meine Mutter will nicht mehr heiraten.“

„Das ist komisch“, sagte Brielach, „das ist sehr komisch. Alle Frauen, die ich kenne, würden gern heiraten.“

„Deine Mutter auch?“

„Ich glaube schon, manchmal sagt sie, sie sei es leid. Es ist ja auch unmoralisch.“

Martin tat es leid, daß er dazu nicken mußte: UNMORALISCH war es, und für einen Augenblick wünschte er, seine Mutter möge nachweisbar unmoralisch sein, damit er wenigstens in diesem Punkt mit Brielach gleich sei, und er sagte, um Brielach zu trösten: „Vielleicht ist es meine Mutter auch, was meinst du?“ Brielach wußte, daß sie es war, aber er wollte nicht zugeben, daß er es wußte. Leo als Quelle schien ihm zu unzuverlässig, und er sagte nur vage: „Vielleicht ja, aber ich glaub’s nicht.“

„Es ist schlimm, wenn man etwas nicht genau weiß“, sagte Martin. „Meine Großmutter sagt oft, wenn meine Mutter spät nach Hause kommt: ‚Wo treibst du dich immer rum?‘ Ist das unmoralisch?“

„Nein“, sagte Brielach, und er war froh, daß er hier entschieden nein sagen konnte, „auch Frau Borussiak sagt zu ihrer Tochter, wo treibst du dich immer rum. Sie meint die Straße, den Spielplatz, das Kino. Ich glaube nicht, daß Herumtreiben unmoralisch ist.“

„Es hört sich aber so an, und sie flüstern dann.“

„Es kann, glaube ich, unmoralisch sein.“

Martin nahm Wilma wieder auf den Schoß. Sie

steckte den Daumen in den Mund und lehnte ihren Kopf an seine Brust. „Die Frage ist", sagte er, „ob meine Mutter sich mit anderen Männern – vereinigt. Es wäre unmoralisch, weil sie nicht verheiratet ist – alles geht gegen das sechste Gebot."

Brielach wich aus. „Ja", sagte er, „wenn Männer und Frauen sich – vereinigen und nicht verheiratet sind, sündigen sie, und das ist unmoralisch."

Brielach war erleichtert. Der Riß im Eis hatte sich vertieft, und das Wasser darunter war nicht so tief, wie er gefürchtet hatte. Immerhin war es seltsam, zu hören, daß Martins Mutter nicht geheiratet werden wollte. Das widersprach seinen Erfahrungen. Frau Hundag wollte von dem Schaffner geheiratet werden, der Leos Freund war, seine Mutter sprach manchmal vorsichtig mit Leo darüber, und er wußte, daß Behrendts Mutter oft weinte, weil sie nicht mit Behrendts Onkel verheiratet war. Auch die Frau im Milchgeschäft hatte ein Kind bekommen und war nicht verheiratet, und Leo hatte gesagt: „Darauf wird Hugo nicht hereinfallen! Heiraten wird er sie nicht."

Am Rande war die Eisschicht gespalten, und die Tiefe des Wassers war nicht beunruhigend: UNMORALISCH gab es oberhalb und unterhalb der Eisschicht. Es gab drei Welten für ihn: die Schule, alles, was in der Schule und im Religionsunterricht gesagt wurde, widersprach der Leo-Welt, in der er lebte, und Martins Welt war wieder eine andere Welt: Eisschrank-Welt, Welt, in der Frauen nicht geheiratet werden wollten, Welt, in der GELD keine Rolle spielte. Drei Welten – aber er wollte nur in einer, in seiner, leben, und er sagte laut zu Martin, der die schlafende Wilma auf dem Schoß hielt: „Das Wort, das meine Mutter zum Bäcker sagte, finde ich gar nicht so schlimm.“ Er fand es WOHL schlimm, aber er wollte eine Entscheidung herbeiführen. „Es steht ja auch unten im Flur an der Wand, hast du es noch nie gelesen?“

Martin hatte es gelesen, und er hatte es gelesen noch schlimmer gefunden als gehört, aber er hatte darüber hinweggesehen, so wie er über die blutigen Kalbsviertel hinwegsah, die die Metzger aus blutigen Autos in den Laden trugen. So wie er über BLUT IM URIN hinwegsah, wenn es ihm ganz nah vor die Nase gehalten wurde, so wie er nicht genau hingesehen hatte, als er Grebhake und Wolters im Gebüsch überraschte: dunkelrote Gesichter, offene Hosenlätze und der bittere Geruch frischen Grüns. Er drückte die schlafende Wilma an seine Brust und beantwortete die Frage von Brielach nicht. Das schlafende Kind war warm und schwer.

„Na, siehst du“, sagte Brielach, „bei uns stehen solche Wörter an der Wand, bei uns werden solche Wörter gesprochen, und bei euch eben nicht.“ Aber die Eisdecke hielt, weil er log; denn er fand das Wort WOHL schlimm, hatte aber gesagt, er fände es nicht schlimm. Der heilige Joseph fiel ihm ein. Weißgesichtiger, sanfter Mann: „Nehmt ihn euch zum Vorbild.“ Weißgesichtiger, sanfter Mann, wo triffst du dich mit Onkel Leo? Und wo werde ich mich mit dir treffen? Der heilige Joseph stand ganz unten, sehr tief unter der Eisdecke: für Augenblicke belebte Gestalt, die sich langsam nach oben durchruderte und vergebens durch die Eisdecke zu stoßen versuchte. Aber würde er herauszuholen sein, wenn das Eis wirklich ein Loch bekam? Würde er nicht zusammenfallen oder zurücksinken, endgültig auf den Grund des Wassers sinken, hilflos winkend und machtlos gegen Leo? Sein Schutzpatron, der heilige Heinrich, hatte auch dieses sanfte, doch strenge Gesicht: aus Stein gehauen, fotografiert, vom Kaplan ihm geschenkt: „Nimm dir ein Beispiel daran."

„Leo", sagte er hart zu Martin hin, „Leo schreibt das Wort an die Wand. Ich weiß es jetzt." Knallrote, nach Rasierwasser riechende Fresse, die auf Melodien von Kirchenliedern merkwürdige Parodien sang, die er nicht verstand, die aber bestimmt gemein waren, denn die Mutter wurde immer böse und sagte: „Laß das doch ..."

Martin antwortete nicht. Er fand alles hoffnungslos. Auch Brielach schwieg. Er wollte seine Teilnahme an dem geplanten Ausflug absagen. Wozu diese Eisspielereien: immer das merkwürdige Gefühl, daß es nicht gut gehen würde. Onkel Will und Alberts Mutter, und wenn sie stundenlang Fußball spielten – auch Albert spielte dann mit –, wenn sie spielten, angelten oder durchs Brertal bis an den Staudamm wanderten: Sonnenschein und keine Sorgen. Immer das Gefühl, daß es schiefgehen würde. Bangigkeit vor dem Augenblick, der entscheidend war: Ostern würde Martin auf die höhere Schule kommen. Wilma murmelte im Schlaf, Spielzeug lag auf der Erde verstreut, und das Lesebuch war noch aufgeschlagen. Sankt Martin ritt durch Schnee und Wind, das goldene Schwert schnitt den Mantel entzwei, und der Bettler sah wirklich jämmerlich aus: nackte Gestalt, knochiges Männchen im Schnee.

„Du mußt jetzt gehen", sagte Brielach, „Mensch, Onkel Albert wird verrückt vor Angst."

Martin schwieg. Er war selber halb eingeschlafen. Müde war er, hungrig, und er fürchtete sich, nach Hause zu gehen, nicht weil er Albert fürchtete, sondern weil er wußte, daß es gemein war, was er tat.

„Oh", sagte Brielach, und seine Stimme klang nicht fremd, nicht wichtig, sondern traurig in das Dösen hinein. „Du bist gemein. Wenn ich einen solchen Onkel hätte wie Albert, ich würde …", aber er sprach nicht weiter, weil seine Stimme fast vor Tränen brach, und er wollte nicht weinen, versuchte sich nur vorzustellen, wie es sein könnte, wenn Albert sein Onkel wäre. Albert als Straßenbahnschaffner kam hin. Er paßte in die Uniform – und Albert bekam alle sympathischen Züge von Gert, von Karl und seine eigenen hinzu, und es kam gut, kam passend, aber milde aus Alberts Mund, das Wort, das Gert hinterlassen hatte: Scheiße. Scheiße war kein typisches Albert-Wort, aber es kam nicht fremd aus seinem Mund.

Es war still. Draußen brummte gemütlich der Flieger vorbei, der seine Schleppe durch den Himmel zog: Bist du auf alles gefaßt; und plötzlich sang Frau Borussiak wieder. Sie sang ihr Lieblingslied, schleppende dunkle Süße: Oh, Maria hilf – Stimme wie langsam tropfender, milder Honig, Heldin, die die Rente preisgegeben hatte, um nicht unmoralisch zu sein, im Hafen verankerte schöne runde Blondine, immer Bonbons in der Tasche, Honigbonbons. „Jammertal", sang sie – „in diesem Jammertal." Fern nur noch war der Flieger zu hören. „Am Montag", sagte Martin leise, ohne die Augen zu öffnen, „gehn wir ins Kino. Es bleibt doch dabei. Wenn deine Mutter nicht frei hat, kann Bolda so lange das Kind nehmen."

„Ja", sagte Brielach, „gut, es bleibt dabei." Er

wollte die Teilnahme am Ausflug aufkündigen, aber er brachte es nicht über sich. Es war zu schön in Bietenhahn, obwohl die Bangigkeit dort kommen würde, ein Gefühl, das ihm hier nie kam. Bangigkeit vor der dritten Welt, die zuviel war. Die Welt der Schule und seine eigene, zwischen diesen beiden ließ sich leben, wie sich auch jetzt noch zwischen seiner Welt und der Kirche leben ließ. Noch war er nicht unmoralisch, hatte nichts Unschamhaftes getan. Die Bangigkeit in der Kirche war wieder eine andere: Gewißheit, daß auch das nicht gut gehen würde: zuviel war unterhalb, zuwenig oberhalb der Eisschicht.

Jammertal war gut. Frau Borussiak sang es.

„Wir gehen nicht ins ATRIUM", sagte Martin, „der Film ist blöd."

„Wie du willst."

„Wie ist es im MONTE CARLO?"

„Nicht jugendfrei", sagte Brielach. – Üppige blonde Schönheit, die eine dürftig bekleidete Frau Borussiak hätte sein können. Allzu heftig wurde sie von einem braunhäutigen Abenteurer geküßt. VORSICHT BLOND, und der rote Streifen unterhalb des Busens: JUGENDVERBOT – wie eine gefährliche Schärpe, die den braunhäutigen Abenteurer mit umschloß. „Vielleicht im BOCCACCIO?"

„Mal sehen", sagte Brielach, „der Plan hängt in der Bäckerei." Still war es, leise zitterte das Haus vom gleichmäßigen Strom der Autos draußen, und die Fenster klirrten leise, wenn ein Lastwagen oder der Omnibus 34 vorüberfuhr. „In diesem Jammertal", sang Frau Borussiak.

„Du mußt jetzt nach Hause", sagte Brielach, „sei nicht so gemein."

Martin fühlte sich gemein, müde und elend, und er öffnete die Augen nicht.

„Ich geh jetzt die Mutter abholen. Dann geh mit, und wir sehen nach, was im BOCCACCIO gespielt wird."

„Wilma schläft."

„Weck sie auf, sonst schläft sie heute abend nicht ein."

Martin öffnete die Augen. Im Lesebuch ritt Sankt Martin durch Schnee und Wind, und sein goldenes Schwert hatte den Mantel schon fast ganz durchgeschnitten.

„... in unserer großen Not", sang Frau Borussiak.

Brielach wußte: Leo würde nicht zahlen, aber er würde es Leo verrechnen und die Rache für UNTERSCHLAGUNG genießen. Zwanzig Mark mußte Leo im Monat mehr zahlen, dazu würde er noch monatlich zehn Mark einsparen, und der Zahnarzt würde mit dreißig Mark im Monat zufrieden sein. Blieb nur die Anzahlung: dreihundert Mark, unerbittlicher Berg, unersteigbarer Gipfel – nur ein Wunder konnte zu dreihundert Mark verhelfen, aber es mußte geschehen, das Wunder, denn die Mutter weinte wegen der Zähne. Leo würde natürlich keinen Pfennig mehr zahlen, und es würde Streit geben. Wenn schon keinen anderen Vater, dann wenigstens einen anderen Onkel. Alle Onkel waren besser als Leo.

„Weck Wilma auf, wir müssen gehen."

Martin schüttelte das Kind vorsichtig, bis es die Augen aufschlug. „Mutter", sagte er leise, „komm, du gehst zur Mutter."

„Und du gehst nach Hause", sagte Brielach, „sei nicht so gemein."

„Laß mich", sagte Martin.

Die Mutter war verreist, Bolda schrubbte die Kirche, und Albert – Albert mußte bestraft werden. Albert hatte Angst, wenn er nicht pünktlich kam, aber Albert sollte Angst haben. Glum und Bolda waren doch die Besten; er würde ihnen etwas schenken: Glum Künstlerfarben und Bolda ein neues Gebetbuch, rotes Leder, und eine blaue Leinenmappe, um die Filmprogramme zu sammeln. Die Mutter würde nichts bekommen und Albert nichts: Zettelschreiber, dreimal unterstrichene Hilfszeitwörter: – mußte – sollte – konnte – durfte nicht.

„Mach doch voran", sagte Brielach, „ich muß abschließen."

„Nein, ich bleibe hier."

„Kann ich Wilma dann hierlassen?"

„Nein, nimm sie mit."

„Wie du willst. Leg, wenn du gehst, den Schlüssel unter die Matte, aber gemein ist es. Oh ..."

Er hatte wieder sein wichtiges, sein GELD-Gesicht.

Martin sagte nichts. Er ließ Brielach gehen und blieb auf dem Boden sitzen. Er hörte draußen auf der Treppe Frau Borussiak mit Wilma sprechen, dann sprach sie mit Brielach, und alle zusammen gingen die Treppe hinunter. Nun war er allein, und Frau Borussiak würde nicht singen. Aber vielleicht ging sie nur ins Milchgeschäft und holte Joghurt. Herr Borussiak aß immer Joghurt.

Andere Jungen hatten es besser: Poskes Mutter war immer zu Hause, sie strickte, nähte und war immer, wenn Poske aus der Schule kam, zu Hause. Die Suppe war fertig, die Kartoffeln gekocht, und es gab sogar Nachtisch. Pullover strickte Frau Poske, Strümpfe mit schönen Mustern, Hosen nähte sie und Kleider, und das Bild von Poskes Vater hing vergrößert an der Wand. Es war sehr vergrößert, fast so groß wie das Bild seines Vaters in der Diele. Poskes Vater war Obergefreiter gewesen: lachender Obergefreiter mit Ordensschnalle auf der Brust. Behrendts Onkel und Grebhakes neuer Vater, auch Welzkams Onkel waren gut, nicht wie Onkel Leo. Sie waren fast wie richtige Väter. Onkel Leo war der gemeinste Onkel, und Onkel Albert war ein richtiger Onkel, keiner, der sich mit seiner Mutter vereinigte, Brielach hatte es am schlechtesten, noch schlechter als er. Brielach mußte rechnen, hatte einen schlechten Onkel, und Martin betete verzweifelt: laß es Brielach besser gehen. Er schämte sich, zu Brielach so gemein gewesen zu sein, ihn nicht gefragt zu haben, als er hereinkam. Laß es Brielach besser gehen. Es ist zu schwer für ihn. Brielachs Mutter war UNMORALISCH, aber er hatte nichts davon. Behrendt und Welzkam hatten durch UNMORALISCH wenigstens gute Onkel, Regelmäßigkeit: Frühstücksei, Pantoffeln, Zeitung. Für Brielach aber kam bei UNMORALISCH nicht einmal etwas heraus. Brielach mußte zuzahlen. Laß es Brielach besser gehen, betete er, besser. Es ist zu schwer für ihn. Rechnen, rechnen, und Leo bezahlte nicht die Margarine, bezahlte nicht das Ei, nichts für Brot, und das Mittagessen war zu billig. Für Brielach stand es sehr schlecht. Wichtig, wirklich wichtig war, was er tat, und durfte er nicht, wenn er wirklich Wichtiges tat, auch ein wichtiges Gesicht machen? Er hätte noch Lust auf Butterbrote gehabt, aber er schämte sich plötzlich, daß er überhaupt welche gegessen hatte. Laß es Brielach besser gehen. Er dachte daran, was die Großmutter bezahlte, wenn er mit ihr ausging, in Vohwinkels Weinstube. Einmal hatte er die Rechnung gesehen, 18,70 – er stand auf, nahm Brielachs Zettel und las rechts: Zahnarzt 900,– DM

links stand	Fürsorge	150?
	Kasse	100?
	Vorschuß	???
	Rest	???

Wirre Zahlen standen da, ineinandergeschobene, durchgestrichene kleine Divisionsaufgaben 100 : 500 mal 40 (Margarine), Brot – Essig – wirres Gekritzel, aber da stand es deutlich: wöchentlich bis jetzt 28,– DM. Neu??

Er setzte sich wieder. 18,70 hatte die Großmutter dem Kellner gegeben: klirrendes Scheckausreißen, und ihm wurde bange, weil Geld näher rückte, Formen annahm, die sich überschauen ließen, 28,– DM wöchentlich und 19,70 fürs Abendessen. Laß es Brielach besser gehen!

Unten fuhr ein Auto in den Hof der Tischlerei, und er hörte sofort, daß es Albert war, und gleich darauf der Ruf im Hof: „Martin!"

Frau Borussiak kam die Treppe herauf. Sie war doch bloß im Milchgeschäft gewesen. Joghurt für Herrn Borussiak und Honigbonbons für die Kinder.

Wieder rief Albert im Hof: „Martin!", es war kein lauter, ein ängstlicher, fast schüchterner Ruf, und das beunruhigte ihn mehr, als ein lauter Ruf ihn geängstigt hätte.

Oh, Maria hilf: tropfender Honig in der Stimme, gut und warm und süß.

Martin stand auf, ging vorsichtig ans Fenster und öffnete es einen Spalt weit. Er erschrak über

Alberts Gesicht. Albert sah grau aus, alt und sehr traurig. Der Tischler stand bei ihm. Er öffnete das Fenster ganz.

„Martin“, rief Albert, „so komm doch, bitte.“

Alberts Gesicht veränderte sich, er lächelte, wurde rot, und Martin rief hinunter: „Ich komme, ja, ich komme.“

Durchs offene Fenster hörte er Frau Borussiak: Grün war das Land meiner Kindheit – und er sah Grün: grünen Albert, grünen Tischlermeister, grünes Auto und grünen Hof, grünen Himmel. Grün war das Land meiner Kindheit.

„Komm doch, Kind“, rief Albert.

Er steckte die Bücher in den Ranzen zurück, öffnete die Tür, schloß sie von außen ab und legte den Schlüssel unter die Matte, und wieder schwebte der Flieger langsam von Fenster zu Fenster, verschwand hinter den angeflammten Mauerresten, wendete wieder über dem Kirchturm, drehte seinen Schweif vor den grünen Himmel, und er las: BIST DU AUF ALLES GEFASST? Hörte zugleich Frau Borussiak singen: Grün war das Land meiner Kindheit.

Er stieg seufzend die Treppe hinunter, ging in den Hof und hörte den Tischler sagen: „Ist eine Schande mit dem Kerl.“

Onkel Albert sagte nichts. Sein Gesicht war grau und müde, und er spürte, daß Alberts Hand heiß war.

„Komm“, sagte Albert, „wir haben noch eine Stunde Zeit, ehe wir Heinrich abholen. Geht er mit?“

„Ich glaube ja.“

Albert gab dem Tischler die Hand, und der Tischler nickte ihnen zu, als sie einstiegen.

Albert legte, ehe er schaltete, seine Hand auf Martins Hand. Er sagte gar nichts, und Martin hatte immer noch Angst. Nicht vor Albert – wegen etwas anderem, das er nicht verstand. Albert war anders als sonst.

XVI

Als der Lehrjunge gegangen war, legte der Bäcker wieder seine Hand auf ihre Hand. Er stand ihr gegenüber und schob ihr die fertig geformten Marzipanrollen zu, die sie mit Schokolade zu bestreichen hatte, und als sie hinübergriff, legte er seine Hand auf ihre Hand, und sie ließ seine Hand dort liegen. Sonst hatte sie immer die Hand abgeschüttelt, gelacht und gesagt: „Laß doch, es hat keinen Zweck." Aber nun hatte sie ihn gewähren lassen und erschrak über die Auswirkungen dieser kleinen Gunst. Dunkel stieg es in das blasse Gesicht des Bäckers, das vom Mehlstaub befreit war; eine merkwürdige kurze Starre kam in seine Augen, und plötzlich leuchteten diese grauen Augen, und sie hatte Angst, wollte die Hand jetzt wegziehen, aber der Bäcker hielt sie fest. Noch nie hatte sie gesehen, daß ein menschliches Auge plötzlich richtig leuchtete: grünliches Feuer schien die sonst matten Pupillen zu erfüllen, und des Bäckers Gesicht wurde dunkel wie Kakao. Sie hatte das Wort Leidenschaft für lächerlich gehalten, aber nun wußte sie, was es war, und sie wußte, daß es zu spät war.

War sie denn wirklich so hübsch? Alle Männer hatten sie hübsch gefunden, und sie wußte, daß sie es war, immer noch, obwohl die Zähne zu wackeln anfingen – aber in keines Mannes Augen war plötzlich ein Licht aufgegangen, und keines Mannes Gesicht hatte sich plötzlich kakaofarben von innen her vollgesogen. Der Bäcker beugte sich über ihre Hand und küßte sie. Trockene, rührende, kindliche Küsse – und er murmelte etwas dazu, was sie nicht verstand: dumpfe, faszinierende, rhythmisch geordnete Litanei aus unverständlichen Worten. Nur langsam schälte sich ein Wort heraus, das sie verstand: glücklich.

Mein Gott, war er wirklich glücklich, daß er ihre Hand halten durfte? Trockene Küsse, und die schwere, warme Hand.

Rhythmisch wie die Hymnen, die er auf die Liebe sang, war auch sein Gestammel, und ihr fiel ein, daß es jetzt unmöglich war, ihn um Vorschuß zu bitten. Zwölfhundert Mark und solch ein kakaofarbenes Gesicht. Er küßte ihren Arm, soweit er ihn über den Tisch hin erreichen konnte, ließ sie aber plötzlich los und murmelte: „Feierabend, wir machen Schluß ..."

„Nein, nein", sagte sie, und sie griff sich eine Marzipanrolle und pinselte mit Schokolade das Ornament darauf, zierliche Girlande und eine Schokoladenkappe.

„Warum?" sagte er, und sie erstaunte, wie wenig demütig seine Stimme jetzt klang, „warum, wir können doch ausgehen."

Seine Augen leuchteten, und plötzlich lachte er und sagte: „Oh, du."

„Nein", sagte sie, „wir arbeiten weiter."

Sie wollte nicht so geliebt werden, sie hatte Angst. Gert hatte nicht ein einziges Mal von Liebe gesprochen – nicht einmal ihr Mann, lachender Gefreiter, lachender Unteroffizier, lachender Feldwebel, zusammengeschmort zwischen Saporoshje und Dnepropetrowsk – nicht einmal der hatte von Liebe gesprochen, nur hin und wieder davon geschrieben, aber das war etwas anderes. Schreiben konnte man es. In Leos Wortschatz gab es das Wort nicht, und sie fand es gut so: Liebe gab es im Film, gab es in Romanen, im Rundfunk, in Liedern. Im Film gab es Männer, deren Augen plötzlich leuchteten und deren Gesichter sich vor Leidenschaft verfärbten, blaß wurden oder kakaofarben. Aber sie wollte damit nichts zu tun haben. „Nein, nein", sagte sie, „jetzt wird gearbeitet."

Er sah sie schüchtern an, nahm wieder ihre Hand, und sie ließ sie ihm: als sei ein Kontakt geschlossen, leuchteten seine Augen, saugte sich sein Gesicht kakaofarben voll, und wieder küßte er ihre Hand, küßte den Arm und murmelte rhythmisch geordnetes, unverständliches Zeug über ihre Hand, über ihren Arm hin: Hand, verstand sie – Hand – glücklich.

Sie schüttelte den Kopf und lächelte: wie in Liedern, wie im Film war es. Der blasse, gedunsene Kopf, spärlich werdendes Haar, kakaofarbene Leidenschaft, grünliches Glück – und der bittersüße Geruch aufgelöster Kochschokolade, die sämig sein mußte, damit sie dem Pinsel gehorchte.

Er ließ ihre Hand los, und sie arbeiteten einige Minuten weiter. Am liebsten hatte sie die flachen, handtellergroßen Gebäckstücke, die viel Fläche zum Pinseln boten – sandfarbener, frisch ausgebackener Teig, auf den sie Blumen malen konnte, Bäumchen, Tiere, Fische; und die Farbe war die der Eiernudeln aus Bambergers Fabrik: gelbe, so saubere Nudeln, blaue Packungen und knallrote Bilderschecks.

Auch das riß ihn zur Bewunderung hin: ihre Fähigkeit, mit leichter Hand hübsche Ornamente zu erfinden, leichte, ganz runde, auf das gelbe Gebäck gemalte Schokoladenbälle, Fensterchen mit Gardinen.

„Oh, du bist eine Künstlerin."

Oben im Hause war das Zimmer leer, seitdem der Gehilfe weggelaufen war. Eine große Kammer, der Wasserhahn auf dem Flur und die saubere, schöne, frisch gekachelte Toilette; Dachgarten, von Blumen umrankt, und niemandes Nachbar; der Rhein in der Nähe, Kamine der Schiffe, das wilde erregende Tuten und bunte Wimpel am Horizont.

Seine Hände zitterten, als er jetzt die große knusprige Platte zerschnitt: sandfarbene Rhomben, die sie mit einem Schokoladenrand versehen und bemalen mußte, bevor sie mit Creme gefüllt und aufeinandergelegt wurden. Kleine Häuschen malte sie drauf, qualmende Kamine, Fensterläden und einen Gartenzaun.

„Oh, entzückend", rief er, und seine Augen leuchteten.

Zierliche Gardinen, bogenförmige Antennen, Telefondrähte, Spatzen, Wolken, ein Flugzeug.

„Oh, du bist eine Künstlerin."

Nur wenig, vielleicht gar keine Miete würde sie zahlen müssen, und nebenan war das kleine Kämmerchen mit Gerümpel, das vielleicht für den Jungen frei zu machen wäre: Biskuitkartons, Reklame-Pappefiguren, der hellblaue Zwiebackjunge und der silberne Kater, der Kakao trank. Zerrissene Mehlsäcke lagen herum und Bonbonkisten aus Blech. Und das winzige Fensterchen – schon sah sie eine hübsche Gardine dran – und der Blick auf den Park und den Rhein.

Wieder schluchzendes Gestammel des Glücks über ihrer Hand. Aber er hatte Kinder gern, würde gerne welche haben, und sie wollte keine Kinder mehr: blasse, demütige Bälger würden den Dachgarten bevölkern, Kinder mit schweren, weißen, zärtlichen Händen – und Heinrich in drei Jahren als Lehrling. Sie sah ihn, mehlbestaubt kam er von „Arbeit", und morgens fuhr er mit dem Brötchenkorb los, stellte knusprige, frische Brötchen in Papiertüten vor die Villentüren oder zählte sie in bereithängende Leinensäcke.

Der Bäcker nahm Plätzchen, legte sie auf die weiße Papierunterlage und löffelte die sahnige gelbe Creme darauf, vorsichtig legte er die bemalte Hälfte darauf und hielt die fertigen ans Licht.

„An dir ist eine Künstlerin verlorengegangen."

Neue Zähne: dreizehn schneeweiße neue Zähne, die nicht wackeln würden.

„Meine Frau", sagte er leise, „hat nichts dagegen, wenn du das Zimmer bekommst, ich habe mit ihr gesprochen."

„Und die Kinder?" sagte sie.

„Sie schwärmt nicht sehr für Kinder, aber sie wird sich daran gewöhnen."

Reiterin mit hartem Lächeln im Gesicht: braune Duvetinjacke und das Lied vom Trommelbuben, der voranging – einfache Gedanken hatten sie zur Zusage bewegt. Die kleine Puppe im Haus, die ihre Rente weiterbekam, konnte auch die Küchenarbeit übernehmen. Zimmer und Essen würde sie umsonst bekommen, geringen Lohn dazu, und sie würde endlich von der Belästigung durch ihren Mann befreit sein. Schon drohte er mit der Scheidung: Verweigerung der ehelichen Pflichten, aber sie lächelte kalt, wenn er von Scheidung sprach.

Ihr gehörte das Haus, ihm die Bäckerei, und er war ein tüchtiger Bäcker.

„Wollen wir nicht alles beim alten lassen und uns gegenseitig unsere Freiheit geben?"

Freilich würden die Lieferungen fürs Kloster wegfallen, wenn die kleine Puppe ins Haus zog, für die Pfarrfestlichkeiten würde ein anderer Brot und Kuchen und Brötchen liefern. Aber machte die kleine Puppe nicht bezauberndes Gebäck, kostenlose, flink hergestellte Schokoladenmalerei, um die sich die Kinder rissen? Plätzchen und Bilderbuch in einem, ohne Aufschlag.

„Wir haben freies Spiel", sagte der Bäcker, und ohne Kontakt leuchtete es grünlich in seinen Augen auf.

Sonnenbrille und Liegestuhl auf dem Bleidach, und abends ins Strandbad! Sie stand träumend da, den Schokoladenpinsel lose in der Hand haltend. Und plötzlich ging das Licht aus. Oben durch die Kellerluken fielen noch zwei grelle Scheiben Sonnenlicht wie unter die Decke genagelte Platten aus luftigem Gold, aber darunter fiel alles in graue, vielschattige Dunkelheit. Sie sah den Bäcker am Schalter stehen: graue Schürze unterhalb der gelben Lichtscheiben, graues Gesicht und die leuchtenden Augen. Grünliche Pünktchen, die sich jetzt langsam auf sie zubewegten.

„Mach das Licht an", sagte sie.

Er kam näher, schmale und kräftige Beine und das gedunsene Gesicht.

„Mach das Licht an", sagte sie, „der Junge wollte kommen."

Er blieb stehen.

„Ja", sagte sie, „ich ziehe in das Zimmer, aber mach jetzt Licht."

„Nur *einen* Kuß“, sagte er demütig. „Glück – Hand – nur ein Kuß“, weiteres, mit gebeugtem Nacken vorgetragenes hymnisches Gestammel – verstümmelter Lobpreis der Liebe.

„Nur einen Kuß.“

„Nicht heute“, sagte sie, „mach Licht.“

„Heute abend“, schlug er demütig vor.

„Ja“, sagte sie müde, „mach Licht.“

Schnell huschte er zum Schalter zurück, und das Licht ging wieder an, milderte die Schärfe der Sonnenlichtscheiben, und aus den grauen und schwarzen Schattierungen tauchten Farben auf, wildes Gelb der Zitronen hinten auf dem Bord, Rot in der Schüssel mit Kirschen.

„Heute abend also, um neun“, sagte er, „in dem Eiscafé unten am Rhein.“

Bunte Lampions im Dunkeln – erleuchtete Schiffe, Gesang vom Flußufer her, wo Horden von Jugendlichen mit Lauten und Banjos singend einherzogen: Harry-Lime-Melodie in grüner Dunkelheit – Johnny. Kaltes, eiskaltes Eis in hohen Silberbechern, Kirschen und Sahne darüber.

„Ja“, sagte sie, „ich komme um neun.“

„Oh, du“, sagte er.

Er arbeitete weiter, schnitt Rhomben von der großen Platte ab, und sie pinselte es hin: schokoladenfarben auf sandgelb. Lampions an Ketten, Bäume, Stühle, Eisbecher …

Auch ein Badezimmer war oben. Rosenfarben gekachelt, Brause und die stetig brennende Stichflamme. Sauberkeit, kostenlos und warm im Winter. Und dreizehn schneeweiße, neue Zähne.

Er garnierte die Kirschtorte, die Ananastorte für Andermanns Geburtstag, füllte die Sahnespritze und reichte sie ihr: Küsse auf den Arm, auf die

Hand. Sie schob ihn kopfschüttelnd weg und malte auf die Kuchen eine 50 mit Lorbeerkranz, Girlanden und den Namen Hugo, schneeweiß über die Kirschen gemalt. Blumen auf den Sandkuchen – Rose, Tulpe – Margerite – Margerite – Tulpe, Rose …

„Entzückend", rief er.

Er brachte die Kuchen nach oben, und sie hörte ihn lachen oben im Laden, hörte, wie die Reiterin die fertig bemalten Plätzchen entgegennahm: „Mehr", sagte sie, „mehr davon, sie reißen sie mir aus den Händen", und die Kasse klingelte. Lächelnd kam er zurück, schnitt Rhomben ab, reichte sie ihr, und aus dem Laden kam Stimmengemurmel, die Klingel und die Stimme der Reiterin, die das Auf-Wiedersehen fast sang. Das Blechtor rappelte, und sie hörte die Stimme der Kleinen, die in wilder Begeisterung Zucker schrie, Zucker. Sie warf den Pinsel hin und lief in den Vorraum. Mehlsäcke standen im Halbdunkel, eine Sackkarre, Kartons. Sie schnappte sich das kleine Mädchen, küßte es und schob ihm Marzipan in den Mund, den sie in der Tasche trug. Wilma aber löste sich von ihr, lief auf den Bäcker zu und schrie, was sie noch nie geschrien hatte: „Papa", und der Bäcker nahm Wilma auf den Arm, küßte sie und trug sie durch die Backstube rund.

Vorne an der Tür das blasse, hübsche, todernste Gesicht, das nun zögernd anfing zu lächeln: Gesicht des lachenden Gefreiten, lachenden Unteroffiziers, lachenden Feldwebels.

„Warum weinst du denn?" sagte der Bäcker, der von hinten herantrat, die Hände voller Gebäck.

„Warum ich weine", sagte sie, „verstehst du das nicht?"

Er nickte demütig, ging auf den Jungen zu, nahm ihn an der Hand und zog ihn näher.

„Jetzt wird alles anders“, sagte der Bäcker.

„Vielleicht“, sagte sie.

XVII

Die Tür der Badeanstalt war verschlossen, und auf der schwarzen Schiefertafel war der Wärmegrad des Wassers vor drei Tagen zuletzt eingetragen worden: 12. 9. 15° stand dort.

Nella klopfte, aber drinnen rührte sich nichts, obwohl sie Männer miteinander sprechen hörte. Sie ging um die Kabinenreihe herum, stieg über den Spriegelzaun und blieb im Schatten der letzten Kabine stehen. Der Bademeister saß vorne in seiner Glasveranda und beobachtete die Männer, die Holzroste aus den Brauseräumen reparierten. Nägel wurden aus quietschnassem Holz gezogen, und frischgehobelte Latten lagen auf der Zementstufe, die zur Veranda führte. Der Wärter stapelte seine Vorräte in einen Koffer: Hautcremedosen, Flaschen mit Sonnenöl, Gummitiere und bunte Wasserbälle, Schwimmkappen, die er sorgfältig zusammenfaltete und mit Seidenpapier umwickelte. Neben ihm lagen die Korkgürtel aufgeschichtet. Er hatte das Gesicht eines gealterten Turnlehrers, äffische Melancholie im Blick, auch seine langsamen zögernden Bewegungen glichen denen eines Affen, der weiß, daß er Sinnloses tut. Ein kleiner Stapel von Hautcremedosen entfiel seinen Händen, die Schachteln rollten auseinander, und der Bade-

meister bückte sich zögernd. Seine Glatze schwebte über dem Tischrand, verschwand für Augenblicke, bis er sich schweratmend wieder aufrichtete, die Dosen in der Hand.

Die Männer zogen frische Latten an Stelle der alten ein. Bläulich schimmernde Schrauben wurden eingedreht, und der Geruch fauligen Wassers stieg von den alten auf. Das Wasser war grün, die Sonne schien, und Nella trat aus dem Schatten der Kabine ins Licht und sah, daß der Bademeister erschrak. Dann lächelte er, öffnete das Fenster und erwartete sie. Noch bevor sie etwas sagen konnte, schüttelte er lächelnd den Kopf und sagte: „Das Wasser ist viel zu kalt, wirklich."

„Wieviel Grad hat es denn?"

„Weiß nicht", sagte er, „hab's nicht mehr gemessen. Es kommt niemand mehr."

„Ich möchte es aber versuchen", sagte Nella, „messen Sie doch bitte mal." Er zögerte, aber sie drehte ihr Lächeln auf, und der Bademeister nahm sofort die Arme von der Fensterbank und fummelte in seiner Schublade herum, bis er das Thermometer gefunden hatte. Die beiden Männer, die die Roste reparierten, sahen kurz auf, bückten sich wieder und kratzten mit ihrem Stecheisen dunklen Schlamm aus den Rillen: glitschige Fäulnis, Schweiß, Dreck, Wasser, Sedimente sommerlicher Badefreuden.

Nella ging mit dem Bademeister zum Bassin. Der Wasserspiegel hatte sich gesenkt. Eine grüne Spur lief oben an der Betonmauer entlang.

Der Bademeister ging auf das Einmeterbrett, warf das Thermometer, das an einer Schnur befestigt war, ins Wasser. Er wandte sich Nella zu und lächelte nachsichtig.

„Auch einen Badeanzug müßte ich haben", sagte Nella, „und ein Tuch."

Er nickte, wandte sich wieder nach vorne und blickte auf das langsam kreisende Thermometer. Turnlehrerschultern hatte er, Turnlehrermuskeln und einen schmalen Nacken.

Drüben auf der Terrasse des Cafés saßen Leute. Weiße Kaffeekannen zwischen grünen Zweigen, und der Kellner schleppte Kuchen: weiße Schlagsahneschicht auf dem hellen Gelb des Gebackenen. Ein kleines Mädchen überstieg den Zaun, der an der Terrasse des Cafés vorbeilief. Das Kind kam über den Rasen auf Nella zu, und drüben schrie eine Frau: „GEH NICHT ZU NAH RAN."

Nella erschrak; sie beobachtete das Kind, das seine Geschwindigkeit verringerte und zögernd näher kam.

„Hörst du nicht", schrie die Mutter, „GEH NICHT ZU NAH RAN."

„Fünfzehn Grad", sagte der Wärter.

„Na, das geht doch", sagte Nella.

„Wie Sie wollen."

Sie ging langsam mit dem Bademeister auf das Haus zu. Ein Mann mit der Tür der Kabine 9 kam ihnen entgegen.

„Neue Fitschen müssen rein", sagte er. Der andere nickte.

Drinnen gab ihr der Wärter einen orangefarbenen Badeanzug, eine weiße Gummikappe, ein Badetuch. Sie gab ihre Handtasche ab und ging in eine Kabine. Es war still, und sie hatte Angst. Der Traum gelang ihr nicht mehr; Rai kam nicht mehr, er kam nicht mehr so, wie sie ihn haben wollte. Traumzimmer wurden geräumt, Wohnungen gab sie preis, Straßen, in denen sie in ihren Träumen

gelebt hatten, hörten auf zu existieren. Zerschnitten der Streifen, und die Bilder rollten flach in den Horizont hinein, der sie zu sich hinsog – so wie Badewasser im Abflußrohr verschwindet: ein Gurgeln wie der letzte Schrei eines Ertrinkenden – ein letzter Seufzer, und der Stoff, aus dem sie ihre Träume gebildet hatte, war verschwunden – weggesackt. Es blieb etwas, das dem Geruch der Badezimmer ähnlich war: Wärme, leicht muffig, das Aroma stark parfümierter Seife, letzte kleine Gerüche von verbrauchtem Gas, ein nachlässig behandelter Rasierpinsel stand auf dem Glasbord, und es war Zeit, das Fenster zu öffnen. Draußen wartete das langweilige Licht eines Werbefilms, stimmungslos, ohne Nuancen; Mörder waren festbesoldete Streber, hielten Vorträge über Lyrik und hatten den Krieg vergessen. „GEH NICHT ZU NAH RAN, kannst du nicht hören", schrie die Mutter draußen, und Nella hörte ihrer Stimme an, daß der Mund nicht ganz leer war. Sahnekuchen behinderte die elterliche Vibration: klumpig zusammengeklebte Bissen aus Schlagsahne und gelben Zwischenschichten. Aber dann war die Stimme schrill und frei. „GIB ACHT – GIB DOCH ACHT."

Wie das Rülpsen des im Abfluß verschwindenden Wassers kam es in Nella hoch. Der Beigeschmack künstlicher Erinnerung – und die Stimme Gäselers, seine Hand, die tödliche Langeweile seiner Gegenwart. So sahen Mörder aus: Fummler am Steuerrad, die kleine Kasinogeilheit in der Stimme, forsche Lenkung des Wagens. Hinuntergeschluckt waren endgültig die Sahnekuchenstücke, und die Mutterstimme rief: „SEI NICHT SO WILD."

Der Rasen war noch nicht gereinigt, und überall lagen die Deckel von Limonadenflaschen herum, verrostet, mit ausgezackten Rändern, und Nella ging zurück, zog die Schuhe über die Füße und lief bis zum Bassin, um sich zu erwärmen. Das kleine Mädchen stand zwischen Terrasse und Bassinrand, und drüben lehnte die Mutter, geblümte Masse, übers Geländer und gab acht.

Die Stufen zum Wasser waren glatt und moosig. Ferne über den Baumkronen, hinter dem Café, sah Nella das Dach von Schloß Brernich mit der Fahne des christlichen Kulturbundes: ein goldenes Schwert, ein rotes Buch und ein blaues Kreuz auf weißem Grund. Südwind wehte, und die Fahne stand leise zitternd im hellblauen Himmel.

Sie zog die Schuhe aus, warf sie nach rückwärts auf den Rasen, stieg langsam hinunter, netzte die Füße, griff mit beiden Händen ins Wasser und spritzte sich systematisch ab. Es tat wohl und war weniger kühl, als sie erwartet hatte. Mehr Wasser nahm sie, tiefer stieg sie hinab, bis zu den Knien, bis zur Hüfte, der Badeanzug saugte sich voll, und zwischen Haut und Badeanzug rieselte es kühl an ihr herunter. Sie beugte sich nach vorn, sprang los und schwamm in langsamen, kräftigen Zügen hinaus. Sie lachte leise vor sich hin, weil es so wohltat, und es machte ihr Freude, die ruhige, grüne Wasserfläche zu zerteilen. Der Bademeister stand auf dem Einmeterbrett, beschattete mit der Hand die Augen und sah ihr zu. Sie winkte ihm mit der Hand, als sie drüben kehrtmachte, und er winkte zurück. Das Mädchen hinten auf der Wiese bewegte sich nur einen halben Schritt, und schon schrie die geblümt behangene Masse: „GEH NICHT SO NAH RAN.“ Das Kind setzte gehorsam den rechten Fuß wieder zurück. Nella legte sich auf den Rücken und schwamm langsamer. Ihr war warm genug. Der fremde Badeanzug roch leise nach Tang. Am Himmel zog ein unsichtbares Flugzeug eine breite weiße Schleppe hinter sich her: fluserig aufgeweichte Spur, die sich verbreiterte, auflöste. Nichts war vom Flugzeug zu sehen. Nella versuchte sich den Flieger vorzustellen: Sturzhelm und schmales, traurig verbissenes Gesicht; sie versuchte sich in seine Lage zu versetzen. Winziger See dort unten, stecknadelkopf-, fingernagel- oder armbanduhrgroße, aufgekräuselte grüne Fläche zwischen dunklen Wäldern. Sah er sie? Langsam und scheinbar mühsam zog er seine schwere Schleppe hinter sich her: gelblich zerfaserter Schwanz am hellblauen Himmel. Mühsam wühlte er sich durch die quälende Eintönigkeit des hellblauen Himmels, bis er hinter den Bäumen verschwand. Seine Spur oben verwehte immer mehr, und hinten über Schloß Brernich, wo er aufgekreuzt war, war der Himmel schon wieder klar. Nur die Fahne stand dort standhaft und hart, nur leise zitternd im Wind: ein goldenes Schwert, ein rotes Buch und ein blaues Kreuz auf weißem Grund, intelligent ineinander verwoben zu einem bestechendem Symbol.

Jetzt tranken die Tagungsteilnehmer den Kaffee nach dem Essen, schüttelten bewundernd die Köpfe über Gäselers Referat und stellten fest, was jetzt festzustellen war:

NOCH IST NICHT ALLES VERLOREN.

Nella schwamm noch einmal langsam auf dem Rücken zurück, sie schmeckte die Bitternis fauliger Tropfen, die von der Kappe in ihr Gesicht rollten, und gegen ihren Willen fast lachte sie leise vor sich hin, weil das Wasser so wohltat. Aus dem Wald scholl die Trompete des Postautos herüber: künstliches, durch viele Windungen gequetschtes

Posthorngetön. Sie schwamm ans Ufer zurück, leise vor sich hin lachend, stieg aus dem Wasser und blickte der Spur des Fliegers nach, die sich, plötzlich abfallend, hinter den Wäldern verlor. Der Bademeister grinste ihr anerkennend zu, als sie an seiner Veranda vorbei in die Kabine ging. Verfaulender Sommergeruch war im feuchten Holz: weißer Schimmel zwischen den Rillen, grünlich verfilzt nach unten zu, wo die Feuchtigkeit stärker war. Der gelbe Lack an der Kabinenwand war abgebröckelt; auf eine heile Stelle, die die Größe eines Handtellers hatte, war geschrieben: Eine Frau zu lieben ist schöner – für eine Frau. Intelligente, herrische Schrift, die Härte und Zärtlichkeit verhieß, Schrift, die „Nicht genügend“ und „Gut“ oder „Knapp ausreichend“ unter Aufsätze über Wilhelm Tell schrieb.

„GEH NICHT ZU NAH RAN“, schrie die Stimme draußen, sahnekuchenfrei, „hab ich's dir nicht gesagt?“

Nella gab dem Bademeister Geld, lächelte ihm zu, und der Bademeister grinste, nahm den feuchten Badeanzug, die Kappe und das Handtuch.

Draußen trompetete der Omnibus falsch und fröhlich, Postkutschengetön, und Nella winkte dem Schaffner von weitem zu und lief.

Der Schaffner wartete. Er hatte die Fahrscheinmappe geöffnet.

„Nach Brunn“, sagte sie.

„Stadtmitte?“

„Nein“, sagte sie, „Ringstraße.“

„Einsdreißig“, sagte der Schaffner.

Sie gab ihm Einsfünfzig, sagte: „Ist gut so“, und der Schaffner schloß die Tür, drückte auf den Knopf im Lenkrad und trompetete noch einmal, ehe er abfuhr.

XVIII

„Es wird alles anders werden", sagte Albert.

Er schien auf Antwort zu warten, blickte Martin an, aber Martin schwieg. Die Veränderung in Alberts Gesicht beunruhigte ihn, weil er nicht wußte, ob sie die Folge seines Ausbleibens war, und er wußte nicht, ob sich Alberts Frage auf sein Ausbleiben bezog.

„Alles", sagte Albert, „wird anders werden", und da er offensichtlich auf eine Antwort wartete, fragte Martin schüchtern: „Was?"

Aber Albert hielt jetzt an der Kirche an, stieg aus und sagte: „Wir können Bolda mitnehmen."

Martin wußte, daß Albert krank wurde, wenn er nicht pünktlich kam, und es wurde ihm jetzt übel bei dem Gedanken, daß er Albert vier Stunden hatte warten und vergebens suchen lassen. Er spürte die Macht, die er über Albert besaß, und dieses Bewußtsein verursachte ihm nicht Glück, sondern Unbehagen. Bei Jungen, die Väter hatten, war es anders. Die Väter waren nicht besorgt, sahen nicht krank aus, wenn die Jungen zu spät kamen; sie empfingen sie stumm, gaben ihnen Prügel, und die Jungen wurden ohne Essen ins Bett geschickt. Das war hart, aber überschaubar, und Martin wünschte sich nicht Prügel von Albert, sondern etwas anderes, das er nicht ausdrücken, nicht einmal in Gedanken formulieren konnte. Es gab Worte, die unklar erschienen, aber einen klaren Komplex von Vorstellungen und Gedanken heraufbeschworen. Wenn er UNMORALISCH dachte, so öffnete sich eine Tür, und in dem Raum, der sichtbar wurde, sah er die UNMORALISCHEN und MORALISCHEN FRAUEN alle, die er kannte, nebeneinander aufgereiht. Am Anfang stand Brielachs Mutter, dort, wo UNMORALISCH anfing, und am Ende stand Frau Borussiak, dort, wo MORALISCH in höchster Qualität vertreten war, gleich neben der Mutter von Poske, neben dieser wieder Frau Niggemeyer – und irgendwo in der Mitte stand seine Mutter, deren Platz in diesem Tempel nicht feststand. Die Mutter wechselte den Platz, sie sprang zwischen Frau Borussiak und Frau Brielach hin und her wie gewisse Gestalten in den Trickfilmen. Er blickte auf die Sakristeitür und prüfte dabei, ob das Wort väterlich für Albert paßte, aber es paßte nicht. Väterlich war der Lehrer, der Tischlermeister. Glum war fast väterlich. Bruder paßte nicht, Onkel kam der Vorstellung am nächsten, paßte aber auch nicht genau.

Es war bald fünf Uhr, und ihm war übel vor Hunger. Um sechs wollten sie nach Bietenhahn fahren, und er wußte, daß Will jetzt schon die Angeln herauslegte, sie sorgfältig prüfte, daß er die Köder bereithielt und die Netze hinter dem improvisierten Fußballtor im Garten flickte. Mit Drahtschlaufen nagelte er die Netze fest, und dann lief er freudestrahlend ins Dorf, um die Jungen zum Fußballspiel einzuladen, so konnten sie fünf gegen fünf spielen.

Albert kam mit Bolda aus der Sakristei zurück.

Martin rückte nach hinten, gab den Platz neben Albert für Bolda frei, und als sie sich setzte, griff sie nach ihm, packte seinen Nacken, strich ihm über die Wangen, und er spürte ihre kühle, feuchte Hand, die nach Seifenlauge roch: eine schmale, vom Putzwasser rötlich aufgeweichte Hand mit weißlichen Dellen in den Fingerkuppen.

„Na, siehst du", sagte Bolda, „da ist er ja wieder. Du mußt dich nicht aufregen, höchstens ihm ein paar auf den Hintern geben. Das tut gut." Sie lachte, aber Albert schüttelte den Kopf und sagte: „Es wird alles anders werden."

„Was?" fragte Martin schüchtern.

„Du wirst nach Bietenhahn ziehen, dort zur Schule gehen, später in Brernich aufs Gymnasium. Ich werde auch dort wohnen."

Bolda rutschte aufgeregt hin und her. „Wozu", sagte sie, „wozu? Ich graule mich, wenn ich mir das Haus ohne den Jungen vorstelle – und ohne dich. Laß mich doch, laß mich doch mitziehen – ich versteh was von Vieh."

Albert schwieg. Er kreuzte vorsichtig die Allee, drehte in die Hölderlinstraße, fuhr aber an der Kirche vorbei und bog in die Novalisstraße. Dann fuhr er um den Park herum, überquerte die Ringstraße, fuhr zwischen abgeernteten Feldern durch eine Barackensiedlung auf das Wäldchen zu. Bolda sah ihn von der Seite an. Albert stoppte, als er den Rand des kleinen Wäldchens erreicht hatte.

„Wartet hier", sagte Albert, „bleibt drinnen."

Er stieg aus, ging ein Stück den Weg hinab, der schräg in die Erde hinein auf das Tor der Kasematte zuführte, bestieg dann die Rasenböschung und verschwand im Gebüsch. Martin sah Alberts Kopf über den kleinen Sträuchern sich hinwegbewegen auf den Platz zu, wo rings um die große Eiche herum ein Kreis ausgerodet war. Hinten blieb Albert an der Eiche stehen, löste sich von ihr, ging auf die Kasematte zu und kam unten, wo die Böschung steiler war, wieder heruntergeklettert. „Geh nicht weg", sagte Bolda leise, ohne sich umzuwenden, „oder nimm mich mit", und Martin erschrak, weil Bolda fast weinte. „Es wird für alle schlimm sein, auch für die Oma, tu ihr's nicht an."

Martin antwortete nicht. Er beobachtete Albert, der schräg aus der Erde heraus wieder aufs Auto zukam.

„Komm", sagte Albert zu Martin, „steig aus, ich muß dir was zeigen. Du kannst sitzen bleiben, wenn du willst", sagte er zu Bolda. Aber Bolda stieg mit aus, und sie gingen nebeneinander den asphaltierten Weg hinunter, der auf die Kasematte zuführte. Martin fühlte sich nicht wohl. Hier war er ein paarmal mit Brielach und den anderen gewesen, und in dem Gebüsch, wo Albert eben verschwunden war, hatten Grebhake und Wolters Unschamhaftes getan; es war von zu Hause eine halbe Stunde weit entfernt, und hier konnte man herrlich spielen in dem ausgetrockneten Wassergraben, der ums Fort herumlief; man konnte die Kamine und die Wimpel der Schiffe auf dem Rhein sehen, aber nicht den Rhein selbst, nur wenn man aufs Dach des Forts stieg, sah man den Rhein, die zerbombte Brücke, deren Rampe ausgezackt und wild über den Fluß ragte, vorne das Rot der Tennisplätze, die weißen Kleider der Spieler, manchmal ein Lachen oder die Stimme eines Schiedsrichters von dem weißen Türmchen her. Er ging nicht oft hierher, weil Albert Angst hatte, wenn er sich weit von zu Hause entfernte, und er beobachtete Albert, der ein bestimmtes Ziel zu haben schien, beunruhigt. Solange sie im Hohlweg waren, war es still gewesen, aber jetzt, unten vor dem Tor der Kasematte, hörten sie den Lärm spielender Kinder vom Dach des Forts her, und eine Mutter rief: „GEH NICHT ZU NAH RAN."

Neben dem großen, dunkel gestrichenen Blechtor führten die sauber auszementierten Stufen nach oben. Dort war der Springbrunnen und der Rosengarten, und die beiden Plateaus waren dort, wo die Lindenbäume standen, und von der Umfassungsmauer des Plateaus aus konnte man so gut den Rhein sehen.

Martin lief die Stufen hinauf, aber Albert war am Tor stehengeblieben und rief ihn zurück.

Martin sah Bolda an, die plötzlich sagte: „Ich geh doch lieber ins Auto zurück, willst du Pilze kaufen?"

„Nein", sagte Albert, „ich will Martin nur zeigen, wo sein Vater einmal drei Tage lang gefangen gewesen ist."

„Hier", sagte Bolda, „hier war es?"

Albert nickte, Bolda schien zu frösteln, und sie ging, ohne etwas zu sagen, den asphaltierten Weg zurück.

Albert trommelte gegen das Blechtor, und Martin las das gelbe Schild mit schwarzen Buchstaben: Georges Ballaumain, Champignonzucht.

„Hier", sagte Albert, „ist Absalom Billig ermordet worden, der Mann, der das Porträt deines Vaters gemalt hat."

Martin hatte Angst. Dumpf roch es aus dem Inneren der Kasematte: nach Pferdedung, nach Keller, nach Lichtlosigkeit, und endlich ging das Tor auf; ein Mädchen mit schmutzigen Händen erschien, sie hatte einen Strohhalm im Mund, und als sie Albert sah, sagte sie enttäuscht: „Ach, ich dachte, der Mann mit dem Dung wäre gekommen."

Mord geschah nur im Film, in den Heften von Phantom und in der Bibel: Kain erschlug Abel, David tötete Goliath. Martin hatte Angst, Albert ins Innere zu folgen, aber Albert zog ihn an der Hand hinter sich her. Halbdunkel herrschte drinnen; aus Schächten, die mit Glasziegeln gedeckt waren, kam gleichmäßige Dämmerung, nackte, schwache Glühbirnen, die durch Pappschirme abgeblendet waren, beleuchteten hoch aufgeschichtete Beete, die schräg abgeflacht waren und deren Schichtung zu erkennen war wie die eines Kuchens. Erde war unten, mit Mist durchmengt, dann kam eine Schicht reinen Pferdedungs, grünlichgelb, dann kam wieder Erde, dunkler, fast schwarz, und aus manchen Beeten schauten die Köpfe kränklich weißer Champignons heraus, mit Erdkrumen bedeckte Köpfe. Die Beete sahen fast wie Pulte aus, geheimnisvolle Schränke, aus denen häßliche Tasten herauswuchsen, wie die Knöpfe von Orgelregistern, Knöpfe, die dunklen Zwecken zu dienen schienen. Mord war hier geschehen, sein Vater war hier unten geschlagen, getreten worden, auch Albert. Die NAZIS hatten es getan: Wort, das keine klare Vorstellung hervorrief, Wort, das von Albert anders ausgelegt wurde als in der Schule. In der Schule wurde UNMORALISCH für schrecklich gehalten, aber er selbst fand Brielachs Mutter nicht so schrecklich, nur das Wort, das sie gesagt hatte. Albert fand die NAZIS schrecklich, aber in der Schule wurden sie NICHT SO SCHLIMM dargestellt; andere Schrecken überdeckten die der NICHT SO SCHLIMMEN NAZIS: die Russen.

Das Mädchen mit dem Strohhalm im Mund war zurückgetreten, und aus einer Holzkabine kam ein Mann auf Albert zu. Der Mann hatte einen grauen Lageristenkittel an, eine Ballonmütze auf dem Kopf, und aus seinem runden, freundlichen Gesicht kräuselte grauer Zigarettenqualm weg.

„Wenn Sie mir Dung besorgen könnten", sagte der Mann – „wenn Sie – ist kaum zu kriegen, Pferdedung."

„Nein", sagte Albert, „ich will hier nur mal reinschauen, ich bin hier mal gefangen gewesen mit dem Vater dieses Jungen zusammen – und einer unserer Freunde ist hier ermordet worden, von den Nazis."

Der Mann wich zurück, die Zigarette in seinem Mund zitterte, und er schob mit einem kleinen Ruck seine Mütze weiter in die Stirn, rief leise: „Mon dieu."

Albert blickte links und rechts in die Gänge. Feuchtes, dunkles Mauerwerk mit schwarzen Höhlungen, und überall die pultförmigen Beete, Orgelpulte, aus denen kränkliche Tasten herauswuchsen. Leichter Dunst kräuselte wie Qualm von ihnen ab, und es schien Martin, als führten von den Tasten aus Drähte in die Erde, die aus unbestimmten Tiefen Mord heraufbeschwören konnten.

Graue Kittel hingen an einem Nagel, und hinten sortierte das Mädchen mit den schmutzigen Händen die Pilze in einen Korb. Hinter der gläsernen Tür einer Kabine saß eine Frau, die Rechnungen schrieb. Sie trug Lockenwickler im Haar und malte bedächtig mit einem Tintenstift Zahlen und Worte auf kleine Kupons. Oben trommelte ein Junge mit Stöcken auf die Glasziegel. Der Takt kam durch den Schacht wie durch einen Trichter, und oben rief eine Mutter mit schriller Stimme: „GIB ACHT – GIB DOCH ACHT."

„Zertrampelt wurde er", sagte Albert, „zu Tode getreten auf einem dieser Gänge. Die Leiche wurde nie gefunden." Er trat plötzlich in einen Nebengang, zog Martin am Arm hinter sich her und zeigte in einen Raum, wo Pulte mit herausquellenden kränklichen Tasten dicht nebeneinander standen.

„Und hier", sagte Albert leise, „wurde dein Vater getreten, geschlagen – wie ich –, vergiß es nicht."

„Mon dieu", sagte der Mann mit dem grauen Kittel.

„SEI NICHT SO WILD", schrie oben eine Mutter.

Albert gab dem Mann mit dem grauen Kittel die Hand, sagte: „Danke, verzeihen Sie", und zog Martin ans offene Tor. Draußen stand der Mann mit dem Dung, der offenbar mit Spannung erwartet wurde. Der Mann mit dem grauen Kittel stürzte lächelnd auf ihn zu, fingerte hastig am Verschluß des Anhängers herum, der an einem kleinen Personenauto befestigt war, und die beiden Männer schoben den Anhänger in das Innere der Kasematte. Er war hochgefüllt mit dampfendem frischem Pferdedung.

„Es war schwierig, dranzukommen", sagte der Mann, der ihn gebracht hatte, „wir müssen aufpassen, irgend jemand will uns bei der Reitschule ausbooten."

Den Anhänger vor sich herschiebend, verschwanden die beiden Männer in der dumpfriechenden Dämmerung, und von innen klang es heraus: Reitschule – aufpassen – Konkurrenz. Das

Mädchen mit dem Strohhalm im Mund kam aus dem Mittelgang und schloß das Tor.

Martin wäre gern auf das Dach der Kasematte gestiegen, wo die Rosenbeete waren, der Springbrunnen und die beiden Plateaus, von denen aus man den Rhein sehen konnte. Durch den alten Wassergraben wäre er gern gegangen, wo moosig überwucherte Betonbrocken herumlagen, alte Pappeln und Eichen oben an den Rändern standen.

Aber Albert zog ihn nach vorne, den steilen asphaltierten Weg an den Büschen vorbei. Bolda saß neben dem Auto auf der Rasenböschung und winkte ihnen zu.

„SEI DOCH NICHT SO WILD“, schrie eine Mutter oben im Park.

„GIB ACHT – GIB DOCH ACHT“, schrie eine andere.

„GEH NICHT ZU NAH RAN.“

Sie schwiegen, als sie ins Auto stiegen. Diesmal ging Bolda nach hinten, und sie strömte noch den heftigen Geruch der Sauberkeit aus. Nach frischem Wasser roch sie, nach Seifenlauge und Salmiak, den sie ins Putzwasser mischte.

Martin saß neben Albert und erschrak, als er ihn von der Seite ansah. Alt schien Albert geworden zu sein, ganz plötzlich, innerhalb eines einzigen Nachmittags. Alt war er, so alt fast wie der Lehrer, so alt wie der Tischlermeister, und Martin ahnte, daß es mit den Nazis zusammenhing, und schämte sich, daß dieses Wort nur unklare Vorstellungen hervorrief. Er wußte, daß Albert nicht log und daß die NAZIS schrecklich gewesen waren, wenn Albert es sagte; aber Albert stand hier allein gegen all die vielen, die sagten, daß sie NICHT SO SCHLIMM gewesen waren.

Albert packte ihn am Arm, so fest, daß es weh tat, und sagte: „Vergiß es nicht. – Wenn du's vergißt, du!" Und Martin sagte hastig: „Nein, nein, ich vergesse es nicht", und spürte noch den Schmerz an der Stelle seines Armes, wo Albert ihn gepackt hatte, und spürte, wie es in seine Erinnerung einging: dumpfriechende Dämmerung, Pferdedung, Orgelschränke merkwürdiger Art, mit Tasten wie Register, die tief ins Innere der Erde führten. Mord war dort geschehen, und es ging in ihn ein wie die Erinnerung an Vohwinkels Weinstube.

„Mein Gott", sagte Bolda von hinten, „nimm uns doch den Jungen nicht weg, tu's nicht. Ich will alles tun, was du willst, und ich will's ordentlich machen. Laß ihn nur hier."

„Ja", sagte auch Martin schüchtern, „geht denn Brielach mit nach Bietenhahn?" Er sah Brielach fern von Onkel Leo, ohne die Last, die er jetzt trug, er sah ihn nahe an der Butterdose, die Will ihm immer zuschob und lächelnd nachfüllte, sooft sie sich auch leerte. „Geht er mit", fragte er eindringlich, „geht er mit, oder soll ich dort allein sein?"

„Ich werde bei dir sein", sagte Albert, „ich werde dort wohnen, und Heinrich kann dich besuchen, sooft er will. Ich nehme ihn im Auto mit, denn ich habe ja immer in der Stadt zu tun. Es ist nicht Platz genug dort, um zwei Jungen ständig unterzubringen. Und seine Mutter wird's nicht wollen. Sie braucht ihn ja."

„Auch Wilma müßte mit, wenn Heinrich mitgeht", sagte Martin ängstlich. Er sah sich in der fremden Schule mit fremden Jungen, von denen er nur einige vom Fußballspielen her kannte.

„Wieso müßte Wilma mit?"

„Leo schlägt sie, wenn niemand da ist, und sie weint, wenn sie allein mit ihm ist.“

„Es geht nicht“, sagte Albert, „ich kann nicht drei Kinder zu meiner Mutter bringen. Du wirst doch nicht immer mit Heinrich zusammensein können.“

Albert schaltete und schwieg, er umkreiste die evangelische Kirche, und als er jetzt sprach, sprach er mit der Stimme eines Auskunftsbeamten. Er gab Weisheit ohne Pathos weiter wie eine kostenlose Auskunft, deren Wortlaut feststand und keinerlei persönliche Färbung in der Stimme erforderlich machte: „Du wirst dich doch von mir, von deiner Mutter, von uns allen irgendwann einmal trennen müssen, auch von Heinrich – und Bietenhahn ist ja nicht aus der Welt. Es ist besser für dich, wenn du dort bist.“

„Fahren wir denn jetzt bei Heinrich vorbei?“

„Später“, sagte Albert.

„Wir holen deine Sachen, und ich muß erst deine Mutter anrufen, wir packen alles, was du für die nächsten Wochen brauchst, gleich ein. Komm“, sagte er heftig zu Bolda, „weine nicht.“

Aber Bolda weinte, und Martin hatte Angst, Angst vor Boldas Tränen. Sie fuhren schweigend weiter: es war nur Boldas Weinen zu hören.

XIX

Nella schloß die Augen, öffnete sie, schloß sie, öffnete sie wieder, aber das Bild blieb: Tennisspieler kamen die Allee herunter. Gruppen zu zweien, zu dreien, zu vieren. Weißgekleidete junge Helden, sie kamen wie von der Regie zitiert und mit der Weisung versehen, im Schatten der Kirche *nicht* das Geld aus dem Portemonnaie zu nehmen. Munter wandernde Stengel, die im grünen dämmerigen Licht der Allee daherkamen. Spargelprozession, die den vorgeschriebenen Weg nahm. Um die Kirche herum, quer über die Straße zum Park hin verschwindend. War sie wahnsinnig, oder gab der Tennisklub eine Herren-Party? Fand ein Turnier statt – sie hörte es: das heftige Getrommel der grauen Bälle an Turniertagen. Rufe – das wilde Rot des Platzes, das Geklirr grüner Flaschen im Hintergrund – und die bunten Wimpel der unsichtbaren Schiffe, die von einer unsichtbaren Hand hinter die Kulisse gezogen wurden und mit den Wolken schwarzen Qualms am Horizont verschwanden. Sie versuchte, die Spargel zu zählen, aber es wurde ihr lästig, und sie gab es bei zwanzig auf, und es kamen mehr, immer mehr. Zeitlos, schlank, weiß kamen sie die Allee herunter. Lachen klang ihr ans Ohr, und es kamen immer mehr: muntere Treibhausspargel, die einander glichen; in Größe, in Weiße, in Schlankheit kongruent. Lächelnd kamen sie oben von Nadoltes Haus her – und es gab nicht die Möglichkeit zu denken, sie träume oder sei wahnsinnig. Nichts half ihr, dieses Bild zu zerstören. Alberts grauer Wagen kam nicht, und der Traum von Rai gelang nicht mehr, der Traum, der so oft gelungen war: ihn von der Straßenbahnstation kommen zu sehen, das milde Grau der Akazienstämme, heftige grüne Streifen darin und moosfarbene Flecken an Stellen, wo der Regen sich in Ausbuchtungen sammelte, Streifen, so schwarz wie frischer Tee – und das Graugrün der Blätter, und Rai kam von der Straßenbahn her. Müde kam er, verzweifelt, aber er kam.

Der Traum gelang nicht mehr. Spargel kamen, und die Spargel waren wirklich: zeitlose Prozession, die ihre Wirklichkeit bewies, indem sie endete. Die Allee blieb leer, eine Allee, auf der Rai nicht mehr kam, und es blieb, um sich festzuhalten, nur die Schlaufe aus Goldbrokat und die Zigarette, und es schien ihr, als höre sie es, das Echo, das die Lüge entlarvte und – ührer – olk und – aterland wie einen Fluch über sie warf: Nebenprodukt der Witwenfabrik, nicht einmal des Beischlafs mit anderen schuldig.

Rauch sammelte sich zwischen Gardine und Fensterscheibe, sie hatte Hunger, ekelte sich aber, in die Küche zu gehen. Dort war noch nicht abgewaschen. Schmutzige Teller, Tassen standen herum, Kessel mit erhärteten Resten, halbgeleerte Töpfe, Tassen, in denen Zigarettenstummel in Kafferesten schwammen – alles wies auf eine flüchtig eingenommene Mahlzeit hin, und Albert kam nicht. Das Haus war so leer und still, und nicht einmal die Mutter war zu hören.

In Bietenhahn hatte Alberts Wagen nicht vor der Tür gestanden. Will, mit Nägeln im Mund, den Hammer in der Hand, hatte im Garten an den improvisierten Fußballtoren herumgehämmert, und die Wäsche war schon trocken gewesen. Frischer Wind kam aus dem idyllischen Tal der Brer. Grünlackierte Kisten mit Bierflaschen standen vor der Tür, und Alberts Mutter hatte aus der Hand des Metzgerlehrlings roten Schinken entgegengenommen: lächelnde Frau, und vom Gesicht des Metzgerlehrlings hatte sie die Höhe des Trinkgelds ablesen können.

Aber auch unterwegs begegnete der Bus Alberts grauem Wagen nicht; Posthorngetön nachahmend, näherte er sich fröhlich der Stadt.

Vorzeitliches Gemurmel klang ihr wieder im Ohr – ührer – olk und – aterland: geköpfte Lüge, wie ein Fluch über sie hingesprochen. Tausend Jahre schien es zurückzuliegen. Längst vermoderte Geschlechter hatten solchen Götzen geopfert. Verbrannt, zertrampelt, vergast, abgeknallt – für sechs unvollkommene Silben.

Ein neuer Schub frischen Spargels quoll aus Nadoltes Villa in die leere Allee. Nachhut der Munterkeit, fünf einander ähnliche Stengel, weiß und schlank: Turnierreserve schwenkte um die Kirche herum, überquerte die Straße, verschwand zum Park hin.

Nett war es gewesen, hin und wieder Pater Willibrord zu besuchen, seine angenehm erläuternde Stimme zu hören, sich von ihrem Klang beruhigen, sie den Traum nähren zu lassen – so wie Schurbigel manchmal beruhigend war. Kompressen des

Trostes, Glück aus der Hand des wohlmeinenden Friseurs. Angenehmer war es als der eintönige Gesang der Nonnen, die unablässig auf das Bild des Gekreuzigten blickten. Ewiges Gebet, das Albert ermöglichte, indem er den Nonnen abnahm, was nicht Gebet war: Buchhaltung und Kalkulation. Für diese Arbeit erhielt er rührende Geschenke: Nonnenkaffee, Nonnenkuchen, Blumen aus dem Garten, buntbemalte Eier zu Ostern und zu Weihnachten Anisgebäck. Dunkel und bedrückend war das Licht in der Seitenkapelle, wo die Nonnen beteten. Ein blauer Vorhang, in dem sich schwarz die Musterung des Gitters abzeichnete.

Es gelang ihr nicht mehr, Willibrord mit angenehm in Verbindung zu bringen, und die Vorstellung, Schurbigel noch einmal hören zu müssen, verursachte ihr Qual. Dahin war der parfümierte Dämmer, und es blieb das nackte Licht, das Gäselers Profil beleuchtet hatte. Intelligente Konfektion, die sich auswechseln ließ. Mörder waren nicht grausig, waren nicht schrecklich, gaben nicht Substanz für Träume, für stimmungsvolle Filme her: Werbefilme bevölkerten sie, flaches Licht gehörte zu ihnen, und sie waren Fummler am Steuerrad. Das Echo erklang wieder in ihrem Ohr, entlarvt durch die Akustik der Taufkapelle, die Anfangskonsonanten für sich behielt, ein F und zwei V als Tribut für die Lüge einbehielt: geköpfte Vokabeln nur gab sie zurück.

Ein Kind spielte jetzt in der Allee. Ein roter Roller mit einem blonden Jungen bewegte sich von Baum zu Baum, Schlangen bildend. Es kam kein frischer Spargel mehr.

Sie erschrak, als es an die Tür klopfte, und sagte mechanisch: „Ja?“

Als sie Bresgotes Gesicht sah, wußte sie, was geschehen sollte. Der Tod, der in Scherbruders Gesicht gesessen hatte, saß auch in diesem Gesicht. Die Wirkung ihres Lächelns kam aus diesem Gesicht auf sie zurück.

„Ja", sagte sie, „ja, ja."

„Bresgote", sagte der Mann, „ich warte drüben auf Albert."

Sie entsann sich, ihn gesehen zu haben.

„Kennen wir uns nicht?"

„Ja", sagte er, „vom Sommerfest her." Er kam näher.

„Ach ja", sagte sie.

Er kam näher. Und der Tod in seinem Gesicht wurde härter. Ins Schwarze hatte das Lächeln bei ihm getroffen.

„Sagen Sie nur ein Wort, und ich bringe Gäseler um."

„Würden Sie's tun?"

„Ich würd's tun", sagte er, „sofort."

„Gäseler?" sagte sie, „wozu?"

Mußten Desperados unrasiert sein! Bartstoppeln bohrten sich in ihren Hals, und sie versuchte, ihm zu ersparen, was ihn enttäuschen würde, aber es gelang ihr nicht, die Tränen zurückzuhalten. Er küßte sie heftig, drängte sie zum Bett hin, und als sie hilflos seitwärts griff, erwischte sie den Knopf des Ventilators, und das weiche, fluppende Surren der Luftmühle machte Bresgotes seltsames Schluchzen unhörbar: Kinder in verfallenen Garagen versuchten so, sich von Angst und Tod zu befreien, und nannten es niemals Liebe.

„Gehn Sie", sagte sie, „bitte."

„Darf ich Sie einmal wiedersehen?" fragte er schluchzend.

„Meinetwegen“, sagte sie, „aber später.“

Sie hielt die Augen geschlossen, hörte, daß er ging, und tastete nach dem Knopf, um den Ventilator auszuschalten. Aber die Stille störte sie, und sie ließ den Ventilator wieder laufen. Bresgotes Geruch war auf ihrer Wange zurückgeblieben: salziger Dunst, mit Kognak- und Tabakaroma gemischt. Ein Nebenprodukt der Witwenfabrik war sie, das versprochen hatte, einen unrasierten Desperado endgültig vom Tode zu befreien.

Alberts Auto hielt draußen vor der Tür, und noch nie war ihr Martins Stimme so hell und fremd erschienen wie jetzt. Er stürmte in Alberts Zimmer, Bolda lachte, Bresgote sprach, dann kam Albert – und plötzlich war es für wenige Augenblicke still, und dann hörte sie Bresgote sagen, was Albert längst aus seinem Gesicht gelesen hatte: „Frau Bach – Nella ist zurück.“

Tischtennisbälle wurden drüben ausprobiert: helles Getitter, Tattern über den Fußboden hin.

„Hemden“, schrie Martin, „Hemden muß ich mitnehmen und meine Schulsachen.“

„Laß“, sagte Albert draußen, „ich bring dir alles nach.“

Wieder titterten Tischtennisbälle über den Boden hin, helles Tupfen gegen die Türen, und Albert sagte wütend: „Bleib hier, geh nicht rein, laß die Mutter schlafen, sie kommt nach.“

„Bestimmt?“

„Ja“, sagte Albert, „sie kommt nach.“

Die Bälle wurden im Karton hin und her geschüttelt, rappelten zwischen Deckel und Boden hin und her, dieses Geräusch entfernte sich durch die Diele, dann hörte sie es vom Garten her und hörte Bresgote zu Albert sagen: „Also, du willst nichts unternehmen?“

„Nein“, sagte Albert.

Alberts Auto fuhr an, entfernte sich, und es blieb Stille zurück, und sie war Albert dankbar, daß er gegangen war und Martin nicht zu ihr gelassen hatte. Von der Küche her kam leises Klirren. Bolda sammelte das schmutzige Geschirr in der Abwaschschüssel. Sie sang dabei, leise, aber schrecklich: „Erlöst ist die Welt nun vom Tode.“

Rauschendes Wasser übertönte den Gesang, heftiger klirrendes Geschirr überdeckte Boldas Stimme, aber dann kam sie wieder durch: „Wirf alles auf IHN.“

Schranktüren knirschten in ihren Schienen, Schlüssel wurden herumgedreht, und Bolda schlurfte langsam die Treppe hinauf in ihr Zimmer.

Jetzt erst, in dieser Stille, hörte sie die Schritte der Mutter, die wie eine Gefangene in ihrem Zimmer auf und ab ging, und das sanfte Sausen des Ventilators drang wieder zu ihr. Sie stellte ihn ab, und es schien ihr, als drücke die Stille die Tränen aus ihr heraus: Nella weinte heftiger.

XX

Die Verabredung im Gartencafé war rückgängig gemacht, es war plötzlich der Umzug beschlossen worden.

Die Eiltrans hatte einen Lastwagen geschickt, aber dieses Fahrzeug erwies sich als bedeutend zu groß. Kaum ein Fünftel der Ladefläche war erforderlich, um Frau Brielachs Besitz in das Haus des Bäckers zu befördern. Ihr Mobiliar, mit Tüchern drapiert und mit Dekorationspapier verkleidet, hatte im Zimmer „ganz nett" ausgesehen, es bestand aber nicht vor den Augen der kritischen Nachbarn, die den plötzlichen Umzug argwöhnisch beobachteten. Eine Margarinekiste voll Spielzeug, Heinrichs Bett: eine Tür, die auf Holzklötze genagelt, mit alten Seegrasmatratzen bedeckt und mit den Resten eines Vorhangs verziert war. Zwei Stühle und der Tisch, auf den Gert, Karl und Leo ihre Arme gestützt hatten. Als Kleiderschrank hatte ein Brett gedient, das, zwischen Küchenschrank und Wand eingeklemmt und mit Kleiderhaken versehen, durch einen Wachstuchlappen gegen Staub und Wasserspritzer geschützt gewesen war. Einzig ansehnlich waren das Bett der kleinen Wilma, ein Geschenk von Frau Borussiak, die keine Kinder mehr bekam, und das Küchenbüfett, mahagonifarben und erst zwei Jahre alt. Der Radioapparat stand drüben bei Leo, und Leo hatte seine Tür verschlossen. Acht Jahre lang hatte dieses Zimmer als Wohnung gedient, es war verputzt, übertüncht, bemalt, vielmals verbessert worden, aber nun enthüllte es seine Armut, und Heinrich erschrak: aus ihrer Ordnung gerissen, wirkten die Gegenstände wie zufällig zusammengeworfener Plunder, den zu transportieren sich kaum lohnte. Der Bäcker stand dabei, er dirigierte die Arbeiter, die nur mühsam ihren Spott über diesen Krempel zurückhielten.

„Vorsicht", rief der Bäcker, „da ist Zerbrechliches drin", als einer der Männer den Karton mit Tassen und Tellern aufhob.

Zweifel war im Gesicht des Bäckers zu lesen, und er schien zu überlegen, ob dieser Preis nicht zu hoch sei. Plötzlicher Umzug, zwei Kinder und die Schande, die es bedeutete, daß solcher Krempel in sein schönes Haus getragen wurde.

Heinrich war beauftragt, Wilma ruhig zu halten, die ununterbrochen schrie, seitdem fremde Männer ihre Spielzeugkiste weggeschleppt hatten. Heinrich hielt Wilma mit der linken Hand fest und mit der rechten seinen ganzen Besitz: zwischen Büchern, Gebetbuch, Ledermäppchen und Heften hatte er ihn bequem im Schulranzen bergen können. Die Broschüre vom Vater: „Was der Autoschlosser bei der Gehilfenprüfung wissen muß", Vaters Foto und acht Bildhefte: PHANTOM, TARZAN, TILL EULENSPIEGEL und BLONDI. Und das Foto von der Frau, die früher zwei Zentner gewogen hatte.

Villa Elisabeth, die Grotte aus Lavagestein, ein pfeiferauchender Mann im Fenster und im Hintergrund Weingärten. Er war nicht nur erschrocken über die Armut, die sich beim Wegrücken der Möbel, beim Einpacken der Sachen offenbarte, auch über die Schnelligkeit, mit der das Zimmer geleert war. In vierzig Minuten war's geschehen, und es blieben nur noch die Stellen an der Wand, wo die Tapete nicht verblichen war: wo das Foto des Vaters, das Kommunionbild gehangen, wo das Büfett und der improvisierte Kleiderschrank gestanden hatten, von einem leichten Staubkranz umrandete, dunkelgelbe Tapetenstücke. Die Mutter fegte den Dreck auf. Scherben und Staubflocken, Papierfetzen und geheimnisvolles schwärzliches Etwas, das aus den Fußbodenritzen zu quellen schien. Der Bäcker prüfte mit mißtrauischer Miene das Alter der Staubkränze um die dunkelgelben Tapetenflekken herum. Die Mutter schluchzte plötzlich, warf die Dreckschaufel hin, und die beruhigenden Armbewegungen des Bäckers, der ihre Schultern, ihren Nacken tätschelte, waren wenig überzeugend. Die Mutter nahm die Dreckschaufel wieder auf, hob den Handbesen hoch, und Wilma schrie ununterbrochen hinter ihrer verschwundenen Spielzeugkiste her. „Geh schon mit ihr voran“, sagte der Bäkker, „nimm den Kinderwagen.“

Das Gesicht des Bäckers war unruhig und unsicher, als sei er selbst erschrocken über die Plötzlichkeit, mit der er den Umzug eingeleitet hatte. Um halb fünf hatte er ihre Hände, einen Teil ihres Armes küssen dürfen, und jetzt, kurz vor sieben, war der Umzug schon fast vollzogen, und die Arbeiter hockten unten auf dem Trittbrett des nur zu einem Fünftel gefüllten Autos und pfiffen zum Aufbruch.

Vage Erinnerungen kamen Heinrich von dem

einzigen Umzug her, dessen er sich entsann: Kälte, Regen und ein Kinderwagen, die Hände der Mutter, die Brot schnitten, schmutzige Heeresfahrzeuge, ein Kommißbrot, das wie zufällig von einem Fouragewagen fiel. Am deutlichsten entsann er sich des hellgrünen Heereskochgeschirrs, das Gert später auf einer Baustelle stehenließ, und des Erschreckens vor dem amerikanischen Brot, das so weiß war wie Papier. Sieben Jahre wohnten sie jetzt hier. Unendlich lange Zeit: und er kannte jede tückische Stelle des Fußbodens genau, wo man beim Aufwischen achtgeben mußte, um den Putzlappen nicht am splitterigen Holz zu zerreißen, er kannte die spröden Stellen, wo das Bohnerwachs, das auf Leos Weisung verschmiert wurde, hoffnungslos aufgesogen wurde, andere, wo es auf dem Lack hielt und nur dünn verstrichen werden mußte. Der Fleck an der Wand war die Stelle, wo das Bild des Vaters gehangen hatte.

„Los, so geh doch endlich", schrie der Bäcker.

Heinrich ging ein paar Schritte in den Flur hinein, kehrte aber um und sagte: „Vergiß nicht, daß Leo den Radioapparat, die Tasse, die Kanne und den Büchsenöffner von uns hat."

„Nein, nein", sagte die Mutter, und er hörte ihrer Stimme an, daß er Radio, Tasse, Kanne und Büchsenöffner verloren geben mußte wie Mutters Morgenrock, der ebenfalls in Leos Zimmer hing: wilde rosige Blumen auf schwarzem Untergrund.

Frau Borussiak stand an der Treppe und weinte. Sie küßte ihn, umarmte ihn, küßte Wilma, umarmte Wilma und schluchzte leise: „Mein lieber Junge, ich hoffe, es wird dir gut gehen."

Der Tischler stand kopfschüttelnd daneben und sagte: „Von einer Sünde in die andere."

Hinter der verschlossenen Tür schrie die Mutter: „Du hast es gewollt, du hast es gewollt, nicht ich“, und die dunkle Stimme des Bäckers antwortete etwas, das nicht im einzelnen zu verstehen war, aber wenig überzeugend klang. Draußen pfiffen die Transportarbeiter heftiger, und Heinrich trat ans vordere Flurfenster und blickte nach unten. Er konnte in den Lastwagen sehen wie in einen offenen Bauch: Bauch eines häßlichen Ungetüms, das das Lager eines Altwarenhändlers verschlungen hatte: dreckiges, verschlissenes Zeug, angestoßene Möbel, grau durcheinandergewürfelter Krempel und zuoberst sein Bett, das nach unten gedreht war: graugestrichene Zimmertür, die ihre Herkunft jetzt erst, wo sie offen dalag, offenbarte: FINANZVERWALTUNG, ZIMMER 547. Gert hatte sie eines Abends mitgebracht, auch die vier Klötze, zerschnittene Deckenbalken. Nägel hatte Gert mitgebracht und einen Hammer. In fünf Minuten war das Bett fertig gewesen. „Ist es nicht herrlich, leg dich mal drauf“, und er hatte sich draufgelegt und es bis vor einer halben Stunde herrlich gefunden.

Die Transportarbeiter hockten auf dem Trittbrett, rauchten und pfiffen auf den Fingern zum Fenster hinauf.

Von einer Sünde in die andere, hatte der Tischler gerade gesagt, und Heinrich dachte an das Wort, das die Mutter vor zwei Wochen zum Bäkker gesagt hatte, dasselbe Wort, das im Flur an der Wand stand, und er lächelte höhnisch bei der Vorstellung, daß man *das* auch Vereinigung nennen konnte.

Die Mutter kam mit dem Kehrblech aus dem Zimmer, sie hatte geweint, und zum erstenmal sah er auf ihrem Gesicht, was er bisher nur bei anderen Frauen gesehen hatte, tiefrote, ganz runde Flecken, und ihr glattes, schwarzes Haar war strähnig aufgelöst. Aus dem Gesicht des Bäckers, der neben dem Tisch stand, war der Zorn wieder gewichen, und es hatte eindeutig wieder Gutmütigkeit angenommen.

Heinrich hatte Angst vor gutmütigen Leuten. Sie waren wie die entgegenkommenden Lehrer, auf die man sich nicht verlassen konnte. Erst waren sie gutmütig, waren es lange, dann wurden sie zornig, und zuletzt wurden sie ratlos und blieben es; zwischen Gutmütigkeit und Zorn schwankend, sahen sie dann plötzlich wie Schauspieler aus, die ihre Rolle vergessen haben. „Verdammter Bengel", schrie der Bäcker, „du sollst doch gehen, nimm den Kinderwagen und hau ab."

„Wozu schreist du das Kind so an", schrie seine Mutter und sank heulend an Frau Borussiaks Brust. Der Tischler nahm den Bäcker beiseite, und die Mutter sagte leise: „Geh doch, Heinrich, geh schon."

Aber er hatte Angst, nach unten zu gehen. Unten standen sie alle im Flur. Bresgens standen da und hatten höhnische Kommentare zu den Möbeln gegeben, das Sprichwort: „Wie der Herr, so's Gescherr", war von Bresgens Tür zur Tür der Milchhändlerin und von dort bis zur Tür des pensionierten Sparkassenboten gegangen, und in dessen Mund hatte es die Endgültigkeit eines Urteils angenommen. Nun standen sie unten, flüsterten höhnisch, und er hatte Angst, an ihnen vorbeizugehen. Damals, als er noch für ihn zum Schwarzmarkt gehen mußte, war der Sparkassenbote immer nett gewesen, aber nun grüßte er schon lange die Mutter nicht mehr, wie Karl sie nicht mehr grüßte. Dabei war auch die Milchhändlerin UNMORALISCH, und Bresgens waren nach Angabe des Tischlers, der Hausbesitzer war, Bresgens waren SÄUE.

Der einzige, der jetzt hätte helfen können, wäre der Vater gewesen. Der Vater hätte ihn beim Arm genommen und wäre mit ihm hinunter, an der Milchhändlerin, am Sparkassenboten und an den Säuen vorbeigegangen. Er dachte an den Vater, als ob er ihn gekannt hätte, und es war schwer, nicht zu weinen. „Ja, ja", hörte er den Sparkassenboten sagen, „die alten Wahrheiten tauchen wieder auf und erweisen sich als wahr: Wie der Herr, so's Gescherr."

Er haßte sie alle, und er lächelte höhnisch, aber Haß und Hohn waren nicht stark genug, ihn vor den Tränen zu bewahren, und das wollte er am wenigsten: weinend dort unten vorbeigehen. Immer häßlicher schien der Krempel auf dem offenen Lastwagen zu werden. Die Sonne schien, Leute sammelten sich – und deutlich zwischen Kisten und Gerümpel war zu lesen, was auf der grauen Tür stand: FINANZVERWALTUNG, ZIMMER 547. Wenigstens Wilma hatte aufgehört zu schreien, aber die Transportarbeiter pfiffen, spuckten auf die Straße nach ihren Zigarettenstummeln, und er kam sich VERDAMMT vor hier am Fenster, zwischen den weinenden Frauen, der Feigheit des Bäckers und dem nackten Gedärm des Elends offen auf dem Lastwagen. Es war schwer, die Tränen zurückzuhalten, aber er hielt sie zurück, und die Zeit stand still wie für die VERDAMMTEN. Unten murmelten die SÄUE mit der Milchhändlerin, hinter ihm sprach der Tischler leise auf den Bäcker ein, man hörte das Kopfschütteln aus der Stimme des Tischlers heraus, und plötzlich wurde ein Wort deutlich: UNMORALISCH. Das Eis würde endlich brechen, und es war gut, daß es brach.

Er erschrak, als er im Straßenlärm die Hupe von Alberts Auto hörte, und er glaubte nicht, was er sah: daß der graue alte Mercedes unten in den Hof fuhr. Er sah es, glaubte es aber nicht, es schob sich unter sein Bewußtsein. VERDAMMT war er zwischen den Säuen und der Mutter oben mit dem fleckigen Gesicht. Die Transportarbeiter jaulten, und der Fahrer stieg ins Fahrerhaus und hupte, hupte heftig: offenbar hatte er ein Streichholz in den Hupenknopf gedrückt, denn das Hupen ertönte immerwährend: IMMERWÄHRENDES Signal der VERDAMMNIS, und unten kicherten die Säue.

Albert kam sehr schnell die Treppe herauf, er erkannte den Schritt, erkannte auch Martins Stimme, der „Heinrich" rief, „Heinrich, was ist denn los", aber er drehte sich nicht um, hielt auch Wilma zurück, die sich losreißen und Martin entgegenlaufen wollte. Er rührte sich nicht einmal, als Albert seine Schulter berührte. Er konnte nicht glauben, daß er nicht allein würde die Treppe hinuntergehen müssen. Es gelang ihm, die Tränen zurückzuhalten. Dann wandte er sich schnell, blickte erst Albert ins Gesicht und sah sofort, daß Albert BEGRIFF – der einzige, der so etwas begreifen konnte, und er beobachtete Martin scharf, der zum Fenster hinaus unten auf den Lastwagen sah, er beobachtete genau, wie Martin diese plötzliche und endgültige Offenbarung ihres Elends registrierte, und er war erstaunt und erleichtert zu sehen, daß Martin

NICHT BEGRIFF, und es fiel ihm ein, daß Martin ein Kind war, eins von denen, von denen gesagt wurde: WENN IHR NICHT WERDET WIE SIE. Es war gut, daß Martin nicht begriff, wie es gut war, daß Albert begriff.

Martin war sehr erstaunt und sagte: „Zieht ihr um?"

„Ja", sagte Heinrich, „wir ziehen zum Bäcker, heute noch", und jetzt begriff Martin, und sie dachten beide an das Wort. Sie blickten nach oben, wo jetzt Albert mit der Mutter, mit dem Bäcker, mit Frau Borussiak und dem Tischler sprach, und es kam ihnen nicht komisch vor, daß Brielachs Mutter an Alberts Brust weinte, sich dann aufraffte und Arm in Arm mit Albert die Treppe herunterkam.

„Komm", sagte Heinrich, „wir gehen schon runter." Martin nahm Heinrichs Ranzen, und Heinrich hob Wilma auf den Arm, und er blickte, Stufe um Stufe langsam hinuntergehend, der Milchhändlerin ins Gesicht, fest blickte er in die großen dunklen, spöttischen Augen, er blickte sogar Bresgens an, vier Säue, die dicht nebeneinander standen. Runde, fette Gesichter, die sich stumm malmend bewegten, und er erblickte hinter der Schulter der Milchhändlerin den, mit dem sie UNMORALISCH war: Hugo hieß er; und Hugo stand kauend im Hintergrund und zupfte sich gerade den Schwanz einer Sprotte aus dem Mund. Die SÄUE senkten den Blick, die Milchhändlerin hielt stand, und der Kassenbote flüsterte sogar: „Willst du mir nicht adieu sagen, Heinrich?" Aber er gab dem Kassenboten keine Antwort – und hinter sich hörte er die Fußtritte der Teilnehmer des Triumphzuges: Albert, der mit seiner Mutter zu lachen schien, Frau

Borussiak mit dem Tischler und zuletzt der Bäcker; und die Milchhändlerin flüsterte höhnisch: „Sieht ja fast wie 'ne Hochzeitsgesellschaft aus." Stumm schmatzte Hugo, golden schimmerte eine zweite Sprotte, die er zum Munde führte.

Schon sah er unten das helle Licht, das durch die offene Tür fiel, und er spürte, daß er mit den Gedanken noch nicht ganz bei diesem Triumphzug war, sondern oben stand, VERDAMMT zwischen den Säuen und der Feigheit des Bäckers. Unvergeßlich würde ihm die Erinnerung an den Blick auf den offenen Lastwagen sein, das Gefühl der VERDAMMNIS, während unten die Hupe auf IMMERWÄHREND gestellt war. Schon ein paarmal hatte ihn Martin etwas gefragt, aber er hatte nicht geantwortet, weil er noch weit weg oben am Fenster stand, und er wußte nur, daß Albert BEGRIFFEN hatte und auch Martin, und beide das, was sie begreifen mußten. Der Blick in Alberts Augen, diese Tausendstelsekunde und Martins Begreifen im richtigen Augenblick hatten ihn vor der Verdammnis gerettet.

„Nun sag doch", fragte Martin ungeduldig, „bleibt ihr für immer beim Bäcker?"

„Ja", sagte Heinrich, „für immer. Wir ziehen doch dorthin." Immer noch pfiffen draußen die Transportarbeiter, und der Bäcker hatte plötzlich wieder Mut in der Stimme, Mut und Zuversicht. Der Bäkker rief: „Ja, wir kommen schon."

„Komm", sagte Albert hinter ihm, „komm in den Hof, du fährst mit uns, auch Wilma."

Er drehte sich erstaunt zur Mutter um, aber die Mutter lächelte und sagte: „Ja, es ist besser. Ihr kommt am Sonntagabend mit Herrn Muchow zurück. Bis dahin haben wir alles eingerichtet. Ich danke Ihnen sehr", sagte sie zu Albert, aber Albert nickte nur stumm und sah sie merkwürdig an: Glanz der Hoffnung war im Blick der Mutter. VERHEISSUNG, für einen Augenblick stand auch dieses Wort in Mutters und Alberts Augen, und es schien Einverständnis zwischen den beiden zu herrschen: Tausendstelsekunde der überraschenden Erkenntnis. Und er gab der Mutter die Hand, die Mutter küßte Wilma, und er folgte Albert in den Hof. Wilma krähte vor Freude, als sie das graue Auto sah.

XXI

Der entlaufene Gehilfe hatte nicht viel hinterlassen: das Bild einer Diva an der Wand, zwei Paar ungestopfter Socken, verrostete Rasierklingen, eine halb ausgedrückte Tube Zahnpasta, Brennspuren von seinen Zigaretten am Rand des weißlackierten Nachttischs, uralte Abendzeitungen in der Kommodenschublade und Zigarettenbildchen: AFRIKA, WIE ES WIRKLICH IST. Zebras grasten in Steppen, und Giraffen fraßen von Bäumen, weißbemalte Eingeborene hockten im Gebüsch und lauerten Löwen auf.

Der Bäcker ordnete an, daß Heinrichs Bett auf dem Hof bliebe: Holzklötze mit der draufgenagelten Tür: FINANZVERWALTUNG, ZIMMER 547.

„Er kann das Bett vom Gehilfen haben."

„Und ich?"

„Hast du kein Bett?"

„Nein."

„Wo schliefst du denn?"

„Bei Leo natürlich."

„Und früher?"

„In einem Bett, das wir verbrannten. Es war zu hinfällig."

Also wurde Heinrichs Bett doch hinaufgetragen und ihr das Bett des Gehilfen zugesprochen. Es war weiß, aus Eisen und noch fast ganz neu.

Während die Arbeiter ihren Besitz im Zimmer des Gehilfen stapelten, räumte sie die kleine Kammer leer, die als Abstellraum gedient hatte. Uralte Kekse aus Maismehl kullerten wie Steine in Blechdosen herum. Sie trug alles auf den Speicher: Kartons, in denen Zwiebackkrümel beim Transport ein scharrendes Geräusch hervorriefen, verschlissene Mehlsäcke, Schaufensterkartonagen von Schokoladenfabriken, die schon seit Jahren pleite waren, Pappen, mit Namen bemalt, die längst aus dem Handelsregister gestrichen waren. Riesige Schokoladetafeln, Silberpapier zusammengeknetet in der Größe von Fußbällen, Köche aus weißer Pappe, lächelnde Köche, die mit riesigen Löffeln winkten, denen der Name einer Fabrik für Puddingpulver aufgeprägt war. Inderinnen aus gestanztem Blech, die lächelnd Pralinen anboten: SORBET, DIE SÜSSE, DIE FEINE. Knallrote Kirschen aus Sperrholz geschnitten, grüne Fondants aus Papier, und die riesige Blechdose, die jetzt noch nach Eukalyptus roch, rief ihr durchhustete Kindheitsnächte in Erinnerung. Nebenan fluchte der Vater, und je heftiger er fluchte, um so heftiger auch mußte sie husten. Und da waren auch die beiden: der hellblaue Zwiebackjunge und der silberne Kater, der Kakao trank.

Im Zimmer stapelten die Arbeiter ihren Besitz auf. Sie hörte ihr Lachen, schüchterne Widerworte des Bäckers und erschrak, als sich plötzlich eine leichte, doch feste Hand auf ihre Schulter legte: Hand, die sonst den Kassenschwengel wie das Ruder eines Schiffes hielt.

Die Bäckerin lächelte, und sie suchte vergebens den Hinterhalt in diesem Lächeln.

„Machen Sie's sich nur gemütlich. Hier soll der Junge schlafen?"

„Ja."

„Gute Idee, räumen Sie nur alles auf den Speicher. Aber vielleicht möchten die Kinder mit den Sachen spielen, wie?"

„Oh, sicher, zum Spielen müßten sie schön sein."

Die Bäckerin hielt eine riesige Tafel Schokolade hoch, zog einen Lastwagen aus Pappe, der den Namen einer Mühle trug, ans Licht und deutete lächelnd auf die Inderin aus Blech.

„Das müßte für die Kinder schön sein."

„Herrlich wär's für sie."

„Nehmen Sie's doch."

„Oh, danke."

„Keine Ursache."

Wieder lag die leichte Hand auf ihrer Schulter und ein freundlich-kameradschaftlicher Druck.

„Machen Sie's gut."

„Danke."

„Hoffentlich fühlen Sie sich wohl bei uns."

„Oh, sicher."

„Würd mich freuen, auf Wiedersehen."

„Auf Wiedersehen."

Sie legte Pappen übereinander, rollte Säcke zusammen, trug alles packenweise auf den Speicher und dachte an den Onkel von Heinrichs Freund: plötzlich hatte sie diesen fremden Mann umarmt, aus Angst, aus Wut über den Bäcker, aber ohne sich etwas dabei zu denken, und in dem Augenblick, als sie darüber erschrak und sich zurückziehen wollte, spürte sie den leichten Druck seines Armes, und seine Wange hatte für einen Augenblick ihren Hals berührt. Unten im Flur, als er mit den Kindern wegging, hatte er sie angesehen, wie man nicht jede Frau ansieht.

Sie lächelte, schob eine zerrissene spanische Wand beiseite und erschrak: was sie sah, war von Spinnweben überdeckt, aber die lebhaften Farben waren deutlich zu erkennen; sie wischte mit der Hand darüber, befreite die Sperrholzfiguren von Spinnweben, mit denselben Farben bemalt, die auch die Bilder trugen, waren sie alle da. Gestalten aus dem ALTEN DEUTSCHEN SAGENGUT. Solche Schilder hatte Bamberger vor dem Kriege nur an besonders gute Kunden abgegeben. Siegfried war dort mit dem Butterhaar, und mit dem grünen, grünen Kittel, den Speer in der Hand haltend, zielte er auf den grünen, grünen Lindwurm und sah fast wie Sankt Georg aus. Kriemhild stand neben ihm, Volker und Hagen waren da und der Hübsche, der Kleine: Giselher – und sie waren alle nebeneinander auf eine breite braune Leiste genagelt, die in eigelben Buchstaben die Aufschrift trug: BAMBERGERS EIERNUDELN.

Sie hatte den Bäcker nicht gehört, der jetzt hinter ihr stand, ihre Schulter berührte.

„Es ist alles erledigt, komm rüber und sieh es dir an … mein Gott, warum weinst du schon wieder?“

Sie schüttelte stumm die Schulter, hob die breite Leiste mit den Sperrholzfiguren hoch und trug sie am Bäcker vorbei in das Zimmer des Gehilfen.

Der Bäcker folgte ihr.

„Was willst du damit?“

„Aufhängen“, sagte sie schluchzend.

„So was? Ich kauf dir schönere Bilder. Seen“, sagte er schüchtern, „Kapellen in Wäldern, Rehe … alles kauf ich dir. Häng doch so was nicht auf.“

„Laß mich“, sagte sie, „ich möcht's aufhängen.“

Schon hingen ihre Kleider im Spind des Gehilfen, das Geschirr war in die Schubladen der Kommode geordnet und Wilmas Spielzeugkasten unters Bett geschoben. Auch Wilmas Bett war schon aufgestellt: alles sah ordentlich aus.

„Soll das Kind hier schlafen?“

„Meinst du nicht?“

„Ich weiß nicht“, sagte sie zögernd, und sie stellte die Reklame für Bambergers Eiernudeln quer über die Kommode und sagte: „Das wird den Kindern Spaß machen.“

„Es ist Kitsch“, sagte er, und er wandte sich ab, als sie ihre Einkaufstasche auspackte. Zuerst kam ein Bild ihres Mannes, das sie übers Kopfende des Bettes hing, an einen leeren Nagel, der noch – wie einen Kranz – die kleine Messingschlaufe eines Bildchens trug.

„Dorthin?“

„Ja“, sagte sie, „da bleibt es.“

Ein Feuerzeug kam aus ihrer Tasche, es wurde mit heftigem Ruck auf die Kommode gesetzt, die Armbanduhr mit zerschlissenem Lederarmband, und sie suchte hastig in Wilmas Spielzeugkiste und legte die Segeltuchhülle, die Karls Kochgeschirr umkleidet hatte, neben die Armbanduhr.

„Wo ist mein Nähkorb?“

„Hier“, sagte er, zog eine Schublade auf und nahm den Nähkorb heraus, und sie riß ihn ihm aus der Hand, suchte Leos Nagelfeile und legte sie neben die Segeltuchhülle von Karls Kochgeschirr.

„Geh“, sagte sie leise, „laß mich allein.“

„Ich wollte dir's Badezimmer zeigen, und hier ist der Schlüssel zum Dachgarten.“

„Mein Gott", sagte sie, „laß mich doch einen Augenblick allein."

„Willst du all diesen alten Kram behalten? Ich kauf dir 'ne neue Armbanduhr, und das Feuerzeug ist ja verrostet und tut's nicht mehr."

„Mein Gott", sagte sie, „nun geh."

Er ging rückwärts zur Tür.

Sie zog die Vorhänge zu und legte sich aufs Bett, mit dem Kopf auf das Fußende, so daß sie den lachenden Feldwebel sehen konnte, der oben über dem Kopfende hing. Rechts, sogar im Dämmer noch grell, stand Bambergers ALTES DEUTSCHES SAGENGUT, und sie suchte ihren Liebling, den Braunhaarigen, den Männlichen und doch Weichen: VOLKER, der mit rotem Koller und grüner Leier gleich neben Hagen stand. An Leo dachte sie am wenigsten, und sie dachte nicht an ihren Mann, sie dachte an den anderen, dessen Wange einen Augenblick lang auf ihrem Hals geruht hatte, und sie wußte, daß sie ihm gefiel, er auch an sie dachte. Er hatte begriffen, er hatte ihr geholfen, und sie liebte ihn, wie sie noch keinen geliebt hatte. Länger, als bei einer solch spontanen Umarmung üblich war, hatte er sie im Arm gehalten. Er würde wiederkommen, würde die Kinder zurückbringen, und sie würde ihn sehen – und als der Bäcker, ohne anzuklopfen, leise hereinkam, brüllte sie ihn an: „Kannst du nicht anklopfen? Laß mich allein."

Er zog sich schüchtern wieder zurück, murmelte in der Tür etwas von Badezimmer – Bleidach.

Sie stand auf, schloß die Tür von innen ab und legte sich aufs Bett. Der lachende Feldwebel war zu jung: ein Kind, ein Schnösel, mit dem geschlafen zu haben ihr fast ungehörig vorkam. Teergeruch am Rand von Truppenübungsplätzen, und der todernste Gefreite, der sich im Gebüsch über sie beugte und zum erstenmal das ANDERE mit ihr tat.

Unten im Hause lachte die Bäckerin schrill, und die Stimme des Bäckers kam drohend, energisch fast, durch den Flur. Brummend kam er die Treppe herauf, rappelte an der Türklinke.

„Mach auf“, rief der Bäcker.

Sie antwortete ihm nicht; sie dachte an den anderen, dessen Namen sie nicht wußte: Erich und Gert, Karl und Leo fielen hinter den Horizont, und das Gesicht des Bäckers konnte sie sich nicht mehr vorstellen, obwohl er vor der Türe stand.

„Machst du auf?“ rief er draußen, und es kam ihr lächerlich vor, daß Drohung in seiner Stimme lag.

„Geh“, sagte sie leise, „ich mach nicht auf.“

Und er ging. Drohungen murmelnd, stieg er die Treppe wieder hinab.

Sie dachte an den anderen, und sie wußte, daß er wiederkommen würde.

XXII

Zuerst spielten sie mit den Jungen aus dem Dorf, die Will eingeladen hatte. Der Rasen war geschnitten, die Tore waren geflickt, sie spielten eifrig, bis Heinrich plötzlich rief: „Ich mag nicht mehr." Er lief aus dem Spiel weg, setzte sich zu Albert, der auf der Terrasse Bier trank und in den Zeitungen las, aber auch von dort ging er bald weg, ums Haus herum auf den Schuppen zu, und setzte sich auf den Hauklotz, neben dem Will das Beil hatte liegenlassen.

Hier war er allein. Will war ins Dorf gegangen, um zu beichten. Albert las in der Zeitung, und er würde stundenlang in der Zeitung lesen. Wilma war drinnen mit Alberts Mutter beim Kuchenbakken. Sprüche wurden drinnen aufgesagt, freundlich hingemurmelt von Alberts Mutter: Wer will guten Kuchen backen, der muß haben sieben Sachen – langsam sagte es Alberts Mutter, und Wilma sollte es wiederholen, aber das einzige, was Wilma zustande brachte, war Zucker, war Ei, und Alberts Mutter lachte. Es roch warm und süß wie im Keller der Bäckerei, und ein Blech voller gelber Plätzchen stand schon zum Abkühlen auf der Fensterbank.

Dann hörte er, daß auch Martin rief: „Ich mag

nicht mehr", und die Jungen aus dem Dorf spielten einige Minuten allein, gingen dann weg, und Heinrich hörte, wie Albert Martin Tischtennis beizubringen anfing. Das Netz wurde befestigt, der Tisch gegen die Wand gestellt, und Albert sagte: „Paß auf", sagte: „So – du mußt es so machen", und das regelmäßige helle Tittern der Bälle mischte sich mit dem Spruch, den Alberts Mutter versweise von sich gab: „Eier und Schmalz, Butter und Salz", und Wilma schrie Zucker, schrie Ei, und Alberts Mutter lachte.

Alles war so schön: das helle Tittern der Tischtennisbälle, Wilmas freudige Stimme, die Güte, die aus der Stimme von Alberts Mutter herausklang. Will war so gut, Albert war es. Gut und schön und warm auch klang der Spruch: Safran macht den Kuchen gehl. Safran war ein gutes Wort, schmeckte und roch gut, doch alles das war etwas für KINDER. Ihm aber konnten sie nichts vormachen: es stimmte etwas nicht. Er wußte, daß der Bäcker nicht so gut war, wie es zuerst immer geschienen hatte. Als die Mutter ihm sagte, daß sie zum Bäcker ziehen würden, war ihm das WUNDERBAR erschienen, aber er wußte jetzt, daß es NICHT WUNDERBAR sein würde. Der Bäcker war wie die gutmütigen Lehrer, die in entscheidenden Augenblicken böse wurden, böser als die anderen. So schlecht wie Leo war der Bäcker nicht, und eins war sicher: sie würden mehr Geld haben, keine Miete zahlen und so.

Schon legte er in seiner Erinnerung zu Erichs Feuerzeug, zu Gerts Armbanduhr und zu Karls Kochgeschirrhülle Leos Nagelfeile, die in Mutters Nähkorb mit in den Umzug geraten war – und zu Erichs, zu Gerts und Karls Gerüchen kam ein vierter, der Leo-Geruch: Rasierwasser und Bohnerwachs. Lachen kam aus der Küche und ein neuer Spruch: Das ist der Daumen, der schüttelt die Pflaumen. Gelber süßer Teig wurde dort geknetet, und es kamen Verse wie Beschwörungen aus einer freundlichen Welt: der hebt sie auf, der trägt sie nach Haus – und der Kleine hier ißt sie alle auf, und Wilma lachte hell und glücklich.

Will kam, äugte um die Ecke, ging dann zu Albert hinüber, und Heinrich hörte, daß sie von ihm sprachen.

Will sagte: „Was hat denn der Junge?" Und Albert sagte leise, aber nicht leise genug: „Laß ihn."

„Kann man ihm nicht helfen?" fragte Will.

„Natürlich", sagte Albert, „aber laß ihn jetzt, bei allem kannst du ihm nicht helfen."

Glockengeläut klang vom Dorf herüber, warm und dunkel, und er wußte, warum die Jungen aus dem Dorf aufgehört hatten, Fußball zu spielen: es war große Andacht, und sie mußten als Meßdiener dabeisein.

Will rief Martin zu: „Gehst du mit?", und Martin rief „Ja", und sofort hörte das helle Tittern der Bälle auf, und Will sprach wieder mit Albert über ihn, und Albert sagte: „Laß ihn jetzt – laß ihn nur. Ich bleibe hier."

Dunkel und schön war das Geläut der Glocken. Wilma schrie drinnen vor Freude, weil sie mit einem weichgekochten Ei gefüttert wurde. Alles war schön, war glatt und rund, es war da, war aber nicht für ihn da. Es stimmte nicht. Auch die Gerüche waren gut, nach Holz roch es, nach Gebackenem, nach frischem Teig, aber auch die Gerüche stimmten nicht.

Er stand auf, lehnte sich an den Schuppen und

konnte durchs offene Fenster ins Gastzimmer blikken. Leute saßen dort, die Bier tranken, Schinkenschnittchen aßen, und die junge Kellnerin ging vom Gastzimmer in die Küche, schnitt Brot ab, legte Schinkenscheiben auf Teller und schob Wilma ein Stück Schinken in den Mund. Wilma probierte stirnrunzelnd, und es war merkwürdig, wie ihr kleiner Mund sich ernsthaft prüfend verzog, ihr Gesicht sich billigend glättete, dann strahlte, und wie sie das Stück Schinken zerkaute und hinunterschluckte. Es sah richtig drollig aus, und Alberts Mutter lachte laut, die Kellnerin lachte laut, und er selbst mußte lächeln, weil Wilma so drollig aussah, aber er lächelte MÜDE, und ihm wurde in diesem Augenblick bewußt, daß er MÜDE lächelte, so wie Erwachsene lächeln, die Sorgen haben und gezwungen werden, trotz der Sorgen zu lächeln.

In diesem Augenblick fuhr das Taxi vor, und er erschrak, weil er wußte, daß etwas geschehen war oder geschehen würde: Martins Großmutter entstieg dem Taxi, Martins Mutter folgte, und Martins Großmutter, die mit der Zigarette im Mund aufs Haus zulief, schrie dem Chauffeur zu: „Warten Sie, mein Lieber." Ihr Gesicht war zornig und rot, als sie laut rief: „Albert, Albert." Die Gäste stürzten ans Fenster, die Kellnerin lehnte mit Alberts Mutter zum Küchenfenster hinaus, und Albert kam mit der Zeitung in der Hand ums Haus gelaufen. Er faltete langsam die Zeitung zusammen, während er mit gerunzelter Stirn auf die Großmutter zuging. Martins Mutter stand beiseite, plauderte mit Alberts Mutter, als ginge sie alles das nichts an.

„Du willst also nichts unternehmen", sagte die

Großmutter laut, und sie schlug ärgerlich die Asche ihrer Zigarette in die Luft ab.

„Aber ich, ich fahr hin", sagte sie laut, „ich bringe ihn um, fährst du mit oder nicht?"

„Meinetwegen", sagte Albert müde, „wenn du dir was davon versprichst."

„Was ihr wohl denkt", sagte die Großmutter. „Komm, steig ein."

„Meinetwegen", sagte Albert, er legte die Zeitung auf die Fensterbank, stieg hinten ins Auto und half von drinnen der Großmutter beim Einsteigen.

„Du bleibst also hier?" rief die Großmutter, und Martins Mutter sagte: „Ja, ich warte auf euch. Bringt meinen Koffer mit, hört ihr!"

Aber das Taxi war schon abgefahren und fuhr ins Dorf. Die Glocken läuteten nicht mehr, und Alberts Mutter sagte zu Martins Mutter: „Kommen Sie doch rein", Martins Mutter aber nickte und sagte: „Geben Sie mir die Kleine raus." Wilma wurde aus dem Fenster gehoben, und Heinrich war sehr erstaunt, wie Martins Mutter das Kind an der Hand nahm, mit ihm lächelte und hinters Haus ging.

Er hörte Wilma lachen, hörte das Tittern der Bälle, und alles war gut, war schön, war es aber nicht für ihn.

Drinnen sangen die Gäste: DEUTSCHER WALD, DEUTSCHER WALD, KEINER GLEICHT DIR AUF DER WELT: die Kellnerin schleppte Biergläser, Alberts Mutter stand in der Küche, rührte Kartoffelsalat an und öffnete die große Blechbüchse mit den Würstchen. Wilma lachte, Martins Mutter lachte, und Heinrich war erstaunt, weil auch sie ihm plötzlich gut erschien. Alles und alle waren gut, er aber wußte, daß sich an diesem Abend seine Mutter mit dem Bäcker vereinigte. Der Wechsel von Leo zum Bäcker war vorteilhaft, war aber auch schrecklich.

Der gelbe Postomnibus fuhr vor, Glum stieg aus, half Bolda beim Aussteigen, und Bolda lief aufs offene Küchenfenster zu und schrie: „Wenn nur nichts passiert", und Alberts Mutter lächelte und sagte: „Was soll schon passieren – aber wo wollt ihr denn alle schlafen?"

„Ich hatte keine Ruhe", sagte Bolda, „ach, ich bin mit dem alten Sofa zufrieden", und Glum würgte lachend und langsam heraus: „Fußboden – Stroh", und er ging mit Bolda zur Kirche, um Will und Martin abzuholen.

DEUTSCHER WALD, DEUTSCHER WALD, KEINER GLEICHT DIR AUF DER WELT, sangen die Gäste, und Alberts Mutter angelte rosige Würstchen aus der Blechbüchse.

Von der Terrasse her schrie Martins Mutter: „GEH NICHT ZU NAH RAN", und Heinrich erschrak, als sie kurz danach schrill lachte, schrecklich klang ihr Lachen, und er rannte nach hinten und sah, daß Wilma zum Ententeich gelaufen war, nun aber umkehrte. Martins Mutter rief ihn zu sich, gab ihm die Hand und sagte zu ihm: „Kannst du Pingpong?"

„Nicht gut", sagte er, „ich habe es erst ein paarmal gespielt."

„Komm, ich zeig dir's. Magst du?"

„Ja", sagte er, obwohl er nicht mochte.

Sie stand auf, rückte den Tisch von der Wand weg, klammerte das Netz neu fest und hob die Schläger vom Boden auf.

„Komm", sagte sie, „komm her", und sie zeigte ihm, wie man anschlagen muß, schlug den Ball so auf, daß er langsam und steil übers Netz flog, so daß er ihn bequem zurückschlagen konnte.

Wilma hockte auf dem Fußboden, rutschte darauf hin und her, schrie entzückt über den fliegenden Ball und hob ihn auf, wenn er hinfiel, aber sie brachte den Ball nie ihm, sondern immer Martins Mutter.

Die ganze Zeit über dachte er daran, daß seine Mutter sich jetzt mit dem Bäcker vereinigte, und es kam ihm schlimmer vor, erschien ihm viel UNMORALISCHER als ihre Vereinigung mit Leo.

Feierlich läuteten die Glocken wieder, und er wußte, daß sakramentaler Segen gespendet wurde. Weihrauch wurde verbrannt. Tantum Ergo wurde gesungen, und er bereute es, nicht dort zu sein, im Dunkeln zwischen Beichtstuhl und Tür zu sitzen.

Er hatte es bald heraus, daß man die Bälle hart und kurz übers Netz weg schlagen mußte, und Martins Mutter lachte, als es ihm ein paarmal hintereinander gelang, ihr die Bälle so hinzusetzen, daß sie nicht parieren konnte, und sie fing an, ernsthaft mit ihm zu spielen, die Punkte zu zählen, und ihr Gesicht wurde eifrig.

Es war schwer, auf die Bälle achtzugeben, sie richtig zurückzuschlagen und dabei an das andere zu denken: an den Vater, die Onkel und an den Bäcker, mit dem seine Mutter sich vereinigte. Martins Mutter war schön. Sie war blond und groß, und er mochte sie jetzt, wo er beobachten konnte, wie sie während des Spiels sich plötzlich Wilma zuwenden, ihr zulächeln konnte, und Wilma strahlte, wenn sie lächelte, und das Lächeln war schön, und es KOSTETE nichts, wie der Klang der Glocken nichts KOSTETE – und doch war es nicht für ihn. In seine Erinnerung zogen Leos Gerüche ein: Rasierwasser, Bohnerwachs, und Leos Nagelfeile würde in Mutters Nähkorb liegen.

Er spielte eifrig und aufmerksam, schlug die Bälle, so hart und so flach er konnte, übers Netz, und Martins Mutter bekam vor Eifer ein rotes Gesicht. Sie sagte: „Mensch, bei dir muß man aber aufpassen."

Sie mußten aufhören, weil alle aus der Andacht zurückkamen. Martin umarmte seine Mutter, Glum rückte die Tische zusammen, Bolda kam mit einem großen grünen Tischtuch und mit einem Stoß von Tellern. Feucht und frisch glitzerte die Butter im Buttertopf, und Will sagte: „Bring doch noch von dem Pflaumenmus, die Kinder mögen's so gern", und Alberts Mutter sagte: „Ja, ich bring's – du magst es genauso gern wie die Kinder."

Und Will wurde rot, Glum klopfte ihm auf den Rücken, gurgelte grinsend heraus: „Kamerad", und alle lachten wieder, Wilma durfte aufbleiben, und während des Essens stritt man sich darüber, bei wem sie schlafen sollte. Alle sagten: „Bei mir", außer Martins Mutter; aber als Wilma selbst gefragt wurde: „Bei wem willst du schlafen", lief sie zu Heinrich, und Heinrich wurde rot vor Freude.

Andere Gäste waren jetzt drinnen in der Gaststube, sie riefen nach der Kellnerin, und Bolda schob ihren Stuhl weg, sammelte die schmutzigen Teller ein und sagte: „Ich geh und helf ihnen." Glum ging in den Stall, um sich Stroh in einen Sack zu stopfen, Will lief schwitzend durchs Haus und suchte Decken zusammen, Heinrich und Martin gingen zusammen in das kleine Zimmer, wo sie in dem breiten Bett schlafen sollten. Wilma sollte zwischen ihnen liegen.

Dunkel war es geworden, unten in der Küche lachte Bolda mit der Kellnerin, Geschirr wurde gespült, und Alberts Mutter lachte mit den Gästen. Glühende Pfeifen zeigten an, daß Glum und Will zusammen auf der Bank vor dem Stall saßen. Nur Martins Mutter saß noch auf der Terrasse, rauchte und blickte in die Dunkelheit.

„Macht voran", rief sie hinauf, „zieht euch aus und legt euch hin."

Jetzt erst fiel Martin ein, nach Onkel Albert zu fragen, und er rief hinunter: „Wo ist Onkel Albert?"

„Er kommt gleich zurück, er mußte mit der Großmutter weg."

„Wohin?"

„Zum Schloß."

„Was tut er dort?"

Die Mutter schwieg einen Augenblick, aber dann rief sie hinauf: „Gäseler ist dort – er muß mit ihm sprechen."

Martin schwieg. Er blieb im offenen Fenster liegen, hörte, daß Heinrich ins Bett kletterte und das Licht ausknipste.

„Gäseler?" fragte er ins Dunkel hinunter, „lebt er denn?" Aber die Mutter antwortete nicht, und Martin wunderte sich, daß er nicht die Regung verspürte, noch einmal nach Gäseler zu fragen. Er hatte noch nie mit Heinrich über den Tod seines Vaters gesprochen, weil ihm die Umstände zu unklar erschienen; fragwürdig wie alle Weisheit der Großmutter erschien ihm auch ihre Gäseler-Geschichte. Ein Wort, ein Name, der zu oft und zu heftig in ihn hineingeworfen, zu oft wieder herausgeholt worden war, um ihn noch zu erschrecken. Schlimmer und näher, deutlicher war das andere, das dort geschehen war, wo die Pilze wuchsen: Mord war geschehen an dem Mann, der das Bild des Vaters gemalt hatte. Der Vater und Albert waren dort geschlagen und gequält worden von den NAZIS, dunkel und fern und vielleicht NICHT SO SCHLIMM – aber der Raum war wirklich: Pulte, aus denen kränkliche Tasten herauswuchsen, stinkende Gewölbe und Alberts Gesicht, und die Gewißheit, daß er nicht log. Von Gäseler hatte Albert nur selten gesprochen.

Unten sangen die Gäste: Dort, wo am Waldesrand die Hütte steht – dort, wo am Abend stets mein Herz hingeht – dort, wo die Rehlein äsen – dort, wo am Waldesrand die Hütte steht, dort bin ich her.

Er löste sich von der Fensterbank, kletterte vorsichtig ins Bett und spürte Wilmas Atem an seiner Schulter. Leise fragte er zu Heinrich hin: „Schläfst du?", und Heinrich sagte leise, aber deutlich: „Nein."

Dort bin ich her – dort bin ich her, sangen die Gäste.

Dann hörte er vorne ein Auto halten, und Albert rief sehr laut und sehr ängstlich: „Nella, Nella", und die Mutter unten rückte den Stuhl so hastig fort, daß er umfiel. Auch Bolda unten in der Küche verstummte, und Alberts Mutter redete auf die Gäste ein, und die Gäste hörten auf zu singen, und es war plötzlich sehr still im Haus. Heinrich flüsterte: „Da ist was passiert."

Weinen klang die Treppe herauf, und Martin stand auf, öffnete die Tür und blickte in den erleuchteten schmalen Flur. Von Albert und Bolda gestützt, kam die Großmutter herauf, und er erschrak, weil sie so ALT aussah; zum erstenmal erschien sie ihm ALT, und er hatte sie noch nie weinen sehen. Schlapp hing sie auf Alberts Schulter, und ihr Gesicht war nicht mehr rosig, sondern grau; sie jammerte: „Eine Spritze brauch ich, ich muß eine Spritze haben", und Albert sagte: „Ja, Nella spricht schon mit dem Arzt."

„Ja, das ist gut, eine Spritze." Wills ängstliches Gesicht tauchte hinter Bolda auf. Glum drängte sich nach vorne, schob sich an Boldas Stelle unter die Großmutter, und sie schleppten die Großmutter in das große Zimmer, das am Ende des Flurs lag. Martin sah seine Mutter heraufkommen, sie lief sehr schnell und rief: „Hurweber kommt, ich hab mit ihm gesprochen, er kommt sofort."

„Hörst du", sagte Albert, „er kommt", aber schon schloß sich die Tür, und der Flur war leer. Es blieb still, und er starrte auf die große braune Tür, hinter der es auch still war.

Als erster kam Glum heraus, dann kam Will, und die Mutter kam mit Albert, und nur Bolda blieb drinnen, und Heinrich flüsterte aus dem Bett heraus: „So komm doch, du erkältest dich ja." Martin schloß leise die Tür und schlich sich im Dunkeln ins Bett zurück. Sehr leise fingen die Gäste wieder an zu singen. „Dort, wo am Waldesrand die Hütte steht."

Unten auf der Terrasse saß Onkel Albert mit der Mutter, aber sie sprachen so leise, daß er sie nicht verstand. Er spürte, daß auch Heinrich noch wach lag, er hätte gerne mit ihm gesprochen, fand aber keinen Anfang.

Die Gäste hörten auf zu singen, und er hörte, wie sie Stühle rückten, mit der Kellnerin beim Zahlen lachten, und er fragte leise, zu Heinrich hin: „Soll ich das Fenster auflassen?"

„Wenn's dir nicht zu kalt wird, laß es auf."
„Nein, es ist mir nicht zu kalt."
„Dann laß es auf."

Heinrichs Schweigen erinnerte ihn an alles, was geschehen war, an den Umzug und an das, was Heinrichs Mutter zum Bäcker gesagt hatte: „Nein, ich lasse mich nicht ..."

Und er wußte plötzlich, woran Brielach dachte und warum er vom Spiel weggelaufen war. Würde Brielachs Mutter jetzt dem Bäcker sagen: „Ja, ich laß mich ..."

Die Vorstellung war ungeheuerlich. Er war sehr traurig und hätte weinen mögen, aber er hielt die Tränen zurück, obwohl es dunkel war. Alles war UNMORALISCH, und daß die Großmutter einfach nach einer Spritze verlangte, ohne BLUT IM URIN zu spielen, erfüllte ihn mit Schrecken; früher hatte sie alle drei Monate einmal BLUT IM URIN gespielt, jetzt aber verlangte sie schon nach vier Tagen eine neue Spritze. ALT war sie geworden, und sie hatte geweint, beides war neu für ihn und erschreckend, am schlimmsten aber war, daß sie schon nach vier Tagen nach dem weißen farblosen Nichts verlangte, ohne das Spiel zu spielen. Etwas war vorbei, er wußte noch nicht was, er wußte nur, daß es vorbei war und daß es mit Gäseler zusammenzuhängen schien.

„Schläfst du?" fragte er wieder leise zu Heinrich hinüber, und Heinrich sagte: „Nein", und es schien ihm, als klänge dieses Nein unfreundlich, abweisend, und er glaubte zu verstehen, was Heinrich so traurig stimmte: es war der Wechsel zwischen UNMORALISCH. Leo war Leo, aber UNMORALISCH hatte mit ihm eine gewisse Beständigkeit gehabt. Die Tatsache, daß Heinrichs Mutter so plötzlich zum Bäcker wechseln konnte, schien ihm so schlimm wie die Tatsache, daß die Großmutter ohne BLUT IM URIN nach der Spritze verlangte. „Nein, nein“, sagte unten im Dunkeln auf der Terrasse Albert plötzlich laut: „Nein, es ist schon besser, wir geben's auf, ans Heiraten zu denken.“ Dann sprach die Mutter, aber sie sprach leise. Bolda kam hinzu, auch Glum und Will kamen, und Alberts Stimme wurde lauter – „ja, wollte ihn schlagen und stieß alle beiseite, die sie hindern wollten. Schurbigel bekam ein paar gute Ohrfeigen und Pater Willibrord einen Stoß vor die Brust“ – hier lachte Albert, aber sein Lachen klang nicht schön – „und was blieb mir anderes übrig, als ihr beizustehen, und ich schlug feste zu, jedenfalls erkannte er mich.“

„Gäseler?“ fragte die Mutter.

„Ja, er erkannte mich, und ich bin sicher, daß wir von ihm verschont bleiben werden. Wir kamen nicht gegen sie auf.“

„Natürlich“, sagte Glum langsam und feierlich, und die Mutter lachte, und auch ihr Lachen klang nicht schön.

Es blieb still unten, bis er ruhiges Motorengeräusch hörte, und er dachte erst, es sei der Wagen des Arztes, aber das Geräusch kam vom Garten her, und es kam vom Himmel. Es war das ruhige Brummen eines Flugzeugs, das sich langsam am Himmel hinschleppte, und er schrie vor Überraschung auf, als das Flugzeug im dunklen Fensterausschnitt auftauchte: hinter den roten Positionslichtern zog es eine Schleppe hinter sich her. Phosphoreszierende Buchstaben waren deutlich am Himmel zu lesen: DUMM IST, WER NOCH EINMACHT – glatt und flinker, als er gedacht hatte, glitt die Schrift durch den Fensterausschnitt, aber ein zweiter Brummer kam hinterher, schleppte seinen Spruch am dunklen Himmel entlang: HOLSTEGE MACHT FÜR DICH EIN.

„Sieh", sagte er erregt zu Heinrich hin, „das ist Reklame von Omas Fabrik."

Aber Heinrich schwieg, obwohl er wach war.

Unten weinte die Mutter heftig, und Albert fluchte laut vor sich hin: „Schweine", sagte er, „Schweine ..."

Brummend zogen die Flugzeuge in Richtung Schloß Brernich davon.

Es blieb still unten, und er hörte nur das Schluchzen seiner Mutter und manchmal ein Glas klirren, und er hatte Angst, weil Heinrich schwieg, obwohl er wach war. Er hörte ihn atmen, und er atmete heftig, wie jemand, der erregt ist. Wilma atmete ganz ruhig.

Flüchtig versuchte er, an Hoppalong-Chassidy zu denken, an Donald Duck, aber es kam ihm dumm vor. Er dachte an: WENN DU DER SÜNDEN WILLST GEDENKEN, und es kam die schreckliche erste Katechismusfrage hoch: WOZU SIND WIR AUF ERDEN? Und er dachte automatisch die Antwort hinzu: Um Gott zu dienen, ihn zu lieben und dadurch in den Himmel zu kommen. Aber dienen, lieben, in den Himmel kommen, diese Worte sagten NICHT ALLES. Der Frage nicht angemessen erschien ihm die Antwort, und er erlebte den Zweifel zum erstenmal bewußt und wurde sich klar, daß etwas vorbei war: was, wußte er nicht, aber etwas war vorbei. Er hätte weinen mögen, weil Brielach immer noch wach lag und weil er zu wissen glaubte, woran Brielach dachte: an seine Mutter, an den Bäcker, an das Wort, das seine Mutter zum Bäcker gesagt hatte.

Aber daran dachte Heinrich jetzt nicht: er dachte an die Hoffnung, die für einen Augenblick im Gesicht seiner Mutter gestanden hatte, nur FÜR EINEN AUGENBLICK, aber er wußte, daß EIN AUGENBLICK viel ist.